ALBERT DAIBER

Die Weltensegler
Eine Erzählung
für die reifere Jugend

HIRNKOST

Originalausgabe

© 2022 Hirnkost KG, Lahnstraße 25, 12055 Berlin;

prverlag@hirnkost.de; http://www.hirnkost.de/

Alle Rechte vorbehalten

1. Auflage Juni 2022

Die Erstauflagen erschienen 1909 (Drei Jahre auf dem Mars) und 1914 (Vom Mars zur Erde) bei Levy & Müller, Stuttgart.

Vertrieb für den Buchhandel:
Runge Verlagsauslieferung; *msr@rungeva.de*

Privatkunden und Mailorder:
https://shop.hirnkost.de/

Herausgeber: Hans Frey
Lektorat: Klaus Farin
Korrektorat: Christian Winkelmann-Maggio
Layout: benSwerk

ISBN:
PRINT: 978-3-949452-37-6
PDF: 978-3-949452-39-0
EPUB: 978-3-949452-38-3

Hirnkost versteht sich als engagierter Verlag für engagierte Literatur.
Wir drucken nicht nur
Mehr Infos: *https://www.hirnkost.de/der-engagierte-verlag/*

Dieses Buch erschien als Band 2 der Reihe »Wiederentdeckte Schätze der deutschsprachigen Science Fiction«. Alle Titel und weitere Informationen finden Sie hier:
https://shop.hirnkost.de/produkt/schaetze/

ALBERT DAIBER

Die Weltensegler

Eine Erzählung
für die reifere Jugend

HIRNKOST

Albert Daiber · 1857–1928

Albert Ludwig Daiber wurde in Bad Cannstatt als Sohn des Schulleiters und Heimatchronisten Carl Heinrich und seiner Ehefrau Luise Daiber geboren. Nach dem Studium der Pharmazie und der darauffolgenden Promotion zum Dr. phil. in Zürich war Albert Daiber am dortigen physiologischen und bakteriologischen Laboratorium tätig. In dieser Zeit veröffentlichte er bereits erste Fachbücher. Im Alter von 40 Jahren, nachdem er selbst schon zum Professor der Universität Zürich ernannt worden war, studierte Albert Daiber Medizin und wurde Arzt. Gemeinsam mit seiner zweiten Ehefrau Hildegard Heyne, Professorin in Basel und ebenfalls Schriftstellerin, unternahm er mehrere Reisen, u. a. nach Australien, China und in die Südsee, die sich in mehreren Reise- und literarischen Büchern niederschlugen. 1913 wanderte er mit seiner Familie nach Chile aus, wo er bis zu seinem Tod als Arzt tätig war.

benSwerk

geboren 1970, lebt in Berlin. Studierte Werbegrafik und freie Kunst. Wenn sie nicht für Hirnkost layoutet, porträtiert sie das kleine Volk und andere Wesenheiten der Anderswelt, ersinnt Orakelkarten oder gestaltet andere Bücher – mit Vorliebe in den Bereichen WeirdFiction oder Phantastik. www.benswerk.com

Hans Frey

geboren 1949, Germanist, Lehrer und Ex-NRW-Landtagsabgeordneter, ist in seinem »dritten Leben« Autor und Publizist. Seine Spezialität ist die Aufarbeitung der Science Fiction. Bisher veröffentlichte er ein umfangreiches Werk über Isaac Asimov, das Sachbuch *Philosophie und Science Fiction* und Monographien über Alfred Bester, J. G. Ballard und James Tiptree Jr. Seit 2016 arbeitet er an einer Literaturgeschichte der deutschsprachigen SF. Drei Bände sind bislang bei Memoranda erschienen (*Fortschritt und Fiasko, Aufbruch in den Abgrund* und *Optimismus und Overkill*). Für die ersten beiden Bände erhielt er den Kurd Laßwitz Preis 2021.

Horst Illmer

wurde 1958 in Würzburg geboren. Zur Science Fiction kam er über die PERRY-RHODAN-Serie. Als 1980 das Fanzine COSMONAUT aus der Wiege gehoben wurde, war er mit dabei, und seither hat ihn das Schreiben nicht mehr losgelassen. Nach Zwischenspielen bei der Science Fiction Times, bei SCIENCE FICTION MEDIA und STERNENFEUER gehört er von Beginn an zum phantastisch!-Team. 1998 Veröffentlichung der Bibliographie Science Fiction & Fantasy. Buch-Erstausgaben 1945–1995 (Harrassowitz Verlag). Seit

1999 erscheint regelmäßig der TEMPORAMORES-Newsletter für »Nachrichten aus der Zukunft« (www.temporamores.de). Im Jahr 2014 erschien im Atlantis Verlag seine Übersetzung des Romans *Verlorene Paradiese* von Ursula K. Le Guin, der 2015 mit zwei Kurd-Laßwitz-Preisen (Bester ausländischer SF-Roman und Beste Übersetzung) ausgezeichnet wurde. Zuletzt schrieb er die Nachworte zur H. G. Wells-Edition der Edition Phantasia und übersetzte für den Memoranda Verlag Teile der dreibändigen WELTENSCHÖPFER-Reihe von Charles Platt.

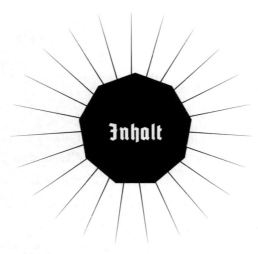

Zum Geleit   8
Vorwort: Horst Illmer   11

Drei Jahre auf dem Mars   17
Vom Mars zur Erde   171

Hans Frey:
»Vom Wahren und Guten«   329

Zum Geleit

Wir leben in einer Gegenwart des radikalen Umbruchs, der alle Bereiche der menschlichen Zivilisation durchdringt. Die Probleme scheinen uns über den Kopf zu wachsen. Wir brauchen kluge Ideen, tragfähige Lösungen, vielleicht sogar Utopien, die neue Perspektiven aufzeigen.

Vielleicht ist es gerade in dieser aufwühlenden Situation auch hilfreich, einmal innezuhalten und zurückzublicken. Denn vieles, was uns heute beschäftigt, ist nicht wirklich neu. Schon vor über einhundert Jahren machten sich Autoren und Autorinnen Gedanken über das Klima, über Armut, Wohnen, Ernährung und das Bildungssystem, ob und inwieweit Technik ein Motor für den Fortschritt oder eine existenzielle Gefahr darstellen kann (beispielsweise Atomkraft, Geoengineering, Gentechnik). Vor allem die Autoren und Autorinnen der einst »Zukunftsliteratur« genannten Science Fiction entwarfen wie in keinem anderen Genre gesellschaftliche Utopien und Dystopien, die noch heute so gegenwärtig wirken, als wären sie gerade erst entstanden. Sie sind trotz oder vielleicht gerade wegen ihres oberflächlich antiquiert wirkenden Charmes heute noch mit Gewinn und Genuss zu lesen. Vierzig Perlen aus der deutschsprachigen Science Fiction möchte Ihnen diese Edition im Laufe der nächsten Jahre präsentieren.

Jedes Buch der Edition enthält den Roman selbst sowie in einigen Fällen ergänzende Texte der jeweiligen Schriftsteller und

Schriftstellerinnen. Umrahmt werden die Originaltexte von einem Vorwort namhafter Autoren und Autorinnen der Gegenwart und einem historisch-analytischen Nachwort von anerkannten Expertinnen und Experten, das vornehmlich die literaturhistorischen und zeitgeschichtlichen Hintergründe des Textes beleuchtet.

Parallel zur gedruckten Version erscheinen EPubs in allen Formaten und Vertriebsoptionen, die in der Regel zusätzliche ergänzende Materialien (etwa dazugehörige weitere Romane, Sachbücher und Essays der Autoren und Autorinnen, zeitgenössische Rezensionen und andere Leserstimmen sowie weitere Analysen) enthalten und so vor allem für die wissenschaftliche Beschäftigung eine wertvolle Bereicherung darstellen. Damit werden nicht nur die Originaltitel wieder für ein größeres Lesepublikum zugänglich gemacht, sondern auch der Forschung in bislang einzigartiger Weise sowohl historisches Quellenmaterial als auch aktuelle Analysen aufbereitet zur Verfügung gestellt.

Besonderen Wert legen wir auf die Gestaltung. Auch sie soll zum Lesen einladen, denn die von uns herausgegebenen Werke haben es allemal verdient, neue Leser und Leserinnen zu finden. So werden die Werke nicht einfach als Faksimile reproduziert, sondern komplett neu Korrektur gelesen und gesetzt.

Wir, der Verleger Klaus Farin (*1958) und der Herausgeber Hans Frey (*1949), beide Sachbuchautoren, kennen uns schon seit Jugendjahren. Wir stammen beide aus dem Herzen des Ruhrgebiets, aus Gelsenkirchen, engagier(t)en uns für eine bessere, gerechtere Gesellschaft und sind seit unserer Jugend leidenschaftliche

Science-Fiction-Leser. Als wir uns nach Jahren zufällig in Berlin wiedertrafen, wurden sofort Pläne geschmiedet. Angeregt durch die deutschsprachige SF-Literaturgeschichte von Hans Frey im Memoranda Verlag wurde die Idee geboren, eine langfristig angelegte Reihe mit wichtigen, aber fast vergessenen Originaltexten der deutschsprachigen Science Fiction zu veröffentlichen.

Aus dieser Idee ist Realität geworden. Die Reihe leistet einen wesentlichen Beitrag zur lebendigen Aufarbeitung und Bewahrung bedeutender Werke der deutschsprachigen SF. Zudem ist sie ein einzigartiges Dokument für die Vielfalt und Vielschichtigkeit des über die Jahre gewachsenen Genres.

Wahr bleibt indes auch: Ohne engagierte Leser und Leserinnen, die die Bücher kaufen und sich an ihnen erfreuen, kann das Projekt nicht gelingen. Empfehlen Sie es bitte weiter. Abonnieren Sie die Reihe. Wir unterbreiten Ihnen ein verlockendes Angebot. Greifen Sie zu!

Hans Frey, Klaus Farin

Vorwort
von Horst Illmer

Die »Geschichte« der Science-Fiction-Geschichten gehört zwar nicht zu den am besten erforschten Feldern der Literaturwissenschaft, ihr wurde in den letzten Jahrzehnten aber eine stetig wachsende Aufmerksamkeit zuteil. Germanisten, Soziologen, Politikwissenschaftler, Historiker und Philosophen nahmen sich die Texte vor, entwickelten Gattungskriterien, erstellten Stammbäume, erforschten Marktverläufe, schlugen Brücken zum Medienverbund und versuchten so, diese Literaturgattung »herzeigbar« zu machen (nicht zuletzt auch deshalb, weil sie ja ihre zumeist vom Staat bezahlte Arbeitskraft nicht an etwas »verschwenden« durften, das »nur« der Unterhaltung diente).

Was bei praktisch allen diesen Studien außen vor blieb, war der Spaß!

Betrachtet man die Sache jedoch einmal mit den Augen eines Kindes, so geht es doch vor allen darum, genau diesen Spaß zu haben.

Seit der Erfindung der Pädagogik haben Jahr um Jahr Lehrerinnen und Lehrer versucht, ihren Schützlingen das Lesen beizubringen und sie an das »gute Buch« heranzuführen. Und es gibt natürlich Beispiele genug, wo dies auch gelang und junge Menschen für die Klassiker entbrannten (nur um dann wiederum zu Lehrern zu werden). Andererseits werden für jeden Band Goethe, Schiller, Kant, Uhland (oder inzwischen Grass, Böll, Walser), den einer dieser Eleven kauft und ans Herz drückt, vermutlich eine Million

Roman- und Comic-Hefte, Liebes-, Kriminal-, Abenteuer- oder eben Science-Fiction-Taschenbücher verkauft – und auch gelesen!

Diese Leselust, diese Begeisterung beginnt – wenn es gut läuft – mit dem ersten Buch, das ein Kind vorgelesen bekommt, mit dem ersten Text, den es selbst entziffert, mit dem ersten, tausendmal durchgekauten Lieblings-Bilderbuch. Und – wenn es optimal läuft – findet dieses Vergnügen niemals ein Ende.

Grund dafür ist natürlich, dass es eben genau diese Art von Unterhaltungsgeschichten gibt, die das Herz, die Fantasie, das Zwerchfell ergreifen und niemals wieder loslassen.

Was wir also bräuchten, wäre eine »Geschichte« der Lieblingsgeschichten.

Als Mitte des 19. Jahrhunderts die Anforderungen an die geistigen Fähigkeiten der arbeitenden Bevölkerung stiegen, lernten nicht nur sie, sondern auch ihre Kinder das Lesen. Die mit der Alphabetisierung einhergehende Fähigkeit, komplexe Texte zu lesen und zu verstehen, ließ sich jedoch auch außerhalb von Arbeit und Schule anwenden. Dies führte nicht nur zu einer Zunahme der Veröffentlichungen im Bereich der Zeitungen und Zeitschriften, sondern auch in der Belletristik. Der Markt entwickelte sich mittels der unfehlbaren Methode »Versuch und Irrtum« weiter: Was gut verkäuflich war, wurde produziert.

Es gab bald Lektürestoff für jede Käuferschicht: Die großen Klassikerausgaben, die Lehr- und Lesebücher, die Kolportage-Geschichten, die allwöchentlich an den Hintertüren bei Gesinde und Dienstmädchen reißenden Absatz fanden – und auch an die Kinder und Jugendlichen wurde gedacht.

Allerdings gab es hier eine strikte Trennung, die fast bis in die Gegenwart beibehalten wurde: Mädchen bekamen »Mädchenbücher«, Jungen bekamen »Jungenbücher«. (Ähnlich wie bei der Illusion, ernste und unterhaltende Literatur separieren zu können, lief es auch hier; die lesehungrigen Kinder tauschten ihre Bücher einfach untereinander aus.)

Diese Spezialisierung führte dann auch zur »Reihenbildung«. Wenn eine Autorin oder ein Autor ein besonders erfolgreiches Buch geschrieben hatte, wurde daraus unweigerlich eine Serie. Das war bei »Heidi«, »Pucki« und »Winnetou« nicht anders als bei »Hanni & Nanni« und den »5 Freunde«-Büchern.

Da diese Reihen und Serien naturgemäß viel größere Auflagen besaßen als Einzelbände, finden sich, auch nach mehr als einhundert Jahren und zwei Weltkriegen, immer noch Exemplare von ihnen (von den allfälligen Nachauflagen einmal abgesehen).

Sehr viel schwieriger wird es, wenn es sich um nur einmal erschienene Titel aus der Zeit vor dem Ersten Weltkrieg handelt. Sicherlich finden sich auch hier noch hie und da einzelne Exemplare, zumeist in schlechtem und unvollständigem Zustand, doch das größere Problem ist, dass praktisch niemand überhaupt von ihrer Existenz weiß!

So erging es mir zum Beispiel mit den »Weltensegler«-Büchern Albert Daibers. Zuerst entdeckte (und las) ich den Band *Im Luftschiff nach dem Mars*, der sich dann jedoch als Sammelband entpuppte, in dem der Verlag Ende der 1920er-Jahre die beiden um 1910 entstandenen Originalbände *Die Weltensegler* und *Vom Mars zur Erde* neu vermarktete. Daibers Vision einer friedfertigen, höher entwickelten Zivilisation, die von den erfindungsreichen »Sieben Schwaben« besucht (und untersucht) wird, stand schon bei ihrem ersten Erscheinen in krassem Gegensatz zur damals grassierenden Kriegshetze und kleingeistigen Nationalstaaterei. Was mich bereits bei der ersten Lektüre am meisten beeindruckte, war die von Daiber geschilderte Entwicklung der »interplanetarischen Beziehungen« zwischen Marsbewohnern und Erdmenschen, die auch heute noch als überraschend angesehen werden kann.

Es ist gelegentlich darauf hingewiesen worden, dass Albert Daiber in der Nachfolge von Kurd Laßwitz und dessen Mars-Roman *Auf zwei Planeten* (1897) steht. Allerdings schrieb Laßwitz eindeutig für ein erwachsenes, philosophisch gebildetes Publikum. Umso bedeutsamer ist die Tatsache, dass Daiber seine Bücher als Erzählungen »für die reifere Jugend« anlegt, was uns wieder zu den bisher offenen Fragen führt, die sich aus solch einer Änderung des »Zielpublikums« ergeben:

Welche Science-Fiction-Romane für Kinder und Jugendliche gab es denn zum Beispiel in dieser Zeit? Welche Auflagen hatten sie? Wo erschienen sie? Wer illustrierte sie? Welche Themen behandelten sie?

Erst ganz langsam (und leider viel zu spät) beginnt die Erforschung dieser Fragen. Viele Texte sind auch in den Nationalbibliotheken nicht mehr vorhanden. (Wenn sie es denn je waren. Die Ignoranz des (ein-)gebildeten Bibliothekars erreicht hier ein unvorstellbares Ausmaß.)

Umso wichtiger ist da ein Nachdruck wie der hier vorliegende, der sich kenntnisreich und liebevoll dem Ursprungstext nähert und ihn für das Gegenwartspublikum »aufbereitet«. Denn es gibt, neben den bereits erwähnten Gründen der Seltenheit und Zeitferne, einige Hindernisse, die einer direkten Lektüre erschwerend im Wege stehen.

Das ist zuvörderst einmal die um 1900 in Büchern verwendete Schriftart »Fraktur«. Diese damals in vielerlei Sorten gebräuchliche Schrift ist heute ein Schrecknis, noch dazu ein unnötiges. Also muss der Text in einer heute gebräuchlichen Standardschrift neu eingerichtet werden.

Als Nächstes bedarf es einer klugen Auswahl. Nicht alle Bücher von damals sind heute noch lesenswert. Manchmal wurde, dem damaligen Zeitgeist entsprechend, rassistisches, nationalistisches oder antidemokratisches Gedankengut verherrlichend in den Mittelpunkt gerückt. Manchmal wurde auch einfach nur schlecht geschrieben.

Außerdem gibt es in solchen Texten, die vor mehr als einhundert Jahren verfasst wurden, inzwischen Stellen, die dem heutigen Verständnis nicht mehr automatisch und uneingeschränkt erklärbar sind. Dafür sollte ein Neudruck gerüstet sein und in einem Nachwort oder Anhang diese Problematik aufgreifen und lösen.

Nun, nachdem wir solchermaßen unterrichtet am Ende dieses Vorwortes angekommen sind, kann ich Ihnen, liebe Leserin, lieber Leser, lieber *-Mensch versichern: Alle Kriterien sind erfüllt, alle Hindernisse sind beseitigt, das Raumfahrzeug steht vollgetankt bereit, der Mars ist in einer günstigen Position – es fehlt nichts mehr als ein abenteuerlustiger Geist, der bereit ist, den »Weltensegler« auf seiner Mission zu begleiten.

Viel Spaß dabei!

Drei Jahre auf dem Mars

Vorbereitungen

Der glänzende Abendstern, die Venus, war im Westen untergegangen. Über Groß-Stuttgart und das Neckartal begann sich eine durchsichtig klare, aber etwas kalte Winternacht zu breiten. Nach und nach flammten Tausende und Abertausende von hellen Sternen am Firmamente auf, und als weißlich schimmernder Gürtel hob sich aus der Menge jener fernen, selbstleuchtenden Weltkörper scharf und deutlich die Milchstraße ab. Aus ihr heraus blickte das funkelnde Sternbild der Kassiopeia herab auf die alte, immer noch mit so viel Torheit erfüllte Mutter Erde, und der Große Bär mit seinen sieben hellen Sternen, jener geheimnisvollen, im menschlichen Leben eine so merkwürdige Rolle spielenden Zahl, leistete ihr auf der anderen Seite des gewaltigen Himmelsgewölbes die aus der Urzeit stammende, treubewährte Gesellschaft. Kunterbunt, in ungleichmäßiger Verteilung, in verschiedenartiger Helligkeit und Größe lagen die übrigen Sterne dazwischen, scheinbar noch an ihrem alten, gewohnten Platze.

Langsam schritt die Nacht vor. Im Süden stieg das prachtvolle Sternbild des Orion über dem Horizont empor, und bald darauf erschien auch der Sirius, der glänzendste unter den glänzenden Sternen des Himmels. Für all diese Schönheit der Nacht, für all diese Großartigkeit jener fernen, selbstleuchtenden Sonnen schien augenblicklich derjenige am wenigsten zugänglich zu sein, dessen berufliche Aufgabe gerade die Erforschung des Sternenhimmels war. Professor Stiller, der berühmte Astronom, Lehrer an der durch Alter wie Überlieferung gleich ehrwürdigen Universität Tübingen, ruhte in seinem Lehnstuhl, mit den Fingern der Rechten ärgerlich auf dessen Seitenlehne trommelnd. Er saß in einem großen, mit einer Kuppel bedeckten Raum, der auf den ersten Blick als Observatorium oder Sternwarte zu erkennen war. Ein mächtiges Fernrohr auf massiven Pfeilern ragte aus einer Öffnung der drehbaren Kuppel hinaus in die klare Winternacht.

Professor Stiller hatte sich vor Jahren schon auf der ruhigen Bopserhöhe bei Stuttgart eine Privatsternwarte erbaut, um sich in ihr, fern vom lauten studentischen Leben und Treiben der Universitätsstadt, umso ungestörter der Planetenforschung zu widmen. Ganz besonders hatte der Mars, jener geheimnisvolle Planet, dessen Bahn die der Erde zunächst umschließt, Professor Stillers Interesse geweckt. Dieses Interesse wurde mehr und mehr zu einem Privatstudium, und aus diesem heraus wuchs eine so große Liebe zu dem fernen Planeten, dass in Professor Stiller der Gedanke immer festere Wurzeln fasste, mit dem Mars in unmittelbare Verbindung zu treten, mit anderen Worten – ihn zu besuchen.

Gerade gegenwärtig stand Mars wieder in Erdnähe, und seine augenblickliche Entfernung von der Erde betrug nur 59 Millionen Kilometer. In der jetzigen Zeit der großartigsten Erfindungen, der gewaltigen, geradezu fabelhaften Fortschritte auf technischem Gebiete, der tieferen Erkenntnis der elektromagnetischen Strömungen im Universum und ihrer Ausnützung, vor allem aber der so hoch entwickelten Luftschifffahrt hatte der Gedanke eines Besuches des Mars, einer Reise dahin, durchaus nichts Befremdendes mehr. Im Gegenteil, so wie die Dinge heute lagen, bestand tatsächlich die Möglichkeit, die kühne Reise mit Aussicht auf Erfolg ausführen zu können.

Und Reisegedanken waren es auch, die des Professors Geist augenblicklich beschäftigten. Aber zu ihnen waren auch ärgerliche Vorkommnisse getreten und hatten den Gelehrten in eine gewisse zornige Unruhe versetzt. Vor dem Stuhle des Professors warf eine zierliche elektrische Lampe ihr Licht auf einen Stoß von Papieren, die, mit Zahlen und Zeichnungen bedeckt, bunt durcheinandergeworfen, auf einem kleinen Tische seitwärts lagen. Aufseufzend strich sich Professor Stiller mit der Linken über die hohe, gedankenschwere Stirn.

»Diese lächerlichen Menschen, diese Blieder und Schnabel, die da in eigensinniger Weise meinen Anordnungen nicht Folge leisteten und mir dadurch schon oft den Bau meines Luftschiffes erschwerten, sind wahrlich nicht wert, dass ich mich noch länger über sie ärgere! Dem Himmel sei Dank, dass ich die folgenschwersten Dummheiten dieser beiden Erbauer meines Luftschiffes immer noch rechtzeitig ausgleichen konnte! Weg also mit allem Kleinlichen, Ärgerlichen! Diese Stunde soll Mars allein gewidmet sein!«

Der Gelehrte stand auf.

»Jaja«, fuhr er nach kurzer Pause zu sprechen fort, »ja, jetzt ist er in der Erdnähe, mein alter, rötlich strahlender Freund. Für meine Ungeduld, ihn heute Abend noch zu sprechen, stille Zwiesprache mit ihm zu halten, erscheint er ziemlich spät. Und doch ist er der Pünktliche, nie Fehlende!«

Professor Stiller sah auf seine Uhr.

»11 Uhr 42 Minuten! Noch 55 Sekunden, und Mars taucht im Osten auf. Rasch hinauf auf die Galerie und an das Instrument!«

Bald stand Letzteres gerichtet. Einer kleinen Feuerkugel gleich zeigte sich dem Auge des Beobachters der über dem östlichen Horizonte langsam emporkommende Mars. Voll Entzücken betrachtete Professor Stiller die ihm zugewandte Fläche des Planeten, auf der sich scharf und deutlich schmale, schnurgerade Linien zeigten.

»Gerade diese schnurgeraden, vielfach in gemeinsamen Punkten sich schneidenden Kanäle sind es, die in ihrer Künstlichkeit am deutlichsten und unzweideutigsten für das Vorhandensein vernunftbegabter Wesen dort oben sprechen«, kam es laut über die Lippen des Gelehrten. »Der Mars besitzt trotz seiner Atmosphäre verhältnismäßig geringe Wassermengen. Daher sind die Marsbewohner gezwungen, diesem Mangel durch künstliche Veranstaltungen nach Möglichkeit abzuhelfen, die geringen Wassermengen derartig auszunutzen, dass, wenn ein Distrikt bewässert ist, die kostbare Flüssigkeit einem anderen zugeführt wird. Wie oft habe ich nicht schon diese Tatsachen als Erklärung des zeitweisen Auftauchens und Verschwindens der Marskanäle in Tübingen vom Katheder herunter verkündigt!«, rief Professor Stiller voll Begeisterung. »Ja, ein Volk mit hoher Kultur muss auf dem Mars wohnen, denn nur ein solches vermag so wunderbar geniale, dem allgemeinen Wohl dienende Bauten auszuführen«, fuhr der Professor in seinem lauten Monologe fort. »Die Jahreszeiten auf dem Mars scheinen mir in erster Linie von dem Schmelzen der Eismassen an seinem Süd- und Nordpole beeinflusst. Und dieses aus den polaren Eiszonen abschmelzende Wasser leiten jene Wesen dort oben zum Zweck der Befruchtung in die uns sogar von hier aus sichtbaren Kanäle. Welch herrlicher, üppiger Pflanzenwuchs muss sich da längs der Kanäle an ihren Ufern entwickeln! Welch starke

Vegetationsprozesse mögen sich dort oben abspielen, wo das Wasser in richtiger Verteilung überallhin geführt wird! Und was das wohl für ein Menschenschlag sein mag, der den Mars bewohnt? Uns vielleicht um Jahrtausende an allgemeiner Bildung voraus! Unmöglich wäre dies nicht. Ich muss sie kennenlernen wie den Boden selbst, auf dem sich das Leben dieser Wesen abspielt.«

Voll Erregung trat Professor Stiller vom Teleskop zurück. Aber das lebhafte Interesse an dem Gegenstande seiner Beobachtung trieb den Gelehrten rasch wieder an das Instrument. So verfloss Stunde auf Stunde mit astronomischen Forschungen und Berechnungen. Die funkelnden Sterne am Himmel verblassten allmählich, und der Wintermorgen begann langsam heraufzudämmern, als der Professor endlich seinen Posten verließ und sich in sein warmes Heim zurückzog, das sich in unmittelbarer Nähe der Sternwarte befand.

Ein leichter Nebel zog über das Neckartal herauf und lagerte sich über Stuttgart. Vor der strahlenden Morgensonne aber zerfloss der dünne Schleier rasch und ließ die Stadt, die sich im Laufe ihrer Entwicklung aus dem Tale des Nesenbaches rechts und links am Ufer des Neckars vorgeschoben hatte, in vorteilhaftestem Lichte erscheinen. Der Winter hatte seinen Einzug noch nicht gehalten, und die bewaldeten Höhen des Neckartales trugen daher noch kein Schneegewand. In der reinen, frischen Luft des Dezembermorgens hoben sich klar und scharf die Türme und villenartigen Bauten ab, die da und dort von höhergelegenen Punkten auf die zu ihren Füßen liegende große Stadt hinabschauten. Auch die alte Kapelle auf dem Rotenberge passte prächtig zu dem gesamten Bilde voll landschaftlicher Anmut, durch das der Neckar, einem silbernen Bande ähnlich, seine Wasser strömen ließ.

Ein großer, freier und ebener Platz mit kurzer Grasnarbe, der durch die Abhaltung des schwäbischen Volksfestes von alters her weltberühmte Cannstatter Wasen, unterbrach in angenehmer Weise das Häusermeer und war von diesem nur auf einer Seite durch den Fluss scharf abgegrenzt. Am oberen Ende dieses mehrere Kilometer langen Geländes erhob sich ein gewaltiger Bretterbau. »*Luftschiff für die Mars-Expedition*« stand in Riesenbuchstaben an dem rotundenartigen Bau. Und darunter die üblichen Worte: »*Unberechtigten ist der Zutritt strengstens verboten!*«

Aus dem Innern des Gebäudes ließ sich augenblicklich nichts vernehmen, ein Zeichen, dass die Arbeit an dem Werke entweder eingestellt oder vielleicht schon beendet war.

Der Bau des Luftschiffes, das zum ersten Male, seitdem es überhaupt eine Welt- und Völkergeschichte gibt, das schwierige Problem der Fahrt außerhalb der Erdatmosphäre durch den unendlichen Ätherraum hindurch nach einem ganz bestimmten Ziele hin lösen sollte, war den Herren Blieder und Schnabel übertragen. Ersterer war Architekt, dem, allerdings nur in Stuttgart, viel Erfahrung und Fantasie in der Ausführung kühner Projekte nachgerühmt wurde, Letzterer Professor der Mathematik an einer Höheren Schule. Als solcher war Herr Schnabel berufen, den Bau des Luftschiffes aufgrund mathematischer Berechnungen zu überwachen und im Übrigen als wissenschaftlicher Beirat Herrn Blieder zur Seite zu stehen. Form und Schwere, die in sinnreichster Art gebundenen elektrischen Energiemengen, die zur Vorwärtsbewegung und Steuerung des Schiffes wie auch zur Beleuchtung und Heizung der geschlossenen Gondel dienen sollten, all die zahlreichen, äußerst wichtigen

Bedingungen und Einzelheiten der Maschinerie waren von Professor Stiller zusammen mit anderen bedeutenden Kollegen der Tübinger Universität bestimmt und genannten beiden Herren zur Ausführung übertragen worden.

Nur zögernd, fast widerwillig hatte Professor Stiller sich zu dieser Übergabe verstehen können. Blieder und Schnabel waren alte Bekannte von ihm. Aus der Vorstadt Cannstatt stammend, waren sie mit ihm aufgewachsen, doch hatten die späteren Jahre und die so ganz verschiedenen Interessen und Bestrebungen Professor Stiller mehr und mehr von den beiden Jugendgenossen getrennt. Die entstandene Kluft wurde in dem Maße größer, als Professor Stiller auf dem steilen Wege der Forschung immer höher emporstieg. Als es aber bekannt wurde, dass ein Professorenkollegium der Tübinger Universität aufgrund eines lichtvollen Vortrages von Professor Stiller beschlossen habe, auf Kosten des staatlichen Universitätsvermögens ein eigenartiges Luftschiff zur Expedition nach dem Mars bauen zu lassen, da waren die beiden Genossen ehemaliger Jugendstreiche schleunigst zu Herrn Stiller geeilt.

Beide kitzelte der Ehrgeiz, ihre Namen weltberühmt zu machen, sie für ewig mit dem »Weltensegler«, so sollte das Luftschiff heißen, verbunden zu sehen. Ihren unermüdlichen Bitten um besondere Berücksichtigung unter Anrufung der alten Jugendfreundschaft gab Professor Stiller endlich nach. Er tröstete sich damit, dass von den übrigen für den Bau des Weltenseglers in Frage kommenden Wettbewerbern schließlich keiner eine bessere Gewähr für das Gelingen der Arbeit hätte bieten können als Blieder und Schnabel. Und am Ende, ja, am Ende waren es doch auch Söhne des lieben Schwabenlandes wie er selbst.

So war der anfängliche Widerwille des Gelehrten gegen die zwei »engeren Stuttgarter« zurückgedämmt worden, um jedoch gegen Ende des Baues desto lebhafter wieder zu erwachen. Die Herren Blieder und Schnabel waren zwei richtige Dickköpfe. Jeder glaubte für sich allein den Stein der Weisen gefunden zu haben und hielt sich daher für berechtigt, den Plan des Schiffes nach eigenem Gutdünken zu ändern. Nur der Wachsamkeit und der rücksichtslosen Tatkraft Professor Stillers war es zuzuschreiben, dass sich nach endlosen Kämpfen, schwerstem Ärger und Verdruss mit Blieder und Schnabel der Bau des Weltenseglers im Großen und Ganzen in den Formen hielt, die ihm der Gelehrte selbst gegeben.

Aber gestern Mittag, als Professor Stiller die Baustätte besuchte, um sich von der endlichen richtigen Fertigstellung des Ganzen zu überzeugen, an dem seit vielen Monaten eifrig gearbeitet und dessen Vollendung bereits in die Welt hinausposaunt worden war (Blieder und Schnabel waren die Trompeter), da hatte Professor Stiller in hellem Zorne wahrnehmen müssen, wie gerade einige seiner wichtigsten Anordnungen von den Erbauern übersehen worden waren. Die Arbeit, die bereits ruhte, musste wieder von Neuem aufgenommen werden, und von Neuem flickte man am Weltensegler herum. Dadurch verzögerte sich natürlich der Aufstieg, unter Umständen stand sogar das Gelingen der Expedition in Frage. Es war einfach, um aus der Haut und nicht nach dem Mars zu fahren!

Wütend kam Professor Stiller nach Hause. Er brauchte mehrere Stunden, um seinen Grimm zu meistern und sein gestörtes seelisches Gleichgewicht wiederzuerlangen. Unmittelbar am Ziele seiner schon so lange gehegten Wünsche, und nun von Neuem auf die

Geduldsprobe gestellt, das ertrage, wer vermag! Professor Stiller konnte es nicht, und so kam es, dass er, unfähig zu ernster Arbeit, mehrere Stunden in seinem Observatorium damit zubrachte, sein etwas rasches, feuriges Blut zu beruhigen und den Ärger zu überwinden.

Jetzt saß der Gelehrte, eingehüllt in einen bequemen, molligen Schlafrock, in seinem von der Sonne durchfluteten geräumigen Studierzimmer, die Beobachtungen der Nacht verarbeitend. Das Ergebnis war sehr günstig. Jetzt, oder für lange Zeit, vielleicht für viele Jahre nicht mehr, war es möglich, von der Erde aus den Mars zu erreichen. Es ist ein großer Unterschied, ob ein Gestirn von der Erde nur 59 oder 400 Millionen Kilometer entfernt ist. Der Mars hatte augenblicklich das Maximum seiner Erdnähe erreicht und befand sich genau 59 Millionen Kilometer von seinem Nachbarn entfernt. Die langen Berechnungen des Professors hatten dies ergeben. Mit der Expedition durfte daher nicht mehr lange gesäumt werden; jeder beträchtliche Zeitverlust musste auf das Peinlichste vermieden werden. Wollte man den sich rasch von der Erde wieder entfernenden Planeten unter vollster Ausnutzung der gerade bestehenden günstigen Gravitationsverhältnisse, der natürlichen, gesteigerten Anziehungskraft überhaupt erreichen, so musste mit jeder Stunde gerechnet werden.

»Und da müssen gerade in diesem so überaus günstigen Augenblick die beiden Langohren da unten« – Professor Stiller schaute bei diesen Worten von seinem Studierzimmer hinab gen Cannstatt – »einen kleinen Strich durch meine Rechnung machen!«

Eine Blutwelle neu sich regenden Zornes stieg dem Professor gegen den Kopf.

Da wurde an die Tür des Zimmers geklopft. Auf das laute Herein des Gelehrten erschien dessen Diener und meldete die Herren Blieder und Schnabel.

»Lupus in fabula!«, lächelte Professor Stiller vor sich hin, erinnerte sich aber plötzlich, dass er gestern auf dem Wasen die beiden Herren zu sich bestellt hatte, und zwar für heute auf zwölf Uhr mittags. Ein Blick auf die Uhr bewies die Pünktlichkeit der Besucher. Der Professor erhob sich von seinem Stuhle und gab den Befehl, die Herren hereinzuführen.

»Pünktlichkeit ist Höflichkeit!«

Mit diesen Worten begrüßte Professor Stiller die Eintretenden.

»Nehmt Platz«, fuhr er fort, »und sagt mir sofort, ob binnen vier Tagen die von mir gestern gerügten Ausstände am Weltensegler in Ordnung gebracht werden können; denn nächste Woche müssen wir unbedingt hinauf, koste es, was es wolle.«

»Ich wüsste wirklich von keinem nennenswerten Fehler meinerseits, der den Aufstieg des Luftschiffes hindern könnte«, meckerte Blieder mit seiner blechernen Stimme.

»Was?«, schrie der Professor erbost. »Muss ich dir altem Baumeister, dem vor lauter Genialität allerdings nichts einfällt, nochmals das wiederholen, was ich dir gestern tadelnd sagte?«

Anstelle der Antwort begnügte sich Blieder, mit den Achseln zu zucken.

»In der geschlossenen Gondel kann ich keine Glasfenster brauchen, das könntest du wissen, umso mehr, als ich dieses wichtigen Umstandes bereits beim Entwurf des Planes gedacht«, entgegnete der Gelehrte.

»Ja, aber warum? Ich sehe wirklich nicht ein ...«

»Mein lieber Blieder, du siehst allerdings weder ein noch aus. Deine in die Gondel eingesetzten Spiegelgläser sind hart und spröde, den gewaltigen niederen Temperaturen im Ätherraum gegenüber völlig widerstandslos. Also hinaus mit den Gläsern, weg mit ihnen, und ersetze sie durch elastischen, widerstandsfähigen Glimmer. Der hält alle Temperaturen über und unter null gleich gut aus. Zwei Tage Zeit hast du dazu, und in diesen muss die Änderung gemacht sein.«

»Aber wenn ...«, begann Blieder, wurde aber heftig durch den Professor unterbrochen.

»Es gibt weder ein Wenn noch ein Aber. Sei froh, dass ich dir in Anbetracht der Kürze der Zeit die mancherlei anderen Unebenheiten hingehen lasse, deren du dich bei der Konstruktion schuldig gemacht hast. Aber eine wichtige Sache muss noch verbessert werden. Du dachtest nämlich nicht mehr daran, obgleich du auch darauf aufmerksam gemacht wurdest, dass eine Gondel, die während einer bestimmten Zeit der Aufenthaltsraum für eine mehrköpfige Gesellschaft sein soll, auch eine Klappe für allerlei Abfallstoffe haben muss. Wir benötigen ein paar solcher doppelten, auf das Dichteste schließenden Klappen, und zwar rechts- und linksseitig, beileibe nicht am Boden.«

»Dort wären sie aber am einfachsten anzubringen.«

»Glaube ich«, erwiderte spöttisch lächelnd Professor Stiller. »Wir wünschen aber, nicht unterwegs aus der Gondel zu fallen, sondern wollen womöglich heil und gesund den Mars erreichen.«

»Aber im Innern längs der Gondelwand sind die Provianträume, unter diesen die Akkumulatoren und ...«

»So teile sie entsprechend ein, und die Sache ist geordnet. Sela! Nun zu dir, Schnabel! Wovon meinst du, dass unsere Expedition unterwegs leben soll?«

»Natürlich von den mitzuführenden Nahrungsmitteln, von Konserven und anderen guten Sachen, auch besten Neckarwein nicht zu vergessen«, antwortete schmunzelnd der mit einem hübschen Bäuchlein ausgestattete ess- und trinkfeste Mathematiker.

»Den Wein vergessen wir auch nicht, sei unbesorgt, Schnabel. Aber von was lebt denn sonst noch der Mensch außer von Speise und Trank?«

»Nun, von Luft!«, entgegnete Schnabel etwas gereizt über diese Frage.

»Gewiss! Nur sage mir, woher wir denn die Luft auf unserer Reise beziehen sollen. Im Ätherraume gibt es bekanntlich keine, und die vom Cannstatter Wasen in der Gondel mitgenommene Heimatluft hält leider auch nicht lange vor.«

»Oh, zum Kuckuck! Es ist die Anlage für die feste Luft, die ich vergaß, anbringen zu lassen.«

»So ist es! Mache deinen Fehler so rasch als möglich gut. Blieder soll dir dabei helfen. Ob die Anlage feste Luft enthält, werde ich dann selbst noch prüfen; denn du wärest imstande, sogar die Füllung zu vergessen. Wie ich dir gestern Mittag schon sagte, ist auch die ganze Steuerungsanlage fehlerhaft. Anstelle der Vermittlung durch die Welle hast du unbegreiflicherweise die lebendige Kraft des elektrischen Stromes unmittelbar auf die Aluminiumschraube übertragen.«

»Laut mathematischer Berechnung das einzig Richtige!«, brummte Schnabel.

»Bleib mir hier mit deiner Mathematik vom Leibe, wenn sie solch offenkundigen Unsinn zeugt«, entgegnete zornig Professor Stiller. »Ich trage die Verantwortung für die gewagte Expedition. Alles, was ihre Gefahr irgendwie vermehren kann, muss ich nachdrücklich zurückweisen, alles dagegen willkommen heißen, was zu ihrer Sicherheit und zum möglichen Gelingen beizutragen vermag.«

»Als ob wir, Blieder und ich, nicht alles getan hätten, was du von uns verlangtest! Aber natürlich, euch Allerhöchsten von der Universität ist selten etwas recht zu machen.«

»So scheint es wirklich zu sein«, bestätigte seufzend Blieder.

»Darüber will ich mich mit euch nicht streiten, denn dies wäre eine höchst zwecklose Sache. Sorgt lieber dafür, dass der Weltensegler nächste Woche segelfertig ist. Höchste Zeit dafür ist es, soll die Reise überhaupt gelingen. Seit Tagen schon drängen mich deshalb meine Kollegen in Tübingen, denen ich als Zeit des Aufstieges die ersten Tage des Dezembers angegeben hatte, und zwar als äußersten Zeitpunkt. Nun entsteht wieder eine Verzögerung. Die Sache muss rasch zu Ende gebracht werden. Abgesehen von der allgemeinen Lächerlichkeit, der wir uns aussetzen würden, wenn die Abreise immer von Neuem wieder verschoben wird, laufen wir überhaupt Gefahr, die uns gebotenen günstigen Konjunkturen nicht voll und ganz ausnutzen zu können. Also sputet euch! Ich bitte dringend darum.«

»Wie lange wird die Reise dauern?«, fragte Schnabel neugierig und bestrebt, der ihm unangenehmen Unterhaltung eine freundlichere Wendung zu geben.

»Das hängt von jedem Tage, ja, von jeder Stunde ab, die wir früher fahren können«, entgegnete Professor Stiller. »Die für die Verbesserung der gerügten Fehler eingeräumten weiteren vier

Tage bedeuten für uns eine höchst unliebsame Verlängerung der Reise. Mars hat jetzt das Maximum seiner Annäherung an die Erde erreicht und entfernt sich nun von ihr wieder mit jeder Minute. Wie lange unter diesen Umständen die Reise im Ätherraume dauern wird, lässt sich nur ahnen, genau aber nicht sagen. Sobald wir glücklich aus dem Anziehungskreise der Erde und des Mondes herausgekommen und in den des Mars gelangt sind, wird die Reise außerordentlich rasch vonstattengehen trotz der gewaltigen Entfernungen, die wir zurückzulegen haben. Dank der mächtigen, vom Mars ausgehenden elektromagnetischen Strömungen der Anziehung werden wir diesem Planeten mit ganz fabelhafter Schnelligkeit zufliegen, mit einer Schnelligkeit, die mindestens täglich auf zwei Millionen Kilometer einzuschätzen ist. Immerhin rechne ich auch im günstigsten Falle auf eine Reisedauer von mehreren Wochen. Der Vorsicht halber nehmen wir aber für drei Monate Proviant mit uns.«

»Und wenn ihr den Mars nicht erreicht, wenn die ganze Reise misslingt, was dann?«, forschte Schnabel.

»Dann, mein Lieber, geht es uns, wie es schon so manchem Forscher vor uns gegangen ist und nach uns noch gehen wird: Wir sind die Opfer, die Märtyrer der Wissenschaft. Mit diesem Fall haben wir aber auch schon gerechnet, als wir beschlossen, die kühne Fahrt zu unternehmen. Glücklicherweise sind sämtliche übrigen Teilnehmer gleich mir keine Familienväter, sondern der Mehrzahl nach jüngere Männer, die diesen Schritt in das Ungewisse, Geheimnisvolle wagen und vor ihrem Gewissen verantworten können. Ich persönlich rechne mit aller Sicherheit auf das Gelingen der Reise, auf den Triumph der Wissenschaft.«

»Mit staunender Bewunderung sieht heute die ganze Kulturwelt auf uns und unser Neckartal, wo so kühne Pläne vor ihrer Verwirklichung stehen, und kommt ihr einst mit dem Weltensegler glücklich wieder zurück, so werdet ihr in einer Weise empfangen und gefeiert werden, wie es noch niemals Menschen vor euch geschah«, warf Blieder ein.

»Zuerst müssen wir nach dem Mars gekommen sein, bevor wir überhaupt an eine Rückkehr denken können«, entgegnete Professor Stiller lächelnd. »Einige Jahre dürfte unsere Abwesenheit von hier schon dauern; denn eine solche ungeheure Reise erfordert begreiflicherweise auch eine außergewöhnliche Zeitdauer. Und das interessanteste Studienobjekt ist der Mensch selbst, der auf jenem fernen Weltkörper haust. Wie ihr wisst, beweisen uns unsere teleskopischen Beobachtungen, dass es ganz besonders hochstehende Wesen sein müssen, die dort wohnen. Wer weiß, ob sie uns nicht geistig wie körperlich weit überragen.«

»Oder uns gegenüber noch sehr minderwertig sind, was auch nicht unmöglich wäre«, bemerkte Schnabel hochmütig. »Auf keinen Fall möchte ich mit.«

»Du bleibst auch besser unten auf der Erde«, entgegnete Professor Stiller. »Und nun haben wir genug geschwatzt. Eilt an eure Arbeit! In vier Tagen werde ich auf den Wasen kommen und mich überzeugen, ob die gerügten Anstände in Ordnung gebracht sind. Nächste Woche muss die Abreise des Weltenseglers unbedingt stattfinden; ich betone dies nochmals mit allem Nachdruck. Jeder weitere Tag des Wartens bedeutet für mich und mein an sich schon aufgeregtes Nervensystem eine fürchterliche Qual. Sie zu vermindern liegt in eurer Hand. Ihr habt mir oft und viel Verdruss bereitet, macht also, dass ich ohne allzu großen Groll von euch und dieser Erde scheiden kann.«

Mit diesen Worten entließ der Professor seine Besucher.

2.

Die Abreise der Weltensegler

Für Professor Stiller und seine Gefährten vergingen die folgenden Tage in fieberhafter Tätigkeit mit den Vorbereitungen zur Reise. Auch auf dem Cannstatter Wasen in der Werkstätte des Weltenseglers herrschte wieder regste Tätigkeit. Das Luftschiff war aus der gewaltigen Halle heraus auf den großen freien Platz davor gebracht und hier fest verankert worden. Nun erst konnte man die riesigen Formen des Ballons richtig erkennen. Er hatte eine länglich ovale Gestalt, ebenso die an ihm befestigte geschlossene Gondel. Infolge dieser Ähnlichkeit machte die Gondel den Eindruck, als befände sich ein zweiter kleinerer Ballon unterhalb des großen, gewissermaßen wie Mutter und Kind.

Die Länge des Luftschiffes betrug, von einer Spitze zur anderen gemessen, zweihundert Meter, die mittlere Höhe zwanzig Meter.

Das innere Gerippe des Ballons bestand aus einem Netzwerk von luftleer gemachten, sehr dünnen, aber außerordentlich starken Metallblechröhren. Darüber legte sich ein zweites, gleich konstruiertes Gerippe und über dieses ein drittes. Wohl waren die drei Lagen unter sich verbunden, aber doch so, dass auch jede einzelne für sich allein tätig sein und die Gondel tragen konnte. Es war sozusagen ein dreifach übereinandergestülpter Ballon.

Zur Anfertigung der Metallröhren wurde die von Professor Samuel Schwab in Tübingen neu entdeckte Metallmischung, Suevit genannt, verwendet. Diese Mischung zeichnete sich durch außerordentliche Leichtigkeit, fabelhafte Widerstandsfähigkeit und gewaltige Tragkraft aus und stellte alle bis jetzt in dieser Richtung bekannten Metallpräparate in den Schatten. Suevit bestand der Hauptsache nach aus Aluminium, dem aber in bestimmtem prozentualem Verhältnisse Wolfram neben etwas Kupfer und Vanadium beigegeben war. Diese Legierung ließ sich zu feinstem Blech auswalzen, ohne dabei von ihrer Widerstandskraft auch nur das Geringste einzubüßen. Aus diesem Blech nun wurden die Röhren geformt, die zur Anfertigung der drei Ballongerippe dienten. Die Röhren waren nahtlos und wurden, nachdem sie auf das Sorgfältigste luftleer gemacht worden waren, mit dem neuen merkwürdigen Gase Argonauton gefüllt.

Zur Umhüllung der einzelnen Metallgerippe diente das von dem leider zu früh verstorbenen Esslinger Großindustriellen Wilhelm Weckerle erfundene Gewebe aus Seide und Leinen, das das Staunen und die Verwunderung der gesamten Textilbranche erregte. Die Fäden dieses Gewebes wurden auf eigens dazu gebauten Webstühlen mittels neuer Maschinen auf geistreiche Weise so miteinander verknüpft, dass sie nahezu unzerreißbar und von wunderbarer Glätte wurden. Jeder einzelne der drei Ballons wurde mit dem Stoff umhüllt; dann erst wurde dieser so lange mit Kautschuklösung getränkt, wie er aufnahmefähig war. Durch dieses Verfahren wurde der Stoff für das Gas vollständig undurchdringlich gemacht. Nichtsdestoweniger wurde der Vorsicht wegen das Ganze noch mit einer dünnen Kautschukmasse umgeben und auf diese endlich die Pillerinlösung aufgetragen, eine von Professor Piller in Tübingen zu diesem Zwecke hergestellte Eisensilikatflüssigkeit. Sie gab dem

Überzug eine einer Panzerung ähnliche Widerstandskraft, die selbst durch Anwendung größter äußerer Gewalt kaum überwunden werden konnte. Der Ballon stellte so das Ideal des starren Systems des Luftschiffes dar.

In dieser peinlich genauen Art wurden auch die einzelnen Bestandteile des Ballons behandelt. Die Berechnung war so getroffen, dass auch nach einem etwaigen Verlust der ersten äußersten Hülle oder, was kaum anzunehmen war, auch der zweiten mittleren die innerste immer noch als selbstständiges Ganzes zu funktionieren und die Gondel zu tragen vermochte.

Auf diese Weise suchte Professor Stiller allen nur möglichen Gefahren im Weltraum erfolgreich zu trotzen. Jede Ballonhülle war mit einer besonderen Klappe versehen, die vom Gondelinnern aus dirigiert werden konnte.

Der Ballon selbst war, wie bereits gesagt, mit dem neu entdeckten, spezifisch unendlich leichten Gase Argonauton gefüllt. Kaum noch wägbar (0,01), besaß das Argonauton die unschätzbare Eigenschaft, weder durch enorme Hitze (+1.350 Grad) noch durch größte Kälte (−500 Grad) irgendwie in seinem Aggregatzustande beeinflusst oder gar verändert zu werden. Es war zurzeit noch das einzige wirklich beständige oder permanente Gas, das Rätsel der Gelehrtenwelt.

Das Gerippe der Gondel bestand aus derselben Art von Röhren und einem Überzug aus Weckerleschem Gewebe, das in ähnlicher Weise wie der Ballon mit Kautschuk überzogen und mit Pillerinlösung widerstandsfähig gemacht worden war. Außerdem trug die Gondel noch eine dicke Isolierschicht aus Asbest. Im Innern aber war sie dicht mit Pelzwerk ausgeschlagen; galt es doch, dem Wärmeverlust im ungeheuer kalten Ätherraume, dessen Temperatur auf 120 bis

150 Grad Celsius unter null geschätzt wurde, nach Möglichkeit vorzubeugen. An Sitz- wie Liegegelegenheit fehlte es in der Gondel nicht. Ihr Inneres machte sogar einen äußerst wohnlichen und behaglichen Eindruck. An den Längsseiten der zehn Meter langen und fünf Meter breiten Gondel befanden sich in einer Art von Schränken die Vorräte von den verschiedenartigsten Nahrungsmitteln.

Unterhalb der Vorratsräume liefen die Leitungen der elektrischen Apparate für Heizung und Beleuchtung des Gondelinnern und diejenigen für die Erneuerung der Luft. Die Fortschritte der technischen Wissenschaften hatten es möglich gemacht, ganz gewaltige Mengen elektrischer Kraft auf einem verhältnismäßig kleinen Raume festzulegen. Auf diese Weise nur war es dem Weltensegler möglich, ohne nennenswerte Mehrbelastung diejenigen Energiemengen an elektrischer Kraft mit sich zu führen, die in ihrer umgesetzten Form als Licht und Wärme nicht nur die Existenz der Gondelbewohner ermöglichen, sondern auch zur Vorwärtsbewegung und Lenkung des Luftschiffes selbst dienen sollten. Für letztere Zwecke waren am Ballonkörper selbst seitwärts, rechts und links, Luftschrauben angebracht, die durch die elektrische Kraft von der Gondel aus in Tätigkeit gesetzt werden konnten. Zur ebenfalls elektrisch betriebenen Steuerung dienten mit dem imprägnierten Weckerleschen Stoffe bespannte, waagrecht wie senkrecht einstellbare große, mit Suevitröhren eingefasste Flächen. Dadurch war eine Steuerung nach zwei Richtungen hin möglich, horizontal sowohl wie auch vertikal.

Die in metallene Behälter eingeschlossene feste kristallinische Luft, im Augenblicke ihres Kontaktes mit äußerer gasförmiger Luft sofort sich verflüssigend und fein zerstäubend, nahm, trotz großer

Vorratsmenge, ebenfalls nicht allzu viel Raum und Gewicht in Anspruch.

So waren die wichtigsten, elementarsten Bedingungen erfüllt, die das großartige Unternehmen zu einem erfolgreichen Ergebnis führen konnten. Seit sich der Weltensegler im Freien befand, allen Augen sichtbar, strömte eine Menge neugieriger Besucher herbei, um ihn zu bewundern, die Erbauer mit Fragen zu bestürmen und sie um allerlei Auskunft zu bitten. Die Herren Blieder und Schnabel befanden sich nun endlich in dem ihnen am meisten zusagenden Elemente. Sie schwammen förmlich in Stolz, Wonne und erhöhtem Selbstgefühl, waren sie doch in diesem Augenblick die wichtigsten und dank ihrer Intelligenz als Erbauer auch die angesehensten Persönlichkeiten nicht allein Stuttgarts, sondern sogar der gesamten Welt. Ihre Namen waren in aller Munde. Was konnten sie mehr verlangen? Selten wird einem Irdischen das große Los zuteil, allgemein mit Hochachtung genannt zu werden. Unter den staunenden Besuchern des Cannstatter Wasens waren Vertreter aller möglichen Völker erschienen, Gelehrte und Ungelehrte, Hochkultivierte und Halbwilde, Männer, Frauen und Kinder, war es ja doch seit Monaten schon durch Zeitungen und Spezialberichte überall, diesseits und jenseits der Ozeane, bekannt geworden, dass das große, unerhört verwegene Wagnis einer Reise nach dem fernen Mars Anfang Dezember vom Herzen des Schwabenlandes aus zur Ausführung kommen sollte. Die Namen Blieder und Schnabel waren daher in den fernsten Winkel des Erdballes getragen worden als die kühnen Schöpfer des Luftschiffes, das als erstes die unendlichen Räume des Weltenäthers durchschnitt.

Mit der Zunahme der Besucher stieg die allgemeine Erregung, als der Tag des Aufstieges des Weltenseglers langsam näher rückte. Nach Hunderttausenden wurden die Fremden geschätzt, die nach Stuttgart geströmt waren, um das in seiner Art einzige Schauspiel zu sehen, ein Schauspiel, von dem noch in den fernsten Zeiten als von einer wunderbaren Begebenheit gesprochen werden musste. Nur persönlich dabei zu sein, den Augenblick des Aufstieges in seiner ganzen Wucht der Eigenart auf sich einwirken zu lassen, von diesem einzigen Wunsche waren alle Besucher beseelt. Sie zahlten gewaltige Preise für ihre Unterkunft. Wer mit dem Geld nicht verschwenderisch um sich werfen konnte, fand weit und breit in und um Stuttgart herum keine Unterkunft. Nicht nur waren die Gasthäuser bis unter das Dach hinauf besetzt, nein, auch die Häuser von Privaten waren gefüllt. Noch niemals hatte Stuttgart mit seiner Umgebung einen so ungeheuren Fremdenstrom erlebt wie in diesen Tagen.

Auf dem Wasen selbst war das Leben und Treiben der Menschenmenge nachgerade lebensgefährlich geworden. Man stieß und drängte sich förmlich. Überall war ein fürchterliches Pressen und Schieben, dazwischen ein Lachen und Schimpfen und Wettern in allen Sprachen der Völker. Jeder und jede wollte so nahe als möglich an den Weltensegler gelangen, an dieses Wunder der Technik, dieses stolze Erzeugnis wissenschaftlicher Berechnung. Alle wollten das Werk möglichst genau sehen und betrachten, womöglich auch befühlen und einen Blick in die merkwürdig eingerichtete Gondel werfen; sollte diese doch für viele Wochen der Aufenthaltsort der berühmten sieben Gelehrten sein, die ohne Rücksicht auf ihr Leben die einem Märchen gleichende Reise nach einer anderen Welt unternahmen, einer Welt, die in schwindelerregend weiter Ferne von der Erde sich befand.

Die Meinungen über das Gelingen oder Misslingen der Expedition waren beim Publikum noch immer geteilt. Darüber aber waren sich alle einig, dass das Unternehmen an Kühnheit und Großartigkeit alles in den Schatten stellte, was die Welt bisher gesehen, und dass die Männer der Expedition an Mut und Entschlossenheit nicht ihresgleichen fanden.

So war der 7. Dezember herangekommen, der ewig denkwürdige Tag, an dem nachmittags Punkt vier Uhr der Aufstieg des Weltenseglers stattfinden sollte. Kurz nach Tagesanbruch war Professor Stiller auf der Baustelle erschienen. Die Herren Blieder und Schnabel befanden sich bereits auf dem Platze und erwarteten den Professor. Ebenso waren sämtliche am Weltensegler beschäftigte Arbeiter angetreten. Der Ballon wie die Gondel wurden einer scharfen, eingehenden Besichtigung unterworfen. Die von Professor Stiller gerügten Ausstände waren beseitigt. Einige kleinere Anstände, die der Professor da und dort noch entdeckte, verbesserten die Arbeiter sehr rasch. Nachdem auch das Kleinste geordnet war, stieg Professor Stiller in die Gondel. Ihm folgten die Herren Blieder und Schnabel sowie einige der ersten Arbeiter.

Die Taue, mit denen das Riesenluftschiff am Boden befestigt war, wurden vorsichtig gelöst. Langsam, in stolzer Sicherheit erhob sich der Weltensegler gen Himmel. Unterdessen hatte sich trotz der frühen Morgenstunde eine Menge von Neugierigen auf dem Wasen eingefunden, die mit Staunen und lauter Bewunderung den Bewegungen des Luftschiffes folgten. Hoch oben in der Luft, kaum noch erkennbar, bald rückwärts, bald vorwärts flog der Weltensegler, willig der Steuerung gehorchend wie das flinkste Schiff im Wasser. In raschem Fluge und weitem Bogen zog das Luftschiff über

Stuttgart hin, kehrte wieder über den Ort des Aufstieges zurück und ließ sich langsam und majestätisch genau auf dem Punkt nieder, von dem es ausgegangen war.

Ein tausendstimmiges Bravo der Zuschauer, wie ein Donner klingend, belohnte die gelungene Probefahrt. Nun konnte es tatsächlich keinem Zweifel mehr unterliegen, dass ein so wunderbar schnell fliegendes und leicht lenkbares Luftschiff wie der Weltensegler den höchsten aeronautischen Anforderungen genügen, dass die Reise wirklich zu einem befriedigenden Ziele, zu einem günstigen Ergebnis führen musste.

Mit Befriedigung verließ Professor Stiller die Gondel. Die Sache war besser ausgefallen, als er vor wenigen Tagen selbst noch geglaubt hatte. Sein so lange genährter und auch berechtigter Unmut gegen die Herren Blieder und Schnabel wich freundlicheren Gefühlen, als er sich von ihnen verabschiedete. Gern übersah er deshalb auch, dass die Erbauer des Weltenseglers eigentlich nur die Handlanger bei der Ausführung des Erzeugnisses seiner eigenen Geistesarbeit gewesen waren, und gönnte ihnen den leicht und billig verdienten Ruhm. Neidlos überließ er seine alten Schulgenossen dem herbeiströmenden Publikum, das diese mit Glückwünschen zu dem genialen Bau und der gelungenen Probefahrt des Weltenseglers überschüttete.

Es ging auf ein halb vier Uhr nachmittags. Ein Meer von Menschen wogte auf dem Wasen. Von Minute zu Minute stieg die Erwartung, denn bald sollten die kühnen Weltensegler, die sieben berühmten Gelehrten, Deutschlands und Schwabens Stolz und Zier, auf dem Wasen eintreffen, um in dem Luftschiff mit dem so treffenden

Namen die ungeheuerliche Reise anzutreten. Punkt ein halb vier Uhr begannen die Glocken aller Türme von Stuttgart zu läuten. Es war ein harmonisches, feierliches Konzert, würdig des bevorstehenden ernsten und zugleich so großartigen Augenblicks. Aus dem Tale des Nesenbachs heraus wie aus dem des Neckars verkündete der laute, eherne Mund der Glocken das Hohelied von Mut, von Kühnheit und dem Menschengeist, der sich über den einengenden Erdkreis hinaus erhob und sich einen Verkehr mit jenen fernen, geheimnisvollen Welten anzubahnen anschickte, der seit Beginn der menschlichen Kultur bis zur heutigen Stunde das hoffnungslose Sehnen und Wünschen der Edelsten und Besten gewesen war. Jetzt endlich, nach Jahrtausenden, sollte dieses Sehnen Erfüllung finden, der Verwirklichung entgegengehen. Kein Wunder, dass die gesamte Welt mit atemloser Spannung nach der Hauptstadt des Schwabenlandes blickte, wo eine solche Großtat vollbracht werden sollte.

Nach allen Richtungen der Windrose flogen von dem Cannstatter Wasen die Telegramme der Berichterstatter. Ein großes Depeschenbüro war für diesen Zweck in unmittelbarer Nähe des Weltenseglers errichtet worden. Auf dem Wasen selbst war die Erregung der Massen nachgerade aufs Höchste gestiegen. Die feierlichen Akkorde der Glocken hatten bei der Menschenmenge ein erhebendes sonntägliches Gefühl erweckt, und als fünf Minuten vor vier Uhr die Glocken plötzlich mit einem Schlage verstummten, da herrschte auf dem weiten Platze die ernste, erwartungsvolle Stille der Kirche.

Die Sonne stand schon tief im Westen. Ihre rotgoldenen Strahlen spielten wie Abschied nehmend an dem Weltensegler und ließen das gewaltige, kaum sich bewegende Luftschiff wie mit einem Heiligenschein umgeben erscheinen. Da ertönten von der Neckarbrücke her Hurrarufe. Sie pflanzten sich fort und wurden zu einem betäubenden Willkommen. Aus Hunderttausenden von Kehlen stieg brausender Begrüßungsruf, als die Menge der sieben Gelehrten ansichtig wurde, deren Namen von Mund zu Mund gingen und deren Bildnisse in ungezählten Exemplaren gekauft worden waren. Die Herren vertraten folgende Fächer:

 Prof. Dr. Siegfried Stiller, Astronomie, Physik und Chemie,
 Prof. Dr. Paracelsus Piller, Medizin und
  allgemeine Naturwissenschaft,
 Prof. Dr. David Dubelmeier, Jurisprudenz,
 Prof. Dr. Bombastus Brummhuber, Philosophie,
 Prof. Dr. Hieronymus Hämmerle, Philologie,
 Prof. Dr. Theobald Thudium, Nationalökonomie,
 Prof. Dr. Fridolin Frommherz, Ethik und Theologie.

In einem Autoelektrik sitzend, fuhren die Herren langsam durch die sich vor ihnen öffnende Menschenmauer der Baustelle des Weltenseglers zu. Ernst und voll Würde grüßten die kühnen Reisenden die ihnen zujubelnde Menge. Am Weltensegler angelangt, verließen sie den Wagen, und Professor Stiller bestieg die in aller Eile und in letzter Stunde noch aufgerichtete Rednertribüne, um von da aus einige Worte des Abschiedes an die nächste Umgebung zu richten.

»Verehrte Damen und Herren, werte Freunde und Kollegen von nah und fern dieses kleinen Erdenballes! Die Geschichte unseres Planes ist Ihnen ja allen bekannt. Heute ist er verwirklicht insofern, als es uns gelungen ist, ein Luftschiff zu konstruieren, das nicht nur die Atmosphäre unserer Erde mit Leichtigkeit durchschneiden, sondern auch – und dies ist der springende Punkt – den Ätherraum selbstständig durchfliegen soll. Alle hier in Frage kommenden, ungeheuer verwickelten wissenschaftlichen Bedingungen, die vorher erfüllt werden mussten, um unsere Reise nach dem Mars zu ermöglichen, will ich nicht weiter erwähnen. Dies würde mich auch viel zu weit führen. Aber für meine heilige Pflicht halte ich es, in dieser Stunde des Abschiedes laut und offen zu erklären, dass möglicherweise unsere Reise von manchen Faktoren ungünstig beeinflusst, durch diese »Unbekannten«, die wir hier auf unserem Planeten nicht in den Kreis unserer Berechnung zu ziehen vermochten, vielleicht auch zum Scheitern gebracht werden kann. Diese Erkenntnis schützt uns vor Selbstüberhebung, sie zeigt uns aber auch klar die Gefahren unserer Expedition. Nicht Leichtfertigkeit, sondern die vorwärtstreibende Wissenschaft, der Durst nach Aufklärung ist es, der uns unser eigenes Leben nicht achten, sondern in den Dienst der allgemeinen Forschung stellen lässt.

Ob und wann wir uns je in diesem Leben wiedersehen werden, kann heute niemand von uns sagen. Kommen wir in einer Reihe von Jahren nicht mehr zurück, so weihen Sie unserem Andenken eine stille Träne. (Allgemeine Rührung.) Wir sind eben dann die Opfer unseres Berufes geworden. Aber ebenso gut ist es möglich, dass wir Ihnen einmal später von den Wundern einer anderen Welt berichten können. Leben Sie daher alle, alle wohl, und nehmen Sie zum Abschiede meinen und meiner Kollegen herzlichen Dank für Ihr Erscheinen hier, für Ihre Anteilnahme an unserem Unternehmen.«

Beifallsstürme brachen los, als Professor Stiller seine Rede beendigt hatte und nun gemessenen Schrittes von der Tribüne herabstieg. Wieder trat eine lautlose Stille ein, als die Gelehrten einer nach dem anderen in die Gondel stiegen. Professor Stiller war der Letzte, der die Strickleiter zur Gondel hinaufkletterte. Er winkte noch mit der Hand, dann schloss sich die kleine Tür. Das Klingeln einer elektrischen Glocke war das Signal zum Lösen der Taue. Der Weltensegler hob sich. Ruhig, gerade stieg er hinauf in den mehr und mehr heraufziehenden Winterabend. Kleiner und kleiner wurde der mächtige Ballon, größer und größer die Entfernung zwischen ihm und der Erde, dann verschwand er vor den Augen der Zurückgebliebenen, die sich schweigend unter dem machtvollen Eindruck des Geschehenen nach und nach zerstreuten.

Am Abend dieses bedeutungsvollen Tages gab der Hohe Rat der Stadt Stuttgart zu Ehren der Herren Blieder und Schnabel, der Erbauer des Weltenseglers, in dem glänzend erleuchteten, prachtvoll geschmückten Cannstatter Kursaal ein prunkvolles Festmahl. In mancherlei Reden wurden die Herren als die im Augenblick berühmtesten Männer und hervorragendsten Leuchten ihrer Vaterstadt gefeiert. Tränen der Freude liefen den beiden Herren über die gut genährten Wangen, als sie so offen ihr Loblied aus dem Munde der hochwürdigen Stadtväter singen hörten. Allerdings behaupteten böse Zungen später, Blieder und Schnabel hätten nur deshalb geweint und nicht mit Worten zu danken vermocht, weil sie schon zu viel des guten Weines getrunken und den Zungenschlag bekommen hätten. Aber böse Zungen sind ja immer dabei, wenn es gilt, die Verdienste anderer zu schmälern.

Beim Festmahle erreichte die allgemeine Rührung ihren Höhepunkt, als den Herren Blieder und Schnabel auf ihre etwas großen Köpfe je ein mächtiger Lorbeerkranz gepresst wurde. Am Schlusse des Mahles verkündete der Herr Oberbürgermeister der Haupt- und Residenzstadt, dass Herr Architekt Adolf Blieder und Herr

Professor Julius Schnabel aufgrund ihrer Leistungen bei dem kühnen Bau des Weltenseglers aus dem Stande der gewöhnlichen Bürger der Stadt herausgehoben und in die kleine Gemeinde der Ehrenbürger versetzt seien. Die Überreichung der Ehrendiplome unter den rauschenden Klängen des Stuttgarter Stadtmarsches schloss die erhebende Feier erst um die mitternächtliche Stunde.

Zwischen Himmel und Erde

Keine nennenswerte Luftströmung störte den fast senkrechten Aufstieg des Weltenseglers. Noch befand sich das Luftschiff im Bereich der Erdatmosphäre. Allerdings machte sich die erreichte Höhe durch den verminderten Luftdruck und das Sinken der Temperatur auch im Innern der Gondel fühlbar. Professor Stiller, als Leiter des Ganzen, schlug daher vor, zunächst einen bescheidenen Abendimbiss einzunehmen, wohl den letzten in der Nähe der Mutter Erde, von der die Expedition nach dem Stand des Barometers schon siebentausend Meter entfernt war. Der Vorschlag fand allseitige Billigung. Die Herren ließen sich die ausgezeichneten Stuttgarter Fleisch- und Backwaren vortrefflich schmecken, und dem an den sonnigen Halden des Neckartales bei Cannstatt gewachsenen Zuckerle, so hieß der mitgenommene gute Rotwein, wurde wacker zugesprochen, soweit eben die Herren Gelehrten keine Abstinenzler waren.

Nach dem Mahle wurde die Aufmerksamkeit wieder den Instrumenten zugewandt. Diese zeigten an, dass die Grenze der Erdatmosphäre erreicht sei, mithin der Eintritt in den unermesslichen Ätherraum bevorstehe. Die mit Xylol gefüllten Thermometer zeigten außerhalb der Gondel bereits 42 Grad unter null an, und die Barometer registrierten eine Höhe von 19.950 Meter. In der Gondel wurden die elektrischen Glühkörper in Tätigkeit gesetzt, nachdem schon vorher der Zerstäubungsapparat für die feste Luft in Funktion getreten war. Eine erträgliche Temperatur und eine angenehme, gut atembare Luft herrschten in der Gondel. Der Dienst in dem Raum wurde in der Weise geordnet, dass jeder der Gelehrten während vierundzwanzig Stunden abwechselnd drei Stunden zweiundvierzig Minuten die Instrumente zu überwachen hatte. Auf diese Art war für den Einzelnen der Dienst nicht anstrengend. Nur Professor Stiller hatte sich vorbehalten, im Falle der Notwendigkeit die Dienstleistung für gewisse Zeit allein zu übernehmen.

Ruhig und gut ging die erste Nacht in der Gondel hoch oben im Ätherraume vorüber. Unterdessen war der Ballon äußerst schnell gestiegen. Morgens um 7 Uhr, am 8. Dezember, war die Höhe von 90.723 Meter erreicht. Die Thermometer an den Glimmerfenstern der Gondel zeigten die fürchterliche Kälte von 120 Grad. Tiefe Dunkelheit umgab den Weltensegler. Kein einziger Sonnenstrahl fiel in diese pechschwarze Nacht des Tages. Rascher und rascher stieg das Luftschiff, seinen Kurs genau der Steuerung gemäß nach Osten haltend. Gegen Mittag wurde durch den Geschwindigkeitsmesser die gewaltige Entfernung von 220.000 Meter von der Erde angezeigt. Sollte das Steigen in diesem schnellen, progressiv sich steigernden Tempo fortgehen, so musste der Weltensegler im Laufe weniger Tage in die Nähe des Mondes gelangen, der bis dahin, um 90 Grad nach Osten vorgerückt, gerade sein erstes Viertel bilden würde.

Mit der Annäherung an den Mond erhielt der Weltensegler dann wieder das Licht der Sonne, konnten die Gondelbewohner sich wieder an den leuchtenden Strahlen der Urquelle aller Kraft erfreuen. Obgleich noch keine vierundzwanzig Stunden unterwegs, empfanden die Herren die Dunkelheit des sie umgebenden Weltraumes wie eine allzu lange Nacht. Sie begannen sich darüber zu äußern.

»Wir sind eben Kinder des Lichtes, der Sonne, und empfinden sofort deren Mangel«, sprach Professor Dubelmeier.

»Das ist wohl wahr«, bestätigte Fridolin Frommherz. »Alles Licht, auch das unserer Seelen, kommt von oben.«

»Umgesetztes Sonnenlicht, mein Lieber«, ergänzte Professor Hämmerle.

»Nennen Sie es, wie Sie wollen, das letzte aller Rätsel, die wirkliche Ursache alles Seins bleibt uns Sterblichen eben doch für immer verborgen, und wer weiß, ob dies nicht sehr gut ist«, entgegnete Frommherz.

»Darüber wollen wir uns hier in unserer Gondel nicht streiten, sondern uns über die Aussicht freuen, in kürzester Zeit aus dem Dunkel des Ätherraumes heraus wieder in das volle Licht der Sonne eintauchen zu dürfen, allerdings um sehr rasch wieder in die Finsternis zurückzukehren, wohl dann für längere Zeit«, warf Professor Stiller ein.

Doch plötzlich wurde der Unterhaltung ein unerwartetes Ende bereitet. Der Weltensegler begann zu zittern und schien einen Augenblick stillzustehen. Das Zittern des mächtigen Ballons übertrug sich auf die Gondel.

»Was ist los, um des Himmels willen, was hat sich ereignet?«

Diese Fragen kamen über die Lippen von mehreren der erregten Gelehrten.

»Zunächst nur Ruhe, keine Aufregung, die ja doch zu nichts führen würde, liebe Freunde!«, besänftigte Professor Stiller seine erschrockenen Gefährten. »Es scheint, dass wir in den breiten elektrischen Anziehungsstrom des Mondes gelangt sind, auf den der Weltensegler mit seiner eigenen elektrischen Strömung sofort reagiert hat, daher sein plötzliches Erzittern«, fuhr Herr Stiller fort. »Nun seht, er beruhigt sich und treibt wieder, und zwar bedeutend schneller vorwärts, ein Beweis für die Richtigkeit meiner Vermutungen.«

Mit diesen Worten trat Stiller von seinem Beobachtungsposten zurück, um ihn aber bald nachher wieder einzunehmen.

Von der Geschwindigkeit der rasenden Vorwärtsbewegung spürten die Insassen der Gondel nichts oder nur sehr wenig. Mit größter Aufmerksamkeit beobachtete Professor Stiller wieder den Geschwindigkeitsmesser. Nach einer Stunde konstatierte der Gelehrte kopfschüttelnd eine zurückgelegte Strecke von 4.500 Kilometern.

»Warum schütteln Sie den Kopf, Stiller?«, fragte Professor Piller den Kollegen.

»Es geht langsamer vorwärts, als ich mir vorstellte und nach meinen Berechnungen erwartet hatte.«

»Nanu, ich denke, 4.500 Kilometer in einer Stunde fliegend zurückzulegen, macht uns so leicht niemand nach. Eine solche Geschwindigkeit übersteigt alles, selbst die kühnste Rechnung«, warf Brummhuber ein.

»Sie übersehen dabei die ungeheuren Entfernungen, die wir zurückzulegen haben, um unser Ziel zu erreichen«, entgegnete Professor Stiller. »Doch ich hoffe, dass es in diesem Tempo nicht weitergehen wird; wir kämen sonst«, fügte er etwas gezwungen lächelnd hinzu, »mit allzu großer Verspätung auf dem Mars an.«

»Ein paar Tage mehr oder weniger spielen bei unserer Reise keine Rolle«, antwortete Thudium.

Die Weltensegler

Doch Herr Stiller gab keine Antwort mehr. Ernste Gedanken zogen in sein Gehirn und begannen ihn zu quälen. Diese Gedanken wollte er einstweilen für sich behalten. Wozu die Ruhe, das Vertrauen der Gefährten schon jetzt erschüttern? Die Zeit brachte von selbst Rat und vielleicht auch – Hilfe.

So verstrichen der zweite und der dritte Tag der Reise.

Am Ende des Letzteren betrug die zurückgelegte Entfernung 324.000 Kilometer. Die Geschwindigkeit des Weltenseglers hatte also doch etwas zugenommen, dank der von ihm aus seinen Apparaten nach außen hin abgegebenen elektrischen Kraft, die von Professor Stiller im Vereine mit Piller und Hämmerle einer sorgfältigen Messung unterlag. So vergingen die Stunden. Keiner der Herren vermochte zu schlafen, denn aller Wahrscheinlichkeit nach musste der Weltensegler noch diese Nacht in die unmittelbare Nähe des Mondes gelangen.

Eine plötzliche, von außen her in die Gondel dringende Helle ließ sofort Professor Stiller den elektrischen Strom schließen. Das Luftschiff begann langsamer zu fahren und stoppte endlich. Die Herren stürzten nach den Fenstern der Gondel, um den ganz unbegreiflichen Stillstand zu ergründen. Staunende Bewunderung über das, was sich ihren Augen bot, wirkte im ersten Augenblick so lähmend auf die Insassen der Gondel, dass sie minutenlang wie gebannt in stummem Entzücken dastanden. Dann aber brach sich eine laute Begeisterung Bahn.

»Großartig! Einzig schön! Allein die Reise wert! Ein Bild ohnegleichen! Der Mond, der Mond!«, so kam es über die Lippen der Beschauer.

Unmittelbar unter ihnen zeigten sich, hell beschienen von der Sonne, gewaltige, oft zerrissene, wild zerklüftete, trotzig emporstrebende Berge, die Schatten von wunderbarer, ungekannter Schärfe warfen. Zwischen ihnen gähnten Tausende von Metern tiefe Abgründe, und eine Unmasse ausgebrannter Krater schob sich zwischen die Abgründe und die Felsenmauern. Ziemlich ebene Landschaften waren wiederum von wallartigen Ringen ehemaliger gewaltiger Vulkane umkränzt. Dieses so umschlossene Land lag bedeutend höher als das außerhalb der Wälle sichtbare, aus dem sich wiederum da und dort kegelförmige Berge, die Reste einstiger Vulkane, scharf abhoben. Die merkwürdige Beleuchtung mit ihren einzig schönen Schattenbildern, überhaupt der ganze Eindruck war so eigenartig, in dieser Form so völlig verschieden von dem, was die Herren von der Erde her kannten, dass sie einen Vergleich damit gar nicht zu ziehen vermochten.

Wohin sie auch ihre Blicke richteten, nirgends, aber auch nirgends konnten sie Spuren von Pflanzenwuchs oder Wasser entdecken. Kein See, kein Strom, kein wogender Ozean, kein grünender Rasen, Strauch oder Baum, nichts, rein nichts zeigte sich. Das stumme, ergreifende Bild des starren Todes, das sich hier den Reisenden offenbarte, verfehlte auf diese seine Wirkung nicht. Die erste laute Begeisterung war rasch einer großen Stille gewichen, dem tiefen Ernste, den der Tod bei jedem denkenden und empfindenden Menschen hervorbringt. Nur kurze Zeit hatte man sich der Betrachtung desjenigen Teiles des Mondes hingeben können, der von der Gondel aus sichtbar war. Der Weltensegler fing an, langsam zu fallen.

»Auf dem Monde können wir uns weder braten lassen noch wollen wir auf ihm erfrieren«, rief Professor Stiller. »Wir müssen also schleunigst aus seiner wegen der Anziehung für uns gefährlichen Nähe weg und wieder hinaus in den Weltäther.«

Rasch wurde die elektrische Kraft wieder in Tätigkeit gebracht; die Flügel der Schraube drehten sich, und der Weltensegler entfernte sich schneller und immer schneller vom toten Kinde der noch lebendigen Mutter Erde.

Die Berechnungen von Professor Stiller gingen dahin, dass nach Kreuzung der Mondbahn und glücklicher Überwindung der Anziehungskraft des Mondes der Weltensegler bald selbst in die eigentliche Anziehungssphäre des Mars gelangen müsse, als desjenigen großen Gestirns, das sich augenblicklich der Erde noch am meisten genähert hatte. Diese Erdnähe musste begreiflicherweise die natürliche, auf elektromagnetischen Strömungen beruhende Gravitation zwischen Mars und Erde ganz bedeutend beeinflussen. Daraus folgte, dass, wenn ein den Gesetzen der Anziehungskraft unterworfener Körper, wie ihn beispielsweise der Weltensegler darstellte, in den Bereich dieser Anziehung gelangte, er in dem Maße vom Mars angezogen wurde, in welchem er ihm näher kam als der Erde.

Von der Erde war nun der Weltensegler genau 386.492 Kilometer entfernt. Es konnte daher keinem Zweifel unterliegen, dass er bereits unter der Anziehungskraft des Mars stand, die Stillersche Rechnung somit stimmte, denn das Luftschiff flog mit gleichmäßiger Geschwindigkeit und in derselben steten östlichen Richtung weiter. Die anfänglich gefürchtete Einwirkung der Anziehungskraft der Sonne konnte nun endgültig ausgeschaltet werden. Der Weltensegler befand sich auf dem richtigen und unmittelbaren Wege zu seinem Ziele.

Schon längst war es wieder dunkle Nacht außerhalb der Gondel, und die furchtbare Kälte des Weltraumes umgab den Ballon. Trotz des hermetischen Abschlusses und der dicken Pelzlager der Gondel vermochten sich die Reisenden gegen die Kälte nur durch elektrische Beleuchtung und Heizung zu schützen.

Ein Tag verging so nach dem anderen. Aus der ersten Woche wurde die zweite, aus der zweiten die dritte, aus der dritten die vierte, und noch immer wollte der Flug des Weltenseglers kein Ende nehmen.

Eines Tages – es war in der vierten Woche der Reise – begann die Stille des Gondelinnern ein eigenartiges Geräusch zu unterbrechen.

»Was ist denn los?«, fragten die Gelehrten erstaunt Professor Stiller.

»Ich kann es mir nicht erklären«, entgegnete dieser. »Weder unsere Uhren noch der Geschwindigkeitsmesser können die Ursache dieses auffallenden Rasselns sein. Und doch muss diese hier innen zu suchen sein, da der Weltäther bekanntlich keine Schallwellen vermittelt.«

Während Herr Stiller so sprach, forschte er nach der Ursache des sich mehr und mehr verstärkenden Lärmes.

»Ich kann wirklich nichts finden. Alle unsere Apparate für Luft und elektrische Kraft sind in Ordnung und funktionieren ruhig und tadellos. Aber halt, da fällt mir ein, es ist ja die Luft in unserer Gondel selbst, die den Schall überträgt, dessen Ursache draußen im Weltenraume liegen muss.«

»Dann ist es vielleicht irgendein Weltkörper, in dessen Nähe wir gelangt sind«, warf Professor Hämmerle besorgt ein.

In der Gondel surrte und schwirrte es nachgerade wie in einem Uhrmacherladen. Es schien, als ob Hunderte von Weckern losgegangen wären.

»Das ist ja ein Höllenlärm, bei dem einem Hören und Sehen vergeht!«, brüllte Professor Thudium wütend.

Aber in dem allgemeinen, betäubenden Rasseln erstarb seine Stimme.

Da erschreckte eine plötzliche Helligkeit, loderndem Feuer gleich, die sieben Insassen der Gondel. Eine Verständigung war des Lärmes wegen unmöglich geworden. Vor dem blitzenden Lichte, das durch die Fenster drang, schlossen die Reisenden unwillkürlich die schmerzenden Augen. Jeder Versuch, sie zu öffnen, erhöhte das fürchterliche Schmerzgefühl. In diesem kritischen Augenblick erinnerte sich Professor Dubelmeier glücklicherweise seiner Gletscherbrille, die er als leidenschaftlicher Bergsteiger in den Universitätsferien stets bei sich trug und die er wohlverpackt in einem Futterale mitgenommen und in irgendeine Tasche seines Rockes gesteckt haben musste. Vorsichtig tastete er den Rock von außen ab. Richtig, da fühlte er einen länglichen Gegenstand in der oberen rechten Seitentasche. Es war die Brille, dem Himmel sei Dank! Endlich hatte er sie auf die Nase gebracht. Geschützt durch die dunklen Gläser vermochte er nun seine Augen zu öffnen. Zunächst ließ er seine Blicke in der Gondel umherwandern. Stumm, mit geschlossenen Augen lagen seine Gefährten da. Der Ausdruck ihrer Gesichter trug den Stempel in ihr unabwendbares Schicksal ergebener Männer.

Mit zitternden Knien und klopfendem Herzen schlich sich Professor Dubelmeier zu dem ihm zunächst liegenden Glimmerfenster. Er wollte den Versuch machen, die Schutzvorrichtung an ihm herabzulassen, an die in dem wahnsinnigen Lärm merkwürdigerweise keiner der Herren bis jetzt gedacht hatte. Behutsam spähte er dabei hinaus in den unermesslichen Weltraum. Aber welch überwältigendes Schauspiel bot sich ihm hier! Vor Aufregung hierüber vergaß er die Schutzvorrichtung. Sein Sinnen und Denken war von dem Naturschauspiele da draußen völlig gefangen genommen.

Aus Millionen von Leuchtkugeln, die ähnlich der Milchstraße am nächtlichen Himmel einen breiten Strahlengürtel bildeten, funkelte und blitzte es in märchenhafter Pracht herüber aus der Ferne. Was mochte das wohl sein? Da musste sofort Kollege Stiller gefragt werden, denn möglicherweise konnte durch ihn noch eine dem Weltensegler drohende Gefahr abgewendet werden. Professor Dubelmeier ließ zunächst die Schutzvorrichtung an den Fenstern herab, trat dann auf Stiller zu, stülpte ihm die Schutzbrille auf die Nase und rüttelte ihn aus seiner Betäubung wach. Erstaunt über sein so plötzlich wiedergekehrtes Sehvermögen erhob sich Professor Stiller mit der Brille seines Freundes und folgte dessen stummer Gebärde. Er zog die Schutzvorrichtung des Fensters weg und blickte hinaus. Gebannt von dem sich ihm bietenden Schauspiel blieb auch er einige Minuten am Fenster stehen, versunken in den Zauber des Anblicks. Nun war ihm die Ursache des tollen Rasselns, der Erscheinung überhaupt, klar. Der Weltensegler war auf seiner Bahn nach dem Mars in die Nähe eines durch den Weltäther dahinsausenden Kometen gekommen, der ebendiese Bahn kreuzte. Eine unmittelbare Gefahr für den Weltensegler war bei der immerhin noch großen Entfernung und der ungeheuren Geschwindigkeit der Kometenbewegung nicht vorhanden, wenigstens nicht für die nächsten Stunden. Beruhigt, aber doch halb berauscht von der einzigartigen Erscheinung, verließ Herr Stiller das Fenster.

Wie es Professor Dubelmeier mit ihm gemacht, so machte es Stiller mit seinem Kollegen Piller, dieser wiederum mit Hämmerle und so weiter, sodass jeder der Reisenden sich das großartige Schauspiel ohne Gefahr für sein Sehvermögen betrachten konnte. Zu einer Aussprache aber kam es erst nach einigen Stunden, als das Geräusch des vorbeiziehenden Kometen nach und nach abzunehmen begann.

Dann erklärte Professor Stiller seinen Gefährten die Ursache der Erscheinung und pries laut Dubelmeiers Schutzbrille.

»An so vieles dachte ich bei der Auswahl der mitzunehmenden Sachen, und ich glaubte auch, wirklich nichts vergessen zu haben. Ich gestehe aber, dass ich auf den praktischen, so naheliegenden Gedanken einer Schutzbrille nicht gekommen bin. Da sieht man wieder die eigene Unzulänglichkeit, den Mangel an Verlass auf sich selbst. Freund Dubelmeiers Sorgfalt hat uns einen großen Dienst geleistet.«

»Na, nun aber sagen Sie, Mann, wie kamen denn gerade Sie auf den Einfall, eine Gletscherbrille in das Luftschiff mitzunehmen?«, fragte Professor Piller neugierig.

Dubelmeier wurde verlegen und wollte zuerst nicht recht mit der Sprache heraus. Auf allseitiges Fragen und Drängen hin gestand er endlich, dass er sich nicht hätte mit dem Gedanken befreunden können, jahrelang seinen geliebten Bergtouren zu entsagen. Da habe er, in der stillen Hoffnung, solche auch auf dem Mars ausführen zu können, wenigstens seine Gletscherbrille eingesteckt.»Und wo stecken denn Ihr Eispickel und die sonstige Ausrüstung? Davon sehe ich nichts«, forschte Professor Brummhuber.

»Mit Ausnahme meiner genagelten Schuhe habe ich alles andere seufzend in Tübingen gelassen«, antwortete Herr Dubelmeier.

»Ein weises Verfahren, fürwahr, denn für die Mitnahme derartigen Gepäckes wäre das Innere unserer Gondel doch etwas ungeeignet«, lachte Professor Stiller. »Aber Ihre Brille in Ehren, die hat uns gute Dienste geleistet.«

Der Durchgang des Kometen durch die Anziehungssphäre des Mars hatte aber auf die Vorwärtsbewegung des Weltenseglers selbst ungünstig eingewirkt. Bei genauer Kontrolle des Geschwindigkeitsmessers bemerkte Professor Stiller mit Schrecken, dass sich der Ballon in den soeben verflossenen ernsten Stunden nur mit dem zehnten Teil der bisherigen Schnelligkeit nach dem Mars zu bewegt habe. Erst nach und nach schien der Weltensegler wieder in die frühere Geschwindigkeit übergehen zu wollen. Das aber bedeutete eine unliebsame Verlängerung der an sich schon so mühseligen Reise, die unter Umständen noch recht unangenehme Nachwirkungen haben konnte.

An die Stelle der früheren Lebhaftigkeit der Unterhaltung, des körperlichen und geistigen Wohlbefindens war nach und nach eine gewisse Mattigkeit, eine mehr oder weniger große Abspannung getreten, die die Kometenerscheinung nur vorübergehend zu unterbrechen vermocht hatte. Bei diesem und jenem der Herren erschien bereits als drohendes Gespenst die beginnende Langeweile, der Anfang zur Lethargie. Die Reise in dem verhältnismäßig doch engen, eingeschlossenen Raume fing an, zu lange zu dauern. Dazu kam auch noch der Mangel an körperlicher Bewegung und der gewohnten geistigen Beschäftigung.

Alle allgemein wie im Besonderen interessierenden wissenschaftlichen Fragen, die Einzelheiten des bisherigen Verlaufes der Reise waren schon so vielseitig und so oft besprochen worden, dass sie längst ihren Reiz verloren hatten. Still, stumm, fast apathisch saßen oder lagen jetzt, in ihre Pelzmäntel gewickelt, die meisten Herren, die bis vor Kurzem noch so heiter und lebensfroh gewesen waren, in der Gondel herum. Nur nicht zum zweiten Mal eine so entsetzlich lange Fahrt mehr machen, die nicht einmal einen guten, warmen Imbiss oder freie Bewegung der nahezu steif gewordenen Gliedmaßen gestattete! Und war man denn so sicher, das Ziel zu erreichen? Wenn nicht, was dann? Ja, was dann? Das waren die Gedanken und die bangen Fragen, die die Herren bewegten, die sie in ihrem Gehirn, das zu schmerzen anfing, herumwälzten.

Diese verdammte Marsreise! Wie verlockend, geradezu verführerisch, ja berauschend, die gesunden klaren Sinne umnebelnd, war sie ihnen zuerst erschienen! Wie sehr hatte man diese lange Kerkerhaft in dem engen schmalen Raume, die lange Entbehrung des natürlichen Lichtes der Sonne in ihrer Wirkung unterschätzt! Professor Piller schimpfte wohl in der ersten Zeit der Reise über eintretende Blutarmut, Störungen im Stoffwechsel trotz ausgezeichneter Esslust und dergleichen, jetzt aber lag auch er halb stumpfsinnig in einer Ecke der Gondel, verwünschte im Stillen sich, seine Genossen, den Weltensegler, das ganze Universum, besonders aber den Verführer Mars. So empfanden und dachten auch mehr oder weniger die übrigen Herren. Und erinnerten sie sich daran, wie bequem und angenehm sie einst in Tübingens Mauern gelebt, wie sie jeden Abend nach getaner Arbeit an ihrem Stammtisch in anregender Gesellschaft und bei kühlem, frischem Trunke gesessen, so erfüllte sie aufrichtiges Bedauern, diese verrückte Reise überhaupt unternommen zu haben.

»Hol der Teufel den Mars!«, kam es einmal laut über die Lippen von Professor Piller.

Es war genau das, was er soeben gedacht hatte.

»Das wollen wir nicht wünschen«, erwiderte in etwas herbem Tone Herr Stiller. »Dass die Expedition mit allerlei Gefahren und auch materiellen Entbehrungen verschiedenster Art zu rechnen haben würde, war von vornherein für jeden von uns klar. Wir können uns also hinterher nicht beschweren. Solche Beschwerden sind unser nicht würdig. Schweig und dulde!, heißt es für uns.«

»Wahr gesprochen!«, bestätigte Bombastus Brummhuber. »Aber schließlich muss auch das Schweigen und Dulden ein Ende nehmen.«

»So warten Sie doch erst ab, was kommt!«, rief Professor Stiller zornig.

»Aber Sie sagten doch, dass die Reise nicht länger als einige Wochen dauern werde«, warf Frommherz ein, »und nun ist diese Zeit herum und ...«

»Sie sollten am allerwenigsten die Geduld verlieren, Frommherz«, unterbrach Stiller den Gefährten. »Im Übrigen habe ich niemals eine genaue Angabe darüber gemacht, wie lange die Reise dauern werde, aus dem ganz einfachen Grunde, weil ich dies auch nicht gekonnt hätte. Ich sprach von mehreren Wochen im allergünstigsten Falle. Lassen Sie sich nicht entmutigen dadurch, dass die Reise sich länger hinauszieht, als mir selbst lieb ist. Im Gegenteil, fassen Sie Mut! Wir haben ihn dringend nötig.«

»Was heißt das? Drücken Sie sich klarer aus, Stiller!«, tönte es von verschiedenen Seiten.

»Nun, ich denke, dass es deutlich genug war, was ich mit meinen Worten sagen wollte: Wir haben erst einen Bruchteil der Reise hinter uns. Vor uns liegt noch eine riesige Strecke, die an unseren Mut und an unsere Widerstandskraft alle Anforderungen stellt.«

»Wie groß ist die Entfernung noch?«

»Noch etwa dreißig Millionen Kilometer.«

»Dreißig Millionen Kilometer? Kaum die Hälfte! Einfach entsetzlich!«, stöhnte Professor Dubelmeier.

»Wie soll das enden!«, seufzte Frommherz.

»Hoffen wir, gut, sonst würden Sie, lieber Frommherz, eben schneller gen Himmel fahren als Sie vielleicht wollen«, spottete Professor Stiller, über den nachgerade eine Art Galgenhumor kam.

Doch diese Stimmung hielt bei Professor Stiller nicht lange an. Sie wurde nur allzu rasch durch die Sorge um das Wohl und Wehe der Expedition zurückgedrängt. Er war der eigentliche Urheber, der Vater dieses kühnen Unternehmens. Mithin trug er auch allein die volle Verantwortung für das Leben seiner Gefährten, die sich im Vertrauen auf seine Angaben ohne Zögern zur Mitreise entschlossen hatten. Professor Stiller war bei aller nervösen Hast, bei aller Neigung, überall nur das Beste zu sehen und die kühnsten, schwierigsten Probleme mit einer gewissen Leichtigkeit zu behandeln, und trotz seines leicht erregbaren Charakters, ein viel zu biederer und ehrlicher Mann, um sein eigenes Tun und Lassen nicht immer wieder einer strengen Selbstkritik zu unterziehen.

Mehr als einmal schon hatte er es im Stillen verwünscht, diese Reise nicht allein oder wenigstens nur in Begleitung eines erprobten Dieners unternommen und nicht von vornherein auf die Teilnahme seiner Kollegen verzichtet zu haben. Noch hatte er bis zur Stunde von den Gefährten keine unmittelbaren Vorwürfe zu hören bekommen. Die kurze Unterhaltung vorhin aber, die körperliche und geistige Verfassung seiner Genossen bewiesen ihm nur allzu deutlich, dass das bisherige gute und friedliche Zusammenleben in der Gondel die erste schwere Erschütterung erfahren hatte. Gleich in den ersten Tagen der Reise hatten ihn schon gewisse Zweifel und trübe Gedanken gequält, die er zuerst noch leicht abzuschütteln vermochte, die aber immer wieder und stärker auftauchten und sich nun nicht mehr so rasch bannen ließen wie im Anfang.

Was Professor Stiller am meisten beschäftigte, das war der verhältnismäßig langsame Flug des Weltenseglers. Er hatte ganz bestimmt darauf gerechnet, dass das Luftschiff, kaum in den Anziehungskreis des fernen Weltkörpers gelangt, diesem selbst mit blitzartiger Geschwindigkeit zufliegen werde, und nun musste er sich eingestehen, dass er sich hierin ganz gehörig getäuscht habe. Zu diesem großen Irrtum gesellten sich zwei weitere: Die Vorräte an fester Luft und an elektrischen Energiemengen waren auf eine kürzere Reise, das heißt, auf einen raschen Flug berechnet gewesen und mussten bereits in wenigen Wochen zu Ende gehen.

Um das Maß der Sorgen vollzumachen, nahmen auch die Nahrungsmittel überaus schnell ab. Es war zwar ein großer Vorrat an Speisen und Getränken für eine Reisedauer von drei Monaten mitgenommen worden, aber Herr Stiller hatte nicht mit dem großen Appetit seiner Gefährten gerechnet. Anfangs hatte er sich über ihre Esslust gefreut in dem sicheren Bewusstsein, der Weltensegler werde in weniger als der Hälfte der Zeit, für die die Lebensmittel bestimmt waren, sein Ziel erreichen, jetzt aber, als er sich in dieser Erwartung getäuscht sah, kam zu den anderen schweren Kümmernissen auch noch die Sorge um die Ernährung. Wohl oder übel musste schon jetzt, von heute ab, eine Kürzung der täglichen Nahrungsrationen eintreten, wollte man mit den Vorräten noch längere Zeit auskommen. Ganz besonders waren es die Getränke, die stark abgenommen hatten, und der Vorrat an dem so beliebten Göppinger Wasser wies geradezu erschreckende Lücken auf.

So entstand aus dem ersten großen Irrtum eine ganze Reihe unangenehmster, in ihrer Wirkung gar nicht übersehbarer Folgen. Das Gemüt Herrn Stillers verdüsterte sich in dem Maße, in dem er sich dies alles klarzumachen suchte. Zunächst trat an ihn die Frage heran, wie er es am besten anfangen sollte, seinen Kollegen die Zweckmäßigkeit einer Beschränkung ihrer täglichen Speisen und Getränke vor Augen zu führen. Diese Aufgabe richtig zu lösen, ohne die Gefährten zu verletzen und ihre an sich schon gereizte Stimmung noch schlimmer zu gestalten, erschien Professor Stiller kaum möglich.

»Wenn doch ein Wunder geschehen und die Geschwindigkeit der Vorwärtsbewegung des Weltenseglers sich verdoppeln möchte, dann wäre ich mit einem Schlage alle diese heillosen Schwierigkeiten los«, dachte Professor Stiller.

Aber kein Wunder geschah. Der Weltensegler bewegte sich gleichmäßig wie bisher weiter, trotz eifrigster Beobachtung des Geschwindigkeitsmessers durch den Professor.

»Ersticken, erfrieren, verhungern, bevor wir den Mars erreichen – wahrhaftig, wir haben die Auswahl unter den schlimmsten aller Todesarten! Was nützt es schließlich, meinen Gefährten durch Verringerung ihrer Nahrung das bisschen Freude zu verderben, das ihnen der Genuss von Speise und Trank noch bereitet, wenn uns der Tod sowieso in sicherer Aussicht steht? Am besten ist, ich lasse die Sache beim Alten. Punktum!«

Zu diesem Entschluss kämpfte sich nach langem, trübem Sinnen der Professor endlich durch.

Die Woche ging zu Ende. Mit ihr waren die Marsreisenden in das neue Jahr eingetreten. Keiner von ihnen hatte sich um den Jahreswechsel gekümmert, der früher von ihnen unten auf der Erde in lauter Fröhlichkeit begangen worden war. Eine dumpfe Gleichgültigkeit hatte sich der Gesellschaft bemächtigt und nahm ihr auch mehr und mehr die frühere Lust am Essen.

»Gelange ich glücklich aus dieser Gondel heraus auf den Mars und finde dort auch nur einigermaßen annehmbare Lebensbedingungen vor, so haben mich Schwabenland und Erde für immer gesehen. Keine Gewalt des Himmels soll mich dann je wieder zu einer solchen Reise verleiten«, äußerte sich eines Tages Professor Fridolin Frommherz, und ihm stimmten mehrere der Herren kopfnickend bei.

Professor Stiller entgegnete nichts auf diese Äußerung, die so offen die Empfindung seiner Gefährten wiedergab. Angesichts der außerordentlich kritischen, täglich sich mehr verschärfenden Lage des Weltenseglers erschienen ihm alle diesbezüglichen Meinungsäußerungen seiner Kollegen als höchst überflüssig. Er hüllte sich daher in düsteres Schweigen und begann über die möglichen Mittel und Wege einer Beschleunigung der Reise nachzusinnen.

»Wer sich selbst aufgibt, ist überhaupt von vornherein schon verloren. Wo sich nur immer ein Schimmer von Hoffnung zeigt, und wäre er noch so klein und schwach, da sieht der mutige Mensch noch die Möglichkeit eines Ausweges und einer Rettung, während der Mutlose der Verzweiflung anheimfällt. War ich denn schwach und feige, oder bin ich es wirklich?«, fragte Professor Stiller sich. »Wovor fürchte ich mich eigentlich? Vor dem Tode, vor dem Verlust meines Lebens, das im Dienste der Forschung, der Allgemeinheit allerdings wertvoll war, von mir persönlich aber niemals hoch eingeschätzt wurde?«

Der großartige Gedanke dieser Reise, der sinnreiche Bau des Weltenseglers, der sich bis zur Stunde so ausgezeichnet bewährt hatte, das alles war doch schließlich sein ureigenstes Werk, dem er in jeder Beziehung so viele Opfer gebracht hatte. Schon vor Ausführung der Reise hatte er ja mit der Möglichkeit eines Scheiterns der Expedition gerechnet. Trotzdem war er voll Mut und Hoffnung auf Überwindung aller Gefahren von der Heimat abgefahren. Und nun, wo die Sache anfing, kritisch zu werden, da sollte ihm wie einem Schwächling der Mut sinken? Wie stand er eigentlich vor sich selbst da? Eine Röte der Scham stieg bei diesem Gedankengange in sein Gesicht. Weg mit allem, was nach Schwäche, nach Feigheit aussah! War es ihm wirklich vom Schicksal bestimmt, schon jetzt sterben zu müssen, in der Blüte und Vollkraft der Jahre, nun, dann in Gottes Namen! Aber dann war auch die Art des Unterganges seiner würdig: Sie war ebenso groß wie eigenartig. Sein und seiner Gefährten Namen würden, wenn sie selbst schon längst im Weltraume verschollen waren, für immer achtungsvoll unten auf der Erde genannt werden. Mit goldenen Lettern waren sie in den Annalen der Weltgeschichte und der Wissenschaft als kühne, wenn auch unglückliche Weltensegler eingetragen. Der Gedanke daran war ein Trost, und zwar ein großer, stolzer und zugleich erhebender. Da gelobte sich Professor Stiller von Neuem, mit Entschlossenheit und offenen Auges der Zukunft entgegenzugehen, mochte sie bringen, was sie wollte. Eine wunderbare Ruhe kam allmählich über ihn. Sie ließ ihn wieder klarer denken und überlegen. Zunächst begann er, den noch vorhandenen Vorrat an elektrischer Kraft auf das Sorgfältigste festzustellen. Tagelang rechnete er hin und her. Die Entfernung des Weltenseglers vom Mars betrug noch rund achtzehn Millionen Kilometer. Die Wirkung der Anziehungskraft des Planeten auf den Weltensegler konnte von diesem aus gesteigert werden, wenn man sich entschloss, einen Teil der gebannten, festgelegten elektrischen Kraft zu opfern, hinaus in den Weltraum, dem Mars entgegenzusenden. Allerdings war dieser Versuch, wie Professor Stiller sich selbst gestand, sehr gewagt: Es verringerte den für die Beleuchtung und Erwärmung des Gondelinnern so notwendigen Energievorrat außerordentlich rasch. Aber es konnte kein Schwanken mehr für ihn geben, nachdem er sich zu der Erkenntnis durchgerungen hatte, dass die Opferung eines großen Teiles der elektrischen Energiemengen noch die einzige Möglichkeit der Rettung des Lebens und des Gelingens der Expedition in sich schließe. Es war ein Vabanquespiel, aber es musste unter diesen Verhältnissen gespielt werden. Es blieb keine andere Wahl.

Professor Stiller machte sich sofort an die Arbeit. Anfangs schauten die Herren der neu erwachten energischen Tätigkeit ihres Genossen stumm, nahezu gleichgültig zu. Nach und nach aber erwachte in ihnen doch wieder die Neugier und damit das eingeschlafene Interesse an der Wissenschaft.

»Stiller, was machen Sie da?«, fragte man den Professor aus den verschiedenen Ecken der Gondel heraus, in denen die Herren herumlagen.

»Ich arbeite an unserer Rettung«, entgegnete kurz der Gefragte.

»Fürwahr, ein löbliches Werk!«, bemerkte Frommherz mit schwacher Stimme.

»Erklären Sie uns Ihr Unternehmen!«, bat Professor Dubelmeier.

»Lassen Sie mich nur ruhig gewähren, werteste Freunde! Meine Auseinandersetzungen müsste ich mit so vielen Zahlen belegen, dass Ihnen der Kopf brummen würde, und der bedarf bei uns allen jetzt ganz besonderer Schonung.«

»Stiller hat recht!«, entschied Professor Piller. »Reichen Sie mir lieber aus dem Schrank, an dem Sie sitzen, eine Flasche unseres heimischen Weines.«

»Piller, Sie trinken entschieden zu viel«, mahnte Dubelmeier, entsprach aber doch der Bitte des Freundes, indem er ihm eine Flasche mit dem hellroten »Zuckerle« hinüberreichte. »Der Alkohol ist ein Feind des Gehirns, das sollten Sie doch als Medizinmann am besten wissen.«

»Meinetwegen«, gähnte Professor Piller.

Dann verriet ein lauter, gurgelnder Ton aus der Ecke den kräftigen Zug des Trinkenden.

»So, das hat geschmeckt. Es geht eben doch nichts über einen guten Tropfen«, brummte Piller. »Und nun, Dubelmeier, rate ich Ihnen dringend, mit dieser Art von Gehirnfeind ebenfalls nähere Bekanntschaft zu machen.«

Nach diesen Worten schloss Professor Piller wieder die Augen und schlief ruhig ein. Auch die anderen Herren sanken rasch wieder in den alten lethargischen Zustand zurück.

Unterdessen hatte Professor Stiller die Wirkung seines Versuchs beobachtet. Der Schnelligkeitsmesser notierte tatsächlich eine nennenswerte Vermehrung der Geschwindigkeit gegenüber der bisherigen. Bereits wiegte sich der Professor in der Hoffnung auf das Gelingen des Experiments – da trat ein neues Ereignis ein.

»Was, Teufel, ist denn wieder los?«, fragte Piller, plötzlich aus seiner Lethargie auffahrend, als sich ein seltsames donnerähnliches Rauschen in der Gondel hören ließ.

»Das klingt ja wie das Brausen eines Bergstromes, der ungezählte Trümmer mit sich führt«, warf der bergkundige Dubelmeier ein.

Kaum war das Wort gesprochen, als ein schwerer Gegenstand die Gondel traf. Erregt sprang Professor Stiller auf.

»Schnell, Freunde, helft die Fenster schützen! Trügt mich nicht alles, so ist ein kosmischer Regen im Anzuge.«

Die Herren stürzten nach den vier Fenstern der Gondel und ließen blitzschnell die Schutzvorrichtung herunterklappen. Ein von der Seite kommender kurzer, prasselnder Regen ging über den Weltensegler, mehr noch über die Gondel nieder. Schon glaubte Herr Stiller jede Gefahr abgewendet, als wiederum ein neuer, aber gewaltigerer Schlag die Gondel traf. Ihm folgten ein Klirren und ein lauter Schmerzensschrei. Der Ort, an dem sich der Geschwindigkeitsmesser in der Gondel befand, war durch einen kleinen Meteoriten getroffen worden. Durch die furchtbare Erschütterung war das Instrument verletzt und seine innere Glaseinfassung zersplittert worden. Einer der Splitter hatte Professor Frommherz getroffen, der nun stöhnend und blutüberströmt auf dem Boden der Gondel lag.

Durch den Schlag war die Gondel so heftig auf die Seite geworfen worden, dass eine heillose Verwirrung im Innern entstand. Erst nach einiger Zeit hörte die schaukelnde Bewegung der Gondel auf und machte wieder der alten, ruhigen Lage Platz. Weitere Schläge erfolgten nicht mehr, und Professor Stiller konnte annehmen, dass der Weltensegler auch aus dieser Gefahr unerwartet glücklich hervorgegangen sei.

Erst jetzt konnte Piller den Verwundeten untersuchen. Er stellte fest, dass die Verletzung zum Glück nicht so schlimm war, wie sie den Anschein hatte.

»Sie jammern im umgekehrten Verhältnis zu Ihrer Wunde, Frommherz«, spottete Piller, nachdem er die Wunde untersucht hatte.

»O Himmel, das fehlte gerade noch!«, stöhnte der Verwundete, als Piller die Nadel durch die Wundränder stieß. »Haben Sie Unmensch denn gar kein Gefühl für mein Leiden?«

»Pah«, entgegnete Herr Piller trocken, »Unmensch hin, Unmensch her! Danken Sie Ihrem Schöpfer, dass Sie noch mit einem solchen Schmisse weggekommen sind! Er wird sich auf Ihrer Stirn recht kühn ausnehmen, dieser länglich rote Streifen.«

»Was wird man dann von mir denken?«

»Was man will! So, nun schneiden Sie kein solches Jammergesicht mehr. Die Wunde ist genäht, der Verband befestigt. Watte, mit Göppinger Wasser getränkt, entfernt aus Ihrem Antlitze die Blutspuren. Dann sehen Sie reinlicher aus als wir. Nach einigen Tagen entferne ich die Fäden, und die Sache hat ein Ende.«

»Ach, wäre es nur erst vorüber!«

»Wenn Sie damit die Reise meinen, so bin ich ganz Ihrer Ansicht. Einmal aber muss diese vermaledeite Fahrt ihr Ende nehmen, so oder so«, brummte der Medizinmann unmutig in den Bart.

Das Schlimme war, dass der Geschwindigkeitsmesser unbrauchbar, funktionsunfähig gemacht worden war. An eine Reparatur des Werkes während der Fahrt war gar nicht zu denken. Dieses peinliche Ereignis zog einen bösen Strich durch alle Berechnungen Professor Stillers und raubte ihm jede Möglichkeit der Kontrolle.

Nun war alles dem blinden Zufall ausgeliefert. An die Stelle genauer Berechnung trat jetzt ausschließlich die Vermutung. Diese aber öffnete wieder allen trüben Gedanken Tür und Tor.

Weiter rollte die Zeit und weiter der Ballon auf seinem Wege. Die Lebensmittel waren schon derart zusammengeschmolzen, dass trotz der geringen Esslust der Gondelbewohner in kürzester Zeit Nahrungsmangel eintreten musste. Auch der Vorrat an elektrischer Energie nahm in schreckenerregender Weise ab. Wollte also Professor Stiller sich und seinen Gefährten nur noch für wenige Tage Licht und Wärme erhalten, so musste sofort mit der Abgabe der elektrischen Kraft in den Ätherraum hinaus aufgehört werden. Schweren Herzens stellte daher der Gelehrte die Verbindung nach außen hin ab.

Was werden die nächsten Tage bringen? In ihrem dunklen Schoße lag das Schicksal, das Glück oder der Untergang der Expedition. Das elektrische Licht in der Gondel fing an, schwächer zu werden; eine empfindliche Kälte, die sich trotz der Pelzkleidung der Männer nicht länger mehr bannen ließ, machte sich mehr und mehr geltend. Ein dumpfer, gleichgültiger Zustand hatte sich aller Gondelinsassen bemächtigt, der nach und nach in eine Art von Bewusstlosigkeit überzugehen begann. Langsam schien das Ende für die Dulder heranzukommen. Lange, bange Stunden verstrichen so; kein Laut ließ sich mehr in der Gondel vernehmen.

Da auf einmal ein gewaltiger Stoß. Ballon und Gondel flogen zur Seite und schienen sich zu überschlagen. Die armen Männer in der Gondel flogen übereinander, schlugen gegenseitig aufeinander auf und begannen aus ihrem todesartigen Schlummer aufzuwachen.

Furchtbar erschrocken über die heftige Erschütterung, gelang es den Herren nach langen Anstrengungen, sich endlich aufzurichten. Als sie schließlich mühsam die Augen zu öffnen vermochten, da fiel durch die zertrümmerten Fenster der Gondel helles, strahlendes Sonnenlicht herein. Es bedurfte einiger Zeit, bis die schmerzenden Augen der Reisenden sich an das so lange entbehrte Licht der Sonne wieder gewöhnt hatten. Dann aber war plötzlich alle Lethargie von ihnen gewichen.

Professor Stiller war der Erste auf den Füßen. Unbekümmert um eine mögliche Gefahr, streckte er mutig den Kopf zu einem Fenster hinaus, um die Ursache des Zusammenstoßes des Weltenseglers mit einem anderen, fremden Körper zu erforschen; denn dass ein solcher stattgefunden haben musste, war dem Gelehrten sofort klar.

»Hurra! Hurra!«, rief er, aufgeregt vom Fenster zurücktretend, seinen Gefährten zu. »Hurra. Wir sind gerettet! Wir haben den kleinen Marsmond Phobus, glücklicherweise nur sehr leicht, gestreift. Die äußerste Hülle unseres Ballons ist allerdings gerissen, und auch sonst ist, wie ich sehe, vielerlei Schaden entstanden, aber das ist gleichgültig! Seht hier hinab, da unten, da unten liegt der Mars. Gerettet, ge...«

Professor Stiller fiel zurück. Eine tiefe Ohnmacht umfing ihn.

Professor Pillers energischen Anstrengungen gelang es endlich, den Bewusstlosen dem Leben zurückzugeben.

»Wo sind wir?«, fragte Professor Stiller mit schwacher, kaum vernehmbarer Stimme.

»Das wissen wir selbst nicht recht. Jedenfalls noch immer in der Luft und noch nicht auf festem Boden«, antwortete Professor Piller.

»So müssen wir die Ventile öffnen und den Weltensegler langsam und vorsichtig zum Fallen bringen«, entschied Stiller.

»Aber fühlen Sie sich auch wieder so kräftig, die Leitung des Ganzen übernehmen zu können?«

»Es muss einfach sein!«

Mit diesen Worten erhob sich Professor Stiller, um sich zunächst durch einen Blick aus dem Fenster über die örtliche Lage des Ballons zu orientieren.

Richtig, da unten, nur wenige Kilometer vom Weltensegler entfernt, hob sich scharf und deutlich eine breite, mächtige Wasserstraße ab, eine dunkelgrüne, subtropische Vegetation umrahmte den Flusslauf. Dazwischen eingestreut zeigten sich, vom warmen Sonnenschein übergossen, wohlbebaute Felder und Gärten. Eigenartige, von Weitem blendend weiß erscheinende Bauten bewiesen die Nähe belebter Wesen. Die laute Begeisterung, die die kühnen Weltfahrer einst bei der Passage des Erdmondes erfasst hatte, machte hier einer stummen Bewunderung Platz, als sie dankerfüllten Herzens gegen das Geschick, das sie im letzten Augenblicke noch vor dem Äußersten bewahrt hatte, von ihrer Gondel auf die märchenhaft schöne Landschaft hinabschauten, der sie nun in raschem Fluge näher kamen.

Auf dem Mars

Vom Mars aus – denn er war es wirklich – hatte man das Luftschiff längst bemerkt. Als es sich nun dem Boden näherte, strömte eine Anzahl von Menschen dem Orte zu, an dem das Luftschiff niederging. Der Weltensegler hielt auf eine große grüne Wiese zu, auf der Gruppen edelster Viehrassen weideten. Professor Stiller warf das Kabel mit dem Anker in weitem Bogen von der Gondel ab und deutete durch Zeichen und Gebärden den unten stehenden Menschen an, was sie ungefähr tun sollten, um das Luftschiff festzumachen. Die Marsleute begriffen auch sofort, was der fremde Mann in seiner stummen Sprache von ihnen begehrte. Ohne jede Hast, aber doch rasch und auffallend gewandt, war dem Wunsche des Professors entsprochen worden. Nun lag das Fahrzeug fest und sicher vor Anker.

Die Strickleiter wurde aus der Gondel herabgelassen und an den hierzu bestimmten Metallklammern befestigt. Die sieben Männer aus dem fernen Schwabenlande stiegen nacheinander an ihr hinab, um als die ersten Erdgeborenen den Boden des Mars zu betreten. Eine weiche balsamische, von Wohlgerüchen erfüllte Luft umfing die kühnen Reisenden, als sie aus ihrer Gondel herabgeklettert waren. Ein Gefühl der Wonne, des Geborgenseins, unsäglicher Befriedigung zog in die Brust der armen, halb toten Männer, als sie nach so vielen Wochen zum ersten Mal wieder festen Boden unter ihren Füßen spürten. Ja, sie mussten sich selbst erst überzeugen, dass es wirkliche Erde sei, auf der sie standen. Mit den Händen griffen sie nach dem Boden, um sich von seiner erdigen Beschaffenheit zu überzeugen. Nein, es war kein Traum, es war Wirklichkeit: Sie standen auf richtigem Boden. Tausend-, abertausendmal Dank dem Himmel, der sie ihr Ziel erreichen ließ! Tränen des Glückes, der reinsten Freude liefen den hart geprüften Männern über die bärtigen Wangen, die seit langer Zeit nicht mehr gepflegt worden waren.

»Donnerwetter, wie sehen wir aus!«, rief voll Entsetzen Professor Piller, als er seine Genossen genauer im Lichte der Sonne betrachtete.

Dann aber brachen die Herren in lautes Lachen über die Komik ihres eigenen Äußeren aus.

Professor Stiller begann nun, die ihn und seine Genossen umgebenden Menschen zu mustern. In der Tat, das waren Menschen von Fleisch und Blut, die hier herumstanden und mit freundlichem Lächeln die Erdensöhne betrachteten.

»Sauberer, größer und schöner als wir sind sie entschieden. Oder sollten wir am Ende gar zu den Göttern des Olymps und nicht nach dem Mars gekommen sein?«, bemerkte Professor Hämmerle, nachdem er seine Brillengläser geputzt und die Brille auf die Nase gesetzt hatte.

»Warum das?«, fragte Professor Dubelmeier.

»Eine Gesellschaft von Göttern scheinen mir diese Wesen hier zu sein. Sehen Sie nur einmal diese geradezu klassisch schönen Gesichter, diese prachtvollen Körperformen und die sie nur schwach verhüllenden antiken Gewänder!«

»Der Vergleich hat entschieden viel für sich«, antwortete Professor Stiller. »Aber nach dem Olymp hätten wir viel näher gehabt als nach dem Mars; diese eine Tatsache schon mag Sie aus Ihrem Wahn reißen, lieber Hämmerle.«

Dabei zog er seinen Chronometer. Er wies auf die achte Stunde.

»Es ist noch früh am Morgen. Wir wollen sehen, was uns dieser erste Tag auf dem Mars an merkwürdigen Erlebnissen bringen wird. Versuchen wir einmal eine sprachliche Verständigung mit unseren neuen Freunden; denn dass sie das sind, zeigt mir ihre freundliche und wohlwollende Haltung.«

Mit diesen Worten trat Professor Stiller zu den vordersten Marsmenschen vor, die ihn in vornehmer Ruhe, ohne die geringste Furcht und ohne irgendein Zeichen des Erstaunens an sich herankommen ließen.

»Wir sind doch auf dem Mars, nicht wahr?«

Diese etwas banale Frage richtete er in deutscher Sprache an die Leute. Aber diese schüttelten den Kopf und erwiderten in wohllautender Sprache etwas, das Stiller wiederum nicht verstand, das aber klang, als ob sie bedauerten, den Fremden nicht begriffen zu haben.

»Die können nicht Deutsch, natürlich. Das hätten Sie sich doch von vornherein selbst sagen müssen, Stiller«, warf Professor Hämmerle tadelnd ein.

»Nun, so examinieren Sie einmal, Hämmerle! Vielleicht gelingt es Ihnen mit Ihren vielseitigen Sprachkenntnissen festzustellen, in welchem Idiom mit den Leuten hier eine Verständigung möglich ist.«

Mit kraftvoller Stimme hob Hämmerle auf Altgriechisch an:

»Freunde, wir grüßen euch in herzlichster Art, wir, die von der fernen Erde hergeflogen sind, um euch zu besuchen.«

Keine Antwort, nur ein eigentümliches Lächeln als Zeichen des Nichtverstehens. Jetzt deklamierte Hämmerle seine Begrüßungsformel in lateinischer Sprache. Wiederum dieselbe Stille und dasselbe Lächeln als Antwort.

»Vielleicht gelangen wir mit einer unserer modernen Sprachen eher zum Ziele, da klassische Bildung diesen Wesen völlig abzugehen scheint«, sprach Hämmerle, ärgerlich geworden über die Ergebnislosigkeit seiner ersten Versuche.

Aber auch Englisch, Französisch, Spanisch, Italienisch, Russisch, schließlich sogar Arabisch und Hebräisch führten zu keinem Ziele.

»Das fängt gut an!«, murrte Professor Brummhuber.

»Wir müssen allem Anscheine nach die Marssprache erlernen«, bemerkte Thudium.

»Wahr gesprochen!«, bestätigte Frommherz.

»Aber siehe da, was kommt denn da für ein altes Haus?«, rief Dubelmeier.

Ein älterer Mann von Achtung gebietender Gestalt, mit weißem Haar und Bart, ohne jegliche Kopfbedeckung, durchbrach die Reihe seiner Gefährten und schritt stolz auf die sieben Schwaben zu. Gekleidet war der Alte wie seine übrigen Genossen. Ein blusenartiges, schneeweißes Hemd aus feinster Wolle mit purpurfarbenem Besatz hüllte den hohen edlen Körper ein. Um die Hüften war es durch ein breites Band von purpurner Farbe gehalten. An den nackten Füßen trug er Sandalen aus feinem gelbem Leder. Voll Ehrfurcht machten ihm seine Gefährten Platz, und die Herren aus dem Schwabenlande erkannten daraus sofort, dass ihnen in dem Alten ein Mann von hoher sozialer Stellung entgegentrat.

Sie entblößten nun als Zeichen der Hochachtung das Haupt und erwarteten voll Spannung die weitere Entwicklung der Szene. Der Alte ließ zuerst seine Blicke über den Weltensegler gleiten, dann richteten sich seine klaren dunkelblauen Augen, aus denen ebenso viel Geist wie Herzensgüte sprach, auf die sieben Fremden, die er in einer harmonischen Sprache anredete, wobei er hin und wieder auf das mächtige Luftschiff deutete und schließlich ihnen durch eine freundliche Gebärde zu verstehen gab, ihm zu folgen.

Die Herren zogen nun mit dem Alten als Führer an der Spitze von dannen. Ihnen schlossen sich in ruhiger würdevoller Haltung die Marsbewohner an, die beim Niedergange des Weltenseglers so bereitwillig hilfreiche Hand geleistet hatten. Den Professoren schien es, als ob ein Märchen aus Tausendundeiner Nacht lebendig geworden wäre. Sie konnten sich nicht sattsehen an all dem Schönen und Eigenartigen, das ihnen hier auf Schritt und Tritt begegnete. Von der Wiese kamen sie auf einen mit feinem weißem Sande bestreuten, mit prächtigen, früchtebehangenen Bäumen eingefassten schattigen Pfad. Dieser führte auf eine große Anzahl von Gebäuden zu, die voneinander getrennt und von prächtigen Gärten umgeben waren. Ihrer stattlichen Größe nach zu urteilen, schienen es öffentliche Bauten zu sein, die sich da in ihrem reinlichen Weiß aus dem Grün ihrer Umgebung abhoben.

Überall wuchsen hochstämmige Palmen, dazwischen prächtige hellgrüne Bananen und Farnbäume, vermischt mit einer Blumenpracht, wie sie die Tübinger Professoren in dieser üppigen Entfaltung noch nie zuvor gesehen hatten. Rosen-, lilien-, myrten- und lorbeerartige Gewächse, Orchideen und eine Menge anderer Blumen wetteiferten miteinander an Glanz und Schönheit der

Farben und an Wohlgeruch. Schmetterlinge in allen Größen und Farben wiegten sich in der warmen, herrlich zu atmenden Luft, und bunt schillernde Vögel ließen von den Bäumen herab ihr schmetterndes Morgenlied ertönen.

»Ein Paradies, in das wir gelangt sind«, sprach Professor Stiller leise zu dem neben ihm schreitenden Professor Piller. »Ich muss meinen Gefühlen Luft machen, meiner Bewunderung Worte verleihen. Sagen Sie, Piller, ist es Ihnen nicht auch so wunderbar, so feierlich zumute wie mir, haben Sie nicht auch ein Gefühl ungefähr so, wie es unser unsterblicher Uhland in seinem Sonntagsliede zu so ergreifendem Ausdruck gebracht hat?«

»Na, na!«, entgegnete Piller trocken. »Auch mir gefällt ja dieser Einzug auf dem Mars gar nicht übel. Im Übrigen aber haben wir heute zufällig Sonntag. Wussten Sie das nicht, Stiller?«

»Nein! Mir entfiel die Zeitrechnung in den letzten Wochen vollständig. Woher aber wissen Sie das?«

»Nun, als Sie heute früh in tiefer Ohnmacht lagen, da habe ich mit der Uhr in der Hand Ihre Herztätigkeit kontrolliert. Meine Uhr zeigt aber zufällig außer den üblichen Stunden, Minuten und Sekunden auch noch Monate und Tage. Wir haben heute Sonntag, den 7. März.«

»Sonntag, den 7. März! Die heilige Siebenzahl in allem. Möge sie uns auch weiter schirmend und schützend umgeben!«, rief Professor Stiller.

»Vor allem wünsche ich mir ein gutes Essen nebst solidem Trunk; das frischt die Lebensgeister besser auf und schützt sie gründlicher vor Verbrauch als Ihre Siebenzahl. Wir haben in unserer Gondel zuletzt ein heilloses Leben an Entsagung geführt; es ist höchste Zeit, wieder in einen guten Hausstand und an einen richtigen Herd zu gelangen.«

»O Sie ewig Prosaischer!«, erwiderte lächelnd Professor Stiller. »Hungern und dürsten werden Sie hier oben nicht. Da sehen Sie einmal nach den Früchten da drüben.«

Professor Piller folgte mit den Blicken der angegebenen Richtung.

»Donnerwetter!«, entfuhr es seinen Lippen. »Sollen diese kolossalen Beeren, die da herunterhängen, am Ende gar zu einer Weintraube gehören?«

»Nichts anderes! Das, was Sie sehen, ist eine Weintraube, wie sie in dieser Größe eben nur dem subtropischen Klima eigen ist.«

»Dann leb wohl, Zuckerle, Trank meiner Heimat!«, rief Herr Piller so laut, dass ihn die anderen Kollegen hörten. »Leb wohl, Zuckerle, denn den Tropfen, den man hier aus diesen Ungeheuern von Beeren presst, der muss ja einem wie flüssiges Feuer durch die Adern rinnen, Halbtote, wie wir sind, wieder zu freudigstem Lebensgenuss erwecken. Auf diesen Trunk freue ich mich.«

»Nektar und Ambrosia scheinen wir hier zu finden«, flötete Frommherz.

»Wollen gerne auf dieses griechische Götterzeug verzichten, wenn es nur sonst hier was menschlich Anständiges für unseren Magen gibt«, antwortete Piller.

Unter solchen Gesprächen gelangten die Herren mit ihrer Begleitung zu den ersten Häusern. Zu ihrem Erstaunen mussten sie sich überzeugen, dass die Gebäude, die sie aus der Ferne für öffentliche Bauten gehalten hatten, nichts anderes waren als großartige

Einfamilienhäuser oder Villen. Aus weißen, sorgfältig behauenen Steinen ausgeführt, hatten sie vorn hohe, von Säulen getragene Hallen, die einen überaus einladenden Eindruck machten und von der Vorliebe der Bewohner für frische Luft und für freie und uneingeengte Räume Zeugnis ablegten. Für das warme Klima waren solche offenen Hallen das einzig Richtige und Zweckmäßige. Breite Marmorstufen führten zu ihnen empor und dienten blühenden Kindern, die nur mit einem hellfarbenen, leichten, durch einen Gürtel um die Lenden festgehaltenen Hemde bekleidet waren, als Spielplatz. Marmorfiguren hoben sich stimmungsvoll zwischen den Bogen der Hallen ab. Alles atmete ruhige Schönheit und Freude und verfehlte nicht seine tiefe Wirkung auf die Reisenden.

Der Alte geleitete seine Gäste zu einem zweistöckigen palastartigen Gebäude, das rings von üppigstem Pflanzenwuchs umgeben war und in seiner Pracht einem Fürstensitz glich. Es war aber das Haus des Alten selbst, das dieser den Fremdlingen zur ausschließlichen Benutzung anwies. Auf breiten Marmorstufen gelangten die Professoren in einen von Säulen getragenen, offenen, großen Hof, in dessen Mitte ein mächtiger Springbrunnen sein Wasser rauschen ließ. Rings um den Hallenhof lagen saalartige Zimmer, deren Türen auf den Hof hinausführten. Rechts an der Halle befand sich die Haupttreppe. Sie bestand aus zwanzig breiten Stufen, jede aus einem Stein von vier Meter Länge. Sie führte zu einem Absatz mit einem großen Fenster. Von diesem Absatz führten weitere zwanzig Stufen in die obere, geschlossene Galerie, die durch große Fenster erhellt wurde und mit einer prächtigen Kassettendecke geschmückt war. Von der Galerie aus gelangte man in eine Reihe von Prunkgemächern, an die sich die Schlafzimmer und Baderäume anschlossen. Der ganze Bau war voll Licht und Bequemlichkeit.

Auf ein Händeklatschen des Alten eilten einige jüngere Männer herbei, die wahrscheinlich die dienenden Geister dieses Palastes waren. Der Alte sprach mit den jungen Männern lange und eindringlich und bedeutete endlich seinen Gästen durch Zeichen und Gebärden, sich hier häuslich niederzulassen. Darauf verließ er sie nach einer freundlichen Verbeugung. Auch die Diener verschwanden, erschienen aber bald wieder und brachten duftende reine Kleider und Sandalen, ähnlich denen, die sie trugen. In stummer, aber zuvorkommender Art wiesen sie den Fremden den Weg zum Bade.

»Ich bin wirklich neugierig, was da noch alles kommen wird!«, sprach Piller lachend zu Professor Stiller. »Würde ich nicht wachen, wäre ich nicht nüchtern wie ein Pudel und bei klarstem Verstande, ich würde glauben, dass alles, was ich hier bis jetzt erlebt und gesehen habe, nichts anderes als ein tolles Spiel meiner Einbildungskraft ist.«

»Warten wir ab, Piller! Schlecht aufgehoben sind wir für den Anfang nicht, im Gegenteil. Ich höre bereits in unserer Nähe Tische rücken. Wahrscheinlich wird für unser Mahl gedeckt. Baden wir zuerst, reinigen wir uns vom letzten Erdenstaube und den Schlacken der Reise, und beginnen wir dann unser neues, so viel Interessantes versprechendes Leben auf dem Mars!«

»Mit Speise und Trank«, ergänzte Piller den Freund. »Jawohl, Stiller, wenn Sie Idealist es auch nicht gern hören, ewig wahr bleibt es doch: Speise und Trank bedarf der Sterbliche zuerst und vor allem, will er etwas leisten und fest auf seinen Füßen stehen. Hoffentlich munden uns Kost und Trank auf dem Mars. Also bis nachher!«

Mit diesen Worten verschwand Piller in seinem Badezimmer. Stiller sowie die übrigen Herren folgten diesem Beispiel und plätscherten wenige Augenblicke später in dem angenehm erwärmten Wasser ihrer geräumigen marmornen Badewanne.

Wunderbar gestärkt durch das Bad und eingehüllt in frische bequeme Kleider fanden sich die Gelehrten eine halbe Stunde später in dem hohen, luftigen Speisesaale des Hauses zusammen. Die Decke dieses Saales trug farbenprächtige Gemälde in Medaillenform, die Fenster wiesen edle Glasgemälde auf, und der Boden bestand aus Platten von verschiedenfarbigem Marmor. In der Mitte des Saales stand der Tisch, gedeckt mit blankem Silbergerät. Auch Teller und Pokale waren aus demselben kunstvoll verarbeiteten Edelmetall hergestellt. Auf Fruchtschalen aus feinstem Kristallglas lagen die herrlichsten Früchte, und aus geschliffenen Karaffen funkelte verlockend eine klare goldgelbe Flüssigkeit. Schwere Armstühle aus schwarzem, eigenartigem Holze mit vergoldeten Lehnen standen um den Tisch.

»Das nenne ich fürstliche Pracht«, rief entzückt Frommherz, nachdem er im Saale und auf dem Tische Umschau gehalten hatte. »Hier, Freunde, wollen wir uns niederlassen, hier ist gut sein! Der Erde fern und doch dem Paradiese nahe.«

»Nun, Sie scheinen mir ganz in Verzückung geraten zu sein«, meinte lächelnd Hämmerle.

»Lassen Sie unseren Frommherz fantasieren! Ich meinerseits bin auf das Essen gespannt«, sprach, sich am Tische niederlassend, der nüchterne Piller. »Sechzig Millionen Kilometer von unserer Erde entfernt wird man wohl hier oben einen anderen Speisezettel haben als bei uns unten am Strande des Neckars.«

»Stiller, Sie setzen sich als Präses oben hin«, entschied Brummhuber, als Professor Stiller in gewohnter bescheidener Weise sich zwischen den anderen Kollegen niederlassen wollte.

»Natürlich!«, pflichtete Professor Piller bei. »Ehre, wem Ehre gebührt! Unser Freund Stiller hat seine Sache bis jetzt ganz ordentlich gemacht, er stehe deshalb auch ferner unserer Korona vor!«

Mit diesen Worten goss er sich von dem Inhalt der vor ihm stehenden Karaffe etwas in seinen Pokal ein und hielt ihn prüfend an die Nase.

»Hm ... hm! Der Trank riecht wirklich nicht übel ... hat feines Bouquet.«

Vorsichtig nahm er einen Schluck.

»Es ist Wein, tatsächlich Wein, und zwar so eine Art Trockenwein, beinahe wie Sherry, nur noch bedeutend feiner und milder«, entschied Piller, nachdem er getrunken. »Von schlechten Eltern stammt er nicht, aber mein Zuckerle ist entschieden süffiger als dieser Marstropfen. Immerhin, er kann bleiben, wie er ist; lieber solchen Wein als gar keinen!«

»Seien Sie froh, Piller, Sie Alkoholiker, dass Sie überhaupt etwas zu trinken haben! Wir sind doch wahrlich nicht des Weines wegen nach dem fernen Mars gekommen!«, warf Professor Dubelmeier ein. »Ihr ewiger Durst und Ihre unstillbare Sehnsucht nach dem Zuckerle hätten Sie eigentlich da unten auf der Erde festhalten sollen.«

»Schweigen Sie, Sie fanatischer Anhänger des Göppinger Wassers!«, rief Piller voll Grimm. »Was verstehen Sie denn von ...«

Aber Professor Stiller ließ den Zornigen nicht ausreden. Er erhob sich.

»Meine lieben Freunde. Ich bitte um Ruhe und Frieden und wünsche Ihnen allerseits einen recht gesegneten Appetit zu dem bevorstehenden Mahle. Weihen wir unserer glücklichen Ankunft auf dem Mars den ersten Schluck. Der zweite soll dem Gedenken an unsere engere und weitere Heimat, dem lieben Schwabenlande und Deutschland, gelten. Bitte, füllen Sie ihre Pokale und tun Sie mir Bescheid!«

»So, das lass ich mir gefallen«, brummte Piller. »Stiller ist wirklich ein vernünftiger Knabe.«

»Und nun, meine Freunde, setzen wir uns zum Mahle!«

Nach dem Beispiel des Alten von vorhin klatschte Herr Stiller in die Hände, und herein traten sieben Diener, für jeden Herrn einer. Sie trugen Platten in den Händen, auf denen wohlriechende Fische lagen. Herrn Pillers Zorn verrauchte schnell angesichts der warmen, so einladenden Speise. Er und die übrigen Herren langten tüchtig zu. Alle waren darüber des Lobes voll, dass die Fischspeise ausgezeichnet geschmeckt habe.

Auf den Fisch folgten einige eigenartige, aber äußerst schmackhaft zubereitete Mehlspeisen, dann Gemüse, Obst und Backwerk.

Als das Frühstück beendet war, füllte Piller seinen Pokal mit dem goldschillernden Wein, rückte seinen Stuhl etwas vom Tische zurück und stand auf.

»Silentium, meine Herren!«

Die laute, anregende Unterhaltung der Herren verstummte und machte einer aufmerksamen Stille Platz.

»Meine lieben Freunde und Genossen! Ich erfülle nur einen Akt der Pflicht«, hob Piller an, wurde aber plötzlich von seiner Rede abgelenkt, als sich von außen her zuerst unendlich zarte, wundervolle Töne hören ließen, die nach und nach in mächtige Akkorde übergingen.

Es war Musik, ein Spiel so feierlich und schön, dass die Herren unter dessen Banne ruhig, fast unbeweglich an ihren Plätzen verharrten, um durch kein auch noch so leises Geräusch die ergreifenden Töne zu stören, die mit ihren Klängen aus der Gegenwart emporzuheben schienen zu jenen blauen, seligen Gefilden der unbegrenzten Freude. Leise, einem Flüstern gleich, erstarben nach und nach die Akkorde.»So empfängt uns der Mars!«, rief in heller Begeisterung Professor Stiller, als die Musik geendet hatte.

»Kann es ein schöneres und zugleich erhebenderes Willkommen für uns hier oben geben als dieses göttergleiche Saitenspiel?«

»Nein, gewiss nicht!«, erwiderten die Gefährten einstimmig und voll Begeisterung.

Dann eilten sie an die Fenster des Saales, um nach den Veranstaltern des hohen Genusses Umschau zu halten. Ein Dutzend Harfenspieler waren es, die sich da langsam und würdevoll mit ihren Instrumenten von der Terrasse des Hauses entfernten.

»Piller, das war entschieden ein schönerer und edlerer Ohrenschmaus, als es die Rede gewesen wäre, die Sie im Begriffe waren, uns zum Besten zu geben«, foppte Dubelmeier den Freund.

»Was wissen Sie denn, was ich zu sagen hatte! Die Rede bekommen Sie übrigens über kurz oder lang doch einmal zu hören. Aber danken Sie es der eben gehörten Musik, die mein Gemüt so friedlich gestimmt hat, dass ich auf Ihre Herausforderungen nicht so antworte, wie Sie es verdienen, Sie – Sie unverbesserlicher Wasserphilister.«

Die Herren lachten über den Disput der beiden Gefährten, die sich im Grunde ihres Herzens trotz aller Reibereien sehr zugetan waren.

Von mehreren ehrwürdigen Männern begleitet, erschien der Greis wieder im Rahmen der großen Türe des Saales. Ein Lächeln huschte über das ernste, ausdrucksvolle Gesicht des alten Mannes, als er die sieben Fremden wieder erblickte, die da, ähnlich gekleidet wie er, achtungsvoll vor ihm standen. Der Greis neigte leicht den Kopf zum Zeichen des Grußes und lud die Herren durch eine Handbewegung ein, ihm zu folgen. Es ging den Weg zurück, den sie diesen Morgen gekommen waren.

»Am Ende werden wir gleich wieder dahin abgeschoben, wo wir hergekommen sind«, bemerkte besorgt Professor Frommherz.

»Darüber brauchen Sie sich nicht zu ängstigen«, erwiderte Professor Stiller. »In diesem Falle wären wir nicht so liebenswürdig aufgenommen worden.«

Die Gesellschaft war nun auf der Wiese angelangt, auf der sich der Weltensegler kaum merkbar am Ankerkabel bewegte. Der Alte gab den Herren zu verstehen, dass sie ihr Eigentum aus der Gondel herausnehmen sollten. Zu diesem Zwecke und der besseren Verständigung wegen stieg der Greis mit seiner Begleitung die Strickleiter zur Gondel hinauf und brachte aus ihr verschiedene Dinge herab, die den Erdmenschen gehörten. Nun begriffen diese den Greis.

»Sehen Sie, dass ich recht hatte?«

Mit diesen Worten wandte sich Stiller an seinen Kollegen Frommherz.

»Man kommt doch nicht von der Erde zu so freundlichen, gastfreien Menschen, wie es die Marsbewohner zu sein scheinen, um gleich wieder kehrtmachen zu müssen. Übrigens könnten wir in unserer jetzigen Verfassung an eine sofortige Rückkehr überhaupt nicht denken.«

»Vor dieser bewahre uns für immer der Himmel in Gnaden!«, antwortete Frommherz, emsig damit beschäftigt, seine Habseligkeiten zusammenzupacken.

Bald nachher war das bescheidene Gepäck der Marsreisenden unten auf dem Boden. Mit Aufmerksamkeit betrachtete der Greis die verschiedenen Instrumente, die da zum Vorschein kamen. Ganz besonderes Interesse erregte bei ihm das Fernrohr. Stiller suchte ihm dessen Gebrauch klarzumachen. Aber der Greis schüttelte zu diesen stummen Auseinandersetzungen nur den Kopf und wies endlich mit der Rechten nach einem fernen Bau, dessen kuppelförmiges Dach der Professor jetzt zum ersten Mal erblickte.

»Beim Zeus, die haben ja hier oben auch eine Sternwarte, und zwar in nächster Nähe!«, rief Stiller erfreut. »Freunde, da müssen wir noch heute Abend hingehen, um von dort aus unsere Mutter Erde in weiter Ferne als leuchtenden Stern erster Größe betrachten und bewundern zu können.«

Stiller machte dem Greise diesen Wunsch sofort begreiflich. Er deutete zuerst nach dem Himmel, dann auf sein Fernrohr und schließlich auf die Kuppel des Gebäudes. Endlich entnahm er seinem Gepäck eine große Himmelskarte, die er entfaltete. Mit dem Zeigefinger der Rechten wies er auf die Planeten hin, deren Bahnen um die Sonne auf einem besonderen Abschnitt der Karte verzeichnet waren. Nun verstand ihn der Greis sofort und nickte bejahend mit dem Kopfe. Jetzt suchte ihm auch der Professor begreiflich zu machen, woher er und seine Gefährten gekommen seien. Er zeigte auf die eingezeichnete Erde, dann auf die sie umschließende Bahn des Mars, auf diesen selbst, endlich auf das Luftschiff. Ein lauter Ton des Erstaunens kam über die Lippen des Greises. Er hatte Professor

Stiller vollkommen verstanden und reichte ihm zum ersten Mal mit Worten, die wie ein herzliches Willkommen klangen, die Hand, die dieser warm drückte.

Der Greis übersetzte seinen Begleitern, was der Fremde ihm da in seiner stummen Zeichensprache erklärt hatte, und auf den offenen, ehrlichen Gesichtern trat ein gewisser Ausdruck der Achtung vor den kühnen Fremden, die so weit hergekommen waren, hervor. Die Weltensegler wurden wieder in ihr Heim zurückgeführt, in dem sie sich mit den aus ihrer Heimat mitgebrachten Sachen häuslich einzurichten begannen. Darüber war es spät am Mittag geworden. Keine lästige Neugier hatte die Herren bei ihrer Einrichtung gestört. Mit unendlichem Behagen streckten sie sich nach Beendigung dieser Arbeit auf die weichen Ruhebetten in ihren Zimmern, um in dem so lange entbehrten Genusse eines ausgezeichneten Lagers kurze Zeit zu schwelgen.

Inzwischen war die Tischzeit herangekommen. Das Mittagsmahl verlief ähnlich wie das Frühstück, nur war es reichlicher. Voll Befriedigung über die ihnen gebotenen Tafelfreuden wollten sich die Herren gerade erheben, als sie eine neue Überraschung an ihre Plätze bannte. Draußen, vom Hallenhofe des Hauses her, erschallte a cappella der Gesang menschlicher Stimmen. Es war ein Lied voll Innigkeit und Tiefe. Die Ton gewordene Barmherzigkeit selbst schien es zu sein, die da an die Herzen der Gelehrten so mächtig pochte, dass sie ihre große Ergriffenheit nur schlecht zu bemeistern vermochten. Als das Lied verklungen war, wischten sich einige der Herren verstohlen die Tränen aus den Augen.

»Darauf muss ich noch einen Schluck nehmen«, erklärte Piller, seinen Pokal füllend. »Seelische Erregungen rufen bei mir das

Bedürfnis nach materieller Stärkung hervor. Dubelmeier, schneiden Sie kein so sonderbares Gesicht; tun Sie mir lieber Bescheid!«

»Bewahre mich der Himmel davor, diesen hehren Augenblick durch Alkohol zu entweihen.«

»Ganz wie Sie wollen, lieber Dubelmeier!«, erwiderte Piller gegen seine sonstige Gewohnheit milde.

Die Gelehrten verließen das Haus, um den schönen Abend zu einem Spaziergang zu nutzen und die Gegend etwas näher kennenzulernen, die voraussichtlich längere Zeit ihren Wohnort bilden würde. Auf diesem Spaziergange wurde es ihnen mehr und mehr klar, dass ihr Luftschiff in der Nähe einer viel größeren Niederlassung gelandet war, als sie anfänglich geglaubt hatten. Es musste eine Art von Stadt sein; denn trotz des garten- oder parkartigen Charakters des Ganzen bewiesen die vielen Häuser, die stets allein für sich standen, dass hier eine verhältnismäßig dichte Bevölkerung vorhanden sein müsse.

In dieser Auffassung wurden die Herren auch durch die zahlreichen Menschen unterstützt, die sie noch mit den verschiedensten Arbeiten beschäftigt antrafen. Niemand war hier untätig. Die Hast aber schien ein unbekannter Begriff zu sein, denn bei aller Arbeit trat ein gewisses Maß vornehmer Ruhe hervor. Wie wohltuend stach diese gegen das lärmende Treiben der Menschen auf der Erde ab! Überall, wohin auch die Gelehrten ihre Blicke richteten, erschien ein gleichmäßig verteilter Wohlstand; selbst die relative Armut musste hier unbekannt sein. Nicht nur in den Häusern, deren offene Hallen dem neugierigen Auge ungehinderten Einblick gestatteten, nein, auch um die Wohnungen herum, auf allen Wegen und Stegen herrschte eine geradezu peinliche Sauberkeit.

Ihr Spaziergang führte die Herren auch an den breiten Strom, den sie heute in der Frühe des Tages vom Luftschiff aus gesehen hatten. Es musste einer der berühmten Marskanäle sein; denn soweit sie sehen konnten, war der Strom kunstvoll eingedämmt, schnurgerade seine Ufer. Eine kühn geschwungene steinerne Brücke, auf vielen Pfeilern ruhend, ein architektonisches Meisterwerk, führte hinüber an das andere Ufer. Auf dem Mars schien alles unter dem Zeichen gemessener Ruhe zu stehen: Auch die klaren, hellgrünen Gewässer des mächtigen Kanales flossen still und ruhig dahin und trugen auf ihrem Rücken eine Menge geschmackvoll gebauter Schiffe.

An der Brücke lag ein Schiff, aus dem einige Männer Platten verschieden gefärbten Marmors, Blöcke von Granit und Syenit ans Ufer schafften, und zwar mit einer Leichtigkeit, die auf die sieben Schwaben geradezu verblüffend wirkte. Sollten diese Marsbewohner über ungewöhnliche Körperkräfte verfügen, eine Art Athleten sein?

»Welch großartig entwickelten Brustkorb diese Leute haben! Sehen Sie einmal genauer hin!«

Mit diesen Worten zeigte Piller auf die Arbeiter.

»Es ist mir heute früh schon aufgefallen, wie herrlich gebaut und wie breitschultrig diese Menschen hier sind. Auch die Kinder zeichnen sich in dieser Beziehung gegenüber den unseren auf der Erde vorteilhaft aus. Die reinste Züchtung einer lungenstarken Rasse, die der Schwindsucht kaum zugänglich sein dürfte«, fuhr Piller fort.

Unterdessen war Brummhuber zu den arbeitenden Marsiten getreten und versuchte, eine der Steinplatten zu heben.

»Mir kommt dieser Marmor merkwürdig leicht vor. Sollte es vielleicht eine andere Art von Stein sein als bei uns?«, rief er fragend seinen Gefährten zu.

Diese kamen, neugierig geworden, näher und untersuchten die Steine.

»Nein, es ist tadellos schöner Marmor. Betrachten Sie nur das feine Korn und die zart gefärbten Adern, die ihn durchziehen!«, entgegnete Piller nach eingehender Prüfung.

»Und dieser prächtige rote Stein hier ist bester Syenit, oder ich müsste geradezu kein mineralogisches Unterscheidungsvermögen mehr besitzen«, warf Herr Hämmerle ein, der an dem Steine herumgeklopft hatte.

»Versuchen wir einmal, die Steine zu heben!«, entschied Piller.

»Richtig, die scheinen hier oben ein geringeres spezifisches Gewicht zu haben als unten bei uns. Nun begreife ich, warum diese Leute die Lasten so leicht zu heben vermögen. Woher das wohl kommen mag? Wissen Sie vielleicht die Ursache, Stiller?«

»Der Grund dieser Erscheinung liegt meines Erachtens in der Dichtigkeit des Mars, die nur 0,7 von der der Erde beträgt«, antwortete Herr Stiller.

»Nun geht mir auch ein Licht auf, warum mir heute bei unserem Mahle die Pokale, unsere Silbergeräte überhaupt, so eigentümlich leicht vorkamen«, fügte Thudium bei. »Ich hatte aber keine Zeit, über diese auffallende Erscheinung nachzudenken, denn die Musik nahm mich zu sehr gefangen.«

»So ging es auch mir«, bestätigte Stiller.

»Und wie steht es mit der Dichtigkeit der Marsatmosphäre?«, forschte Frommherz. »In dieser Beziehung finde ich keinen

Unterschied gegenüber unserer Heimatluft im Sommer. Im Gegenteil, ich atme leichter, freudiger hier oben als unten.«

»Der Luftkreis, der diesen Planeten umgibt, ist von bedeutend geringerer Höhe als der unserer Erde. Denken Sie sich bei uns auf einen Berg von mäßiger Höhe gestellt, so wird die etwas dünnere Luft dort ungefähr der hier entsprechen. Unsere Erdbarometer sind leider nicht für den Mars so verwendbar, dass wir zu ganz sicheren Vergleichen und Schlüssen kommen könnten«, entgegnete Stiller.

»Aus Ihren Worten kann ich mir auch die wunderbare Entwicklung des Brustkorbes unserer Marsfreunde erklären: Anpassung der Lungen an die äußeren Lebensbedingungen. So werden sich auch in derselben einfachen Weise andere Eigentümlichkeiten der Marsleute erklären lassen, die uns noch da und dort entgegentreten werden«, erwiderte Piller, sich in Marsch setzend, während die übrigen Herren seinem Beispiele folgten.

»Übrigens, meine Freunde, haben Sie noch nicht die auffallend schönen Augen unserer Marsmenschen bewundert?«, fragte Piller im Weiterschreiten.

»Ihre Größe und ihr schöner Glanz stechen allerdings stark gegen Größe und Glanz der unseren ab. Ein merkwürdiges Leuchten geht aus diesen Spiegeln der Seele bei unsern Marsleuten hervor.«

»Ganz richtig beobachtet, Stiller! Das satte Blau der Iris habe ich in dieser vollendeten Schönheit früher noch niemals gesehen. Und dieses lockige, reiche Haar. Wahre Zeus- und Juno-Gestalten! Frommherz hatte heute recht mit seinem Vergleiche.«

»Nicht wahr?«, rief dieser erfreut über Pillers laute Anerkennung. »Körperlich wie geistig gleich hochstehende Menschen scheinen mir die Marsbewohner zu sein.«

»Für diese Gegend wenigstens scheint Ihr Urteil zu stimmen nach dem, was wir heute erfahren haben«, erwiderte Stiller.

Da die Sonne untergegangen war, so beschlossen die Herren aus dem Schwabenlande, für heute den Spaziergang zu beenden und in ihr Heim zurückzukehren. Dort wollten sie den Besuch des würdigen Greises erwarten, um von ihm auf die Sternwarte geführt zu werden. Sie befanden sich noch unterwegs, als die Nacht ihre dunklen Schwingen über die Landschaft auszubreiten begann. Im Osten wurde es hell und heller. Der Mond tauchte auf und warf sein klares Licht auf die stille, friedvolle Gegend.

»Das ist der große Marsmond, Deimos genannt, der uns da leuchtet«, erklärte Professor Stiller seinen Gefährten. »Wenige Augenblicke nur, und Sie werden den zweiten Trabanten des Mars sehen, mit dem wir, wenn auch glücklicherweise höchst oberflächlich, letzte Nacht in peinliche Berührung gekommen sind.«

Richtig, da kam auch der kleine Phobos über den Horizont gestiegen.

»Welch prachtvolles Schauspiel!«, rief voll Entzücken Stiller. »Wahrlich, die Marsbewohner brauchen keine künstliche Beleuchtung ihrer Nächte! Sie haben nicht nur jede Nacht vollen Mondschein, sondern sie besitzen auch gleich zwei Himmelsleuchten.«

»Ein merkwürdiger Weltkörper, dieser Mars, fürwahr!«, entgegnete Piller, einen Augenblick stehen bleibend und die beiden

Monde betrachtend, deren fast taghelles Licht eigenartige, reizvolle Schattenbilder hervorbrachte.

»Ein lebendig gewordenes Märchen. Das wäre wieder ein neuer Anlass für Sie zu trinken, Piller«, spottete Dubelmeier.

»Warum denn nicht, alter Freund, warum denn nicht? Es scheint mir aber nach dem, was wir heute schon erlebt haben, auf dem Mars so viel Bewunderungswürdiges zu geben, dass die Anlässe zum Trinken sich denn doch zu bedenklich mehren dürften. Mein Wahlspruch aber ist gleich dem des alten griechischen Weisen: Nichts zu viel!«

Dubelmeier lachte laut auf.

»Lachen Sie nicht so töricht, altes Wasserhuhn, und folgen Sie selbst lieber diesem Beispiele in Ihrer übertriebenen Wassertrinkerei! Das rate ich Ihnen schon vom Standpunkte der modernen Heilkunde aus.«

»Die Monde kommen mir hier oben bedeutend größer vor als z. B. unten unser Trabant«, bemerkte Frommherz, die eingetretene Stille unterbrechend.

»Nur Täuschung, mein Lieber!«, erklärte Stiller. »Die Monde des Mars sind beträchtlich kleiner als der Mond unserer Erde, sie sind aber bedeutend näher am Hauptplaneten, als dies bei unserem Monde der Fall ist. Phobos hier ist vom Mars nur etwas über 9.000 Kilometer, der große Deimos nicht mehr als etwa 23.500 Kilometer entfernt. Daher kommt es, dass diese Trabanten des Mars so übermäßig groß erscheinen.«

Unter diesen Gesprächen gelangten die Herren vor ihr stattliches Heim. Dort erwartete sie bereits ihr aufmerksamer Gastgeber, der ihnen heute schon so viel Gutes erwiesen hatte. Im Mondschein erschien den Herren die hohe Gestalt des Alten womöglich noch feierlicher als im Lichte des Tages, das lange, wallende weiße Haar noch silberner, glänzender.

»Sieht er nicht aus wie ein Patriarch aus der alten jüdischen Zeit, in der Sittenreinheit und Einfachheit des Volkes herrlichste Tugenden waren?«, fragte Professor Stiller leise seinen Kollegen Frommherz.

»Wahrhaftig, Sie haben recht!«, entgegnete dieser. »Nennen wir unseren Alten, dessen Name uns noch unbekannt ist, einfach Patriarch. Diese Bezeichnung passt prächtig auf ihn, hat er uns doch heute unter seinen väterlich milden Schutz genommen.«

Nach einer kurzen, stummen Begrüßung geleitete der Alte die Erdensöhne nach dem mit einem Kuppelbau versehenen Hause. Der Weg dahin führte durch eine Art von Wald voll großer wohlgepflegter Bäume, auf deren dunkelgrünen, glänzenden Blättern die zitternden Strahlen der Monde ihr neckisches Spiel trieben. Millionen von Leuchtkäfern schwirrten in der weichen Nachtluft unter den Bäumen, und das bläulich schillernde Licht der lautlos dahinhuschenden Tiere machte den Eindruck kleiner, in rascher Bewegung begriffener Sternchen. Muntere Bächlein, über die zierliche Brücken führten, kreuzten oft den Weg.

Der eigenartig schöne Weg hatte ungefähr eine Stunde Zeit in Anspruch genommen. Das in Form eines Rundbaus angelegte Gebäude trug in seinem Erdgeschoss eine Reihe von Büsten auf roten Marmorsockeln. Sie schienen die Männer darzustellen, die hier am Observatorium gewirkt hatten. Breite Stufen führten in den eigentlichen Beobachtungsraum hinauf, in dem einige Männer bereits an ihrer stillen Arbeit saßen. Der Patriarch musste mit ihnen bereits Rücksprache genommen haben, denn sie erhoben sich sofort beim Eintritt der Fremden und luden diese durch freundliche Handbewegung ein, ihre Plätze einzunehmen.

Stiller war von der gediegenen Pracht und Großartigkeit der gesamten Einrichtung überrascht. Wie gering erschien ihm dagegen seine Sternwarte da unten auf Stuttgarts Bopserhöhe! Er trat auf eines der Riesenteleskope zu, prüfte es kurz und gestand sich, dass dessen Linsen an Schärfe nichts zu wünschen übrig ließen, ja, sogar alles übertrafen, was er in dieser Beziehung überhaupt bis jetzt kennengelernt hatte. Welch eine Summe von Intelligenz musste auf dem Mars vorhanden sein, die so feine, auf genauester wissenschaftlicher Berechnung beruhende optische Arbeit auszuführen ermöglichte!

Der Professor betrachtete aufmerksam den Himmel. Da und dort flammten Sternbilder und einzelne Sterne auf, die ihm bekannt waren. Ein auffallend großer, rot leuchtender Stern stand tief im Westen und erregte die vollste Aufmerksamkeit des Gelehrten. Es konnte nur ein Planet sein, der da funkelnd im unermesslichen Weltraum hing, und möglicherweise war es der auffallenden Nähe wegen gar die Erde. Das Riesenfernrohr wurde daraufhin sorgfältig eingestellt. Die Vermutung Professor Stillers war richtig. Dank den unübertrefflich scharfen Linsen und der Reinheit der Marsatmosphäre erkannte er deutlich die Mutter Erde. Gut konnte er auf ihr die verschiedenen Meere und Kontinente unterscheiden. Vom Nordpol abwärts ließen sich sogar die Umrisse der einzelnen Länder gegen das Eismeer sowie gegen den Atlantischen Ozean hin feststellen, und das da – ja, jetzt hatte er es –, was sich jetzt im Fernrohr scharf abzeichnete, musste die Heimat, musste dem ganzen Aussehen nach Deutschland sein.

Voll freudiger Aufregung teilte Stiller seinen Gefährten die gemachte Beobachtung mit und lud sie ein, einen Blick auf das ferne teure Vaterland hinunterzuwerfen. Einer nach dem anderen folgte dieser Aufforderung.

»Unglaublich, aber wahr! Diese Fernsicht ist wirklich einzig in ihrer Art! Zum ersten Male sehen wir aus weiter, weiter Ferne die Erde und die Heimat«, rief Hämmerle begeistert.

»Die Großartigkeit dieses Bildes wirkt geradezu feierlich«, äußerte Thudium.

»So ist es auch«, bestätigte Piller.

Die Astronomen vom Mars und der Patriarch warfen nun ebenfalls nacheinander einen Blick durch das Teleskop. Sie wussten ja schon, woher die sonderbaren Fremden heute früh gekommen waren, und konnten aus ihrer Aufregung bei der Beobachtung eines bestimmten Teiles des fernen Gestirnes leicht schließen, dass dieser Teil, der sich augenblicklich im Gesichtsfelde des Fernrohres befand, die engere Heimat ihrer Gäste sein müsse.

»Es ist jammerschade, dass wir uns mit den Kollegen hier nicht unterhalten können! Welch interessanter, gewinnbringender Meinungsaustausch käme dabei heraus!«, sprach Stiller zu seinen Gefährten, als sie nach stummem Abschiede das Observatorium verließen.

»Wir müssen in erster Linie so rasch wie möglich die Sprache der Marsbewohner erlernen. Ihre Kenntnis ist die unumgängliche Voraussetzung für unsere Forscherzwecke«, antwortete Hämmerle.

»Wahr gesprochen, Meister der Sprachforschung!«, erwiderte Piller, und auch die anderen Herren nickten zustimmend mit dem Kopfe.

Die beiden Trabanten des Mars standen nun als volle Monde am Himmel, als die Herren heimwärts schritten. Gewaltigen, übereinandergestellten Leuchtkugeln gleich hingen sie oben am Himmel und warfen ihr silberglänzendes Licht über die stille Landschaft. Während Phobos, der innere kleinere Mond, sich in rascher Bewegung von West nach Ost befand, zog der große äußere Deimos, weniger hastend als sein Gefährte, auf stiller Bahn den umgekehrten Weg. Es war ein Anblick, so wunderbar und einzig in seiner Art, dass die Erdensöhne in lautes Entzücken über diese bezaubernde Mondnacht ausbrachen. Langsam schlenderten sie nach Hause und genossen in vollen Zügen die Wunder einer Marsnacht.

5.

Lumata und Angola

Die folgenden Wochen verflossen für die Gäste des Patriarchen in angenehmem Verkehr mit diesem selbst und den Bewohnern der Marskolonie. Die Fremden waren aufs Eifrigste bestrebt, sich mit ihren neuen Freunden sprachlich zu verständigen. Sie schrieben zunächst alle Bezeichnungen für die verschiedensten Dinge nieder, wie sie eben ihr Ohr vernahm. Hierauf brachten sie die Dinge mit ihrer Tätigkeit und ihren Eigenschaften in Verbindung und erhielten so auf diese einfache Weise nach und nach den Schlüssel zur Sprache selbst. Ging auch die Verständigung anfänglich sehr langsam und mühsam vonstatten, so gewährte ihnen doch das allmähliche Begreifen der klangvollen Sprache viel Freude und lohnte ihnen dadurch die große Mühe wieder, die sie für ihr Studium aufwenden mussten.

Alles geht in der Welt der Menschen nur schrittweise vorwärts; nirgends marschiert der wahre Fortschritt mit Siebenmeilenstiefeln. Die Wahrheit dieses Satzes erfuhren die sieben gelehrten Schwaben nicht nur an sich selbst bei ihren Studien, sondern konnten sie auch bei den Marsbewohnern beobachten. Waren sie auch erst kurze Zeit da und in ihren Bewegungen auf einen verhältnismäßig kleinen Raum beschränkt gewesen, so konnten sie sich doch unschwer davon überzeugen, dass die Bewohner des Mars eine ganz bedeutende Höhe in der Kultur erreicht hatten, die nur das Ergebnis einer jahrtausendelangen geistigen Entwicklung sein konnte.

In dem Maße, wie die Herren im Verstehen ihrer Umgebung vorwärtsschritten, wuchs auch ihre Bewunderung und Wertschätzung dieser in jeder Beziehung so hochstehenden Menschen. Immer mehr drängte sich ihnen die Überzeugung auf, dass die Masse der Marsbewohner, wenigstens die, deren Gäste sie waren, in idealster Weise als Menschen das erfüllte, was auf der Erde nur die Besten und Edelsten, also immer nur vereinzelte Individuen, leisteten.

Was sie selbst vom Schönen, Wahren und Guten unten auf der Erde geträumt hatten, hier oben fanden sie alles in die Wirklichkeit umgesetzt; denn überall und in allem offenbarte sich ihnen die wunderbarste Harmonie, alles atmete Schönheit, Güte und Wahrhaftigkeit, und das ganze Leben trug den Stempel vornehmer, ruhiger Tätigkeit. Zweifellos musste eine weise Regierung dieses große Staatswesen leiten, obwohl die Herren von Behörden, wie sie sich unten in der Heimat breitmachten, hier oben nicht das Geringste wahrnahmen.

Ob dieses Lebensbild voll Licht und Schönheit wohl auch seine Schatten, seine dunkle Seite hatte? Diese Frage wurde von den Herren am Abend bei der gemeinsamen Unterhaltung im großen Bibliothekssaale ihres Heims wiederholt aufgeworfen. Ihre endgültige Beantwortung musste aber immer wieder verschoben werden, denn die Meinungen liefen schließlich stets darauf hinaus, dass man erst die Sprache vollständig beherrschen müsse, bevor man sich ein abschließendes Urteil bilden könne. Hier oben auf dem Mars lag eben alles anders als auf der Erde.

Die sieben Schwaben fühlten sich in ihrem neuen Wohnorte außerordentlich wohl, so wohl, dass sie an die Möglichkeit einer

Rückkehr gar nicht mehr zu denken schienen. Wenigstens äußerte sich keiner der Herren mehr darüber. Von den Marsiten, wie sie die Marsbewohner nannten, wurden sie wie liebe alte Freunde, ganz wie ihresgleichen behandelt, und die Gastfreundschaft wurde ihnen gegenüber in so zartfühlender Weise geübt, dass sie die Empfindung von etwas Drückendem gar nicht aufkommen ließ, im Gegenteil zu frohem Genusse förmlich einlud.

Auch der Weltensegler hatte unterdessen zweckmäßige Unterkunft gefunden. Eine geräumige, mit Glas bedeckte, aus Eisen luftig konstruierte Halle war in aller Stille auf der Wiese errichtet worden, auf der das Luftschiff niedergegangen war. In dieser Halle war das Fahrzeug untergebracht worden. Die verschiedenen großen und kleinen Schäden am Ballon wie an der Gondel hatten die Marsiten in so meisterhafter Weise ausgebessert, dass Herr Stiller zuerst sprachlos vor Erstaunen darüber war. Die Leute hier oben kamen ihm in ihrer Geschicklichkeit und Erfahrung in den schwierigsten Dingen der Aeronautik wie Zauberer vor. Wenn schon die Techniker auf dem Mars so viel Wissen und Können offenbarten, wie es die schwierigen Reparaturen des Weltenseglers erforderten, um wie viel verblüffender mussten die Ergebnisse der forschenden Wissenschaft sein! Wie viel konnten sie selbst hier noch lernen! Diese Aussicht enthielt so viel Verführerisches, dass Stiller kaum die Zeit erwarten konnte, die ihm und seinen Gefährten den näheren Verkehr mit den Männern der Wissenschaft, mit ihren Marskollegen, bringen sollte.

Die Frage, wie sie die ihnen erwiesene Gastfreundschaft ausgleichen könnten, beschäftigte Schwabens Söhne oft; denn das war den Herren klar, dass sie sie auf die Dauer nicht ohne Gegenleistung genießen durften. Sie beschlossen daher, sich später in irgendeiner

Weise, jeder nach seinem Berufe, den Marsiten nützlich zu machen, ihre dankbare Anerkennung in einer passenden Form zum Ausdruck zu bringen. Das einstweilen noch unklare Wie würde sich möglicherweise eines Tages von selbst ergeben.

Die Zeit verging. Sie brachte ihnen mancherlei weitere Erfahrungen und Einblicke in die eigenartig neue Welt, die sie umgab. Zunächst konnten sie feststellen, dass ihr Wohnort auf der nördlichen Halbkugel des Mars lag, und zwar auf dem fünfzehnten Breitengrade. Da der eigentliche Tropengürtel des Mars gegenüber dem der Erde nur die Hälfte beträgt, so lag der fünfzehnte Grad nördlicher Breite hier bereits in der subtropischen Zone. Die gemäßigte Zone des Mars reichte nördlich wie südlich nur bis zum fünfunddreißigsten Breitengrade. Über diesen Grad hinaus begann die kühle Region. Während diese nur spärlich und nur von einer bestimmten Klasse von Marsbewohnern bevölkert war, wie den Gelehrten mitgeteilt wurde, lebte die Hauptmasse der Marsiten innerhalb der fünfunddreißig Breitengrade nördlich und südlich vom Äquator. Es war also ein verhältnismäßig kleiner Raum des Planeten, der bewohnt und wirklich kultiviert wurde, er genügte aber vollständig, um der auf nur zweihundertundfünfzig Millionen geschätzten Bewohnerzahl des Mars eine gute Existenz zu gewähren.

Dass diese Existenz an die Riesenkanäle gebunden sein müsse, hatten die von Professor Stiller und anderen Forschern schon früher angestellten Marsbeobachtungen vermuten lassen. Diese Vermutungen wurden jetzt zur Gewissheit, als Professor Stiller in der Lage war, die elementarsten Lebensbedingungen des Mars persönlich zu erforschen.

Die Atmosphäre des Mars war der der Erde ähnlich. Da es aber auf dem Mars nur kleinere Ozeane und Binnenmeere gab, so enthielt der Luftkreis, der diesen Planeten umschloss, im Allgemeinen weniger Wasserdampf oder Feuchtigkeit als die Erdatmosphäre. Eine wunderbar klare, durchsichtige Luft, die die fernsten Gegenstände näher gerückt erscheinen ließ, ein tief dunkelblauer Himmel waren die natürlichen Folgen dieser Tatsache, gleichzeitig aber auch ein gewisser Mangel an starkem Regen. Wohl taute es in den herrlich kühlen Nächten so reichlich, dass dadurch die Pflanzenwelt in schönster Frische erhalten wurde, aber dieser Niederschlag allein genügte nicht den Ansprüchen der Pflanzen an Wasser. So waren die Marsbewohner im Kampfe um ihre Existenz gezwungen, diesen natürlichen Mangel durch die Kunst auszugleichen. Auf diese Weise entstanden die Kanäle, die sich bis zu den polaren Zonen hinzogen und von diesen das im Sommer abschmelzende Wasser der dort abgelagerten gewaltigen Eismassen nach allen Richtungen hinleiteten.

Schon die ganze großartige Ausführung dieser uralten, Tausende von Kilometer langen Wasserstraßen, die da und dort in Riesenseen, künstlichen Zentralsammelbecken, zusammenflossen, die Art und Weise ihrer sorgfältigen Instandhaltung zeigte allein schon den hohen Grad von Intelligenz und den Gemeinsinn der Marsbewohner.

Die Regelung des Wasserstands war genau dem Bedarf und der Jahreszeit angepasst. Dank dieser Einrichtung und der Unmasse kleiner Wasseradern, die sich überallhin abzweigten, herrschte nie Wassermangel auf dem Mars. Die Folge davon war jener üppige, prachtvolle Pflanzenwuchs, den die Schwaben immer und immer wieder bewundern mussten. Dazu kam das völlige Fehlen wilder Tiere, giftiger Reptilien und gefährlicher Insekten. Es war ein

Eldorado, in das die Erdensöhne geraten waren und auf das die Worte Homers trefflich passten:

»*Wo in behaglicher Ruhe den Menschen das Leben dahinfließt: Dort ist kein Schnee, kein schneidender Sturm, kein strömender Regen, Sondern der Ozean sendet empor zur Erquickung der Menschen Immer den luftigen Hauch des frisch hinwehenden Zephyrs.*«

Und diese zahlreichen Wasserstraßen waren zugleich auch die besten und einfachsten Verbindungswege der Marsbewohner untereinander. Kein Wunder daher, dass sich auf den Kanälen ein lebhafter Schiffsverkehr abwickelte. Aber die auf den klaren Fluten der tiefen Wasserläufe dahinziehenden Schiffe verdarben die köstliche Luft nicht durch qualmende Schornsteine. Sämtliche Fahrzeuge, mochten sie nun für Personen- oder Lastenbeförderung bestimmt sein, wurden durch Elektrizität in Bewegung gesetzt und vermittelten den Verkehr in ruhiger und rascher Weise.

Auf diesen ebenso zweckmäßig wie bequem und gefällig eingerichteten Fahrzeugen hatten die sieben Schwaben schon so manche weite Reise ausgeführt. Sie hatten dabei aber das übrige Land und seine Bewohner nur flüchtig kennengelernt, weil diese Fahrten eben hauptsächlich zur allgemeinen Orientierung unternommen worden waren. Was sie aber sahen, das verstärkte nur ihre ersten guten Eindrücke und befestigte ihre Überzeugung, sich in einem groß angelegten Staatswesen von tadelloser Verwaltung zu befinden. Nicht nur waren die Marsbewohner trotz der Verschiedenheit der Zonen überall gleichartig, d. h., sie sprachen dieselbe Sprache und schienen auch unter ähnlichen sozialen Lebensbedingungen zu stehen wie ihre Brüder in Lumata – so hieß die Kolonie, in der die Herren aus dem Schwabenlande angesiedelt waren –, sondern an all den vielen verschiedenen Orten, die die Fremden besuchten, fiel diesen auch eine gewisse Gleichmäßigkeit des Besitzes auf, und sie empfanden das völlige Fehlen wirklicher Dürftigkeit oder Armut sehr angenehm.

Die geologische Beschaffenheit des Mars glich der der Erde. Den kristallinischen Massengesteinen standen die Sedimentformationen gegenüber, die in ähnlicher Weise übereinandergelagert waren wie auf der Erde. Die geologische Entwicklungsgeschichte des Mars schien also mit der Erde übereinzustimmen, nur hatte der Mars seine Entwicklungsphasen offenbar schneller und früher durchgemacht als diese. Dafür sprach auch das Fehlen von aktiven Vulkanen. Dagegen war der Mars reich an heißen Quellen aller Art; an Fumarolen (d. h. Bodenöffnungen auf vulkanischem Gesteine, aus denen Wasserdämpfe ausströmen, die oft mit chemischen Verbindungen beladen sind) und an Mofetten (Kohlensäure ausströmenden Gasquellen) war auch kein Mangel.

Große Städte, wie sie in den sogenannten Kulturstaaten der Erde zu finden sind, gab es auf dem Mars nicht. Es bestanden lediglich kleinere oder größere Gruppierungen von Häusern, die aber überall frei für sich im Grünen lagen. Nur an einem großen See, zwei Tagesreisen von Lumata nach Süden zu, hatten die Schwaben den einzigen Anklang an eine Stadt gefunden. Dort war eine größere Kolonie mit zahlreichen architektonisch hervorragenden Bauten, die sich an regelmäßig angelegten Straßenzügen erhoben. Eine Stadt von Palästen, wirkte sie namentlich durch die vornehme Ruhe, die in ihr herrschte, durch ihre peinliche Sauberkeit und den Glanz und die Pracht ihrer öffentlichen Gärten.

Die Erdensöhne konnten mit ihren noch mangelhaften Sprachkenntnissen nur so viel herausbekommen, dass dieser Ort, Angola mit Namen, der Zentralsitz der Stämme der Weisen, der Heiteren und der Ernsten sei. Was waren aber das für Stämme? Nach Hause zurückgekehrt, befragten sie hierüber Eran, den Patriarchen. Dieser lächelte eigentümlich bei der Frage und erwiderte den neugierigen Herren, dass er sie später selbst einmal nach Angola führen werde, um sie mit seinen Brüdern dort bekannt zu machen, die übrigens von ihrer Anwesenheit in Lumata sowie von ihrer Herkunft und ihrer Reise nach dem Mars längst unterrichtet seien.

Anfangs waren die Tübinger Herren von ihren Ausflügen, dem Niederschreiben ihrer täglichen Beobachtungen und gewonnenen neuen Eindrücke und dem Erlernen der Sprache vollständig in Anspruch genommen. Aber nach und nach begann in ihnen doch eine gewisse Sehnsucht nach dem alten, trauten, ihnen zur zweiten Gewohnheit gewordenen Berufe zu erwachen, den sie mit so großem Erfolge in ihrer Heimat ausgeübt hatten. An ernste, rege Tätigkeit gewöhnt, kam ihnen das angenehme und ideal schöne Leben auf dem Mars mehr und mehr wie eine Art Schlaraffentum vor. Die Mühseligkeiten der Herreise verblassten immer mehr in der Erinnerung, je länger sie sich auf dem Mars befanden.

Schon war ein ganzes Jahr vergangen, seit sie vom Cannstatter Wasen aus ihre Marsfahrt angetreten hatten. Aber während unten auf der heimatlichen Erde der Winter mit Schnee und Kälte vor der Türe stand, herrschte hier oben in Lumata ein ewiger Frühling, obgleich die Marsiten die Jahreszeit, in der sie sich gerade befanden, ebenfalls als die vorgerücktere bezeichneten.

War es nur Zufall, dass die sieben Schwaben auch auf dem Mars in den wichtigsten Einteilungen der Siebenzahl begegneten? Herr Stiller konnte sich diese auffallende Tatsache nicht erklären und begnügte sich damit, sie festgestellt zu haben.

Auf dem Mars wurde das Jahr in sieben Abschnitte geteilt, die die Tätigkeit wie auch die Ruhe der Natur zum Ausdruck brachten. Nach Erdenmaß gerechnet umfasste ein solcher Zeitabschnitt die ungefähre Zahl von zweiundfünfzig Tagen. Die einzelnen Perioden hießen:

1. Die Zeit des Erwachens.
2. Die Zeit der Saaten.
3. Die Zeit des Knospens und der Blüten.
4. Die Zeit der Früchte.
5. Die Zeit der Garben.
6. Die Zeit der Ernten oder Freuden.
7. Die Zeit der Ruhe.

Nach und nach hatten die Erdensöhne so bedeutende Fortschritte in der Marssprache gemacht, dass sie nun auch gründliche Einblicke in die staatliche Organisation des Marsvolkes tun konnten. Vor ihren Augen enthüllte sich immer mehr ein groß angelegtes, riesiges demokratisches Gemeinwesen, das nicht auf die Gewalt gestützt war, sondern ausschließlich durch den freien Willen des Volkes und durch das Band gemeinschaftlicher Interessen zusammengehalten wurde. Jedes einzelne Individuum ordnete sich hier dem Gemeinwohl unter und leistete ihm nach seinen Fähigkeiten Dienste. So stellte sich das Staatswesen als eine zwar große, aber doch wieder eng verbundene Familie voll schönster Eintracht dar. An der Spitze des gesamten Staatswesens stand der Stamm der Weisen oder der Hüter des Gesetzes.

Die Bevölkerung des Mars schied sich in folgende sieben Stämme:
1. Stamm der Weisen oder der Hüter des Gesetzes.
2. Stamm der Heiteren (Bildende Künste: Maler, Bildhauer, Komponisten).
3. Stamm der Ernsten (Gelehrte aller Richtungen).
4. Stamm der Frohmütigen (Darstellende Künste: Musiker, Schauspieler).
5. Stamm der Sorgenden (Acker- und Gartenbauer und Dienende).
6. Stamm der Flinken (Handel- und Verkehrtreibende).
7. Stamm der Findigen (Industrielle).

Die sechs letzten Stämme standen einander im Ansehen völlig gleich. Der erste Stamm rekrutierte sich aus den erfahrensten, ältesten, vor allem aber den geachtetsten und durch ihre Lebensführung hervorragenden Individuen männlichen wie weiblichen Geschlechts der übrigen sechs Stämme.

Der größte Stamm, der an Zahl seiner Angehörigen alle anderen Stämme zusammen weit übertraf, war der der Sorgenden.

Die Zulassung zu den einzelnen Stämmen, den der Weisen allein ausgenommen, wurde lediglich durch die Neigung und den Nachweis der Fähigkeit entschieden. Ein Übertritt von dem einen Stamm in den anderen konnte aufgrund einer Prüfung jederzeit stattfinden. Fest gebunden war niemand, und gerade dieser völlige Mangel an Zwang schien hier oben eine der Hauptursachen für die Entwicklung der verschiedenen Berufsarten zu sein.

Ein natürlicher, vernünftiger Ehrgeiz, das Bestmögliche zu leisten, beherrschte die Marsbewohner und hielt nicht nur das

Streben des Einzelnen wach, sondern regelte es auch in gesunder Weise.

Da auf dem Mars kein Geld in Umlauf war, so gab es auch nicht das widerliche, Geist wie Körper gleichermaßen aufreibende Hasten und Jagen nach dessen Besitz wie unten auf der Erde. Geldsorgen waren auf dem Mars unbekannt. Die verschiedenartigsten Leistungen des Einzelnen wurden durch Anweisungen auf seine sämtlichen Lebensbedürfnisse aufgewogen. Zu diesen Bedürfnissen wurde aber auch eine gewisse Summe von Lebensfreude gerechnet, wie sie die Bildenden und Darstellenden Künste und dergleichen zu bieten vermögen.

Der höchste Ruhm und die größte Ehre bestand in der allgemeinen Anerkennung und Wertschätzung. Diese konnte sich aber jeder durch treue Erfüllung seiner Pflichten und Obliegenheiten erringen. Für die Leistungen, die über die allgemeine Pflichtarbeit hinausgingen, also da, wo das wirkliche Verdienst um das große Ganze beginnt, erhielten die Marsiten durch den Stamm der Weisen Auszeichnungen in Form öffentlicher Belobungen, die den Inhaber in vorgeschrittenerem Lebensalter zum Eintritt in diesen allgemein hoch verehrten Stamm berechtigten.

Das gesamte Leben auf dem Mars war in seiner so eigenartigen Form nur dadurch möglich, dass es unter dem ausschließlichen Zeichen des Zusammenhalts stand. Der allgemeine Grundsatz, dass das einzelne Individuum alles tun muss, was das Gesamtwohl fördert, alles zu unterlassen hat, was dem Nebenmenschen Schaden und Schmerzen bereitet, war hier oben schon seit undenklicher Zeit in die Praxis umgesetzt. Dabei wurde die Eigenliebe, ein gesunder, berechtigter Egoismus, nicht vernichtet. Der natürliche Selbsterhaltungstrieb des Einzelnen wurde durch die einfache Erkenntnis machtvoll gefördert, dass vom Wohl und Wehe des Nächsten auch das eigene Wohl und Wehe abhänge, dass das Blühen und Gedeihen der anderen das eigene Blühen und Gedeihen mit einschließe und dass ihr Elend gleichbedeutend mit dem eigenen sei.

Diese klare, natürliche Moral, die zu reiner Nächstenliebe (Altruismus) führt und die jeden geistig normalen Menschen instinktiv das Gute tun und das Schlechte meiden lässt, bestand in vollster Anwendung auf dem Mars. Die Quelle aller Übel auf der Erde, die rohe Selbstsucht, die die Unsumme von Gesetzesparagrafen nötig machte, bestand beim Marsvolke nicht. Nächstenliebe, Wahrheit, ein gewisser Frohmut schlossen den niederen Egoismus völlig aus.

Ein Bund von Brüdern und Schwestern schien das Volk hier oben zu sein, wissend, wahr, frei und gut, das Ideal reinen Menschentums verwirklichend. Wie klein kamen sich die Söhne der Erde vor, als sie nach und nach die Pfeiler kennenlernten, auf denen das Staatswesen sowie das öffentliche und private Leben der Marsiten so fest ruhte! Und diese festen Pfeiler waren hervorgegangen, herausgebaut aus einer großartig organisierten, allgemeinen und freien Schulung der Marsjugend. Die ideale Schule der Zukunft, von der Professor Hämmerle in Tübingen so viel schon geträumt – hier auf dem Mars begegnete er ihr als einer alten, bewährten Einrichtung.

Der leitende Grundsatz der Marsschulen war, die Jugend geistig und körperlich gleich gut zu bilden; denn je gebildeter und körperlich kräftiger zugleich ein Individuum ist, desto fähiger ist es, seine Lebensaufgaben und seine Pflichten als Mitglied des Staates zu erfüllen. Der Unterricht beschränkte sich daher nicht nur auf die einfacheren, elementaren Kenntnisse, sondern er erstreckte sich auch auf die Geschichte und die Kenntnis der Einrichtungen des Staatswesens, auf die Einführung in die Gesetze der Natur und auf die Bekanntschaft mit den poetischen und prosaischen Meisterwerken der Marsliteratur. Hand in Hand damit ging der Unterricht in der allgemeinen Körperpflege und in der Gesundheitslehre, der den Altersstufen der Jugend entsprechend angepasst war.

Gymnastische Spiele aller Art füllten die Nachmittage aus, an denen der Unterricht wegfiel. Am Ende einer bestimmten Schulzeit wurden Wettprüfungen vorgenommen. Wer aus ihnen als Sieger hervorging, rückte zu den höheren Unterrichtsklassen vor. Auf diese einfache Weise war eine klare Scheidung zwischen den wirklich talentierten und den weniger begabten Schülern durchgeführt. Den Ersteren stand dann der Weg zu den Kunstschulen oder zu den verschiedenartigen höheren wissenschaftlichen Lehranstalten offen. Die höhere Bildung war Gemeingut des ganzen Volkes, und keine anmaßende Mittelmäßigkeit konnte sich auf dem Mars breitmachen.

»Wir Erdgeborene sind die reinen Stümper gegen diese Prachtkerle hier oben. Was für ein Leben hier im Verhältnis zu dem da unten auf der Erde! Hier hellster Sonnenschein, dort trüber Nebel. Wie unendlich weit zurück steht die so gepriesene Kultur unserer führenden Nationen gegen die des Marsvolkes!«, äußerte sich eines Tages Brummhuber, als die Herren gerade beim Mahle saßen.

»Ich vermutete schon unten auf unserem Planeten, dass wir hier oben Wesen von hoher Vollkommenheit antreffen würden; ich gestehe aber, dass meine Erwartungen in jeder Richtung weit übertroffen worden sind«, antwortete Stiller.

»Freilich, bieten können wir den Menschen hier nichts, aber auch rein gar nichts. Und das drückt mich persönlich schwer«, warf Thudium ein.

»Was sollten wir ihnen auch bieten? Vielleicht von unserem Pessimismus, von der widerlichen Selbstsucht, von der unser Leben vergiftenden Unwahrheit? Alles Kennzeichen unserer Zivilisation!«, rief in ehrlicher Entrüstung Professor Piller.

»Sie haben recht, Piller, leider nur zu recht«, bestätigte Professor Stiller. »Mars bietet entschieden heute schon das, was den Geschlechtern auf der Erde vielleicht erst im Laufe der kommenden Jahrhunderte zuteilwerden wird.«

»Ob es wohl je dazu kommen wird?«, seufzte Frommherz.

»Daran ist nicht zu zweifeln«, entgegnete Hämmerle. »Mars hat ohne Zweifel einst dieselben oder wenigstens ähnliche Stufen in seiner zivilisatorischen Entwicklung durchgemacht wie die Völker der Erde. Seine Kultur ist nur bedeutend älter.«

»Jawohl, um Tausende und Abertausende von Jahren. Die Frage ist nur die, ob wir überhaupt die Fähigkeit haben, bei der Entartung unserer Rasse – ich betone das Wort Entartung nochmals ganz besonders! – die Höhe der Marskultur zu erklimmen. Ich möchte es bezweifeln!«, schrie Piller und suchte seine zornige Erregung durch einen Schluck Wein zu besänftigen.

»Piller, Sie sind ja selbst Pessimist und ungerecht wie immer«, tadelte Dubelmeier.

»Ich Pessimist? Und ungerecht? Was verstehen Sie denn darunter?«

»Darüber lasse ich mich mit Ihnen in keine Aussprache ein!«

»Oho! Also beleidigen wollen Sie mich, wie es scheint?«

»Fällt mir gar nicht ein; dazu sind Sie mir viel zu lieb und wert, Sie alter Alkoholikus! Aber ungerecht und pessimistisch ist es meines Erachtens, wenn Sie so schroff unseren Völkern auf der Erde die Fähigkeit einer gesunden Weiterentwicklung absprechen.«

»Ich möchte Freund Dubelmeier beistimmen«, warf hier Stiller ein. »Piller, nehmen Sie doch uns zum Beispiel als Modelle an!«

»Schöne Modelle, fürwahr!«, brummte Piller, sichtlich besänftigt durch den genommenen Schluck Wein.

»Freilich, Modelle von Erdensöhnen, wie ich ohne allzu große Selbstüberhebung sagen darf; vertreten wir doch bis zu einem gewissen Grade die Zukunft. Was wir heute auf dem Gebiete der allgemeinen Bildung und der Entwicklung des moralischen Gefühles vertreten, wird später mehr und mehr das Gemeingut der Massen der Kulturvölker auf unserer Erde.«

»Wer's glauben mag!«

»Es ist nicht allein mein Glaube, nein, es ist auch meine felsenfeste Überzeugung, gestützt auf die Entwicklungsgeschichte der Menschheit.«

»Stiller, ich will Ihnen nicht widersprechen, denn ich möchte mich nicht noch mehr ärgern, sondern im Gegenteil froh darüber sein, dass ich hier oben in dem reizenden Lumata sitzen darf.«

»Ein vernünftiger Ausspruch, der aller Ehren wert ist. Und nun Friede, meine lieben Freunde!«, rief Frommherz.

»Einverstanden!«, fügte Brummhuber bei.

Einige Tage waren seit dieser Unterhaltung verflossen. Da erschien Eran, der Patriarch aus dem Stamme der Alten, wieder einmal im Heim seiner Gäste und lud die Herren ein, mit ihm für kurze Zeit nach Angola zu reisen. Freudig stimmten die Herren bei. Diesmal wurden in Angola Schwabens würdige Söhne von dem Stamme der Weisen förmlich empfangen. Vollzählig hatten sie sich hier versammelt, um nebenbei auch noch über eine Reihe wichtiger innerer Fragen zu entscheiden. Gleichzeitig tagte auch noch der Stamm der Ernsten, um in einer Versammlung, wie sie von Zeit zu Zeit stattfand, Gedanken und Beobachtungen wissenschaftlicher Art untereinander auszutauschen.

Die Aufnahme der Erdensöhne in Angola ließ an Herzlichkeit nichts zu wünschen übrig. Ihre so wunderbare und schnelle Fahrt von der Erde her durch den ungeheuren Weltraum nach dem »Lichtentsprossenen«, wie die Marsiten ihren schönen Planeten nannten, war begreiflicherweise zuerst der Gegenstand der allgemeinen Unterhaltung und des lebhaftesten Interesses.

Bei der ersten Sitzung des Stammes der Ernsten, die in einem großartig ausgestatteten Saale eines Marmorpalastes stattfand, erklärte Professor Stiller die verschiedenen Umstände, die ihn zur Konstruktion des Weltenseglers und zu der kühnen, mit so großem Erfolge gekrönten Fahrt bestimmt hätten. Er erzählte ihnen ferner von seiner engeren und weiteren Heimat, von den Völkern Europas und von der Erde überhaupt. Letztere war den Ernsten wohlbekannt. Die Begriffe, die sie sich von ihr dank ihren außerordentlich scharfen Instrumenten und ihrer Vorstellungskraft zu machen verstanden, kamen der Wirklichkeit verblüffend nahe. So wussten die Marsgelehrten, dass das dritte Kind des Lichtes (als Kinder des Lichtes bezeichneten die Marsiten alle Planeten), die Erde, Eismassen an ihren Polen führe, die einen ansehnlichen Bruchteil des Meerwassers in feste Bande geschlagen haben, und dass die Oberfläche der

Erde von über siebzig Prozent Meerwasser bedeckt sei. Auch dass die Erdatmosphäre reich an Wasserdampf sein müsse, schlossen sie aus dem Verhältnis des Festlandes zu den Meeren. Die Dichtigkeit der Erde war ihnen genau bekannt, ebenso ihr Polar- und Äquatorialdurchmesser, ferner die Geschwindigkeit ihrer Bewegung um sich selbst wie um das »ewige Licht«, die Sonne, und dergleichen mehr.

Ja, auch von den einzelnen Erdteilen hatten sie richtige Vorstellungen, und diese gingen sogar so weit, dass sie eine Reihe einzelner größerer Länder oder Gebiete zu unterscheiden vermochten. Umso weniger schwer war es daher den gelehrten Fremden, die Marsiten gewissermaßen auf der Erde spazieren zu führen, von der sie bereits so achtungswerte Kenntnisse besaßen. Und so entwarfen sie ihnen ein genaues Bild ihres Vaterlandes und berichteten von dem Ort am Neckar, von dem sie nach dem Mars abgefahren waren.

Allen diesen Schilderungen brachten die Weisen sowie die Ernsten das lebhafteste Interesse entgegen. Dieses Interesse steigerte sich noch, als sie vernahmen, dass die sieben Schwaben ebenfalls zu einer Art Stamm der Ernsten unten auf der Erde gehörten. Die Herren wurden daher eingeladen, vor der versammelten Elite der Marsiten ihre Berufsarten näher zu beleuchten, das heißt, die Zustände zu schildern, unter denen sie auf der Erde und bei ihrem Volke ausgeübt würden. Gleichzeitig wurde der allgemeine Wunsch ausgedrückt, die Fremden möchten ein genaues Bild von dem Leben und Treiben der Bewohner der Erde entwerfen, das dann zu einem Vergleiche mit den bestehenden Verhältnissen auf dem Mars herangezogen werden sollte.

Es wurde ausgemacht, dass jeder der Professoren an einem bestimmten Tage abwechselnd zwei Vorträge halten solle, den einen fachlich und den anderen über das allgemein interessierende Thema der Erdbewohner und deren kulturelle Zustände. Die Professoren entledigten sich ihrer Aufgabe in meisterhafter Weise. Sie erzählten von dem derzeitigen Stande der verschiedenen wissenschaftlichen Disziplinen in den Kulturländern der Erde, besonders in Deutschland, beleuchteten ehrlich und rückhaltlos offen die politischen und sozialen Gegensätze unter den wenigen um die führende Rolle im Leben der übrigen Völker kämpfenden Nationen. Sie schilderten all die Mittel der List, der Gewalt und Verschlagenheit, die dabei angewendet wurden, und erklärten den Marsiten, was unten auf der Erde unter der Bezeichnung »Diplomatie« alles verstanden wurde.

Sie verschwiegen auch die trüben Erscheinungen nicht, die der mehr und mehr sich zuspitzende Kampf um das Dasein, der Wettstreit bei der Beschaffung der notwendigsten Lebensbedürfnisse für die große Mehrzahl der Menschen, sowohl der einfachen als auch der gebildeten Erdbewohner, mit sich brachte. Unumwunden räumten sie ein, dass dem Fortschrittsdrange der Kulturvölker leider überall auf der Erde alle möglichen Hindernisse in den Weg gelegt wurden durch allerlei einengende Einrichtungen und kleinliche Bestimmungen, dass die Massen der sogenannten gebildeten Völker trotz gewaltiger Fortschritte in der Technik und in den Naturwissenschaften immer noch weit entfernt von dem Ideale einer reinen Weltanschauung waren.

Letztere werde nur von einem verhältnismäßig kleinen Bruchteile der wirklich Hochgebildeten vertreten, und auch diese kleine Schar der Auserlesenen sei mit geringen Ausnahmen von der schwersten und schlimmsten Krankheit der Zeit angesteckt: der Feigheit. Man wage unten auf der Erde bei den Kulturnationen – von den weniger zivilisierten Völkern ganz zu schweigen – nicht, offen und klar das zu sagen, was man denke, aus Furcht, bei mächtigeren Personen anzustoßen und dadurch seine Existenz zu gefährden. Die Empfindungen würden daher auch selten mit den Handlungen in Einklang gebracht. Infolgedessen herrsche überall ein mehr oder weniger großer Mangel an Mut und Ehrlichkeit der Überzeugung, und die aus der Heuchelei geborene Lüge hindere den Sieg der Wahrheit und lasse immer noch sehr viele auf die Dauer doch als völlig unhaltbar erkannte Einrichtungen, ungesunde, unvernünftige, der reinen Weltanschauung und dem Volkswohle geradezu feindlich gegenüberstehende Zustände weiter bestehen.

Mit freudigem Staunen hätten sie auf dem Mars Verhältnisse angetroffen, die dem Ideal des Lebens und des reinen Menschentums, dessen Verwirklichung von den Besten der Nationen unten auf der Erde so heiß angestrebt werde, in der schönsten Weise entsprächen.

In dieser Art äußerte sich mehr oder weniger jeder der Herren. Frommherz fügte diesen Berichten noch einige Bemerkungen über die religiösen Anschauungen und die kirchlichen Einrichtungen Deutschlands hinzu.

Voll Aufmerksamkeit hatten die Weisen und die Ernsten diese Auseinandersetzungen der Erdensöhne angehört. Die wissenschaftlichen Darlegungen der Fremden brachten den Marsiten nichts Neues, die sozialen und übrigen Bilder, die ihnen von ihren Gästen so lebhaft vor Augen geführt worden waren, hatten ihr Interesse am meisten erregt. Mit keinem Laute waren die langen Vorträge unterbrochen worden.

Als Stiller den Schluss der Vorträge verkündet hatte, zogen sich die Weisen und die Ernsten zu einer gemeinsamen Beratung zurück, von der die sieben Schwaben ausgeschlossen waren. Das Ergebnis dieser Beratung aber sollte ihnen später bekannt gegeben werden.

»Was die nur vorhaben?«, fragte besorgt Frommherz.

»Nun, ich denke, sie werden scharfe Kritik an unseren Schilderungen üben, wozu sie ja auch vollkommen berechtigt sind«, antwortete Stiller.

»Und uns dann den Laufpass geben, passen Sie auf«, fügte Brummhuber bei.

»Dies zu tun, sind unsere Wirte viel zu anständig«, entgegnete Piller. »Obwohl ich nicht bestreiten will, dass die Marsiten zu einer Einladung, unsere Abreise endlich einmal in den Kreis unserer Überlegung zu ziehen, ein gewisses Recht hätten.«

»Warten wir ab, was kommt!«, entschied Dubelmeier.

»Bleibt uns auch nichts anderes übrig«, seufzte Frommherz, der seiner religiös-kirchlichen Darstellungen wegen ein etwas bedrücktes Gewissen hatte.

Aber es war doch eine gewisse Unruhe, die die Erdensöhne beherrschte, als sie miteinander durch die paradiesisch schönen Parkanlagen von Angola spazierten, während die Beratung der Marsiten stattfand.

Am nächsten Tage, dem zehnten ihres Aufenthaltes in Angola, wurden die Schwaben wiederum in feierlicher Weise in den großen Sitzungssaal geführt, in dem sie ihre Vorträge gehalten hatten. Der Älteste unter den Alten, ein Hüne von Gestalt, Anan mit Namen, erhob sich und begrüßte zunächst wieder in herzlichen Worten die Eingeführten.

»Meine lieben Freunde!«, sprach er weiter zu ihnen. »Wir alle haben gestern mit lebhaftester Teilnahme eure Schilderungen vernommen, die ihr von den allgemeinen und besonderen Verhältnissen eures Weltkörpers entworfen habt. Diese Schilderungen haben in uns merkwürdige Gefühle und Empfindungen ausgelöst, sodass wir uns über sie zuerst in aller Ruhe klar werden wollten, bevor wir euch mit unserem schuldigen Danke zugleich auch eine Antwort auf das Gehörte geben. Dies war der Grund, warum wir uns zu einer Beratung unter uns zurückgezogen haben. Vor allem danken wir euch für die anerkennenswerte Offenheit, mit der ihr uns das Leben eurer Kulturvölker geschildert habt. Uns muteten eure Berichte im ersten Augenblicke wie Märchen an. Wir würden sie auch als solche auffassen, wären wir nicht von dem Ernste eurer Lebensauffassung, von eurer Rechtschaffenheit und Ehrlichkeit vollkommen überzeugt. Nicht vergeblich haben wir euer Leben in Lumata beobachtet. Das Ergebnis dieser Beobachtung war unsere Einladung hierher, das Zeichen unserer Achtung und unseres Vertrauens. Und nun wende ich mich zu euren Auseinandersetzungen. Umsonst haben wir in der Geschichte unserer Vergangenheit geblättert; solch barbarische, von der Unwahrheit beherrschte Zustände im Leben der Einzelnen wie der Völker, wie sie bei euch noch bestehen, haben wir in diesem Umfange glücklicherweise nie gekannt. Gewiss, es fehlte auch uns nicht an inneren Kämpfen, an schweren Enttäuschungen aller Art, bis wir uns endlich im Laufe der Zeit zu den Lebensverhältnissen und Lebensauffassungen durchgerungen haben, die ihr bei uns heute bewundert. Aber unsere Entwicklung vollzog sich weniger mühselig, weniger schmerzhaft als die eure. Schon vor Urzeiten hatte sich bei uns in der breiten Masse des Volkes die Erkenntnis durchgerungen, dass unsere erste Aufgabe unsere Erhebung, nicht aber das Verharren in unserer Niedrigkeit sei, aus der wir hervorgegangen sind. Diese unsere Erhebung und Entwicklung zur reinen Freiheit konnte nur durch eine vernünftige, naturgemäße Aufklärung kommen, die uns für das hehre Licht der Wahrheit empfänglich machte.

Ihr, liebe Freunde, habt während eures längeren Aufenthaltes bei uns nach und nach die Wege kennengelernt, die wir eingeschlagen haben, um dieses hohe Ziel zu erreichen, Wege, die wir, weil sie sich bewährt haben, auch heute noch wandeln und fernerhin wandeln werden. Darüber will ich kein Wort mehr verlieren. Gerne wollen wir auch zugeben, dass wir es mit unserem Entwicklungsgange ungleich leichter gehabt haben, als ihr es in dieser Beziehung unten auf der Erde noch habt. Hier bei uns haben wir ein ziemlich gleichmäßiges, in Sprache, Denken und Empfinden übereinstimmendes Volk, während dies auf eurem Planeten nicht der Fall ist. Wir konnten uns daher mit viel weniger Schwierigkeiten und ohne den von euch geschilderten furchtbaren Massenmord, Krieg genannt, zu der Höhe unserer Kultur erheben, die eurem Ideale nahekommt. Wir hatten also diese entsetzlichen Verwirrungen nicht zu überwinden, die eurem Glücke und Fortschritte so fürchterlich hemmend entgegentraten und noch drohend entgegenstehen.

Das Gefühl der Zusammengehörigkeit, ein brüderlicher Gemeinsinn, besteht bei uns seit Äonen. Es bildet den fundamentalsten Bestandteil unseres Bewusstseins und die Triebkraft unseres Handelns. Bedauerlicherweise fehlt bei euch dieses mächtige Gefühl der Zusammengehörigkeit oder ist zum Mindesten noch nicht in dem

Maße vorhanden, als zum Wohle des Ganzen so dringend nötig wäre. Der Grund eures Tiefstandes liegt meines Erachtens in dem Mangel an jener einfachen, natürlichen Moral, die unser Leben so vorteilhaft beeinflusst.

Für uns war es schmerzlich zu hören, wie bei euch jeder Fortschritt, auch der kleinste, durch ein Meer von Tränen, von Blut und zertrümmerten Existenzen führt. Und doch, ihr selbst sagtet es ja, es muss und wird einst besser bei euch auf der Erde werden. Ihr selbst seid dafür die lebendigen Zeugen, denn ihr stellt heute schon das vor, was die Masse bei euch nach eurem eigenen Ausspruche in späterer Zeit sein wird. Wackere, brave Männer von der geistigen Bedeutung wie ihr müssen daher unten auf der Erde wirken, an der Weiterentwicklung ihrer Brüder arbeiten. Wenn auch der Einzelne von euch bei dieser schwierigen Arbeit keine volle Befriedigung empfindet – dies gilt ja von allem Streben nach noch nicht Erreichtem! –, so bedenkt, dass die Folgen der Arbeiten an dem Werke der Vervollkommnung eurer Mitmenschen zwar nicht euch, so doch euren Nachkommen zugutekommen werden. Unser Rat lautet dahin: Kehrt zurück auf eure Erde!«

»O Himmel, ahnte ich es doch!«, klagte bei diesen Worten Arans Professor Frommherz leise vor sich hin.

»Schweigen Sie, Jammerseele!«, herrschte ihn unsanft Piller an.

»Kehrt zurück in euer Schwabenland, zu dem biederen Volke, aus dessen Mitte ihr stammt, und widmet euch dort wieder dem erhabenen Werke der Vervollkommnungsarbeit. Ferne sei es von uns, euch von hier wegdrängen zu wollen, ihr seid und bleibt uns werte Gäste.«

»Dem Himmel Dank!«, murmelte hier Frommherz.

»Aber ich gestehe es aufrichtig, und ich spreche hier die Ansicht von allen meinen Brüdern und Schwestern aus: Ihr seid die ersten und zugleich die letzten fremden Wesen, die von einem der fernen Kinder des Lichtes zu uns gelangen durften. Denn dies ist der Hauptpunkt, das Endergebnis unserer Verhandlung. Im Interesse unseres Volkes lehnen wir weiteren Verkehr ab. Nicht mit euch – ich betone nochmals ausdrücklich, dass ihr uns werte, liebe Gäste und Freunde seid –, nein, überhaupt; denn wir haben keine Gewähr dafür, dass nicht auch einmal Fremde zu uns gelangen könnten, die nicht auf der Höhe der Anschauung stehen wie ihr und deren Benehmen bei längerem Aufenthalte wahrscheinlich dann nur zu unerquicklichen Auseinandersetzungen und schließlich zu einer gewaltsamen Entfernung von hier führen müsste. Das wollen wir uns aber ersparen.

Eure kühne Reise wird zwar so bald nicht wieder Nachahmer finden. Doch kann man dies nicht wissen, und so haben wir bereits die bestimmte Weisung gegeben, künftig und für alle Zeiten auf unserem Lichtentsprossenen kein Luftschiff mehr landen zu lassen, woher es auch kommen möge, und wäre es auch aus dem uns durch euch so sympathisch gewordenen Schwabenlande. Bleibt bei uns, wenn ihr wollt, oder fliegt über kurz oder lang wieder heimwärts. Wir stellen dies ganz in euer Belieben und sind und bleiben stets eure aufrichtigen, treuen Freunde. Ich bitte euch, liebe Brüder und Schwestern«, mit diesen Worten wandte sich Anan an die Marsiten, »ruft mit mir: Glück und Heil den sieben Schwaben, unseren lieben ersten und einzigen Gästen!«

6.

Im Reiche der Vergessenen

Mit gemischten Gefühlen kehrten die Herren von Angola nach Lumata zurück. Sollten sie auf dem Mars bleiben oder sollten sie gehen? Das war die ernste, schwerwiegende Frage, die sie in den folgenden Monaten beschäftigte.

»Wenn uns die Marsiten in Angola auch nicht geradezu den Stuhl vor die Tür gesetzt haben, so haben sie uns doch deutlich genug zu verstehen gegeben, dass wir unsere Siebensachen zusammenpacken sollen«, äußerte sich eines Tages Piller zu seinem Kollegen Stiller.

»Sie haben recht! Und ich muss Ihnen auch aufrichtig erklären, dass mir dieses unproduktive Leben, diese an uns geübte weitgehende Gastfreundschaft, für die wir uns auch nicht im Geringsten erkenntlich zu zeigen vermögen, zuwider zu werden anfängt. Einmal müssen wir doch an das Fortgehen denken, denn bis ans Ende unserer Tage können wir wohl nicht hier oben sitzen bleiben.«

»Hm, hm, gerne gehe ich von Lumata nicht fort; es wird mir wirklich sehr schwer! Denke ich nur an unsere Herreise mit allen ihren Beschwerden, so graut es mir förmlich vor einer Rückkehr. Aber diese muss stattfinden, darüber kann und darf kein Zweifel bestehen. Es handelt sich nur um den Zeitpunkt. Warten wir's noch ab!«, antwortete Piller.

»In ähnlicher Weise wie Sie sprechen sich auch die anderen Freunde aus, lieber Piller. Nur Frommherz macht eine Ausnahme. Der weicht so viel wie möglich jeder Erörterung aus, die die Rückkehr zum Gegenstand hat.«

»Glaub's wohl!«, lachte Piller laut auf. »Unser lieber Freund Fridolin ist überglücklich, hier oben weilen zu dürfen, und bekommt stets Herzbeklemmungen, wenn wir von einer Heimreise zu reden beginnen. Im Grunde genommen kann ich es ihm nicht verübeln, wenn er dauernd hierbleiben möchte. Aber aufhören muss einmal diese Art von Schlaraffenleben, das ist klar. Darin stimme ich Ihnen also völlig bei, Stiller.«

»So bleiben wir einstweilen noch hier und nützen unsere Zeit möglichst gut aus. Inzwischen sorge ich für die tadellose Ausbesserung unseres Weltenseglers, für Bereitstellung des geeigneten Proviants usw. Langsam, aber gründlich werde ich die Vorbereitungen zu unserer Abreise treffen.«

»Und vergessen Sie mir nicht den feinen goldenen Tropfen! Nehmen Sie nur gleich, bitte, einen anständigen Vorrat davon mit in die Gondel!«

»Soll geschehen, Sie ewig Durstiger«, sagte lächelnd Stiller.

In freundlichem, angenehmem Verkehr mit dem liebenswürdigen Marsvolke, in kleinen und größeren Ausflügen und Reisen verfloss die Zeit nur zu rasch. Auf einem ihrer Streifzüge waren sie auch weiter hinaus aus der eigentlichen Bevölkerungszone in die nördliche, kühlere Region des Planeten gelangt. Es mutete die Forscher ordentlich heimatlich an, als sie hier wohlgepflegte Nadel- und Laubholzwaldungen neben saftigen grünen Wiesen und schönen dunkelblauen Seen fanden. Hohe Gebirgszüge schoben sich dazwischen, und ihre mit Schnee bedeckten höheren Gipfel verstärkten noch den Eindruck einer alpinen Landschaft.

Hier stießen sie auch auf zerstreute, weit auseinanderliegende kleine Kolonien von Marsiten, deren ernstes, wortkarges Wesen und Auftreten merkwürdig von der heiteren und frohen Lebensauffassung ihrer übrigen Brüder abstach. Auf ihr Befragen erfuhren die Gelehrten, dass ähnliche kleine Kolonien auch in der südlichen kühlen Zone des Mars beständen. Die Kolonisten hießen die »Vergessenen«, weil ihre Namen vorübergehend oder auch dauernd von den Tafeln der Marsstämme gestrichen worden seien.

»Dann sind es somit Verbrecher, die, von der Gemeinschaft der Übrigen ausgestoßen, hier oben ihre Strafe abzubüßen haben?«, fragte Dubelmeier.

»Wir kennen nur Gesetzesübertreter, keine anderen Missetäter«, wurde dem Frager erklärt.

»Nun, schließlich kommt dies ja auf das Gleiche heraus«, antwortete Dubelmeier. »Worin besteht denn bei euch die Gesetzesübertretung, die die Strafe der Verbannung in diese Gegenden nach sich zieht?«

»In mangelhafter Erfüllung der allgemeinen Pflichten und Obliegenheiten.«

»Da müsste man bei uns auf der Erde neun Zehntel aller Menschen verbannen, und wir kämen des Platzes wegen für diese Menge von Verbannten in die größte Verlegenheit«, rief Piller voll Erstaunen.

»Wir sind auch nicht auf eurem Planeten«, antwortete mit überlegenem Lächeln Varan, der Führer der Reisebegleitung.

»Aber es ist doch grausam, kleinerer Verstöße wegen einen Mitmenschen aus seiner ihm trauten und gewohnten Umgebung zu reißen«, warf Hämmerle ein.

»Über die Art der Verstöße gegen unsere Lebensvorschriften zu richten, sind nur wir allein maßgebend«, entgegnete Varan ernst.

»Ohne Zweifel!«, gab Stiller zu.

»Aber Verzeihung ist die Krone der Liebe! Verzeiht ihr nicht auch?«, forschte Frommherz.

»Gewiss! Aber es gibt Vergehen, für die niemals Verzeihung gewährt werden kann. Sie sind zwar äußerst selten, aber sie kommen bei uns doch noch hier und da vor. Die Vergessenen erhalten nach einer gewissen Zeit der Prüfung meist ihre Namen wieder. Es steht ihnen dann die Rückkehr in die engere Heimat und der Wiedereintritt in ihren Stamm frei. Aber nur wenige machen von dieser Erlaubnis Gebrauch. Einmal ausgestoßen, zieht unser Bruder ohne Namen es für gewöhnlich vor, da zu bleiben, wo er hingebracht wurde, und sein Leben in strenger Arbeit dem Wohle der Übrigen zu widmen.«

»Worin besteht diese Arbeit?«, fragten die Herren.

»In tadelloser Instandhaltung der hier ihren Ursprung nehmenden Kanäle: eine ebenso wichtige wie schwierige Aufgabe, von deren gewissenhafter Erfüllung unsere Gesamtexistenz abhängt.«

»Und wer sorgt für den Unterhalt der Vergessenen?«

»Sie selbst. Sie treiben nebenbei Viehzucht, Ackerbau und dergleichen mehr. Kommt einmal die Zeit, wo es keine Vergessenen mehr bei uns gibt, so müssen wir eben selbst diese Arbeiten ausführen. Darüber liegen bereits genaue Bestimmungen vor, denn unsere Vergessenen vermindern sich mehr und mehr«, schloss Varan.

»Wunderbar glücklicher Planet, dieser Mars! Sogar die Missetäter hier oben werden wieder Wohltäter durch ihre Leistung für das große Ganze«, rief Stiller voll Enthusiasmus. »Und doch erfüllt es mich mit einer gewissen, wenn auch höchst bescheidenen Genugtuung, dass auf dem Mars dieses Lebensbild voll Glanz und Licht einen kleinen Schatten hat, dass es auch nicht vollkommen ist.«

»Vollkommen oder unvollkommen sind Begriffe, die wir uns selbst unten auf der Erde geformt haben und die wir im Sinne ihrer Bedeutung für uns auf die Zustände hier oben nicht anwenden dürfen«, antwortete Dubelmeier.

»Sehr richtig!«, bestätigte Frommherz. »Mir persönlich kommt hier oben alles vollkommen, alles ganz wunderschön vor. Hier habe ich das Paradies gefunden, von dem man bei uns träumt.«

»Sie Schwärmer!«, erwiderte lachend Piller. »Besser ist die Marswelt entschieden als die unsere, und unsere Erde die beste der Welten zu nennen, wie es allgemein geschieht, ist daher nichts als platter Unsinn. Aber, lieber Frommherz, bald müssen Sie aus Ihrem Paradiese heraus und wieder hinunter nach Tübingen.«

»Das kann unmöglich Ihr Ernst sein, Piller«, stotterte Frommherz erbleichend.

»Bitterer Ernst, mein Freund! Die schönen Marstage gehen nun bald zu Ende, nicht nur für Sie, nein, auch für uns, leider, leider!«

Professor Piller musste sich nach diesen Worten heftig schnäuzen.

»Aber die entsetzliche Reise!«, jammerte Frommherz. »Haben Sie denn schon so vollständig die ungeheuren Mühseligkeiten unserer Herreise vergessen?«

»Lieber Frommherz, es muss sein«, entgegnete Stiller. »Wir sind nun bald zwei Jahre Gäste hier, und auch die Gastfreundschaft hat ihre Grenzen. Übrigens wissen Sie auch ganz genau, dass die Marsbewohner mit unserer Abreise rechnen. Ich glaube, die Worte, die damals Anan in Angola an uns richtete, enthielten deutlich genug den Wink zum Fortgehen. Unser Ehrgefühl und auch unsere Dankbarkeit erfordern, dass wir den Mars verlassen – und zwar bald. Gewiss, die Rückreise ist mühselig, sie wird möglicherweise noch anstrengender für uns werden als die Herfahrt, aber es muss sein!«

»Aber – aber könnte nicht ich wenigstens zurückbleiben?«

»Es geht nicht! Es ist nicht gut möglich! Wir sind miteinander gekommen, und wir müssen daher auch wieder miteinander gehen. Das ist klar. Wir alle, Sie leider ausgenommen, sind darüber einig, dass wir gehen müssen, obgleich uns der Abschied von diesem herrlichen Planeten wahrlich schwer genug wird, denn wir haben ohne Zweifel auf ihm die schönste und an Genuss reinste Zeit unseres Lebens zugebracht. Einen Drückeberger darf es nicht geben«, entschied Stiller.

Etwas beschämt über diese wie eine Zurechtweisung klingende herbe Antwort, ließ Frommherz nichts mehr über die ihn bewegenden Gefühle verlauten; er verschloss sie von jetzt ab fest in seiner Brust.

In dem landschaftlichen Bilde, das sich hier den Augen bot, fiel Herrn Dubelmeier ein stattlicher Berg auf, der isoliert in stolzer Einsamkeit seine schneebedeckten Gipfel gen Himmel streckte. Der ganze pyramidenartige Aufbau des Berges verriet seinen vulkanischen Ursprung. Von seiner etwas abgestumpften Spitze aus musste man eine großartige Fernsicht genießen. Bei diesem Gedanken war in Herrn Dubelmeier die alte Leidenschaft des Bergsteigers wieder geweckt.

»Wie wäre es, wenn wir zum Schlusse unseres Aufenthaltes auf dem Mars jenem prächtigen Berge da drüben einen Besuch abstatten würden? Bei der Beschaffenheit der Marsatmosphäre dürften wir dort oben eine außerordentlich schöne Aussicht haben«, sprach Dubelmeier zu seinen Gefährten.

»Ich komme mit«, entschied Stiller kurz entschlossen.

»Ich auch!«, erklärte Piller. »Wie heißt der Berg, Varan?«

»Der Berg des Schweigens.«

»Ein merkwürdiger Name!«, meinte Stiller. »Wer kommt sonst noch mit?«

Aber die vier übrigen Schwabensöhne konnten sich zu der Tour nicht entschließen. Eine gewisse Mattigkeit und Abspannung hielt sie davon zurück. Man kam überein, dass sie hier die Rückkehr der drei Freunde abwarten sollten. Varan sorgte für alle Bedürfnisse der kleinen Karawane und vergaß auch nicht die passenden Kleidungsstücke und die sonstigen erforderlichen Gegenstände. In Begleitung von drei Marsiten reisten die Herren ab. Ein Motorboot brachte sie auf einem der Kanäle rasch bis zum Fuß des Berges, der sich beim Näherkommen immer mehr als ein Riese entpuppte. Dubelmeier schätzte seine Höhe über der Talsohle auf ungefähr dreitausend Meter.

Steil fiel er von allen Seiten ab, und es war nur in langen Zickzacklinien möglich, zu ihm emporzuklimmen. Es war dies ein beschwerliches Stück Arbeit. Bei jedem Schritt sank der Fuß bis über den Knöchel in den schwarzen Sand des verwitterten Lavafeldes ein. Stunden vergingen in ermüdendem Steigen, bis die Herren endlich in die Nähe der Schneegrenze gelangten. Hier wurde haltgemacht. Einige

Stunden der Ruhe sollten die gesunkenen Kräfte der Bergsteiger wieder heben. Erst jetzt konnten die Herren erkennen, wie hoch sie schon gekommen waren, denn bei dem mühsamen Stampfen durch den lockeren Boden hatten sie keine Zeit gehabt, Umschau zu halten.

Während die Marsiten einen Imbiss herrichteten, betrachteten die drei Schwaben das zu ihren Füßen sich ausbreitende parkartige Panorama, das sich im Lichte der untergehenden Sonne golden spiegelte. Kein Laut, kein Ton, der die Anwesenheit noch anderer belebter Wesen verraten hätte, ließ sich vernehmen, nicht einmal das Rauschen eines talwärts strebenden Baches. Alles schien an diesem Berge in die starren Fesseln völliger Stille geschlagen zu sein, und der Berg trug daher seinen Namen mit Recht. Auch die Erdensöhne waren schweigsam. Still mit den eigenen Gedanken beschäftigt, starrte jeder der Männer vor sich hin.

Die Nacht war herangekommen. Phobos und Deimos zogen ihre stille, leuchtende Bahn, als die Karawane aufbrach, um auf dem festgefrorenen Schnee langsam den Weg zur Spitze des Berges emporzuklettern. Tiefe Rubintinten am östlichen Himmel kündigten den Aufgang der Sonne an, als Schwabens Söhne endlich glücklich den Gipfel des Berges erreicht hatten. Einem Glutballe gleich stieg bald darauf die Sonne empor und warf ihre Strahlen über Berge und Täler. Ein Rundblick von überwältigender Großartigkeit entlohnte die Männer für ihre Anstrengungen des Aufstiegs.

Der Berg des Schweigens überragte die übrigen Höhenzüge ganz bedeutend. Er war die höchste Erhebung der nördlichen Marshemisphäre. Weithin schweiften die Blicke völlig frei und unbehindert. Selbst die fernsten Gegenstände schienen, dank der dünnen klaren

Luft, dem Auge greifbar nahe gerückt. In weiter, weiter Ferne nach Norden zu konnten die drei Gelehrten mithilfe der scharfen Marsteleskope, die sie mit sich führten, eine weiße, bogenförmige Linie erkennen. Diese grenzte scharf und deutlich den bläulich schimmernden Horizont ab. Die Herren wussten zunächst nicht, wofür sie diese eigenartige Linie, die ein erstarrtes Eismeer einschloss, halten sollten.

»Das ist ja der Nordpol des Mars!«, entfuhr es plötzlich den Lippen Stillers.

Eine große Erregung bemächtigte sich der Beobachter: Der Hauch der Unendlichkeit wehte ihnen hier entgegen. Ein solches Ergebnis der Fernsicht hatten sie nicht erwartet. Immer und immer wieder betrachteten sie die deutlich wahrnehmbare Abrundung.

»Kein Zweifel, es ist der Nordpol. Wie wunderbar, dass unsere Augen auf einem anderen Planeten das schauen dürfen, was auf der Erde bis jetzt, allen Versuchen zum Trotz, niemandem gelang!«, sprach Herr Stiller. »Wie wird dieses Bild erst bei Nacht sein!«

»Wie meinen Sie das?«, forschte Dubelmeier.

»Nun, ich denke an die feurigen elektromagnetischen Polausströmungen«, erwiderte Stiller.

»So bleiben wir so lange hier!«, entschied Piller. »Aber sehen Sie einmal, meine Freunde, was ist denn da unten?«

Stiller und Dubelmeier drehten sich um. Etwa zweihundert Meter unter ihnen lag, hell beschienen vom Lichte des Tages, im Krater des früheren Vulkans ein See von heller smaragdgrüner Farbe. Blühende Blumen umsäumten seine Ufer.

»Blumen und Wasser, Eis und Schnee, merkwürdige Kontraste! Wie verträgt sich das?«, fragte Piller. »Wir scheinen ja hier oben von einem Wunder ins andere zu fallen!«

»Auf dem Mars hat das Merkwürdige überhaupt kein Ende!«, entgegnete Stiller lächelnd. »Doch untersuchen wir die Sache und steigen wir hinab in den Krater, der nebenbei noch ein ausgezeichneter Lagerplatz sein dürfte!«

Bald waren die Herren unten am See. Da, wo der Schnee aufhörte und der Pflanzenwuchs einsetzte, fühlte sich der Boden warm an, ein Beweis, dass der Vulkan noch nicht gänzlich erloschen war. Das Wasser des Sees war gleichfalls warm und zeigte eine Temperatur von dreißig Grad Celsius. Das wunderbar klare, nahezu durchsichtige Wasser von etwas salzigem Geschmack ließ den Boden des tiefen Sees deutlich erkennen, der wie mit einem tiefroten Teppich bedeckt erschien.

»Das sieht ja aus, als ob ein schwerer mineralischer Farbstoff hier hineingeschüttet worden wäre«, äußerte sich Piller zu seinem Kollegen Stiller.

»Es scheint Eisenoxyd zu sein, das sich auf dem Boden des Sees niedergeschlagen hat. Wahrscheinlich war das Wasser einst stark eisenhaltig«, entgegnete Stiller.

»Das mag sein. Dadurch ist auch das Fehlen jeglichen Tierlebens in dem Wasser erklärlich.«

Die Herren betrachteten nun die in Fülle am Uferrande wachsenden blühenden Pflanzen. Es war ein bunter, duftender Blumenteppich, der einen anmutigen Eindruck auf die Erdensöhne machte. Alle möglichen Arten von Pflanzen waren vertreten, die mit denen der alpinen Regionen der Erde verwandt waren.

Mit Behagen genossen die Herren die Stunden des Tages hoch oben im Krater und bedauerten nur, dass die anderen Freunde nicht auch anwesend waren. Als der Abend gekommen war, stiegen sie, wohl eingehüllt in ihre Pelze, wieder hinauf zur Spitze. Tiefes Dunkel lag bereits über dem Marsland, als die Forscher den Rand des Kraters erreichten. Die Marsmonde waren noch nicht aufgegangen. Aber in der Richtung des Nordpoles, den die Freunde diesen Morgen gesehen, begann es aufzublitzen, zuerst langsam, dann immer stärker. Schließlich fuhren feurige Strahlen empor, bildeten über dem polaren Horizonte einen Halbkreis und verschwanden wieder. Ein herrlicher Wechsel der Farben vom blendenden Rotgold bis zum leuchtenden Saphirblau, verbunden mit dem Wachsen und Schwinden der zuckenden Strahlen, erzeugte ein Bild von vollendeter Schönheit.

»Diese glänzende Naturerscheinung ist ein würdiger Abschluss unserer Expedition nach dem Berge des Schweigens«, sprach Stiller zu seinen Freunden, als das Polarlicht durch die inzwischen emporgestiegenen hell leuchtenden Monde des Mars mehr und mehr zurückgedrängt wurde.

»Ja, hier oben auf dem Mars ist alles lichtvoll, voll freundlicher Helle, selbst die Nacht. Welch zauberhaft schöne Reflexe bringt das Licht der Monde da unten hervor!«

Mit diesen Worten wies Piller hinunter auf den stillen Kratersee, auf dessen Wasser die zitternden Strahlen der beiden Monde tausendfach gebrochen tanzten. Es war, als ob mit Leuchtkraft begabte Wesen aus der Tiefe des Berges emporgestiegen wären und nun an der Oberfläche des Wassers ihr neckisches Spiel trieben.

Im Mondschein traten die drei wackeren Schwaben, um eine wertvolle Marserinnerung reicher, einige Stunden später den Abstieg an, um vereint mit ihren vier Kollegen wieder nach Lumata zurückzukehren.

Der Abschied

Nach der Rückkehr aus dem Gebiete der Vergessenen begann Frommherz den Verkehr mit seinen Gefährten mehr und mehr einzuschränken. Er nahm mit ihnen noch die gemeinsamen Mahlzeiten ein, zog sich aber, sooft es sich ohne Aufsehen machen ließ, von der Gesellschaft seiner Freunde zurück. An den Abenden, die sonst der allgemeinen Unterhaltung und dem Gedankenaustausch im schönen Heim von Lumata gewidmet waren, ging er für sich allein spazieren und genoss in stillem Entzücken den eigenartigen Zauber der Mondnächte. Und von hier oben sollte er fort, von diesem Eden, und wieder hinunter auf die kalte Erde? An diesem Gedanken krankte Frommherz förmlich. Die Herren waren viel zu sehr mit sich selbst beschäftigt, um dem eigentümlichen Benehmen ihres Genossen allzu große Bedeutung beizulegen.

Durch Eran hatte Stiller dem Zentralsitz des Stammes der Weisen in Angola mitteilen lassen, dass er und seine Gefährten sich endgültig entschlossen hätten, nach der Erde zurückzukehren. Die Abreise beabsichtigten sie am zweiten Jahrestag ihrer Landung auf dem Mars anzutreten.

Darauf war eine Einladung, wieder nach Angola zu kommen, als Antwort eingetroffen. Ihr Empfang dort ließ an Herzlichkeit nichts zu wünschen übrig. Eine Reihe glänzender Feste wurde zu ihren Ehren und als Feier des bevorstehenden Abschiedes veranstaltet.

Das Beste und Schönste, was die Darstellenden und Bildenden Künste auf dem Mars zu leisten vermochten, wurde bei diesen Festen den Erdensöhnen geboten. Aber die Schatten des Abschiedes von dem wundervollen Planeten und seinen so idealen Bewohnern begannen bereits auf den Herren Schwaben zu lagern und ließen sie das Gebotene nicht mehr mit voller Freude genießen.

In der gewaltigen Spiegelgalerie des Palastes der Weisen fand das letzte Essen statt. Zu ihm waren von allen Seiten des Mars Eingeladene erschienen und von allen Stämmen offizielle Vertreter. Draußen im Westen begann das ewige Licht, die Sonne, niederzusteigen. Ihre milden, goldenen Strahlen warfen die großen Spiegel des Saales unzählige Male gebrochen zurück. Es war im Saale ein Wogen und Fluten des Lichtes, das die Augen förmlich blendete. Durch die offenen Fenster drang der Duft der Blumen herauf in den Saal. Im leichten Abendwinde ließen die schlanken Palmen des Parkes ihre Kronen leise rauschen. Ruhig und still grüßte der tiefblaue See durch den grünen Dom der Bäume herüber, zwischen denen noch in geschäftiger Eile zwitschernde Vögel flogen und Lianen ihre farbenprächtigen Blütenschnüre warfen. Ferne, sanfte Höhenzüge, rosig angehaucht von der Abschied nehmenden Sonne, rahmten das köstliche Landschaftsbild ein, das die Erdgeborenen heute zum letzten Male sehen sollten. Diese waren als die Ersten im Saale erschienen und standen nun an den hohen Fenstern versunken in die traumhaft schöne Szenerie.

»Uns wird der Abschied wahrhaftig schwer gemacht«, sprach leise Piller zu dem neben ihm stehenden Kollegen Stiller. »Frommherz hat recht. Ist dies hier nicht ein Land, das die Bezeichnung eines Paradieses verdient?«

»Ohne Zweifel!«, antwortete Stiller. »Es ist ein Eden, so recht geschaffen für die Betrübten, für die Heimatlosen, wie wir es nun sein werden.«

»Heimatlos? Wie meinen Sie das, Stiller?«

»Heimatlos, jawohl!«, erwiderte Stiller, und seine Lippen zuckten schmerzlich, als er nach kurzer Pause fortfuhr: »Glauben Sie denn, wir würden, nachdem wir zwei volle Jahre hier oben inmitten einer wunderbar schönen Natur, eines geradezu paradiesischen Landes unter stolzen, freien und edlen Menschen gelebt haben, uns in der Heimat wieder wohlfühlen können? Niemals! Fremdlinge werden wir da sein, wo wir geboren worden sind, wo wir früher gelebt, gerungen, für unsere Überzeugung gestritten haben.«

»Stiller, machen Sie mir den Abschied nicht zur Unmöglichkeit!«

Piller musste sich, wie stets nach heftiger seelischer Erregung, mehrmals stark schnäuzen. Dann trat er rasch an die Tafel, schenkte sich ein Gläschen Wein ein und leerte es auf einen Zug.

»Fern sei es von mir, Ihnen den Abschied zur Unmöglichkeit zu machen, denn wir müssen ja fort. Aber« – ein Leuchten erhellte dabei das Gesicht des Sprechenden – »ausstreuen wollen wir, ohne Wortgeklingel, unten auf der Erde die Keime jener großen Zukunft, die wir hier oben in so herrlicher Weise verwirklicht angetroffen haben.«

Als Zeichen des Einverständnisses drückte Piller seinem Kollegen stumm die Hand.

Allmählich füllte sich der Saal mit den Geladenen. Alle kamen auf die Erdensöhne zu und schüttelten ihnen die Hände. Nachdem Anan erschienen war, begann das Essen. Neben dem Ältesten der Alten saßen die sieben Schwaben. Die Kronleuchter des Saales erstrahlten im Lichte elektrischer Lampen. Sie beleuchteten die glänzende Tafel und die große, feierlich gestimmte Gesellschaft. Unten, vor der Spiegelgalerie, auf der großen Terrasse, waren die Chöre der Sänger und Musiker aufgestellt, die während des Mahles abwechselnd ihre entzückenden Weisen ertönen ließen.

Als das Essen beendigt war, erhob sich Anan.

»Meine Brüder und Schwestern«, hob er zu sprechen an, »die Stunde des Abschiedes von Angola ist gekommen. Unsere Gäste aus dem fernen Schwabenlande kehren demnächst wieder dahin zurück. Mögen sie heil und gesund den trauten Boden ihrer Heimat wieder erreichen! Sie selbst werden in unserem Andenken für immer fortleben. Wir haben beschlossen, ihre Namen in goldenen Buchstaben auf Marmortafeln hier in diesem Saale neben ihren Bildern anzubringen, unseren späteren Nachkommen zur Erinnerung an diese kühne Reise zu uns und an ihren langen, durch keinen Misston getrübten Aufenthalt in unserer Mitte. Ferner haben wir beschlossen, als weiteres Zeugnis dieses ersten und letzten Besuches von Erdgeborenen auf unserem Lichtentsprossenen all die verschiedenen Mitteilungen, die sie uns über das Leben und Treiben der Völker der Erde gemacht haben, in einem Buche niederzulegen, das hier in unserem Heim einen besonderen Ehrenplatz erhalten soll. Für ewig soll neben den Namen unserer Gäste auch das festgehalten werden, was sie uns in feierlichen Augenblicken verkündet haben. So soll ihr Besuch im Andenken bei uns geehrt werden bis in die fernsten Zeiten.

Und nun, meine lieben Freunde« – Anan wandte sich mit diesen Worten an die sieben Schwaben – »haben wir für euch eine Reihe von Andenken bestimmt, wie sie Kunst und Wissenschaft vereint auf unserem Lichtentsprossenen hervorgebracht haben. Nehmt diese Erzeugnisse, die dort auf jenem Tische liegen, mit euch zur Erinnerung an den Aufenthalt unter uns. Hier übergebe ich euch ein goldenes Buch. Es enthält die Entwicklungsgeschichte unseres Volkes. Mit der fortschreitenden Bildung und Urteilsfähigkeit vereinfachte sich bei uns auch mehr und mehr die Gesetzgebung. Sie gipfelt eigentlich nur in dem einen fundamentalen Satze: Tue nicht, was du nicht willst, dass dir getan werde! Ihr werdet also in dieser Beziehung in dem Buche wenig mehr finden, denn die Menge der Gesetze eines Volkes ist nur der Beweis für dessen Handlungsunfähigkeit. Das Buch enthält aber noch unsere Ansichten und Begriffe über die natürliche Moral, über die unverwüstlichen Grundsätze, die bei uns das Werk der Reinigung vollendet haben. Möge dieses sich auch einst auf der Erde in ähnlicher Weise vollziehen wie bei uns, mögen einst auch bei euch die Hüllen und Verkleidungen fallen, die leider unten auf der Erde noch den wahren, an sich so einfachen Kern der natürlichen Moral umschließen! Möge, von diesem Gesichtspunkte aus betrachtet, eure gefahrvolle und beschwerliche Reise nach unserer fernen Himmelsleuchte und euer Aufenthalt unter uns von Nutzen gewesen sein!«

Anan setzte sich.

Eine tiefe Stille herrschte, als der ehrwürdige Greis gesprochen hatte. Jetzt erhob sich Stiller. In bewegten Worten dankte er zunächst in seinem und seiner Gefährten Namen für all das Gute, das ihnen hier oben erwiesen worden sei. Er habe hier eine Reife der Entwicklung angetroffen, die er früher nur zu ahnen gewagt, in Wirklichkeit aber nicht für möglich gehalten habe. Er und seine

Gefährten hätten hier oben viel gelernt, und von manchem Irrtum seien sie befreit worden.

»So habe ich unter anderem auch geglaubt, dass ohne den rohen Kampf ums Dasein eine Entwicklung des Menschen zu Höherem nicht denkbar sei, dass der rücksichtslose Kampf um die Existenz die notwendige Erhebung des Menschen für dessen Klärung und Läuterung vorstelle. Von dieser Ansicht bin ich durch meine Beobachtungen hier oben abgekommen. Der rohe Kampf ist nur das Kennzeichen der Selbstsucht, die wahre Nächstenliebe mildert ihn, und diese fehlt bei uns leider noch in hohem Maße.

Auch bei euch hier oben herrscht ein Wettkampf, aber wie sehr ist er von dem verschieden, was wir unten auf der Erde darunter verstehen! Jeder Einzelne von euch ist bestrebt, in edlem selbstlosem Wettbewerbe nur das Beste zu bieten unter peinlichster Berücksichtigung der berechtigten Interessen seines Nebenmenschen und Bruders. Jeder lebt bei euch das große Leben der Gesamtheit mit, weil er sich als einen wesentlichen Bestandteil des Gesamtorganismus fühlt; denn gedeiht der Einzelne, so gedeiht auch das Ganze; ist dagegen der Einzelne krank, so leidet auch die Gesamtheit. Und wie gesund, kraftstrotzend ist diese bei euch!

Wie weit sind wir dagegen auf unserer Erde von dem Ideale des Lebens und seiner Auffassung überhaupt entfernt! Wie klein stehen wir euch gegenüber da! Und doch, es muss und wird auch bei uns einst tagen. Wir, die wir bei euch gewesen, wir wollen, soweit es in unseren Kräften steht, den Samen zu jenem schönen und großen Leben der Zukunft ausstreuen, das wir bei euch hier in so prächtiger Blüte verwirklicht kennengelernt haben. Unsere Reise zu euch war nicht vergeblich. Was wollen ihre Mühseligkeiten und Gefahren bedeuten im Verhältnis zu dem Reinen und Schönen, das wir hier genießen durften! Schweren Herzens, mit dem Bewusstsein, hier bei euch unseren inhaltreichsten Lebensabschnitt zugebracht zu haben, unendlich reich in der Erinnerung, treten wir unsere Heimreise an. Die Mutter Erde verlangt zurück, was ihr entsprossen.

Niemals bis zu unserem letzten Atemzuge werden wir vergessen, was ihr uns geboten habt, was ihr uns gewesen seid und wie ihr uns geehrt habt. Wenn wir einst später unten in unserer Heimat in nächtlichen Stunden aus weiter Ferne euren Mars, den Lichtentsprossenen, herüberleuchten sehen, so werden wir in treuem Gedenken stets bei euch weilen und mit stiller Sehnsucht an die schönste Zeit unseres Lebens zurückdenken. Lebt wohl, teure Freunde! Ich umarme Anan für euch alle und drücke ihm für euch alle den Bruderkuss des Erdgeborenen auf seine reine Stirn. Denn Brüder sind wir ja alle, die sich Menschen nennen, hier oben wie unten auf der Erde.«

Stillers Worte hatten auf alle Anwesenden gewaltigen Eindruck gemacht, und als er nun auf Anan, den erhabenen Greis, zutrat, ihn umarmte und küsste, da ertönte im Saale ein Sturm des Beifalles.

»Mein Bruder, edler Sohn deines Landes«, antwortete Anan, »habe Dank für das, was du eben gesagt hast. Nimm auch von mir, dem alten Sohne des Lichtentsprossenen, den Bruderkuss und ziehe glücklich heim mit deinen Gefährten. Mit ihnen wirst du am Werke der Menschenvervollkommnung erfolgreich arbeiten, das weiß ich. Meine Augen werden sich bald schließen zu jenem Schlummer, von dem es kein Erwachen mehr gibt, aber auch ich werde, solange ich hier noch wandern darf, mit Freuden an die Stunden denken, die ich in deiner Gesellschaft in unserem Angola zugebracht habe.«

Nach dem stimmungsvollen Abschiede in Angola befanden sich die sieben Schwaben einige Tage später wieder in Lumata. Stiller war mit der Sorge um das Luftschiff beschäftigt. In dieser Beziehung fand er bei den Marsiten alle Unterstützung und konnte nun die auf der Herfahrt gemachten schlimmen Erfahrungen durch Verbesserungen aller Art verwerten. Er machte sich auf eine lange Zeitdauer der Rückfahrt gefasst, trotz der stärkeren elektromagnetischen Anziehungskraft der Erde, des im Verhältnis zum Mars um nahezu das Doppelte größeren Planeten.

Seit dem Aufstieg an jenem denkwürdigen Dezemberabend auf dem Cannstatter Wasen waren nahezu zweieinhalb Jahre vergangen. Unterdessen hatte sich der Mars wieder um eine ganz gewaltige, viele Millionen Kilometer betragende Entfernung von der Erde wegbewegt und war von dieser heute nahezu doppelt so weit entfernt als zur Zeit der Abreise. Stiller rechnete aus, dass sie, nach Erdenzeit gemessen, mindestens fünf volle Monate in der Gondel zuzubringen hätten, und auch dies nur unter der Voraussetzung, dass kein unvorhergesehenes Ereignis den Flug des Weltenseglers störe. Waren er und seine Gefährten einst in befriedigender körperlicher Verfassung und ohne nennenswerte Störungen nach dem Mars gelangt, warum sollte die Rückkehr nach der Erde schließlich nicht auch erträglich vonstattengehen?

Allerdings erschreckte die Länge der bevorstehenden Reise den sonst so mutigen Mann doch etwas. Fünf volle Monate in der Gondel eingeschlossen zuzubringen, die vielerlei damit verknüpften Entbehrungen wieder auf sich zu nehmen, den Mangel des natürlichen Lichtes, der Bewegung zu ertragen, das musste auch auf das tapferste Gemüt niederdrückend wirken. Aber Stiller schüttelte alle trüben Gedanken nachdrücklich ab und freute sich über die großartigen technischen Kenntnisse der »Findigen«, die ihm nicht nur ein ähnliches Gas zur Füllung seines Luftschiffes bereiteten, wie es das Argonauton war, sondern die auch durch die Kunst der Haltbarmachung der wichtigsten Nahrungsmittel für die Reise meisterhaft zu sorgen verstanden. An elektrischer Kraft, fester Luft und dergleichen, deren Herstellung den Findigen schon seit alten Zeiten bekannt war, fehlte es auch nicht, und der Weltensegler führte jetzt ganz andere Mengen dieser Kräfte und Existenzmittel mit sich als zur Zeit seines Aufstieges. Ohne Lärm, ohne den geringsten Verdruss war die Instandsetzung des Luftschiffs vor sich gegangen. Wie vorteilhaft stach diese Art der Arbeit hier gegen die auf dem Cannstatter Wasen vor mehr als zwei Jahren ab! Dank der hohen Intelligenz, der Bereitwilligkeit und dem Eifer der Findigen befand sich der Weltensegler in so vortrefflichem Zustande, dass die gefahrvolle Reise jederzeit angetreten werden konnte.

Stiller hielt es für seine Pflicht, seine Gefährten über den Gang der Vorbereitungen zur Abfahrt auf dem Laufenden zu halten. Er verschwieg den Freunden auch nicht die ungefähre Dauer der Rückreise. Anfangs waren die Kollegen über die Aussicht, so viele Monate in der Gondel zubringen zu müssen, sehr erschrocken gewesen, hatten sich dann aber rasch wieder gefasst und sahen der Zukunft mit Mut und Vertrauen entgegen. Nur Frommherz äußerte sich nicht. Still und scheu schlich er herum, während die übrigen Herren ihre bescheidenen Habseligkeiten zu packen und in die Gondel zu schaffen anfingen.

Der Weltensegler war aus seinem Unterkunftshause herausgenommen worden und schaukelte sich, sorgfältig verankert, an dem Orte, an dem er einst niedergegangen war. Der letzte Tag des Aufenthaltes auf dem Mars war nur zu schnell herangekommen. Morgen in aller Frühe sollte die Abfahrt von Lumata erfolgen. Eran, der würdige Alte, hatte es sich nicht nehmen lassen, seinen Gästen noch ein reiches Abschiedsmahl zu bieten, zu dessen Verschönerung und Weihe die Harfenspieler und Sänger von Lumata wieder das ihrige beitrugen. Ganz Lumata war auf den Füßen. Die Arbeit ruhte überall. Allerorts hatten sich die biederen Schwaben beliebt zu machen verstanden. Niemand war da, der den Fortgang der wackeren Männer nicht aufrichtig bedauerte. Aber sie hatten Familie, hatten Väter, Mütter, Brüder und Schwestern unten auf der Erde. Eine Rückkehr dahin erschien den Marsiten mit ihrem so hoch entwickelten Familien- und Gemeinsinn nur als ein Gebot der Pflicht.

Ein Abtrünniger

Während des Essens und der allgemein herrschenden bewegten Stimmung war es niemand besonders aufgefallen, dass Frommherz verschwand. Als nach dem Ende des Mahles, das sich bis in die ersten Morgenstunden des neuen Tages hineingezogen hatte, die Erdensöhne aufstanden und im Begriffe waren, das Haus Erans, das sie zwei Jahre lang beherbergt hatte, zu verlassen, entdeckte man das Fehlen des Freundes. Man suchte ihn überall im Hause, fand ihn aber nicht. Dagegen entdeckte man einen Brief, der auf dem Tische seines Zimmers lag. »An meine Freunde und Gefährten!«, lautete die Adresse.

Stiller öffnete das Schreiben und überflog dessen Inhalt.

»Wir haben es leider mit einem Abtrünnigen zu tun«, erklärte er den besorgten Genossen. »Hören Sie, was Frommherz schreibt. Aber setzen wir uns zunächst wieder, und beratschlagen wir nachher, was zu tun ist.«

Die Herren entsprachen der Bitte, und Stiller ersuchte Eran und die übrigen Marsiten unter Hinweis auf das Fehlen des siebenten und letzten Reisegenossen um einen kurzen Augenblick Geduld. Eran zog sich sofort mit den Seinen zurück und ließ die Herren allein.

»Zum Kuckuck, dacht' ich mir's doch so halb und halb, dass Frommherz fahnenflüchtig werden würde!«, begann Piller zornig. »Lesen Sie einmal die Epistel vor, Stiller!«

»Verzeiht mir, teure Freunde und Gefährten, dass ich Euch eine schmerzhafte Enttäuschung bereite. Ich kann es nicht über mich bringen, mit Euch nach der Erde und nach unserer alten Heimat zurückzukehren. Aufs Schwerste habe ich deshalb mit mir gekämpft und gerungen. Ich vermag den Mars nicht zu verlassen, es würde mein sicherer Tod sein, und den wollt Ihr doch auch nicht. Hier oben habe ich alles verwirklicht gefunden, was ich unten in ahnender Sehnsucht geträumt. Und nun soll ich ein Eden verlassen und in enge, unaufrichtige Verhältnisse und Lebensanschauungen wieder zurückkehren, nachdem ich so lange das reine Licht der Wahrheit geschaut habe? Nein, es kann nicht sein! Hat uns nicht der ehrwürdige Anan selbst in Angola das Bleiben hier oben freigestellt? Gut, so will wenigstens ich von diesem Anerbieten Gebrauch machen und Euch allein heimwärts ziehen lassen.

Wohl weiß ich, dass ich Euch durch meinen Entschluss kränke, aber ich kann wirklich nicht anders handeln. Richtet nicht zu streng über mich und verzeiht mir, wenn möglich, in Liebe! Freiwillig bleibe ich hier oben. Es kann Euch somit keine Verantwortung dafür treffen, dass Ihr allein, ohne mich, nach der Heimat zurückkehrt. Möget Ihr sie glücklich erreichen! Dies ist mein innigster, aufrichtigster Wunsch. Grüßt mir mein Tübingen, grüßt mir mein liebes Schwabenland und meine Verwandten dort! Sagt ihnen, dass ich mich hier oben überglücklich, wie im Paradiese fühle und deshalb nicht mehr zur Erde mit ihrer Qual zurückgekehrt sei. Macht keine Anstrengungen, mich zu suchen. Ihr würdet mich doch nicht in meinem sicheren Versteck finden, in dem ich so lange bleiben werde, bis Ihr abgefahren seid.

Lebt wohl! In treuem Gedenken bin und bleibe ich Euer Fridolin Frommherz.«

In finsterem Schweigen verharrten die Herren einen Augenblick, nachdem Stiller den Brief vorgelesen hatte.

»Der elende Drückeberger!«, hob Dubelmeier zu knurren an. »Jetzt fällt es mir wie Schuppen von den Augen, warum er sich in den letzten Wochen so sonderbar benommen hat.«

»Blamiert sind wir, heillos blamiert!«, schrie Piller. »Wie stehen wir nun da? Wo bleibt unsere gerühmte Ehrenhaftigkeit?«

»Beauftragen wir Eran, Frommherz zu suchen! Der findet den Ausreißer gewiss«, riet Hämmerle.

»Diesem Vorschlage möchte ich beistimmen«, fügte Thudium bei.

»Es geht doch nicht an, dass wir Frommherz hier zurücklassen. Entweder wir bleiben alle oder wir gehen alle zusammen. Das ist klar!«, fügte Brummhuber bei.

»Meine lieben Freunde, schenken Sie mir ein wenig Gehör«, bat Stiller die aufgeregten Gefährten. »Ich begreife und billige ja völlig Ihre Entrüstung über das Benehmen Frommherz' und teile es. Aber wir haben durchaus kein Recht, ihm unseren Willen aufzuzwingen. Er ist seinerzeit freiwillig mitgegangen und mag freiwillig zurückbleiben. Aber er hätte klar und offen handeln sollen. Mag er diese Handlungsweise vor seinem eigenen Gewissen verantworten! Nehmen wir die Sache, wie sie einmal ist. Unserem Andenken und unserer persönlichen Ehrenhaftigkeit kann das Bleiben Frommherz' hier oben nicht das Geringste anhaben. Im Gegenteil! Wir stehen immer als das da, wofür man uns nahm und hielt. Frommherz dürfte in dieser Beziehung bei den strengen Moralbegriffen der Marsiten nicht gut wegkommen. Ziehen wir also allein, ohne ihn!

Ja, ich rate sogar zur Nachsicht und Milde. Seien wir aufrichtig! Ziehen wir vielleicht gern, leichten Herzens von hier fort?«

»Nein, gewiss nicht!«, ertönte es fünfstimmig.

»Nun wohl! So wollen wir die Lage, in die sich unser Frommherz freiwillig begeben, wenigstens zum Guten zu wenden suchen: Wir empfehlen den Zurückbleibenden der Güte und Nachsicht unseres lieben, ehrwürdigen Eran.«

»Das fehlte noch!«, wetterte Piller.

»Warum nicht?«

»Ich verstehe Sie einfach nicht, Stiller!«

»Nun, so lassen Sie mich ruhig fortfahren. Während des Lesens von Frommherz' Brief ist mir der Gedanke gekommen, dass unser Freund nach unserer Abreise zur Strafe für sein eigenmächtiges Zurückbleiben und den dadurch bewiesenen Mangel an Gemeinschaftsgefühl möglicherweise nach den Gefilden der Vergessenen verbannt werden könnte.«

»Was ihm ganz recht geschehen würde!«, warf hier Brummhuber ein.

»Nein, das wollen wir ihm eben zu ersparen suchen. Möge er unter ähnlichen Bedingungen wie bisher hier weiterleben! Dieses Bewusstsein lässt uns später mit reineren Gefühlen an den Freund zurückdenken und wirft keinen Schatten auf die Erinnerung an unsere schöne Aufenthaltszeit hier oben. Nun wohl, so lassen Sie mich, bitte, gewähren! Ich rede nachher mit Eran und suche mit ihm zusammen das Unangenehme möglichst gut zu ordnen.«

»Stiller, Sie beschämen uns, Sie sind ein braver Kerl – der Beste von uns!«

Piller schnäuzte sich sehr kräftig nach diesen Worten ...

»O nein, mein Lieber! Ich war nur nicht umsonst hier oben unter diesen prächtigen, hoch denkenden und handelnden Menschen. Sie sehen nur, dass ich von ihnen etwas gelernt habe.«

»Wenn einer oben zu bleiben wirklich würdig wäre, so wären Sie es, Stiller!«, rief begeistert Hämmerle.

»Lassen wir das!«, wehrte Stiller ab. »Und nun will ich mit Eran Rücksprache nehmen.«

Ohne das geringste Zeichen des Erstaunens zu zeigen oder einen Laut der Verwunderung hören zu lassen, vernahm der ehrwürdige Alte den Bericht Stillers.

»Auch ich finde, dass du wohl daran tust, deinen Bruder nicht zu zwingen, die Rückreise mit euch anzutreten. Ein jeder Mensch hat bis zu einem gewissen Grade das Recht der Selbstbestimmung. Aber dieses Recht schließt nicht das Unrecht eures flüchtigen Bruders aus, das ich in der Art und Weise erblicke, wie er sein Hierbleiben durchsetzen will. Lass ihn aber nur hier und zieh mit deinen Brüdern hinab auf die Erde! Wir werden mit Fridolin nicht allzu scharf ins Gericht gehen.«

»Darüber möchte ich eben beruhigt werden, ehrwürdiger Eran.«

»Sei deshalb ohne Sorge! Taucht er nach eurer Abreise auf, so werde ich ihn persönlich nach Angola bringen und bei Anan Fürsprache für den Sünder einlegen. Aber eine kleine Strafe muss sein. Ich habe bereits über ihre Art nachgedacht.«

»Worin soll sie bestehen?«, fragte neugierig geworden Stiller.

»Fridolin soll uns ein Wörterbuch eurer Sprache schreiben. Ihr habt uns ja als Andenken einige Werke eurer hervorragendsten heimischen

Dichter und Denker geschenkt. Nun gut, wir wollen diese Werke in der Originalsprache lesen, um uns ein klares Bild von euren Meistern machen zu können. Dazu brauchen wir aber ein Wörterbuch.«

»Diese Strafe lasse ich mir gefallen. Freund Fridolin wird die ihm gestellte Aufgabe zu eurer Zufriedenheit lösen, davon bin ich überzeugt.«

Damit war der Fall Frommherz erledigt. Stiller setzte seine Gefährten von dem Ergebnis der Besprechung in Kenntnis, und die Herren priesen von Neuem die Güte und Nachsicht Erans, des wackeren Patriarchen.

Nach der Zeitrechnung der Erde, die Stiller auch auf dem Mars unter genauester Berücksichtigung der Unterschiede in den täglichen Umdrehungszeiten von Mars und Erde weitergeführt hatte, war heute der siebente März herangekommen – und mit ihm die Stunde der Abfahrt.

Eran hatte darauf bestanden, die sechs Erdensöhne zum Weltensegler zu begleiten. Auch Lumatas erwachsene Bevölkerung zog mit. Ernstes Schweigen, der Ausdruck ehrlichen Schmerzes über die Trennung, herrschte in der ganzen Schar. So schritten sie wortlos dahin zu der Wiese, auf der sich der Weltensegler in der klaren und reinen Luft des heraufziehenden Tages schaukelte.

»Nehmen wir kurz und rasch Abschied, vergrößern wir nicht das Weh der Trennung durch weitere Worte!«, sprach Eran, einen der Schwaben nach dem anderen umarmend. »Möge ein gutes Geschick eure Heimreise begleiten! Kommt glücklich in eurer Heimat an.«

Ein Händedruck noch, ein Winken von allen Seiten, und die kühnen Weltensegler stiegen in die Gondel. Die Taue wurden gelöst, langsam und stolz, begrüßt von den ersten Strahlen der aufgehenden Sonne begann sich der Ballon zu heben. Da kam eilenden Laufes Fridolin Frommherz daher. Die Menge machte ihm Platz.

»Lebt wohl, Freunde!«, rief er mit lauter Stimme. »Nochmals: Verzeiht mir, dass ich bleibe und nicht mit euch zurückkehre! Reist glücklich und grüßt mir mein teures Schwabenland!«

Aber die Herren in der Gondel hörten nur noch schwach, was ihnen Frommherz nachrief. Zu antworten vermochten sie nicht mehr. In immer rascherem Fluge entfernte sich der Weltensegler von dem wunderbaren Planeten und schwebte bald im dunklen, kalten Weltenraum.

9.

Wieder auf der Erde

Der Zeiger der Zeituhr war auch in Stuttgart nach der so ungeheures Aufsehen erregenden Abfahrt der sieben Söhne des Schwabenlandes um Jahr und Tag vorgerückt. Wo mochten sie wohl stecken, die wagemutigen Landsleute? Ob sie wirklich den Mars erreicht hatten? Möglicherweise waren sie gar nicht nach diesem Planeten gelangt, sondern vielleicht auf einem der zahlreichen Planetoiden abgestiegen, oder die Expedition war verunglückt und die arme Forscherschar für immer verschollen im ungeheuren Weltenraume. Letztere Ansicht wurde allgemein als die richtige angenommen und geglaubt.

Nach dem Aufstieg des Weltenseglers unterhielt man sich anfänglich in Stuttgart noch viel und lebhaft über die Reise der Forscher, und Fragen aller Art waren aufgeworfen worden; nach und nach aber schlief das früher so lebhafte Interesse für die Marsexpedition ein. Neue Zeitfragen, aktuelle Ereignisse waren aufgetaucht und verdrängten schließlich die Erinnerung an das märchenhafte Unternehmen.

Da, plötzlich wie ein Blitzstrahl aus heiterem Himmel, schlug an einem Septembertage die Nachricht in Stuttgart ein, die Herren Professoren, die vor bald drei Jahren vom Cannstatter Wasen aus nach dem Mars abgefahren waren, seien auf einer Insel in der fernen Südsee niedergegangen, und zwar mit ihrem Luftschiff, dem Weltensegler. Im ersten Augenblick wollte kein Mensch an diese Nachricht glauben; man hielt sie für einen schlechten Scherz. Als sie aber unter den amtlichen Mitteilungen im »Staatsanzeiger« erschien und durch Tausende von Extrablättern sofort weiterverbreitet wurde, da wurden schließlich auch die hartnäckigsten Zweifler von der Wahrheit der Nachricht überzeugt.

In lakonischer Kürze lautete der telegrafische Bericht:

Matupi, 31. August, nachts.

Weltensegler vom Mars zurück, hier niedergegangen. Stiller, Piller, Brummhuber, Hämmerle, Dubelmeier, Thudium. Befinden relativ wohl.

In der ersten großen Überraschung fiel es vielen gar nicht auf, dass in dem Telegramm nur von sechs Teilnehmern die Rede war. Erst nach und nach wurde des fehlenden siebenten Mitgliedes der Expedition gedacht. Die Meinung hierüber war rasch gefasst: Frommherz musste während der Reise zweifellos gestorben sein.

Mit größter Ungeduld sah die engere wie die weitere Heimat, die gesamte Kulturwelt näheren Nachrichten entgegen. Welch interessante, spannende Berichte standen von den schon verloren geglaubten Forschern zu erwarten!

Die erste Zeit nach der Abreise vom Mars verstrich den Insassen der Gondel ganz erträglich. Nach Professor Stillers Ausspruch befand sich der Weltensegler auf der richtigen Bahn und in der Anziehungssphäre der Erde. Die Reise stellte an die Herren wieder die höchsten Anforderungen in Bezug auf ihre Gesundheit, Geduld und Ausdauer. Monate waren seitdem schon vergangen, und das Ziel, die Erde, wollte noch immer nicht auftauchen. Die Dulder fingen an, sich mehr und mehr erschöpft zu fühlen, und beneideten in Gedanken oft den zurückgebliebenen Freund Frommherz.

Aber schließlich muss ja auch die längste, dunkelste Nacht dem hellen Tag weichen. Es ging gegen Ende August. Über fünf Monate schon zog der Weltensegler durch den Ätherraum. Stiller erwartete von einem Tage zum anderen den Eintritt des Luftschiffes in die Atmosphäre der Erde. Richtig! Eine beginnende Dämmerung zeigte ihre Nähe an.

Wie einst bei der Annäherung an den Mars alle Drangsale der Reise im Handumdrehen aus der Erinnerung verschwanden, so war es auch diesmal wieder der Fall. Als Herr Stiller seinen Gefährten mitteilte, dass sie soeben in die Erdatmosphäre eingefahren sein und wahrscheinlich heute noch unten auf der Erde irgendwo landen würden, falls die Freunde nicht vorzögen, mit dem Weltensegler unmittelbar nach Deutschland zu steuern, da erhob sich heller Jubel in der Gondel. Vergessen waren plötzlich alle Mühe und Drangsal, alles körperliche Unbehagen.

»Wo es auch ist, nur herunter und heraus aus diesem verdammten Kasten!«, erklärte Piller. »Wahrhaftig, wir sind jetzt lange genug eingesperrt gewesen!«

»Piller hat recht«, stimmte Thudium bei.

»Keine Stunde länger als unumgänglich notwendig bleibe ich in diesem fürchterlichen Käfig«, entschied Hämmerle, und ihm pflichteten Dubelmeier und Brummhuber bei.

»Nun, wenn es so mit Ihnen steht, so landen wir, wo es eben möglich ist«, antwortete in gewohnter Ruhe Stiller. »Wir müssen aber Sorge dafür tragen, dass wir in zivilisierter Gegend absteigen und nicht aus Versehen in den offenen Ozean geraten.«

»Das recht zu machen, ist Ihre Sache, Stiller«, entschied Piller. »Und nun, Gefährten, nehmen wir einen Schluck des herrlichen

Marsweines als Ausdruck unserer Freude über die glücklich vollendete Reise! Dubelmeier, zu meiner innigen Freude und aufrichtigen Genugtuung haben Sie sich auf dieser Fahrt vom Saulus in einen Paulus verwandelt und an die Stelle des Wassers den edlen Wein gesetzt. Also trinken wir!«

Während die übrigen Herren den Pokal, eine wunderbare Marsarbeit und ein Geschenk von Angola her, kreisen ließen, hatte Herr Stiller die Ventile des Luftschiffs gelockert und eines der Gondelfenster geöffnet. Der Weltensegler fiel rasch abwärts.

»Täuscht mich nicht alles, so schweben wir gerade über der australischen Ostküste«, sprach Herr Stiller, nachdem er einen raschen Blick aus dem Gondelfenster geworfen hatte. »Wir werden bei Brisbane in Queensland landen.«

»Prächtig, Stiller, alter Knabe! Prosit! Da, nehmen Sie auch einen Schluck!«

Piller wollte gerade seinem Kollegen den Pokal mit dem Weine reichen, als plötzlich ein furchtbarer Windstoß die Gondel traf und mitsamt dem Luftschiff in eine drehende, wirbelnde Bewegung versetzte. Der Pokal fiel zu Boden, und die Herren selbst mussten sich an den nächsten festen Gegenständen in der Gondel festhalten, um nicht wie Bälle herumgeschleudert zu werden.

»Wir sind im letzten Augenblick in einen Zyklon geraten, wie sie hier herum häufig sind«, schrie Stiller seinen erschrockenen Gefährten zu. »Nun heißt es allen Mut zusammennehmen. Der blinde Zufall ist jetzt unser Führer.«

In unverminderter Stärke und Heftigkeit wütete der Orkan während der folgenden bangen Stunden. Der Wind pfiff heulend durch das offene, zerschmetterte Fenster der Gondel und wirbelte in ihr alles herum, was nicht befestigt war. In dem fürchterlichen Toben des Orkanes war jede Verständigung ausgeschlossen. Die Insassen der Gondel mussten sich schließlich der größeren Sicherheit wegen auf den Boden legen. Hilflos trieb das Luftschiff dahin, wohin es der rasende Sturmwind trug. Es war ein tragisches Verhängnis, das im letzten Augenblick der Reise, kurz vor der Landung auf der Erde, die Reisenden traf. Und dabei bestand noch die große Gefahr, dass der Weltensegler ins offene Meer treiben und die Expedition, die die ungeheure Reise nach und von dem Mars bisher so glücklich überwunden hatte, zum Schlusse noch ertrinken werde.

So war eine Reihe von Stunden vergangen. Der Tag, der so vielversprechend begonnen hatte, neigte sich seinem Ende zu. Die Gewalt des Sturmes schien nachzulassen. Möglich auch, dass der Weltensegler gegen die Peripherie des Wirbelsturmes hinausgetrieben worden war, kurz, die tolle Fahrt durch die Luft verringerte sich zusehends, und die Herren konnten endlich ihre unbequeme Lage verlassen und Ausschau halten. Zu ihrer Freude nahmen sie wahr, dass der Ballon in eine weite, geräumige Bucht eintrieb, deren Hintergrund ein Wald von grünen Kokospalmen bildete, umsäumt von freundlichen kleinen Häusern.

Rasch entschlossen öffnete Stiller die Ventile des Weltenseglers, als er gerade über dem Palmenwalde schwebte. Einem Riesengewichte gleich fiel der Ballon in die hohen Palmen, die krachend unter der merkwürdigen Last zusammenbrachen. Weiß gekleidete Männer eilten an den Ort des Niederganges herbei. Ihnen gesellten sich die fast nackten, dunklen Gestalten der Eingeborenen bei, die schreiend und gestikulierend um den Platz herumstanden, den sich der Weltensegler in ihrem Palmenwalde geschaffen hatte.

Bald lag der übel zugerichtete Weltensegler fest verankert im Palmenwalde.

»Wo sind wir denn?«, fragte Piller zum Gondelfenster heraus.

»Auf Matupi, im Südseearchipel«, lautete die Antwort.

»Wahrlich, das war noch Glück! Beinahe wären wir ertrunken; viel fehlte nicht mehr«, meinte Dubelmeier.

»Nun, dann hätten Sie eben im Wasser, Ihrem Element, geendet«, brummte Piller.

»Heraus, Freunde, heraus aus der Gondel und endlich hinab auf festen Boden!«, drängte Stiller.

Als die Herren ausgestiegen waren, stellte sich der Führer der Weißen als Gouverneur der Insel vor.

»Wir sind aus Schwaben«, entgegnete Stiller lächelnd, »Professoren an der Universität in Tübingen, und sind seinerzeit von Deutschland aus mit dem Luftschiff aufgestiegen. Schwaben kennt man ja überall in der Welt. Sollten Sie je einmal nach dem fernen Mars kommen, so werden Sie selbst da einen Landsmann von uns antreffen.«

Der Gouverneur starrte etwas verwirrt den Sprecher an, den er nicht recht begriffen hatte.

»Sie kommen mit Ihrem Luftschiff aus Deutschland her?«

»Direkt nicht, indirekt ja, direkt vom Mars! Haben Sie niemals von der Expedition nach dem Mars gehört? Es sind allerdings jetzt ungefähr zwei und drei viertel Jahre her, seit wir vom Cannstatter Wasen abgereist sind.«

»Ah – ja, jetzt erinnere ich mich, von dieser ganz ungeheuerlich klingenden Reise einst gelesen zu haben. Und Sie wären wirklich die kühnen Reisenden ...?«

»Ja«, unterbrach Piller den Zweifelnden, »glauben Sie denn, dass sechs ehrenhafte schwäbische Professoren Ihnen etwas Unwahres vordunsten wollen? Wir sind die sieben Schwaben, die nach dem Mars fuhren. Wir waren zwei Jahre oben und kommen nur deshalb zu sechst zurück, weil der siebente oben geblieben ist. Verstehen Sie nun? Im Übrigen heiße ich Professor Paracelsus Piller.«

»Entschuldigen Sie«, erwiderte der Gouverneur. »Ich glaube Ihnen aufs Wort. Ich war nur furchtbar verwirrt, und meine Gedanken jagten sich förmlich unter dem Eindruck des Gehörten. – Darf ich Sie nun zu einem Mahl und einem guten Trunk einladen?«

»Aber natürlich! Gewiss! Mit größtem Vergnügen!«, erklärten die Herren, die seit bald einem halben Jahr keine warme Suppe mehr gesehen hatten.

»Das Gehen wird uns etwas schwer. Unsere Gliedmaßen sind ziemlich steif geworden«, erklärte Stiller dem Gouverneur, als er etwas mühsam neben ihm dessen naher Behausung zuschritt. »Wir sind am 7. März von oben abgefahren. Heute haben wir, irre ich mich nicht, den 31. August. Mithin sind wir nahezu sechs Monate in der Gondel gewesen. Eine lange, bange Zeit!«

»Wie stolz bin ich darauf, dass Sie gerade hier bei uns landen mussten!«

»Na, um ein Haar wäre unsere Expedition in letzter Stunde noch verunglückt, und niemand hätte dann die Ergebnisse unserer Reise erfahren. Doch einstweilen genug davon! Wir scheinen hier zur Stelle zu sein.«

»Treten Sie ein in mein Haus, das nun das Ihre ist, und lassen Sie mich der Erste sein, der Ihnen, den kühnsten Reisenden, die je gelebt, den Willkomm auf unserer Mutter Erde bietet. Entschuldigen Sie, dass ich diese Begrüßungsformel erst jetzt ausspreche. Allein ich war durch Ihre überraschende Ankunft hier tatsächlich ganz verblüfft.«

Der Gouverneur schüttelte jedem der Professoren herzlich die Hand und stellte sie den übrigen Herren vor, die voll Hochachtung auf die vom Himmel heruntergefallenen Gäste blickten.

Die Weltensegler entledigten sich zunächst ihrer Pelzmäntel und nahmen gern das freundliche Anerbieten an, die schwere Reisekleidung gegen leichte weiße Tropenanzüge zu vertauschen, die den Herren in einem Nebenzimmer bereitgelegt wurden. Rasch war dieser Wechsel vollzogen, und bald lagen die Herren in ihrer bequemen Tropentracht auf der luftigen Veranda in großen Korbstühlen. Draußen strömte der Regen nieder, und sein prasselndes Geräusch auf dem Dache erhöhte noch das Gefühl der Behaglichkeit.

Unterdessen sorgte der Gouverneur für einen stärkenden Trank. Gekühlter Champagner wurde durch die lautlos herumhuschenden Diener den Herren kredenzt.

»Sie müssen morgen unseren Marstropfen versuchen«, sprach Piller zum Gouverneur, als er sein Glas mit einem Zuge ausgetrunken hatte und es zum zweiten Male füllen ließ.

»Was, Sie haben sogar Wein von oben mitgebracht?«, antwortete der erstaunt.

»Und was für einen guten!«, schmunzelte Piller. »Sogar mein sonst nur Wasser trinkender Kollege hier, Herr Professor Dubelmeier, ist durch diesen Göttertropfen besiegt worden.«

»Nur durch die Gewalt der Umstände«, wehrte sich Dubelmeier.

»Streiten wir nicht darüber, Dubelmeierchen! Lassen Sie uns alle anstoßen und rufen: Hoch Deutschland und das Schwabenland!«

Die Gläser klangen zusammen.

»Ein Hoch unseren hochverehrten Gästen!«, lud der Gouverneur die Beamten von Matupi ein.

Nachdem dieser Ruf verklungen war, wurde das Essen als angerichtet gemeldet, und die Gesellschaft begab sich in das Speisezimmer. Mit gutem Appetit langten die Herren zu, und bald herrschte eine allgemeine rege Unterhaltung.

»Wollen Sie nicht Ihre Ankunft nach Stuttgart kabeln?«, fragte der Gouverneur. »Welch ungeheure Überraschung wird diese Mitteilung in Ihrer Heimat erregen!«

»Ja, das werden wir«, entgegnete Stiller. »Ich denke übrigens, dass wir mit dem nächsten Schiffe von hier nach Deutschland abreisen.«

»Wir haben vierzehntägige Dampferverbindung zwischen hier und Singapur. Dort können Sie dann sofort Anschluss nach Europa finden. Aber ich bin glücklich darüber, dass vor einer Woche der letzte Dampfer von hier abfuhr und Sie daher, meine verehrten Herren, noch volle sieben Tage unsere willkommenen Gäste sein müssen«, sprach der Gouverneur lächelnd. »Sie haben wohl Wunderbares auf Ihrer Reise und oben auf dem Mars erlebt?«

»Darüber wollen wir einige Bücher veröffentlichen, denn unsere Berichte werden Bände füllen«, erwiderte Stiller.

»Und Sie sollen das Werk später erhalten als Zeichen unseres Dankes für Ihre gastliche Aufnahme«, fügte Piller bei. »Denn wenn wir Ihnen alles mündlich erzählen wollten, was wir erlebt haben, so müssten wir manchen Dampfer versäumen. Das geht aber nicht. Es drängt uns, endlich wieder heimzukommen.«

»Das kann ich mir lebhaft vorstellen. Sie werden wohl allerlei interessante Sachen vom Mars mitgebracht haben?«

»Gewiss! Morgen sollen Sie Verschiedenes sehen, und daraus können Sie dann leicht erkennen, auf welch hoher Stufe der Kultur die Bewohner jenes prächtigen Planeten stehen, die das Menschentum in seinem erhabensten Begriffe verwirklichen«, erwiderte Stiller. »Zum zweiten Male möchten wir aber die Reise nicht mehr machen. Nicht nur ist sie voller Gefahren, sie ist auch fürchterlich anstrengend. Es war nicht unser eigenes Verdienst, sondern lediglich ein Spiel des Zufalls, dass wir die Reise hin und her im Weltraum unter verhältnismäßig guten Bedingungen ausführen konnten. Und heute Morgen, als wir über Queensland schwebten und gerade im Begriffe waren, auf Brisbane zuzusteuern, da packte uns plötzlich der Orkan und warf uns hierher.«

»Das ist allerdings sehr zu bedauern, dass Sie zum Schluss Ihrer ungeheuren Reise noch in den Zyklon geraten mussten. Wie ich vernahm, hat der Sturm auf den anderen Inseln des Archipels schwer gehaust. Aber ich preise ihn doch ein wenig, diesen Wirbelwind, hat er uns doch Sie, die berühmten Söhne des Schwabenlandes, als Gäste zugeführt.«

Nach Beendigung des Begrüßungsmahls wurden die Reisenden in den Häusern der verschiedenen Beamten auf Matupi untergebracht, und bald lagen sie in tiefem traumlosem Schlafe. Noch in der gleichen Nacht ging das Telegramm nach Stuttgart ab.

Als sich die Reisenden am anderen Morgen durch ein Bad in dem klaren Wasser der Bucht erquickt hatten, traf bereits die Antwort von Stuttgart ein: Staatsregierung und Stadtrat hatten den ersten warmen Willkomm aus der Heimat gesandt und zugleich um Auskunft über Herrn Frommherz gebeten, da er nicht auf der Liste der Zurückgekehrten angeführt war. Die Antwort lautete:

»Frommherz freiwillig auf Mars zurückgeblieben. Expedition dahin geglückt. Zwei Jahre oben gewesen. Hoffen, in etwa vier Wochen in Stuttgart einzutreffen. Stiller.«

Mit Staunen betrachteten der Gouverneur und die Beamten von Matupi die geniale Einrichtung der Gondel, die ihnen von Stiller gezeigt und erklärt wurde. Noch mehr aber staunten sie über die Kunsterzeugnisse aus Silber und Gold und über die mannigfachen und wertvollen Geschenke der Marsiten. Leider fand sich das goldene Buch nicht mehr vor. Da die Gondel abgeschlossen war, so konnte an einen Diebstahl während der Nacht nicht gedacht werden. So musste angenommen werden, dass das Buch durch eine der Gondelklappen hinaus in den Weltenraum gefallen sei, ein unersetzlicher Verlust, der auf das Gemüt der Professoren recht niederdrückend wirkte. Schließlich aber siegte die Freude der Rückkehr über alle trüben Gedanken.

Piller ließ es sich nicht nehmen, die Herren von Matupi in der Gondel mit dem kleinen Reste von Wein zu bewirten, der noch vom Mars her vorhanden war. Sie alle erklärten, einen so feinen und feurigen Wein noch nie zuvor im Leben getrunken zu haben.

Die Tage auf Matupi waren dem Packen der mitgenommenen Habe und dem Bergen der Instrumente gewidmet. Ballon und Gondel sollten später zerlegt und nach Hause gesandt werden. Pünktlich am 7. September morgens lief der Dampfer »Venus« in die Bucht ein und ging der Faktorei von Matupi gegenüber vor Anker. Nach herzlichem Abschiede fuhren die Herren noch am Abend des gleichen Tages von Matupi ab.

»Ein merkwürdiges Zusammentreffen von Namen!«, sprach Stiller zu seinen Gefährten, als sie sich an Bord des Schiffes behaglich eingerichtet hatten. »Vom Mars kommen wir, auf der Venus fahren wir durch die blauen Wogen der Südsee, und die *Stuttgart* erwartet uns, wie der Gouverneur sagte, in Singapur, um uns nach Genua zu bringen.«

Eine Woche später traf der Dampfer in Singapur ein. Schon bei der Einfahrt in den geräumigen Hafen war die »Venus« mit ihren berühmten schwäbischen Fahrgästen der Gegenstand allseitiger Ehrung. Die zahlreichen im Hafen liegenden Schiffe aller möglichen Nationen trugen Flaggengala, und bis auf die malaiischen Praue und chinesischen Dschunken herunter war alles festlich gekleidet. Von den Festungswerken wurde Ehrensalut gefeuert, als die »Venus« langsam ihrem Anlegeplatz zufuhr.

In feierlicher Weise wurden die kühnen Marsreisenden von den Behörden und Konsuln Singapurs begrüßt. Dann fand im festlich geschmückten Hause des deutschen Klubs das unvermeidliche Festessen mit den üblichen Reden statt. Die sechs Herren waren froh, als sie nach all dem Festtrubel und der glühenden Tropenhitze Singapurs glücklich auf dem Deck der »Stuttgart« saßen, die nach dem Eintreffen ihrer Ehrenpassagiere sofort die Anker lichtete und die Straße von Malakka hinaufdampfte.

»Empfinden Sie nicht auch wieder den alten, starken Widerwillen gegen diese Art offizieller Huldigungen, die im Grunde genommen doch meist den Stempel der Unwahrheit tragen?«, fragte Piller seinen Freund Stiller.

»Es geht mir wie Ihnen«, erwiderte Stiller. »Mit der würdigen und harmonischen Weise, mit der in Angola Feste gefeiert wurden, stehen diese lauten Bankette, bei denen jeder sein liebes Ich möglichst vorzudrängen sucht, in grellem Gegensatz. Im Verkehre mit den Marsiten hatten wir sofort die Empfindung des Behagens. Hier unten erwacht sofort wieder das alte Unbehagen in der Berührung mit der Menge. Wir fühlen eben instinktiv, dass all die Worte lauter Anerkennung, die sündflutartig immer auf den niederprasseln, der einen nennenswerten äußeren Erfolg gehabt hat, vielfach wenigstens gar nicht ernst gemeint sind.«

»Sie sprechen genau meine Meinung aus!«, bestätigte Dubelmeier, der dem Gespräch der beiden Gefährten aufmerksam gefolgt war. »Auch ich gestehe, dass mir diese Festessen und Festreden schon jetzt zuwider geworden sind, nachdem sie kaum begonnen haben.«

»Na, wir werden uns noch durch eine ganze Reihe solcher öffentlichen Veranstaltungen durchwinden müssen, bis wir endlich ungestört in der Stille unseres Studierzimmers arbeiten dürfen«, antwortete Piller.

»Dem entgehen wir leider nicht. Ein Glück, dass wir auf dem Meere noch eine Ruhepause haben, bevor der Haupttrubel in der Heimat beginnt!«, entgegnete Dubelmeier.

Aber schon in Colombo begann in vermehrter Auflage das Feiern der berühmten Schwabensöhne, und als die »Stuttgart« in Suez eintraf, bat die ägyptische Regierung um die Ehre ihres Besuches in Kairo. Endlich nach zweitägigen Festlichkeiten waren die Marsfahrer wieder auf dem Schiffe, das nun seinen Kurs direkt nach Genua nahm. Dort trafen die Reisenden Anfang Oktober ein. Nach fast dreijähriger Abwesenheit betraten sie hier zum ersten Mal wieder den Boden Europas.

In der Heimat

Die Reise der Herren durch Italien glich einem Triumphzuge. Halb betäubt von all dem Lärm der letzten Tage langten die Professoren auf der Station Hasenberg an, zu deren Füßen sich Schwabens Hauptstadt malerisch schön ausbreitet. Obgleich es Herbst war, prangte hier alles im reichsten Blumenschmuck. Vertreter des Staates, der Tübinger Universität, die Väter der Stadt, weiß gekleidete Ehrenjungfrauen, Musikkapellen und eine tausendköpfige Menschenmenge erwarteten hier die Heimkehrenden.

Schon während der Fahrt durch Schwaben läuteten alle Glocken, nicht nur der Stationen, die der Zug berührte, sondern auch aller Dörfer in der Nähe des Bahnkörpers. Ein brausendes Hoch empfing den blumenbekränzten Zug, als er am 7. Oktober mittags vier Uhr aus dem Hasenbergtunnel herausfuhr. Die vereinigten Musikkapellen von Stuttgart spielten eine Begrüßungshymne, die eigens für diesen Zweck von Musikdirektor Klingle komponiert worden war. Alsdann begann unten in der Stadt das feierliche Spiel der Glocken. Es pflanzte sich fort auf die Vorstädte und erinnerte an die Stunde jenes Dezemberabends vor bald drei Jahren, an dem die Herren die kühne Fahrt nach dem fernen Planeten angetreten hatten.

Die Begrüßungs- und Bewillkommnungsreden verhallten im Lärm der allgemeinen Festesfreude. Die Autoelektrikwagen wurden bestiegen. Im ersten saßen die sechs Zurückgekehrten, Riesensträuße in den Händen. Langsam ging es durch die sich drängende, jubelnde Menschenmenge hinab in die reichbeflaggte Stadt. Eine kurze Rast in Marquardts Hotel wurde den so wunderbar wieder heimgekehrten, aber sichtlich erschöpften Gelehrten gestattet, dann aber mussten sie weitere Opfer der gesellschaftlichen Ordnung bringen.

In feierlichem Zuge, unter den betäubenden Hochrufen der in den Straßen flutenden Menschenmenge, wurden die Gelehrten nach der Liederhalle geleitet. In ihr sollte der offizielle Akt der Begrüßung vor sich gehen. Im großen Festsaale erwartete eine auserlesene Gesellschaft aus allen Kreisen der Hauptstadt die Professoren. Mit jubelndem Zurufe wurden diese begrüßt, als sie in den Saal traten.

Ein Vertreter der Regierung begrüßte als Vorsitzender in warmen Worten die kühnen Weltensegler, die durch die einzig dastehende Fahrt nach dem Mars ihre Namen nicht nur unsterblich gemacht, sondern dadurch auch das Ansehen und die Ehre der engeren Heimat in der gesamten Kulturwelt gefördert hatten. Schwaben sei stolz auf so würdige Söhne und wolle sie zunächst dadurch ehren, dass an dem Orte ihres Aufstieges auf dem Cannstatter Wasen ein Obelisk aus heimischem Granit errichtet werde, der die Namen der Teilnehmer an der Expedition und die allgemeinen Daten über sie eingemeißelt in den Stein tragen solle. Weitere äußere Ehrungen seien vorgesehen; denn eine solche Tat, wie sie Schwabens Söhne ausgeführt, könne überhaupt nicht gebührend genug anerkannt werden. Zunächst überreiche er im Namen der Regierung jedem der Herren einen goldenen Lorbeerkranz, auf dessen Blättern der Name des Trägers und die Daten der Marsreise eingraviert seien.

Nachdem die Übergabe der goldenen Kränze unter rauschender Musikbegleitung vor sich gegangen war, begann das Bankett.

Klugerweise war vorherbestimmt worden, dass während des Essens keinerlei Reden gehalten werden sollten. Als das Essen beendigt war, bestieg Stiller das Podium des Saales, um von hier aus zu der glänzenden Versammlung zu sprechen.

»Verehrte Anwesende! In meiner und meiner treuen Gefährten Namen danke ich Ihnen zunächst für die Herzlichkeit des Willkomms, den Sie uns zuteilwerden ließen. Er hat uns sehr gerührt. Nehmen Sie es uns aber nicht übel, wenn wir Sie bitten, von jeder weiteren äußeren Ehrung unserer bescheidenen Persönlichkeiten Abstand nehmen zu wollen. Was wir ausgeführt, was wir getan, war ja nur dadurch möglich, dass uns ein seltenes Glück zur Seite stand. Wo aber der Mensch nur durch die Gunst äußerer Umstände sein Ziel erreicht, da ist es mit seiner eigenen Leistung doch viel weniger weit her, als Sie selbst vielleicht annehmen.

Gerade auf dem Mars, bei einem Volke von idealster Lebensauffassung, rückhaltlosester Wahrheitsliebe und tiefster Erkenntnis des eigenen Ichs, da haben wir erst gelernt, uns nach dem wirklichen Werte richtig einzuschätzen, wahr und streng gegen uns zu sein. Mit einer gewissen Selbstüberhebung reisten wir einst ab, mit ruhiger, nüchterner Schätzung unserer eigenen Person kommen wir zurück. Daraus entspringt also unsere Bitte.

Und nun lassen Sie mich Ihnen in kurzen Zügen ein Bild jener wunderbaren Welt entwerfen, in der es uns vergönnt war, zwei volle Jahre leben zu dürfen. Vorausgreifend will ich gleich bemerken, dass wir unsere Erlebnisse in einem Sammelwerke niederlegen werden, in dem Sie dann später alles Wünschenswerte selbst nachlesen können. – Nach der Abfahrt von Cannstatts Wasen langten wir nach dreimonatigem Fluge durch den Ätherraum ziemlich wohlbehalten auf dem Mars an. Dort trafen wir Menschen an, die uns mit großer Gastfreundschaft aufnahmen. In dem Maße, wie wir die Sprache der Marsbewohner erlernten, gewannen wir auch mehr und mehr Einblick in deren Leben, in ihre Sitten und Gebräuche. Voll staunender Bewunderung sahen wir dort oben eine Lebensführung, die wir in dieser Vollkommenheit niemals für möglich gehalten hätten. Das, was wir hier unten auf der Erde früher als Ideal des Lebens geträumt – dort oben auf jenem Sterne ist es in die schönste Wirklichkeit übersetzt.

Was soll ich Ihnen in dieser Stunde von den Einzelheiten erzählen, die zu der wunderbar entfalteten natürlichen Moral jener prächtigen Menschen da oben geführt haben! Ich fürchte dadurch nicht allein zu ermüden, sondern auch Ihre freudige Stimmung anlässlich unserer Rückkehr zu vermindern. Dies möchte ich aber nicht. Sie werden, wie gesagt, die Ergebnisse unserer Expedition durch unsere Bücher genau erfahren. Nun aber können Sie mich mit Recht fragen: Ja, warum sind Sie denn wieder zurückgekommen aus einem Eden nach einem Tale des Jammers, wie es unsere Erde nun einmal vorstellen soll? Darauf antworte ich auch offen: Wir sind schweren Herzens von oben fortgegangen. Nicht dass man uns geradezu fortwies, nein, man stellte uns Bleiben oder Gehen zur freiwilligen Entscheidung anheim. Nachdem wir aber sahen, dass wir dem so hochstehenden Marsvolke doch keine Dienste leisten konnten, die als Ausgleich für die uns gebotene Gastfreundschaft hätten dienen können, so verlangte es schon das einfachste Anstandsgefühl, dass wir zur Erde zurückkehrten.

Nur Herr Fridolin Frommherz konnte sich nicht entschließen, die Rückreise anzutreten. Er blieb oben zurück als der einzige lebendige

Zeuge unseres Aufenthaltes auf dem Mars. Unsere Ankunft auf Matupi kennen Sie. Zum Schlusse wollen wir dem Schwäbischen Landesmuseum diejenigen Geschenke und Andenken überweisen, die wir oben auf dem Mars, in dem herrlichen Angola, in der Stunde des Abschiedes mit auf den Weg bekommen haben. Wir selbst bedürfen der Sachen nicht. Wie ein Märchen voll Schönheit, voll Zauber und strahlenden Lichtes wird jener Aufenthalt auf dem Planeten in unserer Erinnerung weiterleben, solange wir atmen, und gäbe es eine Seelenwanderung nach fernen Sternen, so würde ich nichts sehnlicher wünschen, als dort oben wieder erwachen zu dürfen, wenn ich hienieden nicht mehr bin.«

Herr Stiller trat ab. Lautlos hatte die Versammlung seinen Worten gelauscht. Manches Gesicht der Anwesenden drückte tiefe Ergriffenheit aus, als Herr Stiller geendet. So hatte man sich die Sache doch nicht vorgestellt. Wohin war die Festesfreude plötzlich gekommen? Herr Klingle griff in die beklemmende Stille, die sich der Versammlung bemächtigt hatte, als rettender Engel ein. Er erhob den Taktstock, und die leichten Töne einer einschmeichelnden Musik gaben der Versammlung ihre alte Fröhlichkeit wieder zurück. Es ließ sich auch hier auf der Erde ganz gut leben. Wozu also nach dem Mars reisen? Eine Fahrt wie die der sieben Schwaben sollte keine Nachahmung mehr finden. Die früher so heiteren Männer waren als offenkundige Menschenfeinde zurückgekehrt. Sie wären somit besser im Lande geblieben. Das war die Ansicht vieler, die in später Nachtstunde von dem Bankette nach Hause gingen.

Vom Mars zur Erde

Albert Daiber

Der Erdensohn auf dem Mars

Phobos und Deimos, die beiden Marsmonde, hingen leuchtenden Kugeln gleich am nächtlichen Firmamente, der eine aufgehend, der andere bereits zum Untergange geneigt. Die sternklare Nacht war von märchenhafter Pracht und Schönheit. Tiefer Friede lag über den weiten Marslanden, die ein einsamer Erdensohn gedankenvoll durchwanderte. Wie war er hierhergekommen? Augenblicklich mochten es gegen zweihundert Millionen Kilometer sein, die ihn von seiner Mutter Erde, von seiner deutschen Heimat, von den Freunden in Tübingen, der Stätte seines einstigen akademischen Wirkungskreises im lieben Schwabenlande, trennten. Wie war er hierhergekommen nach dem fernen Bruderplaneten seiner irdischen Mutter? Fast wie ein Märchen dünkten ihn jetzt in der Erinnerung die vor drei Jahren von sieben Tübinger Gelehrten unternommene kühne Forschungsreise durch den Ätherraum, die Qualen des monatelangen Aufenthaltes in der engen, fest geschlossenen Gondel ihres kunstvoll gebauten Luftschiffes, die Gefahren, die die tollkühne Reise im Gefolge gehabt, die Erreichung des Zieles im letzten kritischen Augenblick ...

Der Erdensohn, Fridolin Frommherz, der ehemalige Professor der Theologie und Moralphilosophie an der Universität Tübingen, strich sich mit der Hand über die gedankenschwere Stirn. War das alles vielleicht nur ein toller Traum, der ihn neckte? Aber nein, da standen strahlend die beiden Monde, die ihrer Nähe wegen so viel größer erschienen und in Wirklichkeit doch so viel kleiner waren als der Trabant der Erde. Vielhundertmal hatte er schon ihre wunderbare Schönheit staunend betrachtet und sich doch nicht satt daran gesehen. Und dort jener besonders helle, rötlich strahlende Stern – das war die Erde, die ferne Heimat. Fridolin Frommherz nickte dem Sterne zu.

»Ich grüße dich, Mutter Erde! Ich grüße euch, ihr heimgekehrten Freunde! Ob ihr wohl euer Ziel glücklich erreicht habt? Nie werde ich es erfahren. Hätte ich mich doch nicht von euch trennen sollen? Siegfried Stiller, du bester der Freunde, du wolltest es nicht, aber ich konnte ja nicht anders! Nein, wirklich, ich konnte es nicht verlassen, dieses Paradies, in das wir den Weg gefunden! Dachte ich zurück an all das Erdenelend, die Lüge, den Eigennutz, den rohen Kampf ums Dasein – mir graute vor einer Rückkehr in so barbarische Verhältnisse, nachdem ich eine Kultur kennengelernt, deren Höhe ich früher kaum geahnt hatte. Nein, hier soll meine Heimat sein, hier auf dem Lichtentsprossenen, wie die Marsbewohner ihren Planeten so schön nennen! Im Lichte will ich leben, nicht im Erdendunkel!«

Fridolin Frommherz hatte während seines Selbstgespräches nicht bemerkt, dass sich ihm ein Greis in langem Silberhaar genaht. Da legte sich eine Hand auf seine Schulter, und eine Stimme voll tiefen Wohllautes fragte:

»Nun, mein Freund, schon wieder im Selbstgespräch auf einsamer nächtlicher Wanderung? Quält dich das Heimweh nach der Erde?«

»Nein, nein!«, beeilte sich der Erdensohn hastig zu versichern. »Hier will ich leben, im Lande meiner Wahl! Hier, würdiger Eran, ist das Paradies!«

»Nun«, meinte der Alte mit feinem Lächeln, »etwas scheint dir doch im Paradiese zu fehlen. Woher sonst dieses ruhelose Wandern, dieses auffallende Meiden deiner neuen Brüder? Wie gern weiltest du früher, als deine Erdenfreunde noch auf unserem Lichtentsprossenen wandelten, in meinem Hause! Jetzt treibt dich etwas hinaus, das dir auch draußen keine Ruhe lässt. Willst du mir nicht anvertrauen, was dich quält?«

Während dieses Gespräches waren sie langsam weitergeschritten, die beiden eigenartigen Gestalten, der hochgewachsene Greis im silberweißen Haar mit dem edel geformten Antlitz und der kaum halb so alte Erdensohn mit den weichen Zügen. Unter seinen Landsleuten hatte er für groß gegolten, seinem Gastfreunde aber reichte er kaum bis an die Schulter. Beide trugen das lange weiße Faltengewand der Marsiten. Langsamen Schrittes näherten sie sich Lumata, der Stadt, der Eran als Ältester vorstand.

Fridolin Frommherz schwieg eine Weile. Endlich sagte er beklommen:

»Du selbst, würdiger Eran, gabst mir einst zu verstehen, dass du mein Hierbleiben nicht billigtest. Aus den Blicken deiner Genossen las ich dasselbe Urteil. ›Ein jeder gehört an den Platz, an dem er etwas zu leisten vermag‹, sagt ihr. ›Man lebt nicht sich allein, sondern auch der Gesamtheit.‹ Ihr münztet diese Worte auf mich und die Erde und fandet es unrecht, dass ich meine Freunde allein ziehen ließ. Ich aber hatte nur den einen Wunsch, bei euch zu bleiben. Ich möchte ein nützliches Glied eurer Marsgemeinde werden. Wenn mir nur jemand dazu helfen wollte!«

»Gewiss hast du recht: Es ist zielbewusste, nutzbringende Arbeit, die dir fehlt«, erwiderte der Greis. »Aber hast du uns denn bisher darum angegangen?«

»Nein, das nicht! Aber du versprachst mir, nach Angola, an den Hauptsitz eures Stammes der Weisen, über mein Hierbleiben zu berichten. Von dort aus hoffte ich mein künftiges Leben geregelt zu sehen. Monate sind darüber verflossen. Noch weiß ich nicht einmal, ob der Hohe Rat den Fremdling in euren Gefilden dulden wird, und quälend lasten die Ungewissheit und dieses tatenlose Dasein auf meiner Seele.«

»Die Antwort aus Angola ist eingetroffen. Um dir dies mitzuteilen, habe ich dich aufgesucht.«

Mit einem Ruck blieb Fridolin Frommherz stehen. Lebhaft wandte er sich dem Greise zu, als er fragte:

»Und wie lautet diese Antwort?«

»Du möchtest nach Angola kommen.«

Enttäuscht sah der Erdensohn vor sich hin.

»Ist das alles? Braucht man fünf volle Monate Zeit, um eine so kleine Botschaft zu senden?«, wollte er sagen, aber er besann sich eines Besseren und schwieg. Wenn die ernsten, ehrwürdigen Greise, die dem Stamme der Weisen angehörten und den Rat der Alten, die oberste Behörde des Marsvolkes, bildeten, wenn diese etwas taten, so war es wohl erwogen und tief begründet. Ihm ziemte kein Mäkeln. Zu deutlich aber malte sich die Enttäuschung in seinen Zügen.

»Wir werden schon morgen früh reisen«, sagte Eran freundlich.

»Du begleitest mich?«, fragte Fridolin Frommherz voll Freude.

»Ja, mein Freund. Du weißt, dass ich selbst im Rate der Alten sitze. Nun aber komm und pflege noch ein paar Stunden der Ruhe. Sieh, wir haben bereits Lumata wieder erreicht.«

In der Tat tauchten die ersten weiß schimmernden Häuser der Stadt vor den nächtlichen Wanderern auf. Sie standen nicht aneinandergereiht, sondern vereinzelt inmitten wohlgepflegter Gärten, umgeben von Beeten mit duftenden Blumen und Bäumen mit myrten- und lorbeerähnlichen Blättern. Süßer Wohlgeruch erfüllte die Luft. Die Häuser waren meist einstöckig und hatten flache Dächer.

»Gute Nacht, Freund Fridolin!«, sagte Eran, als sie dessen Behausung erreicht hatten und die breiten Marmorstufen zur säulengetragenen Vorhalle emporstiegen. »Ich werde dich morgen beizeiten rufen lassen. Unser Weg ist weit.«

»Gute Nacht, Eran! Hab Dank!«

Sie trennten sich beim Eintritt ins Haus, doch lange noch lag der Erdensohn wach auf seinem bequemen Lager. Er wurde das quälende Unbehagen, das ihn in den letzten Wochen und Monaten verfolgt hatte, auch jetzt nicht los. Immer wieder stand ihm die irdische Heimat vor Augen und die Zeit, da er hierhergekommen war. Ihrer sieben waren sie gewesen, lauter gelehrte Professoren der Tübinger Universität. ›Die sieben Schwaben‹ hatten sie sich oft im Scherze genannt. Ein Schwabe war der Erfinder ihres Luftschiffes gewesen, ein Schwabe hatte das neue leichte Gas zur Ballonfüllung entdeckt, wodurch erst eine Reise außerhalb der Erdatmosphäre ermöglicht wurde. Schwaben waren als die Ersten mit dem merkwürdigen Luftschiffe aufgestiegen, hatten als die ersten Erdgeborenen den weiten

Ätherraum durchfurcht und waren nach unendlicher Mühsal auf dem Mars gelandet. Sieben waren gekommen und hatten zwei Jahre im Marsparadiese gelebt, aber nur sechs hatten, vom Pflichtgefühl getrieben, die Heimreise angetreten, einer hatte den Drückeberger gespielt, und dieser Eine war er, war Fridolin Frommherz.

Er versuchte, der lästigen Gedanken Herr zu werden und zu schlafen, aber es wollte ihm nicht gelingen. Jetzt sah er Eran vor sich, wie er mit seinen Genossen heimkehrte, sah sich selbst den Heimkehrenden in respektvoller Entfernung folgen, hoffte auf die Einladung, sich ihnen anzuschließen, und vernahm doch kein Wort weder der Ermunterung noch des Tadels. Wie peinlich war die Lage für ihn gewesen! Da war auch die Erkenntnis in ihm emporgedämmert, dass seine Stellung als einzelner Erdensohn zu den Marsiten eine Änderung erfahren müsse, dass es nicht bleiben könne, wie es früher gewesen war, als noch seine Gefährten hier oben wandelten. Aber welcher Art würde die Veränderung sein? Anfangs hatte er sich keine Antwort darauf zu geben vermocht. Bald waren ihm die Marsiten wieder freundlich und herzlich entgegengetreten. Aber in den fünf Monaten, die zwischen damals und heute lagen, war ihm doch allmählich der Unterschied gegen früher klar geworden: Es war nicht mehr dieselbe Achtung, die man ihm bezeigte. Das nagte wie ein Wurm an seiner Seele und vergällte ihm jeden Genuss trotz der Freundlichkeit und Güte, womit ihn Eran und die Bewohner Lumatas behandelten. Es litt ihn nie mehr lange im Hause. Planlos rannte er bald dahin, bald dorthin. Seine täglichen Ausflüge dehnte er immer weiter aus und ging den Marsiten so viel wie möglich aus dem Wege, obgleich er merkte, wie diese, aufrichtig betrübt über seine seelische Verstimmung, die Köpfe schüttelten. Nach einer

Nachricht aus Angola hatte er sich gesehnt, nach einer Regelung seines Daseins, nach Beschäftigung. War doch die einzige Arbeit, die er noch verrichtete, die Weiterführung der Zeitrechnung nach irdischem Maßstabe. Mars brauchte zu seiner Achsenumdrehung vierzig Minuten mehr als die Erde. Sein Tag war also etwas länger, noch länger das Jahr, das mit seinen 687 Erdentagen nahezu zwei Erdenjahren gleichkam. Aber er verrichtete diese Arbeit ganz mechanisch nach einem Schema, das seine Freunde einst benutzt hatten, und seine Langweile wurde dadurch in keiner Weise vermindert.

Nun war also endlich die Botschaft aus Angola da! Was wohl marsitische Weisheit über den Erdensohn beschlossen hatte?

Noch lange wälzte sich Fridolin Frommherz auf seinem Lager. Gegen Morgen endlich fand er ein paar Stunden unruhigen Schlummers, von wirren Träumen durchsetzt, die ihn bald auf dem Mars, bald auf der Erde, bald im pfeilschnell durch den Äther schießenden Luftschiff zwischen Himmel und Erde die krausesten Dinge erleben ließen.

Die Sühne

B ald nach Sonnenaufgang sandte Eran seinem Gaste Botschaft, sich zur Abfahrt bereitzuhalten. Nach einem erquickenden Bade fühlte sich Fridolin Frommherz neu belebt. Er frühstückte eilig. Vor dem Hause stand ein bequemer Wagen, der Eran und seinen Gast nach der Hauptstadt bringen sollte.

Gewöhnlich benutzten die Marsiten ihre Kanäle, die breiten Wasserstraßen, die den ganzen Planeten durchzogen, als Verkehrswege. Sehr schnelle, durch Elektrizität getriebene Schiffe verkehrten zwischen den einzelnen Orten. Fridolin Frommherz hatte schon manche kleinere und größere Wasserfahrt unternommen. Auch der Luftschiffverkehr war stark entwickelt. Diesmal hatte Eran einen Motorwagen gewählt, der ihn mit dem Erdensohne möglichst rasch durch die blühende Landschaft nach ihrem Ziele führen sollte. Die beiden Tagereisen konnten dadurch um eine verringert werden. Sachte glitt der Wagen dahin. Kaum merkbar war die Erschütterung. Fridolin Frommherz konnte diese Art Motorwagen nicht genug im Vergleich mit denjenigen auf Erden rühmen. Wie leicht sie gingen! Kaum wurde etwas Staub aufgewirbelt, keine Spur üblen Geruches. Der Greis lächelte über seines Gastes Begeisterung.

»Ihr scheint auf Erden in allen Dingen merkwürdig weit zurück zu sein. Von Benzinmotoren mit ihren vielen Übelständen wissen wir nichts. Wir haben uns die elektrische Kraft in jeder Form zunutze gemacht. Wie viele Schätze lasst ihr brachliegen oder vergeudet sie auf die törichteste Weise! Wir sind sparsam geworden, und nichts darf in unserem großen Haushalte verloren gehen. Vergeuder seid ihr, weil eure Natur reicher ist als die unsrige. Aber auch ihre Fülle nimmt merklich ab. Wir beobachten das schon seit Jahrhunderten durch unsere Fernrohre. Hätten wir solche kolossale Schätze an aufgespeicherter Energie, wie ihr sie in euren Meeren, in Ebbe und Flut besitzt, wahrlich, unsere technischen Leistungen, die du so sehr bewunderst, wären noch weit bedeutender. Da gäbe es wohl wenig Dinge, die uns unmöglich wären.«

Mit Entzücken schaute der Erdensohn während der Fahrt immer wieder auf die gartenähnliche Landschaft. Da war überall die sorgsamste Bewässerung durch kleine und kleinste Kanäle. Da war kein Fußbreit Landes unbepflanzt. In üppigem Grün versteckt lagen alle Häuser. Glatt und eben waren die Straßen und aufs Beste unterhalten. Fridolin Frommherz brach oft in laute Bewunderung aus.

»Ja«, sagte Eran, »du bewunderst mit Recht. Unsere Männer und Frauen aus dem Stamme der Sorgenden haben da Herrliches geschaffen.«

»Sag, Eran, gibt es denn bei euch gar keine faulen Leute?«, fragte der Erdensohn plötzlich den neben ihm sitzenden, gedankenvoll vor sich hin blickenden Greis.

Dieser lächelte fein, als er erwiderte:

»Gewiss ist auch bei uns mancher von Natur träge, aber unsere ganzen Einrichtungen, die alle im Wohle der Gesamtheit gipfeln, lassen die niederen Triebe des Einzelnen nicht voll zur Entfaltung kommen. Schon das Kind wächst in dem Bewusstsein auf, dass es dem großen Ganzen zu dienen hat, dass das Wohl des Einzelnen durch das Wohl der Gesamtheit bedingt wird.«

»Wird nicht dadurch die volle Entfaltung der Persönlichkeit verhindert, eine gewisse Gleichförmigkeit erzielt?«

»Freund Fridolin, du lebtest nach deiner eigenen Zeitrechnung zwei Jahre mit deinen Gefährten, nahezu ein halbes Jahr allein unter uns. Du kennst uns jetzt zur Genüge. Hast du gefunden, dass wir Schablonenmenschen geworden sind?«

»Nein, wahrlich nicht, würdiger Eran! Nehme ich dich zum Beispiel, so finde ich bei dir die volle Individualität der Persönlichkeit gewahrt. Doch steht bei euch die Masse auf einer Höhe der Gesinnung, die unten auf der Erde erst einige wenige, besonders Vorgeschrittene vertreten.«

»Siehst du, Freund Fridolin, das kommt daher, dass bei uns keiner in einen Beruf gepresst wird, der nicht zu seinen natürlichen Anlagen passt. Frei für jedermann ist die Schulung, die elementare wie die höhere, die wissenschaftliche, technische, künstlerische. Der Befähigungsnachweis ist das Einzige, dessen es bei uns bedarf. Alle Stämme, somit auch alle Berufsarten werden einander gleich geachtet, ob du ein Ackerbauer oder Dienender aus dem Stamme der Sorgenden, ob du ein Gelehrter aus dem Stamme der Ernsten, ein Dichter, Maler oder Komponist aus dem Stamme der Heiteren, ein Musiker oder Schauspieler aus dem Stamme der Frohmütigen, ein Handelsmann aus dem Stamme der Flinken oder ein Industrieller aus dem Stamme der Findigen bist, das alles gilt uns gleich, vorausgesetzt, dass du deinen selbstgewählten Beruf richtig ausfüllst. Nicht *was* du bist, sondern *wie* du es bist, bestimmt deinen Wert.«

»Und wenn sich einer in der Berufswahl geirrt hat? Solches wird doch auch bei euch zuweilen vorkommen.«

»Gewiss. Irrtum ist bei keinem Strebenden ausgeschlossen. Aber ein jeder hat das Recht, solchen Irrtum wiedergutzumachen und aufgrund einer abgelegten Prüfung in einen anderen Stamm überzutreten, denn alle stehen sie in gleichen Ehren. Über ihnen steht nur der Stamm der Weisen, in den die Ältesten und Besten, ausgezeichnete Männer und Frauen aus allen Stämmen, gewählt werden. Sie sind die Hüter des Gesetzes.«

»Welche Höhe der Kultur ist hier auf dem Lichtentsprossenen Gemeingut der Masse, und wie erbärmlich sieht es dagegen noch unten auf der Erde aus!«, seufzte Fridolin Frommherz.

»Und doch gibt es auch bei euch Menschen von ganz hervorragender Bildung und edelster Gesinnung«, erwiderte Eran. »Denke nur an deinen ausgezeichneten Freund Stiller, den Führer eurer kühnen Forschungsfahrt!«

Bei Nennung von seines Freundes Namen wurde dem Erdensohne plötzlich wieder recht beklommen zumute. Seine Schuld stand ihm wieder vor Augen, und er erinnerte sich wieder an Zweck und Ziel seiner jetzigen Fahrt durch die blühende Marslandschaft. Wieder beschlich ihn das alte Unbehagen, und er wurde schweigsam. Endlich, nach langer gedankenvoller Pause, fragte er schüchtern:

»Würdiger Eran, weißt du nicht, was man in Angola mit mir vorhat?«

»Nun«, erwiderte dieser, »man wird dir wohl eine Art Sühne auferlegen dafür, dass du ohne Einverständnis mit deinen Freunden hier zurückgeblieben bist.«

Fridolins Unbehagen wuchs.

»Also eine Strafe?«, fragte er beklommen.

»Wenn du es so nennen willst«, erwiderte der Greis mit feinem Lächeln.

»Als freier Mann konnte ich aber doch tun oder lassen, was ich wollte«, meinte Frommherz etwas unsicher.

»Du bist augenblicklich selbst nicht von dem überzeugt, was du da sagst. Es gibt auch moralische Verpflichtungen, die sich nicht in vorgeschriebene Verordnungen fassen lassen. Zudem tadeln wir nicht dein Hierbleiben an sich, sondern die Art und Weise, wie du es deinen Gefährten gegenüber durchgesetzt hast.«

Der Erdensohn schwieg betreten und starrte vor sich hin.

Nach einer kleinen Pause fuhr Eran fort:

»Doch beruhige dich, mein Freund! Ich kann dir schon jetzt die Art deiner sogenannten Strafe offenbaren, war ich es doch, der sie bei Anan, unserem Ältesten, in Vorschlag brachte. Und dass er meinen Vorschlag annehmen wird, kann ich mit ziemlicher Sicherheit erwarten.«

»So sage mir, bitte, worin meine Strafe bestehen soll.«

»In einer wissenschaftlichen Arbeit«, antwortete Eran lächelnd.

»Weiter nichts?«

»Nein, mein Freund, weiter nichts, falls du die Herstellung eines Wörterbuches deiner Sprache nicht als Strafe betrachtest.«

»Nein, gewiss nicht!«, erwiderte der Erdensohn, wieder einmal fröhlich lachend und plötzlich von allem Druck befreit. »Allerdings verstehe ich von der Herstellung eines Wörterbuches ehrlich gesagt nicht allzu viel, aber ich denke, dass sich die Arbeit bei gutem Willen schon ausführen lassen dürfte. Aber wozu braucht denn ihr hier oben auf dem Lichtentsprossenen ein Wörterbuch der deutschen Sprache?«

»Um die Bücher eurer ersten Denker und Dichter, die deine Brüder uns als Geschenke zurückgelassen haben, im Urtexte lesen zu können.«

»Ein famoser Gedanke, fürwahr!«, lobte Frommherz. »Nun habe ich doch wieder ein Ziel vor Augen und – ernste Arbeit. Dafür danke ich dir von Herzen, würdiger Eran. Es ist ein neuer Beweis deiner Güte.«

Bei diesen Worten ergriff er die Hand des neben ihm sitzenden Greises und drückte sie herzlich.

»Lass gut sein, lieber Fridolin!«, wehrte Eran ab.

Sie fuhren eben in die weite grüne Halle eines herrlichen, sorgsam gepflegten Baumbestandes ein. Wahre Riesen waren es, die da, himmelanstrebend, mit breiten Ästen und dichtem Gezweig Schatten spendeten. Erquickende Kühle umfing die Reisenden. Es ging gegen Mittag, und zwischen den Feldern und Wiesen war es ihnen warm geworden. Die dünne Atmosphäre des Lichtentsprossenen gestattete der Sonne, dem »ewigen Lichte«, wie die Marsiten die Lebensspenderin benannten, trotz der im Vergleich zur Erde größeren Entfernung eine äußerst intensive Bestrahlung. Zwar schien die Sonne, vom Lichtentsprossenen aus betrachtet, ebendieser größeren Entfernung wegen – sie beträgt im Mittel rund neunundsiebzig Millionen Kilometer mehr als von der Erde aus – bedeutend kleiner; doch gab es da weder Dunst noch Wolken, die den tief dunkelblauen Himmel verhüllten, und der Boden absorbierte infolgedessen eine bedeutend größere Wärmemenge ... Unter dem grünen

Blätterdache der Baumriesen aber fühlte sich Fridolin Frommherz sehr wohl.

»Wie hoch diese Bäume sind«, sagte er bewundernd zu seinem Begleiter. »So vieles ist groß und wunderbar auf eurem schönen Kinde des Lichts! Wirklich, mir scheint, als hätte ich niemals auf Erden solche Baumriesen gesehen, wenigstens nicht beisammen, nicht als Waldbestand.«

»Das mag wohl sein«, erwiderte Eran. »Es scheint mir sogar in den ewigen Naturgesetzen begründet. Kenne ich auch eure irdische Vegetation nicht aus eigener Anschauung, so habe ich sie mir doch bei aller Ähnlichkeit mit der unseren stets etwas niedriger vorgestellt als diese.«

»Warum?«, fragte der Schwabe erstaunt. »Sind doch die chemischen Grundstoffe, aus denen sich die organischen Verbindungen aufbauen, bei euch dieselben wie bei uns! Und Luft und Wasser, Licht und Wärme, wirken sie nicht auf dieselbe Weise hier wie dort?«

»Du vergisst eines, lieber Freund«, sagte der Marsite. »Die Schwere ist der Punkt, in dem zwischen unserem Kinde des Lichts und dem euren der größte Unterschied besteht, und ich meine, je größer ein Weltkörper ist, desto drückender müsste auch die Schwere auf seinen Erzeugnissen lasten, desto kleiner müssten infolgedessen seine Produkte sein. Stelle dir, mein Freund, einen bewohnbaren Weltkörper von der Größe unseres ewigen Lichtes, unserer Sonne, vor. Denke dir lebende Wesen auf ihm, die seiner Größe entsprechen. Wie müsste die Schwere ihres Gestirns auf ihnen lasten! Sie würden sich unter dem furchtbaren Druck nicht aufzurichten vermögen; es müssten kriechende Wesen bleiben.

Und von den Bäumen, deren Größe einem solchen Weltkörper entsprechend wäre, würden sich die Äste nicht auszubreiten vermögen; sie würden flach am Stamme niederhängen oder gar infolge der auf ihnen lastenden ungeheuren Schwere von selbst abbrechen, wenn überhaupt ein Wachstum in bedeutendere Höhen möglich wäre.«

»Und weil eure Schwere geringer ist als die unsere«, fügte der Erdensohn bei, »seid ihr auch größere, stattlichere Gestalten als wir. Ich habe daheim unter meinen Landsleuten wie unter meinen Amtsgenossen für groß gegolten; du, überhaupt die meisten eurer Männer, ihr überragt mich um Kopfeslänge. – Doch was ist denn dort?«, fragte Fridolin Frommherz, sich unterbrechend und auf eine lebhaft bewegte Gruppe zeigend, die in kurzer Entfernung auftauchte.

»Das«, erwiderte Eran, »ist eine Schule. Siehst du nicht dort inmitten der Knaben den unterrichtenden Lehrer?«

»Eine Schule?«, rief der Erdensohn erstaunt. »Sehen bei euch die Schulen so aus? Was macht denn der Lehrer hier im Walde?«

»Er lehrt die Schüler kennen, was sie sehen, alles, Pflanzen und Tiere, den Boden und die Gesteine, woraus er zusammengesetzt ist, was sich in ihm entwickelt, was auf ihm vorgeht, Natur und Menschenwerk.«

»Das ist viel«, sagte Fridolin.

»Ja, es ist viel«, erwiderte Eran. »Ich kenne Alan persönlich. Er ist einer unserer tüchtigsten Jugenderzieher, doch weit von hier, nahe der Grenze unseres Nordpolargebietes stationiert. Dort ist infolge des ungünstigeren Klimas die Bodenproduktion eine andere, eine spärlichere als hier, wo wir uns etwa auf dem fünfzehnten

Breitengrade befinden. Deshalb führt Alan seine Zöglinge zuweilen in unsere Gegend.«

Der jetzt ganz langsam dahinrollende Wagen war nun dicht zu der Gruppe herangekommen und hielt. Eran begrüßte den Lehrer mit der den Marsiten eigenen wohltuenden Herzlichkeit.

»Ich freue mich, dir hier zu begegnen«, sagte er, Alan die Hand reichend. »Gedeiht dein Werk?«

»Ich bin so glücklich, vieles reifen zu sehen«, sagte der Angeredete, seine schönen warmen Augen auf den Greis richtend. »Doch bleibt noch vieles zu tun.«

»Wohl dir, dass du noch mitten im Schaffen stehst!«

»Ja, die Arbeit macht froh!«

»Leb wohl, Alan! Werde ich dich bald einmal in Lumata sehen?«

»Zur Zeit der Ruhe hoffe ich auch bei dir einkehren zu können, würdiger Eran!«

»Das wird mir Freude sein, junger Freund!«

Weiter rollte der Wagen.

»Was für schöne Augen dieser Mann hatte!«, sagte der Erdensohn bewundernd.

»Sein Denken und Fühlen spiegelt sich in ihnen«, erwiderte der Greis. »Er gehört zu unseren Besten. Seine ganze Persönlichkeit setzt er an sein Werk. Da wird keine Weisheit eingepaukt. Die Kinder lernen sehen und das Gesehene verknüpfen. Sie sind es, die den Lehrer über Unverstandenes fragen, und dieser leitet sie an, die Antwort selbst zu finden.«

»Ich wollte, ich wäre auch in dieser Art unterrichtet worden!«, meinte der Schwabe.

Während der Fahrt stärkten sich die Reisenden durch Speise und Trank. Der bequeme Reisewagen enthielt alles, was sie sich wünschen konnten. Durch eine sinnreiche Klappvorrichtung stand sogar auf einen Druck mit der Hand ein zierliches Tischchen vor ihnen, in dessen Schublade kleine Teller und Bestecke verborgen lagen. Zwei mit Leder ausgeschlagene Kästen in der Vorderwand des Wagens enthielten in verschiedenen, eigentümlich geformten Gefäßen Speisen und Getränke genau in der Temperatur, in der sie dem Wagen übergeben worden waren. Man aß vorzügliche warme Gerichte; man labte sich an kühlen Getränken genauso wie zu Hause. Sogar Salat gab es, zu dem Eier gegessen wurden. Auch eine Waschvorrichtung war an der einen Seite des Wagens angebracht. Es fehlte wirklich gar nichts, was das Reisen angenehm und bequem machen konnte.

Nach Verlassen des Waldes sah Fridolin Frommherz zum ersten Mal während der ganzen Fahrt unbebautes Land vor sich. Eine weite Fläche breitete sich da vor seinen Blicken aus: Es war eine Landungsstelle für Luftschiffe. Kleinere und größere Fahrzeuge lagen da an tief in den Boden eingelassenen eisernen Ringen verankert. Sie trugen als Aufschrift ihren Namen, Anfang und Endziel ihrer Fahrt. Da die Witterung infolge der dünnen, wasserarmen Atmosphäre auf dem Mars ziemlich gleichmäßig war, bedurfte es keiner besonderen Hallen zur Bergung der Luftschiffe; nur die ausgedehnten Anlagen zur Gasgewinnung und Füllung der Ballons waren gedeckt. Reges Leben und Treiben herrschte hier, etwa wie auf einem Bahnhofe auf Erden, nur übertragen in marsitische Gemessenheit. Es fiel Fridolin auf, dass die Luftschiffe der Marsiten wohl auch nach dem starren

System gebaut waren wie der Weltensegler, aber die Ballons waren bedeutend kleiner und schienen doch, nach den umfangreichen Gondeln zu schließen, eine bei Weitem größere Tragkraft zu besitzen. Da gab es nur zwei erklärende Möglichkeiten: Entweder übertraf das Metall, aus dem die marsitischen Luftschiffe gefügt waren, an Leichtigkeit alles auf Erden Gekannte, oder das Gas, das zur Füllung des Ballons diente, war noch unendlich viel leichter als dasjenige, das einst ein schwäbischer Gelehrter erfunden und das dann zur Füllung des Weltenseglers gedient hatte. Die lang gestreckte zylindrische Form, vorn und hinten mit ogivalen Spitzen versehen, schien sich auch hier am besten bewährt zu haben.

Da stiegen Leute ein, dort hob sich ein dicht besetztes Fahrzeug kerzengerade, ohne jede Schwankung, in die Luft. Höher und immer höher stieg es. Wie weit musste der Horizont der darin Reisenden sein! Wie klein würden ihnen die Brüder da unten, die Häuser, die Wiesen, die Bäume erscheinen! Der Erdensohn fühlte Lust, mit in die Lüfte zu steigen. Vielleicht würde sich ein anderes Mal Gelegenheit dazu bieten.

»Du wirst noch manchmal hierher oder an einen anderen Luftschiffhafen des Lichtentsprossenen kommen«, sagte Eran.

»Dann will auch ich euer herrliches Land wieder einmal von oben herabschauen.«

Bald darauf trafen sie in Angola ein. Es war das dritte Mal, dass Fridolin Frommherz seinen Fuß in das großartige Heim des Stammes der Weisen setzen sollte. Zweimal war er in Gemeinschaft mit seinen Gefährten hier gewesen. Das Herz klopfte ihm doch etwas bang und erwartungsvoll, als er die breiten Marmorstufen zu dem großen Festsaale hinaufstieg. Vor einem halben Jahre war dort die Abschiedsfeier für seine Freunde und auch für ihn, den Drückeberger, abgehalten worden.

Jetzt trat er ein in den ihm wohlbekannten Saal. Ein lautes, bewunderndes Ah! entschlüpfte seinen Lippen. An den Wänden erblickte er die wunderbar gut getroffenen, künstlerisch ausgeführten Bilder seiner Gefährten und darunter Marmortafeln, die mit goldenen Inschriften voll Lob und Anerkennung die Taten seiner fortgezogenen Brüder verkündeten. Da regte sich wieder im Herzen des Zurückgebliebenen jenes quälende Gefühl von Gewissensbissen.

Wieder packte ihn wie so oft schon ein Schmerz der Sehnsucht, des Heimwehs, als er, um die Bilder genauer zu betrachten, näher an sie herantrat. Ordentlich vorwurfsvoll schienen ihn die Freunde aus ihren Augen anzublicken. Es war, als ob den Bildern Leben eingehaucht worden wäre, denn wo sich auch Fridolin Frommherz im Saale hinwandte, um die Gemälde aus der Ferne auf sich wirken zu lassen, überallhin folgten ihm die Blicke der im Bilde Verewigten. Nachgerade empfand er dies als unheimlich, umso mehr, als er sich vergeblich nach Eran umsah. Dieser schien nicht mit ihm eingetreten zu sein. Die feierliche Stille des Saales verstärkte noch das Gefühl des Unbehagens. Daher war Fridolin froh, als sich endlich eine der Türen öffnete und Anan hereintrat, gefolgt von Eran und einigen anderen alten Marsiten.

»Ich grüße dich in unserem Angola, dich, den ich allerdings hier nicht mehr zu sehen erwartet hatte«, begrüßte Anan mit wohlwollender Freundlichkeit den Erdensohn, ihm die Hand zum Willkomm reichend.

»Verzeih mir, edler Anan, dass ich mich nicht entschließen konnte, zur Erde zurückzukehren, sondern hier auf dem Lichtentsprossenen zurückblieb«, sprach Fridolin.

»Ich habe dir nichts vorzuwerfen, mithin auch nichts zu verzeihen«, entgegnete der ehrwürdige Greis. »Wir haben weder dich noch deine Brüder zum Fortgehen gedrängt. Es stand euch frei, zu gehen oder zu bleiben. Als wir hier vernahmen, dass du deine Gefährten nicht begleitet habest, da wurde einfach der Auftrag, dein Bild zu malen und die Ehrentafel für dich auszuführen, zurückgezogen. Und bevor wir dich in Angola wiedersehen wollten, beschlossen wir, erst die Anfertigung der Bilder und Tafeln der uns so teuren, für immer nun fernen Erdensöhne abzuwarten und sie hier in diesem Saale aufzustellen. Erst nachdem wir dieser Ehrenpflicht genügt hatten, riefen wir dich.«

Etwas bedrückt hatte Frommherz Anan gelauscht. Es lag eine feine Ironie in den Worten wie in der Handlungsweise des Marsiten. Dass man ihn zuerst in den Saal gewiesen, in dem nur sein Bild fehlte, empfand er doch als eine moralische Verurteilung seiner Drückebergerei. Darauf hinaus lief im Grunde auch Anans Rede.

»Du machst ein betrübtes Gesicht. Was fehlt dir, mein Freund?«, fragte Anan nach kurzem Stillschweigen.

»Ich bin mir bewusst, einen Fehler begangen zu haben«, antwortete Frommherz.

»Den hast du deinen Brüdern gegenüber begangen durch die Art, wie du dich benahmst. Doch verlieren wir hierüber keine weiteren Worte mehr. Für uns ist die Sache abgetan.«

»Der ehrwürdige Eran sprach mir von einer Sühne meiner Schuld«, bemerkte Frommherz.

»Nun ja«, entgegnete der edle Anan. »Du weißt darum. Wir wollten dir hier in Angola eine deiner würdige Beschäftigung zuweisen, durch die du uns nützlich sein kannst, natürlich nur, wenn du willst.«

»Gewiss, gern, wirklich von Herzen gern«, beeilte sich Frommherz zu antworten. »Selbst wenn ihr mir keine Aufgabe zugewiesen hättet, würde ich euch um irgendeine nützliche Arbeit gebeten haben.«

»So bleibt es also bei der Ausarbeitung eines Wörterbuches deiner Muttersprache«, entschied Anan. »Zieh mit Bentan, unserm wackeren Bruder hier, in sein nahes Heim. Dort kannst du dich in aller Ruhe an die Erledigung deiner Aufgabe machen. Und von Zeit zu Zeit wird es uns freuen, dich in diesem Hause bei uns wiederzusehen. Dann wollen wir in anregender Unterhaltung die Erinnerung an deine ausgezeichneten Gefährten pflegen.«

Ein herzlicher Händedruck, und Anan, der Älteste der Alten, zog sich zurück.

»Das ist besser abgelaufen, als ich zu hoffen wagte. Ich habe mir in der letzten Zeit ganz unnützerweise eine fürchterliche Angst gemacht«, murmelte Frommherz vor sich hin.

»Bist du zufrieden mit dem Ausgange deiner Angelegenheit, Fridolin?«, forschte Eran mit eigentümlichem Lächeln.

»Gewiss, sehr«, gestand Frommherz.

»Nun wohl, so komm! Hier steht Bentan, dein Gastgeber. Sein Heim wird für lange Zeit wohl auch das deine sein.«

Die Weltensegler

Eine Sisyphusarbeit

Schon seit längerer Zeit weilte Fridolin Frommherz im vornehmen Heim Bentans, des würdigen Alten, dessen ganzes Wesen und Gebaren seinen Gast viel an Eran erinnerte, den er aber an Zahl der Jahre übertraf. Das Haus lag am lieblichen Ufer des tiefblauen Sees von Angola und gewährte von der Terrasse und den Fenstern der Vorderseite aus einen entzückenden Blick über die Wasserfläche hinweg nach den fernen, sanften Höhenzügen, die den See einschlossen.

Ein sorgfältig angelegter, tadellos unterhaltener Garten umgab das Haus von der Landseite. Alte, immergrüne, lorbeerartige Baumriesen wechselten gruppenweise ab mit den verschiedensten Arten hochstämmiger, prachtvoller Palmen. Dazwischen schoben sich Sträucher und Büsche, überladen mit farbenprächtigen, duftenden Blüten.

Die schönste Blume dieses paradiesischen Sitzes aber war Benta, Bentans holde Enkelin. Dies erkannte auch Frommherz an, der Benta oft mit einer jener Lichtelfen verglich, die nach der Sage seiner Heimat von menschlicher Gestalt, glänzend schön sind, Tanz und Musik lieben und dem Menschen gegenüber freundliche Gesinnungen hegen.

Und einen solchen Ort hatte man ihm, dem Erdensohne, als Arbeitsstätte zur Strafe angewiesen! Frommherz lachte laut auf bei diesem Gedanken. Eine herrlichere Belohnung für sein

Zurückbleiben hätte ihm gar nicht gewährt werden können, wenn, ja wenn nur nicht das verwünschte Wörterbuch gewesen wäre.

Vom ersten Augenblicke an war Benta dem Gast des Hauses freundlich entgegengetreten. Aber in dem Wesen und ganzen Benehmen der graziösen jungen Marsitin lag so viel Würde und Erhabenheit, bei aller Bescheidenheit doch wieder so viel stolzes Selbstbewusstsein, dass Fridolin Frommherz zu einer Achtung gezwungen wurde, die mehr den Charakter der Ehrfurcht trug.

Oft an den wunderbar schönen Abenden, wenn Phobos und Deimos, die Monde des Mars, am Himmel ihre stillen glänzenden Bahnen zogen, saß Frommherz nach getaner Arbeit auf der Terrasse des Hauses, der liebenswürdigen Einladung Bentans folgend. Die beiden Männer unterhielten sich dann in herzlicher, freundschaftlicher Weise. Der alte Marsite mit seinem reichen, abgeklärten Wissen streute bei diesen Unterhaltungen oft goldene Körner der Weisheit aus, die bei Frommherz auf fruchtbaren Boden fielen und nach und nach seine bisherige, der Erweiterung noch sehr bedürftige Lebensauffassung umzuformen begannen.

Hin und wieder erschien an solchen Abenden auch Benta und beteiligte sich an den Gesprächen der Männer. Besonders lebhaft wurde die Unterhaltung, wenn Frommherz, durch allerlei Fragen veranlasst, von der Erde im Allgemeinen, von seiner engeren Heimat aber im Besonderen ausführlicher erzählte, namentlich von dem Leben und Treiben ihrer kernigen Bewohner.

Die genussreichsten Abende aber waren für Frommherz die, an denen Benta stimmungsvolle Lieder in künstlerisch vollendetem Vortrage zur Harfe sang. Diese Augenblicke erschienen dem Erdensohne als der Inbegriff des wirklich göttlich Schönen. Sie ließen ihn seine langweilige Arbeit völlig vergessen und erweckten in ihm eine Summe wunderbar seliger Empfindungen, wie er sie bis dahin noch niemals gekannt hatte.

Aber wenn er dann nach einem solchen Abend voll märchenhafter Schönheit und reinster Glücksempfindung am nächsten Morgen wieder am Schreibtische seines hohen, luftigen Arbeitszimmers saß, um mit schweren Seufzern an der endlos scheinenden Lösung seiner Aufgabe weiterzuarbeiten, da verflog vor dem Realen, Nüchternen im Nu aller ideale Schwung der Gedanken, die Seligkeit jeglicher Empfindung.

»Jaja, ein Wörterbuch zu schaffen, das hat mir gerade noch gefehlt«, brummte Frommherz eines Tages grimmig vor sich hin, als ein weiteres Jahr seit seinem Aufenthalte in Angola dahingeeilt war. »Es ist einfach, um aus der Haut zu fahren. Das ist keine Arbeit für einen Moralphilosophen. Diese Idee ist, um toll, verrückt zu werden. Hol der ...«

Doch Frommherz verschluckte das Weitere in edler Selbstbeherrschung und wandte sich seinen Manuskriptbogen und den Hunderten von losen Zetteln zu, die, in verschiedenen Stößen verteilt, alphabetisch geordnet vor ihm auf dem Tische lagen.

Heute packte ihn ob seiner Arbeit eine gelinde Verzweiflung. Bald da, bald dort griff er einen Zettel heraus, verarbeitete seinen Inhalt, strich das Geschriebene durch oder warf den unbrauchbar gewordenen mit einem Seufzer der Erleichterung in den umfangreichen Papierkorb zu seiner Seite. Ein Kästchen auf dem Schreibtisch barg unbeschriebene Zettel, und jeden neuen, seine Gedankenreihe kreuzenden Einfall notierte Frommherz sorgfältig und fügte den Vermerk den vielen Hunderten von älteren Blättern bei.

Das war des Fridolin Frommherz täglich sich erneuernde Aufgabe. Fürwahr eine schwere Sache! Um die Wörterbucharbeiten seiner gelehrten Freunde an der Tübinger Universität hatte er sich früher niemals bekümmert. Hätte er einst eine Ahnung gehabt, dass ihm hier oben auf dem Mars eine ähnliche Arbeit zugemutet werden würde, dann hätte er sich sicherlich mit dem Studium seiner Muttersprache etwas eingehender befasst. So aber, ohne jede tiefere Vorbereitung, ohne jedes Hilfsmittel ein deutsch-marsitisches Wörterbuch herzustellen, alles hierzu erst aus sich selbst heraus zu schaffen, diese schier endlose und heillos schwierige Arbeit begann ihm manchmal das sonst so paradiesisch schöne Dasein auf dem Mars zu versalzen. Und welch elenden Eindruck machte wiederum auf die Marsiten das schneckenartige Vorwärtsschreiten einer Arbeit, für die sie sich außerordentlich interessierten! Schon verschiedene Male hatte der Erdensohn über den Stand seiner Arbeit seinen Freunden in Angola Vorträge gehalten, die über die Unregelmäßigkeit der deutschen Sprache die Köpfe schüttelten. Sie schien den Marsiten noch in einem Entwicklungsstadium zu stecken, das die ihrige schon seit Tausenden von Jahren überwunden hatte.

Wie rasch und leicht hatten die sieben Schwaben die Sprache ihrer Freunde auf dem Mars in ihrer edlen Einfachheit erlernt! Nur einer unter ihnen, Herr Hämmerle, der Philologe, hatte etwas daran auszusetzen gefunden. Er hatte das Kraftvolle, das in der Unregelmäßigkeit der deutschen Konjugation und Deklination liegt, dem Ebenmäßigen, Abgeschliffenen, Weichen der Marssprache entgegengesetzt und den Preis der Schönheit seiner deutschen Muttersprache zuerkannt.

An dies alles erinnerte sich jetzt wieder Fridolin Frommherz. Er sprang vom Stuhle auf und maß erregt das Zimmer.

»Wäre ich nicht von der hohen Denkweise der Marsiten felsenfest überzeugt, wüsste ich nicht, dass ihnen jegliche Quälerei fernliegt, ich müsste wahrlich annehmen, dass ihnen ein böser Geist diese Art meiner Beschäftigung eingab«, rief er zornig. »Doch was nützt meine Aufregung? Nichts! Ja, wäre doch nur diese deutsche Muttersprache so glatt, so regelmäßig, so einfach nach wenigen Regeln zu konstruieren wie das wohllautende, vokalreiche Idiom der Marsiten! Um wie viel leichter wäre dann meine Arbeit!«

Seufzend strich sich der Gelehrte mit der Linken über die Denkerstirn. Dann setzte er sich wieder an den Schreibtisch und schrieb emsig weiter.

Da trat Eran in das Zimmer.

»Welch große Überraschung und Freude, dich endlich wieder einmal in Angola zu sehen!«, rief der Schwabe, als er den Eintretenden erkannt hatte.

»Nun, Freund Fridolin, wie geht es dir? Wie weit ist das große Werk gediehen?«, fragte Eran, dem Erdensohne herzlich die Hand zum Gruße schüttelnd.

»Wie soll es mir gehen, würdiger Eran? Einerseits gut, anderseits schlecht!«

»Ich verstehe dich nicht!«, gestand Eran.

»Nun, ich fühle mich gesund, aber die Arbeit liegt mir sehr auf dem Magen.«

»Soso!«, lächelte Eran.

»Ja, dem Himmel sei es geklagt. Die Sache wird schwieriger, je weiter ich vorwärtsschreite. Aber ich schulde dir noch die Antwort auf deine zweite Frage. Ich arbeite am G meines Werkes.«

»Wie? Erst am siebenten Buchstaben von den fünfundzwanzig des Erdenalphabetes? Kaum möglich!«

»Und doch ist es leider so, wie ich dir sage«, antwortete Frommherz betreten.

»Merkwürdig!«, erwiderte Eran, den Kopf schüttelnd. »Du bist doch schon seit zwei Jahren deiner Zeitrechnung ununterbrochen an der Arbeit. Wann willst du sie denn beenden?«

»Das weiß ich selbst nicht«, murmelte der Gelehrte. »Es wird je länger, je schlimmer. Da, sieh her!«

Mit diesen Worten zog er eine große Schublade seines Schreibtisches auf. Sie war bis oben mit eng beschriebenen Bogen von stattlicher Größe gefüllt.

»Fast tausend Manuskriptseiten und noch nicht einmal ein Drittel des Werkes vollendet! Nein, ehrwürdiger Eran, ein so umfangreiches Buch hat Fridolin Frommherz auf Erden niemals geschrieben! Und da, sieh alle die Zettel und mühsam gesammelten Notizen – ihr habt mir wahrlich Schweres aufgebürdet und lasst mich die Daseinsfreuden auf dem Lichtentsprossenen sauer genug verdienen.«

Ein Lächeln huschte über Erans milde Züge.

»So möchtest du wohl lieber wieder zur Erde und dein Wörterbuch unvollendet uns zurücklassen?«

»Nein, nein, das doch nicht«, erwiderte Frommherz hastig, und eine Blutwelle stieg ihm ins Gesicht, als er bei diesen Worten unwillkürlich an Benta dachte.

»Warum aber klagst du dann? Eine Arbeit, deren Erfüllung keine Unmöglichkeit, sondern nur eine einfache Frage der Zeit ist, berechtigt nach meiner Auffassung zu keiner Klage. Und du, mein Freund, hast ja Zeit in Hülle und Fülle. Niemand drängt dich.«

»Aber dein Erstaunen, deine Äußerungen von vorhin über den langsamen Gang ...«

»Galten nicht dir, Fridolin, sondern lediglich deiner komplizierten Muttersprache«, unterbrach Eran den Erdensohn. »Beruhige dich also, mein Freund! Gerade das Bewusstsein, uns ein dauerndes Monumentalwerk durch deine geistige Tätigkeit zu schaffen, sollte dich alle Schwierigkeiten, die dir dabei entgegentreten und deren Bedeutung ich gewiss nicht unterschätzen will, nur umso kraftvoller überwinden lassen.«

»Du sprichst die richtigen Worte zu richtiger Zeit aus, edler Eran! Ich gestehe dir, dass ich gerade heute meines Werkes wegen recht entmutigt war. Nun kommst du wie gerufen und belebst mir die gesunkene Hoffnung in wunderbarer Weise von Neuem wieder. Dafür nimm meinen besten Dank!«

»Es bedarf dessen nicht, Freund Fridolin. Im Gegenteil! Ich bin beglückt, dass du dich wieder selbst gefunden hast und dass dadurch das frühere, so feste Vertrauen in dein Können wieder bei dir eingezogen ist.«

Eran erhob sich.

»Ich werde jetzt öfter als bisher von Lumata nach Angola kommen. Wir haben eine Reihe wichtiger Beratungen vor uns. So werde ich dich in Zukunft in kürzeren Zwischenräumen wiedersehen als in der letzten Zeit.«

Damit verabschiedete sich Eran in liebenswürdiger Weise.

Der Erdensohn vermochte aber nach dem Weggange des ehrwürdigen Alten nicht gleich wieder seine Arbeit aufzunehmen. Gedanken aller Art bewegten ihn. Der Appell Erans an sein Ehrgefühl hatte in ihm merkwürdige Gefühle geweckt. Wie klein kam er sich diesem Marsiten gegenüber vor! Ja, Eran hatte recht: Man kann, was man wirklich ernstlich will. Und sollte er umsonst, ohne nennenswerte Gegenleistung nur die Annehmlichkeiten des Lebens unter diesen ausgezeichneten Menschen hier oben genießen dürfen? Gerade deshalb waren ja die anderen vom Mars wieder fortgezogen, weil sie der Gastfreundschaft der Söhne des Mars keine ebenbürtige, wirklich nutzbringende Leistung entgegenzusetzen hatten. Nein, er musste und wollte eine Tat vollbringen, die einigermaßen wenigstens einen Gegenwert bot für das, was er von den Marsiten empfing. Die Art der Arbeit, nicht diese selbst, die er bisher als eine Last empfunden, sie erschien ihm jetzt als ein glückliches Mittel zur Abtragung seiner Dankesschuld. Jetzt erst kam ihm auch mit einem Male die segensreiche Bedeutung seiner Aufgabe zu vollstem Bewusstsein. Das war keine Sühne, um die es sich hier handelte, nein, das war der Weg zur zielbewussten Umformung seines eigenen, bisher so schwankenden Ichs, das ausdauerndem und ernstem Streben wenig geneigt war.

Mit wie großem Missmute war er heute Morgen an sein Werk gegangen! Er schämte sich in diesem Augenblicke ordentlich deswegen. Nun war eine Arbeitsfreude, eine Emsigkeit in ihm lebendig geworden, die, endlich zu vollster Stärke erweckt, nie mehr einschlafen oder versiegen würde, das fühlte er. Und mit lautem Danke an den Zauberer Eran, der das Wunder fertiggebracht hatte, nahm Frommherz seine Arbeit wieder auf. Die gehobene Stimmung, in der sich Bentans Gast befand, fiel dem Alten auf, als er am Abend des wichtigen Tages mit Fridolin Frommherz zu Tische saß.

»Hat dir Eran heute so freundliche Nachrichten gebracht, dass du entgegen deiner bisherigen Art so fröhlich deine Arbeit beendet hast?«, forschte Bentan.

»Das nicht«, entgegnete der Schwabe heiter, »aber er hat mir gewisse Worte gesagt, die mich gewaltig bewegten und mir ein anderes Urteil über meine Beschäftigung schufen, als ich es bis jetzt gehabt hatte. Und das macht mich frei und fröhlich zugleich.«

»Ja, ein gutes Wort im rechten Augenblicke hat oftmals schon große, unerwartete Wirkung geübt«, bemerkte Bentan. »Es freut mich daher auch besonders, dies aus deinem Munde hören zu dürfen.«

»Eran sagte mir auch, dass er künftig öfter nach Angola kommen werde, um an wichtigen Beratungen teilzunehmen.«

»Es laufen sehr ungünstige Berichte aus unseren polaren Regionen ein. Sie bilden den Gegenstand unserer Besprechungen«, erwiderte Bentan.

»Worin bestehen diese Berichte?«

»Das kann ich dir mit wenigen Worten nicht sagen. Es handelt sich um die Wasserfrage auf unserem Lichtentsprossenen. Im Übrigen müssen wir auch noch die weiteren Forschungsresultate der zu erneuter Prüfung abgesandten wissenschaftlichen Expeditionen aus dem Stamme der Ernsten abwarten. Sorge dich einstweilen nicht unnötig, lieber Fridolin«, fuhr der Greis fort, als er bemerkte, dass seine Mitteilungen den Freund zu erschrecken schienen. »Du wirst von mir, wenn wirklich eine Zeit der Not für uns bevorstehen sollte, im rechten Augenblicke benachrichtigt werden.«

Aber Frommherz' gute Stimmung hatte doch einen leichten Stoß durch Bentans Bemerkung erhalten. Dem scharfen Auge des Alten war dies nicht entgangen.

»Benta, mein Kind, komm mit hinaus auf die Terrasse und bringe deine Harfe mit!«, bat der Greis seine Enkelin. »Freund Fridolin bedarf der Erheiterung.«

»Gesang und Harfenspiel, diese Art der Erheiterung lasse ich mir immer gefallen«, warf Frommherz munteren Tones ein, und der Abend schloss voll Harmonie und freudiger Glücksempfindung.

In arbeitsfrohem Leben verstrichen die folgenden Monate. Sie förderten das Vorwärtsschreiten des Werkes. Frommherz fühlte sich hoch befriedigt, als er sah, wie seine Aufgabe in dem Maße leichter für ihn wurde, als er sie energischer anpackte. Die heitere Zufriedenheit, die den Gelehrten beherrschte, vermochten auch die Mitteilungen Bentans nicht wesentlich zu erschüttern, die der Greis hin und wieder über die Verhandlungen des Stammes der Weisen machte. Sie behandelten die auffallende Erscheinung des Rückganges des Eises an beiden Polen des Mars, eine Erscheinung, die, wie Bentan lächelnd meinte, in grober Weise gegen alle Tatsachen des bisherigen Abkühlungsprozesses des Lichtentsprossenen verstoße.

»Ich habe mich schon oft verwundert gefragt«, warf Fridolin Frommherz ein, »warum ihr hier oben auf dem Lichtentsprossenen weniger Polareis habt als wir auf der Erde. Da ihr um so viel weiter von der Sonne entfernt seid, müsste doch eigentlich eure arktische Zone viel weiter reichen.«

»Erklärt sich das nicht ganz einfach«, erwiderte der Greis, »durch unsere geringere Wassermenge, unsere trockenere Atmosphäre, unseren doppelt so langen Sommer? Wir haben viel weniger Regen, viel geringeren Schneefall als ihr da unten auf der Erde. Wir werden uns trotz alledem nicht mehr verjüngen. Die beiden Großmächte beim Bau unseres Lichtentsprossenen, die Kieselsäure und die Kohlensäure, liegen in ewigem Kampfe miteinander unter wechselnden Siegen und Niederlagen.«

»Also genau so wie auch auf unserem Planeten«, warf Frommherz ein.

»Ja, wenn es einst der Kohlensäure gelingt, über die Kieselsäure vollständig zu triumphieren«, fuhr Bentan fort, »so hat die Stunde geschlagen, in der bei uns alles organische Leben erlöschen muss. Dann zieht der kalte, starre Tod ein wie auf unseren Monden. Jede Woge, die an die Felsen brandet, jede Welle, die über das Kieselgestein des Flussbettes eilt, jeder Regentropfen, der zu Boden fällt – sie alle stehen mit der Kohlensäure in innigstem, ewigem Bunde; langsam, aber sicher zersetzen sie auch das härteste Kieselgestein. Die Kohlensäure verbindet sich mit den basischen Bestandteilen, und die verdrängte Kieselsäure lagert sich mit dem Rest von Basen am Grunde der Gewässer. So sind einst jene mächtigen Ton- und Sandsteinlager entstanden, deren Bildungsvorgänge wir heute noch im Kleinen verfolgen können. Und die Kohlensäure fällt, an Kalk oder Magnesia gebunden, gleichfalls zu Boden. Die mächtigen Kreidelager der Kalksteinformationen, die große Teile der Rinde unseres Lichtentsprossenen ausmachen, bestehen zur Hälfte ihres Gewichtes aus Kohlensäure, die aus der Atmosphäre stammt und dem Kreislaufe des Lebens entzogen wurde. Im Innern dieses Weltkörpers, dort in der Tiefe, ist das Gebiet der Kieselsäure, dort ist sie die stärkere Säure, dort verdrängt sie die Kohlensäure aus ihren Verbindungen. Diese auf der Flucht begriffene Kohlensäure kannst du an unseren Mofetten, an vielerlei Spalten und Rissen des Lichtentsprossenen beobachten, aus denen Kohlensäure ausströmt. Und da Mars langsam erkaltet und seine Rinde sich verdickt, so muss diejenige Kraft, die der Kieselsäure die Oberhand im Kampfe verschafft, die Eigenwärme des Lichtentsprossenen, fortwährend abnehmen. Damit ist der endliche Sieg der Kohlensäure nur eine Frage der Zeit.«

Bentan schwieg.

»Diesem gewaltigen, unsere Existenz einst vernichtenden Kampfe, stehen wir wissend, aber machtlos gegenüber«, begann Bentan wieder nach langer Pause. »Anders aber verhält es sich mit dem Mangel an richtigen Wintern, den wir seit Jahren schon feststellen können, ferner mit der Abnahme der Niederschläge aus der Atmosphäre. Diese Erscheinungen stellen uns vor Aufgaben, die gelöst werden müssen, soll die Gesamtheit nicht schwer darunter leiden.«

»Kann sich dies aber nicht rasch, vielleicht schon von heute auf morgen wieder ändern?«, fragte der Erdensohn. »Auf unserem Planeten haben wir auch öfters Perioden übermäßiger Trockenheit, denen dann wieder solche der Nässe folgen.«

»Eure Erde besitzt eine andere, dichtere Atmosphäre und größere Wassermengen in Form gewaltiger Ozeane als unser Lichtentsprossener. Andere Gesetze beherrschen somit dort die atmosphärischen Niederschläge als hier. Klagen oder jammern werden wir unserer ungünstigen Lage wegen nicht. Wir ziehen aus den Erfahrungen früherer Zeiten den Schluss, dass nach einer gewissen Periode des Mangels an dem Leben spendenden Nass wieder ein Abschnitt des Ausgleiches eintritt, allerdings mit der Neigung zu immer kürzerer Dauer.«

»Und macht euch diese Aussicht keine schweren Sorgen?«

»Nein! Ganz abgesehen davon, dass sie unnütz wären, so wissen wir auch alle, dass für unseren Lichtentsprossenen einst die Stunde seines Unterganges schlagen wird und muss. Licht und Wärme, die uns das ewige Licht, die Sonne, spendet, nehmen ebenfalls einmal ihr Ende. Nichts währt dauernd, und was uns ewig, unvergänglich scheint, umfasst für unser Begriffsvermögen allerdings kaum vorstellbare, ungeheure Zeitmaße, die aber an der Weltuhr nur Sekunden, höchstens Minuten anzeigen. Unerbittlich und unaufhaltsam rollt das Rad der Zeit. Die rasche Vergänglichkeit alles Irdischen mahnt uns eindringlich, unser Leben würdig aufzufassen, inhaltsreich zu gestalten und es nicht mit zweckloser Furcht vor dem Unbekannten, Unerforschbaren auszufüllen oder gar zu verbittern.«

»Das sind tiefe Gedanken, die du da äußerst«, warf der Gelehrte voll Achtung ein, als Bentan einen Augenblick schwieg. »Wohl denen, die ihnen nachleben!«

»Alles ist dem Wechsel unterworfen. Welten und Völker verschwinden, andere tauchen dafür wieder auf«, fuhr der Greis fort, ohne seines Gastes Bemerkung weiter zu beachten. »Im ewigen Kreislaufe bewegt sich die Materie, das allein Unsterbliche der gesamten Körperwelt. Und wenn einst unser Lichtentsprossener nicht mehr sein wird, so ist im Buche der Ewigkeit und der Unendlichkeit nur ein einziges Blatt gewendet worden. Die ewige Harmonie und Schönheit des Weltalls hat dadurch nicht gelitten, dass wir verschwanden. Ein anderer Stern, eine andere Himmelsleuchte ist dann an unsere Stelle getreten.«

»Eine solche Anschauung, wie du sie mir soeben geoffenbart hast, edler Bentan, fürchtet auch den Tod nicht«, bemerkte Frommherz, als der Greis geendet hatte.

»Gewiss nicht, mein lieber Freund Fridolin. Die Grundempfindung unseres Daseins ist nicht die Angst, sondern die Freude an allen Wundern der Schöpfung, und diese Freude lässt uns alle in unserem Organismus vorhandenen Kräfte zweckmäßig ausnützen. Sie erlaubt uns dadurch, das große Leben der Gesamtheit voll und ganz mitzuleben. Sie ist es ferner, die uns zu der klaren Erkenntnis führt, dass der Tod das natürliche Produkt des Lebens ist, dass dessen Endlichkeit keine Verzweiflung, sondern nur Versöhnung bedeutet. Unser Einzelleben ist nur eine unwichtige Episode im allein wichtigen Gesamtleben, von dem wir selbst nur ein kleinster Bruchteil sind. Das Bewusstsein, unseren Platz in der Natur nach bestem Wissen und Können ausgefüllt zu haben, schafft das Gefühl der Ruhe und eine gewisse Heiterkeit der Stimmung, mit der wir unser eigenes kleines Lebensbuch abschließen. Unsere Nachkommen treten dann an unsere Stelle. Sie allein sind es, die uns die Fortdauer unseres individuellen Daseins zeigen.«

»Welch herrliche Worte hast du da gesprochen!«, rief der Erdensohn in aufrichtiger Bewunderung. »Wie ganz anders ist noch in den breitesten Schichten der sogenannten Kulturvölker unseres Planeten die Auffassung von Leben und Tod gegenüber euren Anschauungen! Angst und Furcht sind es, die bei der Mehrzahl der Erdenkinder keine wahre, echte Lebensfreude aufkommen lassen.«

»Weil ihr euch eben leider noch nicht durchgerungen habt zur vollen, wahren Nächstenliebe. Diese allein ist die klare Quelle, aus der jener echte Frohmut sprudelt, der dem Leben den hellen, warmen Sonnenschein verleiht und dem Tode jeglichen Schrecken raubt.«

Welche Fülle von Weisheit strömte von Bentan aus! Und so war es mehr oder weniger mit jedem andern Marsiten aus dem Stamme der Weisen, mit dem der Schwabe in nähere Berührung trat. Wahrlich, dieser Stamm verdiente seinen stolzen Namen; er machte ihm alle Ehre ohne die kleinste Phrase und Anmaßung, lediglich durch die edle Gesinnung und hohe Bildung seiner Vertreter. Hatte den schwäbischen Gelehrten einst das von aller materiellen Sorge scheinbar freie, ideal schöne Dasein zum Bleiben auf dem Mars veranlasst, so pries er jetzt, mehr und mehr zur Selbsterkenntnis gelangt, das Glück eines Verkehrs mit den Besten des Volkes in Angola. Dieser Umgang war für ihn eine mächtige Förderung in sittlicher wie geistiger Richtung. Nun fing er auch an, vieles zu verstehen und zu begreifen, was sein unvergesslicher Freund Stiller öfters vorgetragen hatte, wenn er mit ihm zusammen an schönen Sommerabenden den Neckar entlang bei Tübingen spazieren gegangen war. Wie hatte er da heftig dem Freunde manchmal widersprochen, war dessen Anschauungen auf das Schroffste gegenübergetreten, ohne für seine kecken Behauptungen und Entgegnungen auch nur entfernt eine befriedigende Beweisführung antreten zu können. Wie schnell fertig war er damals im Aburteilen über Dinge gewesen, die er nur höchst oberflächlich kannte!

»Sie werden später vielleicht noch einmal anders denken, wenn Sie erst das Entwicklungsideal der Menschheit durch die reine, durchsichtige Atmosphäre der naturwissenschaftlichen Weltanschauung zu betrachten vermögen«, hatte ihm Herr Stiller einmal nach einer heißen Auseinandersetzung geantwortet. Damals hatte er seines Freundes Behauptung lediglich als Ausdruck der Hoffart aufgefasst, heute aber, nach Jahren, fand er, dass Hoffart, Anmaßung und Selbstüberschätzung nur auf seiner Seite, nicht aber auf der des treuen, hochgebildeten Freundes gewesen waren.

Wie oft musste er gerade bei seinen Unterhaltungen mit den Weisen an den fernen Stiller denken, diesen vortrefflichen Menschen und Mann der Wissenschaft! Und mit solchen Gedanken begann wieder eine leise Sehnsucht nach ihm und den anderen Gefährten auf der Marsreise, nach der alten, lieben Heimat sein Herz zu bewegen. Aber sah er dann die holde Benta, hörte er deren herrlichen Gesang, lauschte er den wundervollen Akkorden, die ihre zarten Finger der Harfe zu entlocken verstanden, so verschwanden rasch all die schwachen Regungen des Heimwehs, einer Spezialkrankheit des echten Sohnes schwäbischer Erde. Dafür umgaukelten liebliche Träume Frommherz' Sinne, die sich mehr und mehr zu festen Absichten verdichteten, je länger er im Hause Bentans, des gütigen Alten, lebte.

Getäuschte Hoffnungen

In das Stillleben des Bentanschen Heimes brachte der Besuch eines jungen Marsiten vom Stamme der Ernsten eine kleine Abwechslung, die besonders von Benta angenehm empfunden zu werden schien, wenigstens glaubte dies Frommherz, nicht ohne eine leise Regung von Unbehagen zu bemerken. Orman, mit dem alten Bentan schon lange näher befreundet, war mit einer wissenschaftlichen Expedition, der er als Mitglied angehörte, nach langer Abwesenheit wieder nach Angola zwecks persönlicher Berichterstattung zurückgekehrt. Für die Zeit seiner Anwesenheit am Zentralsitze der Weisen wohnte er, einer Einladung Bentans folgend, bei diesem.

Der jugendlich schöne Marsite, der reinste Apoll, wie ihn der Schwabe im Geheimen und nicht ohne einen gewissen Anflug von Neid bezeichnete, war dem alten Gaste des Hauses sofort mit der so gewinnenden, weil aufrichtigen Herzlichkeit entgegengetreten, die den Marsiten überhaupt eigen war. Das Gebaren und Auftreten Ormans war offen und klar. Er war ein Mann ohne Furcht und Tadel. Reiches Wissen, gepaart mit jener echten Bescheidenheit, die nur das Produkt wahren Selbsterkennens ist, machte Orman besonders sympathisch. Und diese Sympathie wäre auch bei Fridolin Frommherz vollkommen gewesen, wenn seine Gefühle für Benta, die strahlend schöne Marsitin, etwas weniger selbstsüchtig gewesen wären. So aber empfand der Erdensohn Ormans Anwesenheit als eine gewisse Gefahr für sich selbst. Verglich er sich nur allein schon äußerlich mit Orman, so fiel die Prüfung leider sehr zu seinem Nachteil aus, ganz abgesehen von der geradezu imponierenden Bildung des Marsiten.

So scharf und misstrauisch der Gelehrte auch Benta und Orman beobachtete, er konnte nicht das Geringste entdecken, das seiner Eifersucht irgendwelchen Schimmer von Berechtigung hätte verleihen können. Harmlos und fröhlich verkehrten die jungen Leute miteinander. Nur wollte es Frommherz vorkommen, als ob Bentas Freundlichkeit gegen Orman doch noch um einen Ton wärmer, herzlicher gehalten sei als gegen ihn: ein qualvoller Zustand für ihn, der zum ersten Male in seinem Leben von Amors schlimmem Pfeile getroffen worden war. Diese heimliche Liebe – denn dass es eine solche sei, wurde Frommherz schließlich klar – machte ihn halb krank und raubte ihm die Lust zu jeglicher ernsten Arbeit.

Hin und wieder besann sich Frommherz, was er unter diesen Umständen tun oder unternehmen solle. Aber kaum war eine Idee gefasst, als eine neue die erste wieder umstieß. Nur so viel stand für den Gelehrten fest: Solange Orman im Hause Bentans weilte, konnte und durfte er nicht mit dem ehrwürdigen Greise über seine Liebe reden. Sollte er sich eine Abweisung holen, womit er ja möglicherweise zu rechnen hatte, nun wohl, so wollte er sie erst nach Ormans Abreise einstecken. Er wollte sich wenigstens vor Orman nicht lächerlich machen.

Endlich musste der junge Marsite wieder fort. Der Ernst der Zeit und seine Pflichten riefen ihn wieder an die Arbeit. Frommherz atmete ordentlich erleichtert auf. Nach und nach fand er auch seine alte Ruhe und Heiterkeit wieder und mit ihr den früheren Arbeitseifer. Ein unbestimmtes Gefühl hielt Frommherz ab, mit Benta selbst eine offene Aussprache zu suchen. Und auch mit Bentan, dem Alten, wollte sich keine passende Gelegenheit finden lassen, die dem Erdensohne erlaubt hätte, mit Mut und Zuversicht seinen Wünschen lauten Ausdruck zu verleihen.

Gerade die Mitteilungen Ormans über die zunehmenden ungünstigen Wasserverhältnisse auf dem Mars hatten Bentans ganze Aufmerksamkeit in Anspruch genommen und ihn auch den etwas veränderten Gemütszustand seines Gastes während Ormans Anwesenheit übersehen lassen. Dazu kamen noch die vielen Versammlungen der Stammesältesten, Besuche anderer Brüder Bentans, kurz: In Angolas sonst so stillen Straßen und Plätzen herrschte seit einiger Zeit ein regeres Leben als je. So verschob Frommherz sein Anliegen von einer Woche zur anderen und suchte durch strenge Arbeit seine Leidenschaft zu betäuben.

Die gute Weiterentwicklung seines gewaltigen Werkes wirkte auf seine Stimmung jedoch so günstig ein, dass er endlich auch den Mut fand, in eigener Sache handelnd vorzugehen. Eines Abends, nachdem schon Monate seit Ormans Fortgang verflossen waren, entschloss sich Frommherz, mit Bentan über die Frage der Ehe im Allgemeinen und über eine Heirat mit Benta im Besonderen zu reden. Benta hatte sich auf ihr Zimmer zurückgezogen. Die beiden Männer saßen allein auf der Terrasse des Hauses und genossen den herrlichen Abend mit seinem klaren, milden Mondlicht. Schweigend starrte Frommherz hinaus in die Pracht der Nacht, die ihn immer von Neuem wieder durch das reizvolle Spiel ihrer beiden

Monde bezauberte, obwohl er sich nun schon länger als fünf Jahre auf dem Mars befand.

»Wunderbar, märchenhaft schön ist doch bei euch hier oben die Nacht!«, rief der Gelehrte, das lange Schweigen unterbrechend.

»Ich weiß und kenne nichts anderes«, entgegnete Bentan lächelnd.

»Aber ich!«, antwortete der Schwabe. »Unsere Mondnächte auf der Erde bieten nicht diese eigenartige Schönheit.«

»Dafür besitzt ihr ja auch nur einen Trabanten, eine Leuchte. Unser Verdienst ist es nicht, dass wir deren zwei haben.«

»Sie passen aber in würdiger Weise zu eurem Leben voll Licht; ja, sie ergänzen es in harmonischer Form. Am Tage das strahlende Licht der Sonne, in der Nacht der milde, versöhnende, zur Ruhe förmlich einladende Silberglanz der Monde, alles hell, licht wie ihr selbst!«

»Nun, dieses Leben, das du so rühmst, hat auch seine Schatten und seine Unvollkommenheiten. Und wohl uns, dass es so eingerichtet ist«, erwiderte Bentan. »Ein gewisser Kampf ums Dasein ist nun einmal untrennbar mit der Existenz eines jeden Lebewesens verknüpft. Er ist die Ursache aller Entwicklung und Vervollkommnung. Darüber sind wir froh und dankbar zugleich. Dieser Kampf ums Dasein wird bald unseres Volkes ganze Kraft in Anspruch nehmen.«

»Des Wassers wegen?«, fragte Herr Frommherz.

»Ja, wie du weißt.«

»Ich sehe aber deshalb noch keine drohende Gefahr.«

»Weil du eben unsere Verhältnisse noch zu wenig kennst, Freund Fridolin. Für Angola ist die Wasserfrage, dank unterirdischen Zuflüssen zum See, noch nicht so empfindlich geworden wie an anderen Orten unseres Lichtentsprossenen. Trotzdem aber ist eine Abnahme des Seespiegels deutlich wahrnehmbar.«

»Was wollt ihr aber in dieser Sache unternehmen?«

»Eine Änderung unseres gesamten Kanalsystems«, antwortete Bentan so ruhig, als ob es sich um die einfachste Angelegenheit handelte.

»Das ist ja eine Riesenarbeit!«, rief der Erdensohn in ehrlichem Erstaunen.

»Sie muss ausgeführt werden. Vor dem imperativen Muss tritt alles zurück. Wir alle ohne Unterschied des Stammes werden im Dienste der Allgemeinheit die große Aufgabe zu lösen suchen.«

»Auch ich will mich freudig daran beteiligen, soweit ich es vermag, fühle ich mich doch eins mit euch«, bemerkte Frommherz.

»Du sollst uns dabei willkommen sein«, erwiderte Bentan herzlich.

»Der Gedanke, ganz in euch aufzugehen, mir gewissermaßen das Bürgerrecht hier zu erwerben, bewegt mich schon lange«, hob Frommherz nach längerer Pause zu sprechen an. »Ich möchte nicht mehr als Gast, sondern als Marsite angesehen werden.«

»Wirst du denn anders als ein solcher behandelt?«

Diese Frage Bentans brachte Frommherz ein wenig aus der Fassung.

»Hm, hm, ich kann mich sicherlich nicht beklagen, nein, im Gegenteil. Nur möchte ich – ja, wie soll ich mich gleich ausdrücken? Ich möchte in allem als euresgleichen gelten.«

»Du bist uns kein Fremder, Freund Fridolin. Wir betrachten dich daher auch schon lange als Mitglied der großen Marsgemeinde. Ich hoffe, dass dich diese Worte befriedigen«, entgegnete Bentan freundlich.

»Sie ehren mich, aber sie erfüllen nicht meine besonderen Wünsche.«

»Und worin bestehen diese? Erkläre dich deutlicher.«

»Für immer auf dem Lichtentsprossenen zu weilen.«

»Niemand von uns weist dich fort. Im Übrigen war dies ja auch gewiss schon damals deine Absicht, für immer bei uns zu bleiben, als du deine Brüder ohne dich von hier fortziehen ließest«, entgegnete Bentan mit eigenartiger Betonung.

»Das alles ist nicht das, was ich will. Ein Heim mein eigen nennen, in Generationen fortleben ...«

»Nun verstehe ich dich endlich, lieber Freund Fridolin«, begann Bentan ruhig, als der Erdensohn, plötzlich unsicher geworden, in seiner Rede stockte. »Du möchtest heiraten. Ist es nicht so?«

»Getroffen!«, gestand der Gelehrte, ordentlich froh, von Bentan so rasch begriffen worden zu sein.

»Zu jung dazu bist du nicht mehr«, warf Bentan lächelnd ein.

»Nicht wahr? Das finde ich ebenfalls.«

»Ich möchte aber bezweifeln, ob sich dein Wunsch verwirklichen lässt. Du bist ein Sohn der Erde und gehörst auch in der Liebe zu ihr. Doch ferne sei es von mir, dir jede Hoffnung nehmen zu wollen. Prüfe dich nochmals, und dann handle. Du weißt, dass bei uns keine materiellen Erwägungen bei der Eheschließung mitsprechen. Bei uns hat die Frau eine vornehme und hohe Stellung in der Kultur gerade deshalb, weil sie sich bescheidet, die Ergänzung des Mannes zu sein. Frei wählt sie denjenigen Mann, dessen Persönlichkeit mit der ihren wirklich und wahrhaftig wahlverwandt ist. Mit dem, was er ist, mit seiner ganzen Stellung wirbt bei uns der Mann um das Weib. Dadurch ist bei uns die Eheeinrichtung zu einer hehren Wahrheit geworden, die sich sehr scharf von den ehelichen Zuständen der Erde unterscheidet, über die, wie ich mich noch genau erinnere, als deine Gefährten noch bei uns weilten, ihr uns hier in Angola Vortrag gehalten habt.«

»Warum soll aber dieser Unterschied eine Erfüllung meines Wunsches unmöglich machen? Auch auf der Erde gibt es, glaube es mir, edler Bentan, manche glückliche Ehen, die nach denselben oder doch ähnlichen Grundsätzen geschlossen worden sind wie hier oben.«

»Das mag sein. Es sind und bleiben aber seltene Ausnahmen. In dieser Richtung sind mir eure völlig miteinander übereinstimmenden und vernichtend lautenden Urteile allein maßgebend. Deine Brüder waren viel zu ernste und wahre Männer, als dass ihre Aussagen dem geringsten Zweifel unterzogen werden dürften. Im Übrigen habe ich dir nur gesagt, was ich von deiner Absicht halte. Ich möchte dich nur gern vor Enttäuschungen bewahren. Es steht dir völlig frei, nach Gutdünken zu handeln.«

Eine lange Pause trat ein. Frommherz war durch die Wendung, die das Gespräch genommen, sehr niedergedrückt. Er hatte auf eine Ermunterung, nicht auf eine Ablehnung gerechnet; denn darauf liefen Bentans Worte doch hinaus. Aber er wollte trotzdem nicht ohne Weiteres auf seine Neigung zu Benta verzichten und die Angelegenheit noch in dieser Stunde zu einer definitiven Klärung bringen.

»Ich bekenne dir offen, ehrwürdiger Bentan, dass ich mich schon sehr an den Gedanken gewöhnt hatte, mit dir und deiner Familie durch das Band der Verwandtschaft in innigste Beziehungen gebracht zu werden, kurz, Benta als Gattin erringen zu dürfen, für die ich eine warme und ehrliche Neigung empfinde.«

»Mein lieber Freund Fridolin, ich freue mich, dass du dich frei und rückhaltlos mir gegenüber äußerst. Ebenso will ich dir antworten. Benta will, solange ich noch lebe, überhaupt nicht heiraten. Sie will durch die Pflichten der Ehe nicht von der Pflege ihres Großvaters abgelenkt werden. Diesen Entschluss hat sie freiwillig, ohne irgendwelche Beeinflussung, schon gefasst, bevor du in unser Haus kamst.«

»Wie gern würde ich warten«, warf der Gelehrte ein.

»Es würde dir nichts nützen, denn Benta wird später Orman als Gatten wählen.«

»Also hat mich meine Ahnung nicht betrogen«, seufzte Frommherz.

»Sieh, mein Freund, es ist wirklich besser, du beherzigst meinen Rat und verzichtest auf eine Verbindung mit einer Tochter unseres Volkes. Vielleicht kommt einst noch die Stunde, wo du froh darüber sein wirst, über deine Person und deine Zukunft frei verfügen zu können.«

»Dieser Verzicht auf meine schönsten Träume ist wirklich schmerzhaft«, erwiderte Frommherz wehmütigen Tones.

»Das tut mir aufrichtig leid. Aber durch die Kraft der Selbstbeherrschung wirst du über das Gefühl des Schmerzes hinwegkommen. Du bist mir sympathisch. In unserem Zusammenleben bewies ich dir dies. Und diese Sympathie wird dir auch ferner von mir gewährt werden.«

»Um eines bitte ich dich noch, ehrwürdiger Bentan, rede nicht mit Benta über das, was ich dir vorgebracht.«

»Das hätte ich auch ohne deine Bitte nicht getan. Ich möchte nicht den harmlos schönen Verkehr zwischen dir und meiner Enkelin stören, sondern mich auch fernerhin an ihm erfreuen.«

»Ich danke dir«, erwiderte der Erdensohn, ergriffen von der schlichten Größe des Alten. Einer Regung des Herzens folgend, streckte er ihm die Rechte entgegen, die Bentan innig drückte.

Damit war Fridolin Frommherz' Liebestraum zu Ende. Es bedurfte aber seiner ganzen Kraft der Selbstüberwindung, um die Wunde, die seinem Herzen geschlagen worden war, nach und nach zum Vernarben zu bringen. Und der Segen der Arbeit half ihm über seinen Kummer hinweg.

Die Doppelkanäle auf dem Mars

Unterdessen war vom Stamme der Weisen die Wasserfrage sehr energisch behandelt worden. Das, was Bentan darüber seinem Gaste erzählt hatte, sollte sofort ohne Verzug in Angriff genommen werden. Zum ersten Male in seinem Leben sah der schwäbische Gelehrte mit staunender Bewunderung die großartige Wirkung des Solidaritätsgefühles eines ganzen, großen, Millionen umfassenden Volkes. Diese Wirkung flößte ihm geradezu Ehrfurcht ein. Sie offenbarte ihm, zu welcher Höhe der Leistung die Humanität und ihr Produkt, die Nächstenliebe, diese edelste der menschlichen Tugenden, ausgedehnt werden konnten, wenn sie in Fleisch und Blut eines sittlich und körperlich gleich gesunden Volkes übergegangen sind wie hier auf dem Mars.

Keine unnütze Klage, kein lauter Ton des Jammerns bewegte die gewaltigen Massen, die nun alle in den Dienst des Großen und Ganzen, in den Kampf für das Wohl der Gesamtheit traten. Alle Lasten, alle Einschränkungen, die jedem Einzelnen durch die Ausführung der Riesenwerke auferlegt wurden, trug dieser im stolzen Bewusstsein, dass er für alle einzutreten habe, alle zusammen aber auch ihn wieder schützen würden. Das ewige und felsenfeste Prinzip, der fundamentale und unverwüstliche Bestandteil der echten natürlichen Moral, im Wohle, im Gedeihen des Nächsten nur sein eigenes zu suchen und zu finden, zu wissen, dass die blühende

Menschheit allein das Paradies, eine verkümmerte aber nichts anderes als die Hölle vorstelle, diese Grundsätze waren die organischen Triebkräfte der Marsiten. Und sie bewährten sich glänzend in diesen Zeiten der Gefahr.

Die sieben Stämme der Marsiten waren wie auf einen Zauberspruch hin in einen einzigen großen, den der Sorgenden, umgewandelt. Während die älteren, körperlich weniger leistungsfähigen Männer die leichteren Arbeiten der Landwirtschaft, die Erziehung der Jugend und die Pflege der Gebrechlichen und Kranken übernahmen, trat die gesamte Masse der kräftigen Marsiten an die Ausführung eines zweiten Kanalsystems auf dem Lichtentsprossenen. Dank der Entwicklung und dem unvergleichlich hohen Stande der technischen Wissenschaften bei den Marsiten konnte die ungeheure Arbeit mithilfe von Maschinen aller Art verhältnismäßig rasch gefördert werden. Längs den bisherigen Hauptkanälen wurden kleinere, schmalere angelegt und sorgfältig ausgemauert, um jedem nennenswerten Wasserverluste zu beggnen. In der Nähe der alten Riesensammelbecken wurden neue, kleinere geschaffen. Um Verlusten durch Verdunstung an der Wasseroberfläche vorzubeugen, wurden die Sammelseen kuppelartig mit Asbestplatten überwölbt, titanenhafte Riesenbauten, wie sie der Erdensohn hier zum ersten Male sah.

In den polaren Regionen, gegen den Nord- und Südpol zu, wurden Reihen enormer Stauwerke mit Schleusen angelegt, die die Wasserabgabe nach den neuen Kanälen und Sammelbecken genau zu regulieren hatten. Der Wasserbedarf wurde für die Zwecke des Acker- und Gartenbaues wie für den allgemeinen Verbrauch und Verkehr auf eine bestimmte Menge festgelegt, die ausreichen musste.

Auch Fridolin Frommherz hatte Angola verlassen, um an dem Bau der neuen Kanäle tätigen Anteil zu nehmen. Hoch oben im Norden, dort wo der »Berg des Schweigens«, die höchste Erhebung der nördlichen Marshemisphäre, seinen schneebedeckten Gipfel erhob, sollten ganz neue Abflussrinnen und Sammelbecken gebaut werden. Kein Tropfen des geschmolzenen Schneewassers sollte womöglich mehr verloren gehen. Der Schwabe kannte den Ort. Drei seiner ehemaligen Gefährten hatten vor Jahren den einsamen Berg bestiegen. Bis zum Fuße war er damals mitgekommen. Jetzt führte ihn das Luftschiff mit einer Anzahl jüngerer Marsiten, unter ihnen Zaran, ein Neffe des alten Eran, in jene dünn bevölkerte, kühle nördliche Gegend.

Von dem Luftschiffhafen in Angolas Nähe stiegen sie auf, früh, sehr früh am Morgen. Noch schien der Traum der Nacht über den Wipfeln der nahen Waldriesen zu schweben. Tief dunkelblau war der klare Himmel, als der Luftschiffhafen unter den Reisenden zu versinken schien. Bald erschienen ihnen die Zurückgebliebenen wie kleine Kinder. Dort drüben lag Angola mit seinen weißen Palästen. Wie Spielzeug, auf einen grünen Teppich gestellt, sahen die Häuser aus. Höher stieg das Luftschiff, und weiter wurde der Horizont. Die große Gleichmäßigkeit in der Bebauung, der fast regelmäßige Wechsel von Feldern, Waldstrecken und kleineren Orten inmitten herrlichen Gartenlandes, eine gewisse Gleichförmigkeit des meist flachen, nur von niederen Hügelreihen durchzogenen Geländes fiel Fridolin Frommherz von der weitschauenden Höhe herab ganz besonders auf.

Sie steuerten direkt nordwärts. Angola, das auf dem fünfzehnten Grade nördlicher Breite lag, war längst verschwunden. Aus der subtropischen Zone waren die Reisenden in die gemäßigte Zone eingetreten. Fridolins Blick schweifte bald rückwärts, bald vorwärts in der Fahrtrichtung. Unter ihm schimmerten die Kanäle, die unzähligen Wasserstraßen der Marsiten, wie in flüssiges Silber getaucht. Motorboote schossen darauf nach allen Richtungen, doch meistens nordwärts. Das Luftschiff überholte sie alle, immer in gerader Richtung, kein Hindernis kennend, nicht Felder und Wälder, nicht Berg und Tal – das idealste aller Verkehrsmittel.

Schon jenseits des fünfunddreißigsten Breitengrades war die gemäßigte Zone überflogen. Es begann die spärlich bevölkerte kühle Region. Das war die Gegend, die die Wasserstraßen speiste, an deren Vorhandensein die Existenz der ganzen Marsbevölkerung gebunden war. Hier schauten des Erdensohnes Augen von oben herab ein Bild, das ihn fast heimatlich berührte: dunkle Wälder, mehr Nadelholz als Laubbäume, wechselten mit saftigen grünen Wiesen und schimmernden Seen. Gebirgszüge schoben sich dazwischen, deren höchste Gipfel mit Schnee bedeckt waren. Felder sah man immer weniger, je weiter man nach Norden kam. Größere Orte fehlten in dieser Gegend fast ganz. Nur weit auseinanderliegende, sehr kleine Kolonien von emsig arbeitenden Marsiten erblickten die Reisenden. Und noch immer flogen sie nordwärts ohne Aufenthalt. Jetzt hatten die Felder fast ganz aufgehört; doch sah man noch immer zahlreiche Viehherden auf kräftigen Bergweiden. Am späten Nachmittage grenzte sich ein besonders hoher Berg scharf vom Horizonte ab. Er stand isoliert. Mit einer dichten Schneekappe war seine stolze Pyramide verhüllt.

»Sieh dort«, sagte Zaran zu Fridolin, »den Berg des Schweigens, unser Ziel!«

Wenige Häuser standen am Fuße des Bergriesen. Das Luftschiff hielt darauf zu und ging sicher und ohne jede Schwankung dicht neben den Behausungen auf einer Art Bergwiese vor Anker. Ein ernster, wortkarger Mann mit leicht ergrautem Haupt- und Barthaar trat den Reisenden entgegen. Nach kurzem Gruße sagte er »Für Unterkunft ist so gut wie möglich gesorgt« und wies auf einen lang gestreckten Hüttenbau wenige Schritte von der Landungsstelle des Luftschiffes. Die Ankömmlinge dankten und zogen sich in ihr reinliches, luftiges Massenquartier zurück, wo sie alles zu ihrer Bequemlichkeit Erforderliche sowie Lebensmittel aller Art in ausreichendem Maße vorfanden. Von den übrigen Bewohnern dieser kleinen Kolonie hatten sie niemand gesehen. Wie wenig neugierig doch die Leute hierzulande waren!

Der Erdensohn schlief in der reinen Bergluft vorzüglich. Bei Tagesgrauen sollte die Arbeit beginnen.

Früh am anderen Morgen stand Fridolin Frommherz am Fuße des Berges und betrachtete ihn genau. Steil fielen seine Hänge zur Talsohle ab. Die Bergwiesen hörten bald auf. Schwärzlicher Sand, das Produkt verwitterter Lava, trat dem Auge allenthalben entgegen. Es war gewiss nicht leicht, diesen Riesen zu erklimmen. Und wie viel schwerer musste es noch sein, die zur Arbeit notwendigen Werkzeuge und Maschinen bis zu solch schwindelnder Höhe hinaufzuschaffen!

»Komm, Freund«, rief da Zaran dem Sinnenden zu, »das Luftschiff ist bereit!«

»Das Luftschiff?«, wiederholte Fridolin erstaunt.

»Nun ja, es soll uns und die übrigen Arbeiter zur Höhe befördern.«

Also kein mühsames, ermüdendes Erklimmen des Bergriesen, wie Fridolin gedacht! Hinaufgetragen zu werden war freilich bequemer und ging rascher vonstatten.

Sie stiegen ein, ihre Reisegefährten vom gestrigen Tage mit ihnen und ebenso der wortkarge Marsite, der sie am Abend zuvor empfangen und begrüßt hatte. Rasch wich die Talsohle unter ihnen zurück, ein wunderbar leuchtend grünes Bild im Lichte der aufgehenden Sonne. Kerzengerade stiegen sie in die Höhe. Mit vollendeter Sicherheit arbeitete das Höhensteuer. Lautlose Stille lagerte auf dem Berge des Schweigens, der seinen Namen mit vollem Rechte zu tragen schien. Weder Mensch noch Tier waren zu sehen; nicht einmal das Rauschen eines auf dieser Seite zu Tale plätschernden Baches vernahm das lauschende Ohr. Auch die Reisenden waren schweigsam. War es der Eindruck, den die schweigende Natur auf ihre Gemüter machte, oder war es der Ernst der bevorstehenden Arbeit, der sie bereits in seinem Banne hielt?

Schon nach zweistündigem Steigen hatte das Luftschiff die Höhe des Berges erklommen, noch eine Schwenkung nach Osten – nun ließ es sich leicht und sicher in einer Mulde unterhalb des Gipfels nieder. Die Reisenden stiegen aus. Da lag neben ihnen im Krater des früheren Vulkans ein smaragdgrüner, mit Blumen umsäumter See. Warm fühlte sich hier der Boden an, und keine Spur von Schnee war zu finden. Somit schien die vulkanische Tätigkeit des Berges noch nicht ganz erloschen zu sein. Aber kaum hundert Schritte weiter, da schlugen wieder Eis und Schnee den Boden in ihre Fesseln.

Hier oben hatte die Arbeit der Marsiten bereits begonnen. Da waren Menschen und Maschinen in voller Tätigkeit. Es galt, dem Abfluss des Sees eine neue, schmalere, ausgemauerte Rinne zu schaffen, in der kein Tropfen des so kostbar gewordenen Wassers mehr versickern konnte. Dann sollte der kleine Kratersee selbst mit Asbestplatten überwölbt werden, um das Verdunsten seines warmen Wassers möglichst zu verhindern. Der wortkarge Marsite, der die neue Arbeitskolonne hierhergebracht, aber während der ganzen Fahrt keine Silbe gesprochen, nur in tiefem Nachdenken vor sich hin geschaut hatte, wies jetzt jedem seinen Arbeitsplatz an. Fridolin führte er zu einer neuen Maschine, die von ihm allein bedient werden sollte. Es war eine Art Trockenbagger, womit der Boden in der bereits abgesteckten Linie für die neue Wasserrinne ausgehoben werden sollte. Der Erdensohn, der als ehemaliger Theologe von Maschinentechnik so gut wie gar nichts verstand und an körperliche Arbeit nicht gewöhnt war, sah etwas zaghaft auf die vor ihm stehende große eiserne Maschine. Mit kurzen klaren Worten erklärte ihm der Marsite deren Handhabung. Die Aushebungsvorrichtung war automatisch und regulierte sich bei richtiger Einstellung von selbst. Mit scharfer Kante versehene Eimer schleiften dicht auf dem Boden und brachten, ebenfalls automatisch, das losgelöste Material hoch und ließen es auf die Ablagerungsflächen gleiten. Trotz ihrer dauerhaften Konstruktion war die Maschine außerordentlich leicht beweglich, was teils einer sinnreichen Vorrichtung, teils der geringeren Schwere infolge des verminderten Luftdrucks zuzuschreiben war. So war es für den Erdensohn nicht allzu schwer, den merkwürdigen Bagger allein zu bedienen.

Fridolin arbeitete und wunderte sich dabei, wie leicht ihm alles wurde. Solche Muskelkraft hatte er auf Erden nie besessen. Es war doch etwas Schönes um die verminderte Schwere. Freilich trat in der ganz außerordentlich dünnen Luft auf solcher Bergeshöhe lebhafteres Atmen, eine höhere Spannung der Blutgefäße ein; aber er gewöhnte sich rascher, als er selbst gedacht, an diese Erscheinungen. Nur eins blieb ihm immer gleich sonderbar und wollte ihm nicht recht gefallen: Das war die bedeutend abgeschwächte Stimme. So dünn war hier oben die Luft, dass sie den Schall nur noch schwach verbreitete. Sogar die Arbeit all der wackeren Männer nahm dem »Berge des Schweigens« seinen Charakter nicht.

Die langen Tage rastloser Arbeit reihten sich nun vom Sonnenaufgang bis zu ihrem Untergange. Nicht nur dem See wurde eine neue Abflussrinne gegraben, den ganzen Berg von der Schneegrenze bis zu seinem Fuße durchfurchten bald solche auszementierten Rinnen, die zu tieferen Rinnsalen zusammenflossen und sich zeitweilig in überwölbten Becken sammelten. Der schweigsame Marsite überwachte alle diese Arbeiten; überall kontrollierte er, ordnete er an, und ein jeder fügte sich seinen Befehlen.

»Wer ist der seltsame Mann?«, hatte der Erdensohn schon am ersten Tage gefragt, und als es Feierabend wurde, hatte ihm Zaran seine Geschichte erzählt:

»Du weißt, Freund Fridolin, dass die polaren Regionen unseres Lichtentsprossenen, im Norden wie im Süden, fast ausschließlich von unseren Gesetzesübertretern bewohnt werden. Wer sich gegen seinen Bruder, gegen das allgemeine Wohl verfehlt, muss seinen Fehltritt durch Arbeit für die Allgemeinheit wieder sühnen. Während dieser Zeit wird sein Name aus den Listen unserer Stämme gestrichen. Namenlos zieht er dorthin, wo unsere Wasserstraßen ihren Ursprung nehmen. Da unsere ganze Existenz von der Erhaltung des Wassers abhängt, ist das Instandhalten unserer

Wasserläufe die wichtigste Arbeit für das Gemeinwohl. Dieser Arbeit haben sich somit unsere Brüder ohne Namen zu unterziehen. Es ist dies die einzige Strafe, die wir kennen. Nach einer dem Maße seiner Übertretung entsprechenden Zeit guter Führung steht es dem hierher Verwiesenen frei, wieder zu seiner Familie zurückzukehren. Viele aber ziehen es vor, hierzubleiben und ihr ganzes Leben fortan in den Dienst ihrer Brüder zu stellen. Das tat auch der, nach dem du mich vorhin fragtest. Mutan hieß er und gehörte dem Stamme der Findigen an. Ich kenne ihn von Lumata her, wo er unser Nachbar war. Doch war er in seiner Jugend dem Ernste des Lebens abgeneigt und allzu viel auf sich selbst bedacht. Seine Pflichten gegen die Gesamtheit erfüllte er so mangelhaft, dass er in die Region der Vergessenen verwiesen wurde. Hier ist ein anderer aus ihm geworden. Der Ernst des Lebens hat ihn gepackt und ihn so sehr von seiner hohen Aufgabe, der Arbeit für seine Brüder, durchdrungen, dass er es ablehnte, wieder nach Lumata heimzukehren. Er blieb im Lande der Vergessenen, an dem Orte, wo die Arbeit einen ganzen Mann aus ihm gemacht hat. Er hat uns seither mit den großartigsten Erfindungen auf technischem Gebiete überrascht. Wo es eine besonders schwierige Aufgabe zu lösen gibt, versucht sich Mutan daran. Seinem scharfen Verstande, seiner außerordentlichen Geschicklichkeit scheint nichts zu schwer. Die Maschine zum Beispiel, an der du vorhin arbeitetest, hat er ebenfalls erfunden. Und du wirst noch viel Großes von ihm schauen.«

Fridolin Frommherz hatte schweigend zugehört. Zarans Erzählung hatte einen eigentümlichen Eindruck auf ihn gemacht. Dieser Mutan, dessen ernstes, kluges Antlitz ihn merkwürdig fesselte, hatte nichts anderes getan als »zu viel an sich gedacht«. Und er, Fridolin?

Hatte nicht auch er »zu viel an sich gedacht«, als er seine Gefährten verlassen hatte und auf dem Lichtentsprossenen zurückgeblieben war? Wenn man ihn mit solchem Maße messen wollte, dann müsste er auf die Erde zurückkehren und dort den Rest seiner Tage dem Dienste der Menschheit weihen, die er eigenmächtig verlassen hatte.

Rasch schüttelte Fridolin Frommherz jedoch diesen Gedanken ab. Nein, der Lichtentsprossene war jetzt seine Heimat, die Marsiten die Brüder seiner Wahl; zu ihnen gehörte er, und ihnen diente er auch jetzt in den schweren Tagen ihres Existenzkampfes. Aber sooft er Mutan begegnete, kehrte der Gedanke an seine Verpflichtungen gegen die Erde zurück.

Wunderschön war es für Fridolin, in den klaren Nächten das Polarlicht mit seinen zuckenden Strahlen und wechselnden Farben zu beobachten. Noch lieber aber sah er von seiner weitschauenden Höhe nach der Erde aus. Als hellster der Sterne hing sie am nächtlichen Firmamente, stets von ihrem treuen Trabanten gefolgt, der als winziges Sternlein bald rechts, bald links von ihr erschien, da in ihren Strahlen verschwindend, nach einiger Zeit dort wiederauftauchend, in ständigem Wechsel. Freilich, wenn die Erde in Marsnähe war, dann war sie nur als schmale Sichel sichtbar; aber gerade die Beobachtung ihrer Phasen war für den Erdensohn besonders interessant. Schon mit bloßem Auge war ein deutliches Zu- und Abnehmen zu sehen, mit den außerordentlich scharfen Instrumenten der Marsiten aber waren nicht nur die Beleuchtungsverhältnisse, waren auch Erdteile und Meere, ja selbst die größeren Länder zu erkennen. Wie oft grüßte der Schwabe vom Berge des Schweigens aus mit dem Auge die deutsche Heimat! Eine eigentümliche Erscheinung fiel ihm beim Beobachten der Erde durch das Teleskop des Öfteren auf: Er sah deutlich, dass die Strahlen der Sonne auch noch nach solchen Punkten der Erdoberfläche hindrangen, für die sie eigentlich schon untergegangen sein musste. Er befragte Zaran darüber.

»Das kommt von der Dichte eurer Atmosphäre her«, meinte dieser. »Je dichter die Luftschicht ist, desto mehr bricht sie die einfallenden Lichtstrahlen. Diese Lichtbrechung ist bei der Beobachtung entfernter Weltkörper geradezu ein Beweis für das Vorhandensein einer Atmosphäre. Lass uns das Teleskop einmal nach einem unserer Monde richten. Sieh, dort geht uns Phobos heute schon zum zweiten Mal auf! Siehst du etwas von einer Lichtstrahlenbrechung?«

»Nein«, erwiderte Fridolin, »da fällt die Erscheinung ganz weg.«

»Weil die kleinen Monde in der Regel ihre Atmosphäre nicht festzuhalten vermögen, euer Erdtrabant so wenig wie Phobos und Deimos. Dort drüben steht Venus. Versuch es einmal bei jenem fernen Kinde des Lichts!«

»Die Erscheinung ist wieder da«, rief Fridolin erfreut, »und zwar in noch höherem Maße als bei der Erde.«

»Die Venus-Atmosphäre scheint etwas dichter als die irdische zu sein.«

So brachten auch die Abende dem Erdensohne gar vieles Schöne, Neue und Interessante.

Nach wenigen Wochen schon war der ganze Berg des Schweigens kanalisiert. Die Arbeitsmaschinen hatten geradezu Wunderbares geleistet; die Kraft der Männer war sehr geschont worden. Nach und nach war die Arbeitskolonie mit sämtlichen Maschinen zu

Tale vorgerückt. Aber da fanden die Ankömmlinge nicht mehr die einsame Region vor, die sie verlassen. Zu Tausenden und Abertausenden schafften hier die Marsiten, die sonst die nördliche gemäßigte oder die tropische Zone bewohnten. Überall, so weit das Auge schaute, waren bereits die neuen Kanäle ausgehöhlt, die breiten Hauptadern wie die viel hundertfachen Verzweigungen angelegt. Maschinen waren aufgestellt, die der Erdensohn nie zuvor gesehen und deren Zweck ihm doch jedes Mal bei genauem Anschauen fast von selbst offenbar wurde, so genial einfach und praktisch war alles, was auf dem Lichtentsprossenen erdacht und konstruiert wurde. Rasch schritt das Auszementieren des neuen Kanalnetzes vorwärts. Die Arbeit drängte, stand doch der lange polare Winter vor der Tür. Vor seinem Eintritt sollte die Kanalisierung bis zur gemäßigten Zone vorgeschritten sein. Dort würde man noch lange arbeiten können, wenn die arktischen Zonen schon in Eisesfesseln lagen. Und hinderte der strenge Marswinter die Arbeit auch dort, dann kanalisierte man den Tropengürtel, der kein Eis kannte.

Aber noch aus einem anderen Grunde drängte die Arbeit: Das Wasser war wie alles andere auf dem Lichtentsprossenen spezifisch leichter als auf der Erde. Es kochte schon bei sechzig Grad, war folglich auch rascherem Verdunsten ausgesetzt, und dem musste so schnell wie möglich entgegengearbeitet werden. Natürlich war das Wasser infolge seines geringeren spezifischen Gewichtes auch minder tragfähig; aber das konnte hier nicht in Betracht kommen, standen doch die Schiffe, die in raschem Laufe auf seinem Rücken dahintrieben und die Arbeitenden mit allem Notwendigen versorgten, ebenfalls unter dem Einfluss der geringeren Schwere. Charakteristisch für das Wasser auf dem Lichtentsprossenen waren auch die gewaltigen Wellen, die sich nicht nur auf dem großen Ozeane, der einen Teil der Südhalbkugel deckt – das einzige ausgedehnte Wasserbecken auf dem Mars –, sondern auch auf den kleineren Seen der Nordhalbkugel beim geringsten Anlass bildeten. Die im Vergleich zur Erde bei Weitem leichteren Wassermoleküle unterlagen geringerer Anziehung der Masse ihres Weltkörpers und stiegen deshalb oft durch den einfachen Vorgang der Wellenbildung ohne besonders heftigen Wind oder gar Sturm zu ganz außerordentlicher Höhe empor. Diesen Vorgang beobachtete Fridolin Frommherz ganz besonders gern.

Als dann der Winter die polaren Zonen auf dem Mars in Eisesfesseln schlug, waren die hauptsächlichen Arbeiten in diesen Gegenden vollendet, die Arbeiter bereits in die gemäßigte Zone übergegangen. Nie hätte es sich früher der Erdensohn träumen lassen, dass man solche Riesenbauten in so kurzer Zeit durchführen könnte. An einem einzigen Kanale auf Erden wurde oft zehn, fünfzehn und noch mehr Jahre gebaut; hier waren Hunderte von Kanälen in der kurzen Zeit eines polaren Marssommers – doppelt so lang wie ein irdischer Sommer in arktischem Gebiete – hergestellt worden; aber nicht nur Hunderttausende, sondern Millionen hatten da mitgearbeitet. Die Solidarität der Marsiten hatte ein Wunder vollbracht.

Ganz eingestellt wurden die Arbeiten der Marsiten in den polaren Gegenden auch im Winter keineswegs. Die Hauptsache war vollendet; doch galt es, da und dort noch die letzte Hand anzulegen. Auf vorzüglich gebauten, äußerst leichten Segelschlitten glitten die Männer über die Eisflächen bald dahin, bald dorthin. Die

Schlitten waren gefüttert und mit einem Zeltdache zum Schutze gegen scharfe Winde versehen. Übrigens war die Kälte, obgleich sie bedeutende Grade erreichte und bis sechzig Grad unter den Nullpunkt sank, leicht zu ertragen, weil die Luft vollkommen trocken, frei von Wasserdampf war. Auf ihren eisernen Kufen glitten die Schlitten dahin wie auf Schlittschuheisen. Das Segelwerk, das aus einer Brigantine und einem Klüversegel bestand, gestattete die Nutzung jeder Windrichtung, und wenn es so eingestellt war, dass der Schlitten mit vollem Rückenwinde fahren konnte, war die Geschwindigkeit des leichten Fahrzeuges staunenerregend. Es flog förmlich dahin und schien kaum mehr den Boden zu berühren.

Der Schwabe aber zog in diesen Wintertagen mit der Mehrzahl der Marsiten erst in die gemäßigte, dann in die äquatoriale Region, das große Werk fortführend, das in den Polgebieten begonnen worden war.

Und als die ungeheure Arbeit nach Jahr und Tag glücklich beendet und die alten sozialen Verhältnisse wiederhergestellt worden waren, da zeigte sich die segensreiche Wirkung der Arbeit aller für alle: Die vielen und großen Landstrecken, die aus Mangel an Wasser seit längerer Zeit schon brachlagen, wurden nun wieder produktiv und lieferten Nahrung. Gärten, die schon verödet waren, erwachten zu neuem grünendem und blühendem Leben.

Überall auf dem Lichtentsprossenen waren alle damit beschäftigt, die letzten Spuren der Wassersnot zu verwischen, der Landschaft wieder ihr altes, glanzvolles Gewand zurückzugeben. Auch der Schwabe hatte an dem Werke des Gemeinwohles redlich mitgearbeitet, hatte mitgegraben, mitgemauert und mitgehämmert. Die Arbeit kam ihm anfänglich schwer und sonderbar vor, mit der

Zeit aber gewöhnte er sich an seine neue Art der Beschäftigung. Und diese, verbunden mit dem lebhaften Verkehr mit Marsiten aller Klassen, hatte nach und nach in Frommherz eine große innere Umwandlung hervorgebracht. Hohe Gedanken bewegten ihn.

Das einzigartige Beispiel der Solidarität, das dem Erdensohne hier oben geboten worden, die zarte Sympathie jedes einzelnen Marsiten für seinen Mitbruder, eine Sympathie, die sich überhaupt auf alle fühlenden Wesen erstreckte, hatte ihn zu tiefem Nachdenken angeregt. Er erkannte, dass auf dem Lichtentsprossenen die höchste Stufe der moralischen Kultur tatsächlich erreicht war. Er begriff jetzt, dass in dem Maße, in dem die Gefühle der Liebe und Sympathie und die Kraft der Selbstbeherrschung durch die Gewohnheit verstärkt werden und das Vermögen des Nachdenkens klarer wird, auch der Mensch in den Stand gesetzt wird, die Gerechtigkeit der Urteile seiner Mitmenschen zu würdigen. Erst dadurch vermag dann ein Mensch, unabhängig von den Gefühlen der Freude oder des Schmerzes, die er einen Augenblick hindurch empfindet, seinem Benehmen eine gewisse bestimmte Richtung zu geben.

So war jeder Marsite, dank der sorgfältig geleiteten Entwicklung seiner Geisteskräfte und der natürlichen Moral, gewissermaßen der wirkliche und wahre Richter seines eigenen Betragens. Was den schwäbischen Gelehrten früher bei den Marsiten rein äußerlich schon so sympathisch berührt und mit geheimnisvoller Macht angezogen hatte, er hatte nun in den Jahren der gemeinsamen Arbeit mit ihnen den Schlüssel zu diesem wahren, wissenden, freien und edlen Bruderbunde gefunden. Die gesunde Harmonie zwischen Selbstliebe und Nächstenliebe, das war die Ursache der wunderbaren Moral und des Blühens des Brudervolkes auf dem

Mars. Und Frommherz dankte dem Geschick, das ihn zu diesem Volke gebracht, wo er so unendlich viel zu lernen vermocht und sich selbst zu echter Menschenwürde hinaufentwickelt hatte. Langsam zog in ihm ein Sehnen ein, der Apostel wahren Menschentums auf der Erde zu werden. Dort besaß er einen Freund, der Ähnliches einst gewollt. Damals hatte er ihn nicht verstanden. Jetzt wünschte er dem Beispiele Siegfried Stillers, des ausgezeichneten Freundes und Mannes, zu folgen.

Aber zunächst trat ein Ereignis ein, das das Volk des Mars, das soeben an Körper und Geist frisch verjüngt aus dem gewaltigen Kampfe um seine vornehmste Existenzbedingung siegreich hervorgegangen war, in aufrichtige Trauer versetzte. Anan, der Älteste der Alten, der Vorsteher des Stammes der Weisen, hatte den Tribut dem Alter entrichtet und war sanft entschlafen. Ein inhaltsreiches Leben voll Licht und Segen war damit zu natürlichem Abschlusse gelangt. Vertreter aller Stämme eilten nach Angola, um Anan die letzten Ehren zu erweisen und Zeugen der Beisetzung seiner Asche in Angolas Ehrenhalle zu sein, dem Pantheon der Marsiten.

»Dem Boden keine Leichen! Rasch verlodernde Glut umfange auf dem Lichtentsprossenen die erkalteten Schläfen!«

Diese Art der Bestattung war auf dem Mars üblich. Sie galt als die allein würdige und wurde auch als bester Trost für die Hinterlassenen betrachtet. Am dritten Tage nach dem Tode Anans, als die untergehende Sonne mit ihren letzten Gluten purpurfarbene Tinten an den Himmel malte, wurde der offene Sarg mit dem Entschlafenen zur Feuerstätte getragen. Dem flammenden Abendrote gleich sollte auch Anan leuchtend eingehen in den Schoß der Ewigkeit.

Ergreifende Musik wechselte auf dem Wege mit dem Gesange von Trauerliedern.

Als die Nacht hereingebrochen und Anans Asche in eine Urne von schwarzem Marmor gesammelt worden war, wurde diese unter Fackelbeleuchtung nach der Ehrenhalle gebracht, um hier beigesetzt zu werden. »Den Geschiedenen zur Ehre, den Lebenden zum Vorbild«, das waren die Worte, die in goldenen Lettern über der säulengetragenen Vorhalle prangten, die zu der herrlichen Stätte ewigen Friedens der hervorragendsten Marsiten führte. Eine kleine Nische nahm die Urne auf, und auf einer Marmortafel eingemeißelt befand sich ein kurzer Auszug aus Anans Leben und Wirken. Das Bruderlied der Marsiten, von allen gesungen, schloss die Feier.

Ein tapferer Entschluss

An die Stelle Anans trat Bentan. Das Leben in Angola bewegte sich wieder in den alten, vornehm ruhigen Bahnen der Gleichmäßigkeit. Der Gelehrte hatte sein Werk vollendet. In der ersten feierlichen Versammlung des Stammes der Weisen unter Bentans Vorsitz übergab der Erdensohn sein fertiges deutsch-marsitisches Wörterbuch, eine Arbeit von über elf Jahren nach Erdenmaß. Der Dank der Weisen wurde ihm für seine anerkennenswerte Leistung ausgesprochen.

Frommherz war lange mit sich zurate gegangen, ob er diesen Augenblick des Abschlusses und der Übergabe seines Werkes nicht dazu nutzen solle, dem ihn mehr und mehr beherrschenden Wunsche nach Rückkehr zur Erde passenden Ausdruck zu verleihen. Nach längerem Schwanken entschloss er sich dazu. Mit Bentan selbst hatte er noch nicht darüber gesprochen. Er fand es für besser, zuerst vor den versammelten Vertretern des Stammes der Weisen sein Anliegen vorzubringen und nachher mit Bentan das Nähere zu beraten.

Am Schlusse der Sitzung bat Frommherz um das Wort. In längerer Rede schilderte er, wie sich bei ihm nach und nach der Wunsch entwickelt habe, dahin wieder zurückzukehren, von wo er einst hergekommen war. Nachdem nun seine Aufgabe hier auf dem Lichtentsprossenen erfüllt sei, auf dem er so unendlich viel gelernt, habe er sich eine andere schwere Aufgabe gestellt: in seinem engeren wie weiteren

Vaterlande unten auf der Erde eine aller Übertreibung ferne und daher auch allein vernünftige Nächstenliebe in der Weise zu lehren, wie sie hier oben ausgeübt werde, Jünger für seine Lehre zu werben und den Versuch zu machen, diesen praktischen und segensreichen Altruismus der Marsiten in der öffentlichen Meinung seiner alten Heimat mehr und mehr einzubürgern. Der fragwürdigen Kultur der Gegenwart mit ihrer Lüge und rohen Selbstsucht wolle er im Verein mit anderen energisch entgegentreten und gegen sie kämpfen, damit den später geborenen Geschlechtern endlich ein Leben der Wahrheit, der Nächstenliebe und des Frohmutes beschieden sein möge. Die Menschlichkeit werde dann eine wirklich vollendete Tatsache, nicht mehr bloß ein Begriff und nur in Gedanken vorhanden sein.

»Erst langsam, Schritt für Schritt erklomm ich unter eurem Einfluss den Weg zur sonnenbeschienenen Höhe abgeklärter Lebensauffassung«, fuhr Frommherz fort. »Nun erst verstehe ich voll und ganz auch die Handlungsweise meiner Freunde, als sie von hier fortzogen, während ich damals wähnte, dass sie eine übereilte Tat, eine unentschuldbare Torheit begangen hätten. Eine späte Erkenntnis, nicht wahr? Würde ich nicht eure Gesinnungen, eure hohe Denkweise genau kennen, so würde ich die Frage einer Rückkehr niemals zur Sprache gebracht haben. So aber weiß ich, dass ihr meine Handlungsweise von heute begreift. Ich bin gewiss, dass ihr meine Bitte in ernste Erwägung ziehen und sie auch gern erfüllen werdet, falls ihr nicht Unmöglichkeiten der verschiedensten Arten entgegenstehen, die ich nicht zu beurteilen vermag.«

Mit diesen Worten schloss Fridolin Frommherz seine Rede, die von der Versammlung mit großer Aufmerksamkeit angehört worden war.

»Zieh dich für einige Augenblicke zurück, lieber Freund Fridolin. Wir wollen sofort über dein Anliegen beraten und werden dich nachher rufen lassen, um dir unsere Entscheidung mitzuteilen«, bat Bentan freundlich.

Der Erdensohn gehorchte. Seine Stimmung war eine gehobene, fast stolze, als er den Saal verließ, um im Garten vor dem Palaste umherzugehen, bis er zur Entgegennahme der Antwort auf seine Rede wieder gerufen werden sollte. Wie ganz anders empfand er doch heute als vor mehr denn elf Jahren am gleichen Orte! Bedrückt, wirr, unsicher, zerfallen mit sich selbst und seinen Freunden, im Kampfe widersprechendster Gefühle war er damals aus dem Saale fortgegangen, und heute beherrschte ihn eine tiefe Genugtuung darüber, dass er sich endlich selbst wiedergefunden und den Vorschlag des Fortgehens vom Mars von sich aus, freiwillig gemacht hatte. Er konnte in der Zukunft den Marsiten nichts mehr von wirklicher Bedeutung bieten als Gegenwert für die an ihm geübte großartige Gastfreundschaft. Dies sah er klar ein. Die Tat seiner Freunde erschien ihm heute in ihrer vollen sittlichen Größe. Ob sie wohl damals die Erde, die Heimat wieder erreicht hatten, die Tapferen? Ob er sie wiedersehen würde?

In dem Maße, in welchem er sich selbst mit dem Gedanken der Rückkehr vertraut gemacht hatte, beschäftigte er sich auch mehr mit den fernen Freunden. Die Gefahren und Entbehrungen der Reise durch den Weltenraum schlug Frommherz nicht mehr so hoch an. Die Erinnerung an die Leiden der Herfahrt war bei ihm im Laufe der vielen Jahre ziemlich verblasst. Auch vertraute er der technischen Überlegenheit der Marsiten, die sie so oft schon bewiesen, dass er an einem Gelingen der Reise nicht im Geringsten zweifelte.

Trotz seiner fünfzig Jahre, die der Gelehrte nun zählte, sprang er noch elastischen Schrittes die breite Treppe hinauf, die zum Saale führte, als er gerufen wurde. Feierliche Stille herrschte in dem großen Raume. Die wohlwollenden Blicke der Alten ließen den Schwaben einen günstigen Ausgang seiner Sache hoffen.

»Mein lieber Freund und Bruder«, begann Bentan zu sprechen. »Dein Entschluss, zur Erde zurückzukehren, um dort in der uns geschilderten Weise tätig zu sein, ehrt dich und findet auch unsere vollste Billigung. Er hat uns mehr erfreut als überrascht, denn wir alle, Anan schon vor Jahren, sahen voraus, dass du dauernd bei uns doch nicht bleiben würdest. Dein Entschluss hat uns deshalb besonders gefreut, weil er uns beweist, dass du gleich deinen Gefährten, die bei uns geweilt, derselbe wackere Mann und Schwabe bist, für den wir dich immer hielten. Wir werden uns mit dem Stamme der Findigen und der Ernsten in Verbindung setzen, damit deinem Wunsche so bald wie möglich entsprochen werden kann. Du sollst zu jenem fernen Kinde des Lichtes gebracht werden in ähnlicher Weise, wie du einst von dort zu uns kamst. Und nun kann ich dir im Namen meiner Brüder hier eröffnen, dass wir beschlossen haben, dein Bild und die Gedenktafel nach deiner Abreise an der Stelle dieses Saales anbringen zu lassen, die hierfür schon so lange vorherbestimmt war.«

Ein feines Lächeln huschte bei diesen Worten über Bentans geistvolles Gesicht.

»Die sieben Schwaben, die einzigen Erdensöhne, die je auf dem Lichtentsprossenen gewesen und auf ihm gelebt, sie sind dann im Bilde und in der Erinnerung für immer bei uns harmonisch vereint. Von Herzen wünschen wir dir schon jetzt, dass du die trauten Stätten deiner Kindheit und Jugend nach so langer Abwesenheit glücklich wiedersehen mögest. Glaube mir, lieber Freund Fridolin, niemand reißt sich ungestraft aus dem Boden, aus dem er entsprossen und in dem die festen Wurzeln seiner Existenz liegen. Die Wahrheit dieses Satzes hast du ja auch an dir selbst erfahren dürfen. Triffst du deine sechs Freunde und Brüder unten auf der Erde gesund wieder an, was wir hoffen wollen, so überbringe ihnen unsere innigsten Grüße. Sage ihnen, dass wir ihr Andenken in hohen Ehren halten und dass wir es einem heiligen Vermächtnisse gleich ungeschmälert unseren Nachkommen überliefern werden. Zieh hin in Frieden, mein Freund! Bewahre auch du uns nach deiner Abreise dieselbe treue Gesinnung, die wir dir stets bewahren werden.«

Nach Bentan erhob sich Eran, der die Last seiner Jahre noch mit erstaunlicher Kraft trug und von seiner Geistesfrische noch nicht das Geringste eingebüßt hatte.

»In der Nähe von Lumata sind die kühnen Erdensöhne einst mit ihrem Luftschiffe angekommen«, sprach er. »Von dort aus haben sie auch, bis auf Freund Fridolin, die Heimreise angetreten, nachdem sie lange Zeit meine lieben Gäste gewesen. Und so möchte ich nun die Bitte aussprechen, dass die Rückkehr des letzten Schwaben ebenfalls von jener historischen Stätte in Lumata aus erfolgen möge. Bis zu seiner Abreise lade ich Freund Fridolin ein, bei mir wieder sein altes Heim beziehen zu wollen.«

»Deiner Einladung, ehrwürdiger Eran, leiste ich gern Folge«, antwortete der Gelehrte.

»Gut, so soll auch der Bitte unseres Bruders Eran entsprochen werden und die Abfahrt so bald wie möglich von Lumata aus stattfinden«, entschied Bentan.

Am Abend des denkwürdigen Tages saß Fridolin Frommherz zum letzten Male mit Bentan auf der Terrasse von dessen Hause. Morgen wollte er Angola verlassen, um mit Eran zusammen nach Lumata zu ziehen.

»Habe ich dich nicht heute mit dem Entschlusse meiner Rückkehr zur Erde überrascht?«, fragte er seinen Gastgeber.

»Durchaus nicht!«, entgegnete Bentan ruhig. »Ich erwartete die Äußerung dieses Wunsches und finde, dass du für ihn sehr geschickt den richtigen Augenblick gewählt hast.«

»Ja, der Gedanke, den Lichtentsprossenen zu verlassen, hat unendlich lange Zeit bei mir zum Reifen gebraucht«, erwiderte Frommherz.

»Das wirklich Gute bedarf immer einer angemessenen Zeit zur Entwicklung.«

»Gewiss! Ob ich nicht aber schon früher hätte fortziehen sollen?«

»Ich glaube, nicht. Ich habe den Eindruck, dass du zur richtigen Zeit den richtigen Weg gefunden hast. Deine Arbeit hier ist vollendet. Du warst uns auch nebenbei in den Jahren der Gefahr und Not ein schätzenswerter, fleißiger Beistand. Und jetzt, wo du dich uns gegenüber durch deine Gegenleistungen von jeder moralischen Verpflichtung gewissermaßen befreit hast, konntest du deiner Bitte auch den berechtigtsten Ausdruck verleihen.«

»Es freut mich aufrichtig, dass du so denkst, ehrwürdiger Bentan.«

»Nun, mein lieber Freund Fridolin, bist du jetzt nicht selbst froh darüber, dass ich dir einst abriet, eine Ehe hier einzugehen? Sieh, damals schon ahnte ich das, was heute gekommen ist. Ich wies auf die Stunde hin, die möglicherweise erscheinen könnte, in der du gern frei über deine Person verfügen möchtest. Heute hat diese Stunde geschlagen.«

»Du warst der sie Ahnende, der Weitsichtige, dafür danke ich dir. Aber trotzdem, als Gatte Bentas würde ich wohl niemals den Gedanken einer Rückkehr gefasst haben.«

»Nicht du ihn, er aber dich. Doch gleichviel, es ist gut so, glaube es mir, lieber Fridolin«, erwiderte Bentan lächelnd.

»Benta, mein Kind, komm zu uns«, bat der Alte seine Enkelin, die soeben auf der Terrasse erschien, um nach dem Großvater zu sehen. »Bringe deine Harfe und erfreue uns mit deinem Spiele. Es ist, wie du ja weißt, Freund Fridolins letzter Abend, den er hier bei uns verbringt. Verschönere ihn noch durch Musik und Gesang.«

Benta, herangereift zur voll entfalteten Schönheit des Weibes, entsprach sofort der Bitte des Großvaters. Welch wunderbare Töne die Marsitin diesen Abend ihrem Instrumente zu entlocken verstand! Noch nie zuvor wähnte Frommherz Benta so meisterhaft spielen gehört zu haben. Und der Gesang! Welch eine Summe von Gefühlen der Freude und Sehnsucht, stillen Schmerzes und unbestimmbaren Wehs löste er nicht im Empfinden des Sohnes der schwäbischen Erde aus!

Als Benta geendet hatte, stand der Gelehrte auf und reichte ihr tief ergriffen mit Worten herzlichen Dankes die Hand.

»Lebe wohl, Benta! Nie werde ich deiner vergessen. Für immer wird mit der Erinnerung an meinen langen Aufenthalt hier oben auch dein strahlendes Bild verknüpft sein. Möge dir die Zukunft alles Gute in dem reichen Maße bringen, wie du es verdienst. Das wünsche ich dir zum Abschiede.«

»Auch ich werde dir stets ein freundliches Erinnern bewahren«, antwortete Benta herzlich. »Wenn ich später Gattin und Mutter geworden bin, so werde ich meinen Kindern von dem wackeren Freunde unseres Hauses, dem fernen Erdensohne, erzählen, der sich bei uns so heimisch gefühlt und dessen Andenken wir alle dauernd in Ehren halten. Nimm dieses Andenken von mir mit dir! Reise glücklich!«

Nochmals ein inniger Händedruck, und Benta war eilenden Schrittes im Hause verschwunden.

Frommherz hielt in seiner Hand ein kleines Etui. Als er es öffnete, fand er in ihm ein meisterhaft ausgeführtes, edel eingerahmtes Miniaturbild Bentas.

»Welch große Freude macht mir dieses Bild«, rief Frommherz beglückt. »Ich werde das kostbare Andenken zu schätzen wissen.«

»Daran zweifeln wir nicht«, bemerkte Bentan. »Erlaube mir, dass der Großvater sich auch zur Enkelin gesellt.«

Mit diesen Worten übergab er seinem Gaste ein gleiches Etui mit seinem Bilde.

»Ihr beschenkt mich, der sowieso für immer euer Schuldner bleiben muss.«

»Sprich nicht davon! Nun lass auch mich dir Lebewohl sagen, denn morgen früh, bevor ich aufstehe, bist du schon fort von hier. Mögest du glücklich die Erde und deine Heimat wieder erreichen! Unsere aufrichtigsten Wünsche für dein Wohlergehen begleiten dich.«

Bentan umarmte den Erdensohn, küsste ihn auf die Stirn und zog sich dann still in sein Gemach zurück.

Vorbereitungen zur Rückkehr

Eine geraume Zeit schon befand sich Fridolin Frommherz wieder in seinem alten Heim in Lumata. Die Kunde von seiner bevorstehenden Abreise nach der Erde war ihm von Angola aus nach Lumata vorausgeeilt, und als er mit dem würdigen Eran dahin zurückkehrte, war sein Empfang überall recht herzlich. Aus dieser Aufnahme an dem alten Orte seines ersten Aufenthaltes fühlte der Gelehrte deutlich heraus, wie die Marsiten seinen Entschluss beurteilten. Unverhohlen wurde ihm jetzt eine Achtung gezeigt, die ihm einst, nach der Trennung von seinen Gefährten, in diesem Umfange nicht bewiesen worden war.

Mit Energie wurde an der Herstellung des Luftschiffes gearbeitet, das in jeder Hinsicht befähigt sein musste, nicht nur den Weltenraum zu durchschneiden, sondern auch die Marsiten, die des Erdensohnes Begleitung bilden sollten, wieder auf den Lichtentsprossenen zurückzubringen. Die großartige Entwicklung der technischen Wissenschaften auf dem Mars ermöglichte die verhältnismäßig rasche Konstruktion eines den höchsten Anforderungen genügenden Luftschiffes. Trotzdem aber verstrichen mit der Erfüllung dieser wichtigen Aufgabe mehrere Monate.

Inzwischen wurden in Fridolins Herz wieder mehr und mehr die alten Erinnerungen wach. Waren es doch nun schon vierzehn Jahre, seit er von Cannstatts Wasen unter großem Hallo der Bevölkerung, unter dem Hurra von Hunderttausenden aus nah und fern Herbeigeeilter abgefahren war. Das fünfzehnte Jahr nach Erdenmaß war angebrochen, und noch immer weilte er in Lumata. Jetzt brauchte es nur noch wenige Wochen Geduld, und die ernste Stunde des Abschiedes für immer vom Mars und seinem edlen Volke sollte schlagen. Für diese Riesenreise wurde alles in tadelloser, umsichtiger Weise vorbereitet. Täglich wanderte der Erdensohn hinaus auf die ihm wohlbekannte Wiese, auf der einst der Weltensegler niedergegangen war und auf der nun auch sein Luftschiff gebaut wurde, und verfolgte den Fortschritt der Arbeit.

Wenn Fridolin Frommherz auch die technischen Schwierigkeiten bei der Herstellung eines Weltfahrzeugs von Cannstatt her nicht gänzlich unbekannt waren, so vermochten doch die verwickelten Berechnungen, die dem kunstvollen Bau zugrunde lagen, sein Interesse nicht dauernd zu fesseln. Er hatte allen Respekt vor der Technik und der mathematischen Wissenschaft, aber kein richtiges Verständnis für sie. Ja, wenn Siegfried Stiller, sein Freund, der berühmte Astronom, noch hier gewesen wäre! Der hatte einst den Weltensegler bauen lassen nach seinen eigenen Berechnungen, hatte sich alle bislang auf Erden errungenen technischen Fortschritte und Erfahrungen zunutze gemacht und ein Werk geschaffen, das die Bewunderung aller Kulturnationen der Erde gewesen. Wie würde Freund Stiller gestaunt haben, hätte er das Luftschiff der Marsiten sehen und seinen raschen Bau verfolgen können!

Wie Freund Stiller, so bauten auch die Marsiten nach dem starren System. Aber hier auf dem Lichtentsprossenen war alles viel einfacher, selbstverständlicher, fügte sich viel müheloser ineinander als beim Weltensegler und war vor allem viel leichter als bei diesem.

Denn wie alles andere, so stand auch die Technik hier auf einer auf Erden nicht gekannten erstaunlichen Höhe. Da wurden Metalllegierungen hergestellt, die in Bezug auf Leichtigkeit und Widerstandsfähigkeit alles auf Erden Gekannte weit in den Schatten stellten.

Mit einer nahezu undurchdringlichen Stoffhülle aus seidenartigem Gewebe wurde der Ballon wie mit einer schützenden Außenhaut umgeben. Zwischen dieser und dem eigentlichen Ballon befand sich ein isolierender Luftraum, der gleichsam eine Vermittlung zwischen den eisigen Temperaturen des Ätherraumes und den gemilderten Temperaturen des Balloninnern herstellen und einer Abnahme des Ballonvolumens infolge zu starker Abkühlung entgegenwirken sollte.

Und wie bequem war die Gondel eingerichtet! Da war nichts vergessen, das eine wochenlange Reise durch den eisig kalten, lichtlosen Ätherraum erträglich gestalten konnte. In der Gondel befanden sich aber auch die exaktesten Messapparate, alles zu Höhen- und Positionsbestimmungen innerhalb der Atmosphäre des Mars oder der Erde Erforderliche, auch die Vorrichtungen zur Handhabung der Höhen- und Seitensteuer, große Mengen komprimierter Luft nebst einem außerordentlich handlichen Zerstäubungsapparat, aufgespeicherte Elektrizität teils zur Fortbewegung, teils zur Beleuchtung und Wärmeerzeugung; wurde doch die Temperatur im Ätherraum auf hundertundzwanzig bis hundertundfünfzig Grad unter null geschätzt! Die an den Wänden angebrachten Lagerstätten ließen sich in die Höhe klappen, wodurch tagsüber bedeutend an Raum gewonnen wurde. Auf die praktischste Weise waren Nahrungsmittel und andere Vorräte ebenfalls an den Wänden untergebracht.

Fridolin Frommherz hatte das Gefühl, als könnte seinen Freunden vom Mars eine Weltenfahrt überhaupt nicht misslingen, und freute sich über die sichtbaren Fortschritte, die der Bau des eigentümlichen, seiner Vollendung mehr und mehr entgegengehenden Luftschiffes machte. Ihm zu Ehren sollte es den Namen »Fridolin Frommherz« tragen.

Als die große Arbeit endlich vollendet und der Tag der Abreise bestimmt worden war, erboten sich fünf Marsiten aus dem Stamme der Ernsten und der Findigen als freiwillige Begleiter des Erdensohnes. Es waren Sirian, der Erbauer des Luftschiffes, der nun auch sein Lenker sein wollte, Zaran, Parsan, Alan und Uschan. Zaran war ein Neffe des alten Eran. Der kühne Flug sollte am fünfunddreißigsten Tage der »Zeit der Ruhe« angetreten werden. Fridolin Frommherz zählte nach Erdenrechnung den siebenten Februar.

Am Abend vorher gab Eran dem Scheidenden zu Ehren ein Gastmahl, zu dem von allen Seiten die Eingeladenen herbeiströmten. Auf blumengeschmückter Tafel wurde dem Erdensohne noch einmal alles dargebracht, was der Lichtentsprossene Herrliches an Früchten, Fischen und ähnlichen Dingen zu bieten vermochte. Die ersten Künstler aus dem Stamme der Frohmütigen verschönten mit Musik und Gesang und erhebenden Vorträgen den Abend. Dann erhob sich Eran, der ehrwürdige Greis. In längerer Rede warf er einen Rückblick auf den einstigen Besuch der sieben Schwaben, von denen der eine nun so viele Jahre länger unter den Marsiten geweilt und die bei ihnen bestehenden allgemeinen wie besonderen Lebensbedingungen am gründlichsten kennenzulernen Gelegenheit gehabt habe. Dass Freund Fridolin gleich seinen Brüdern sich unten auf der Erde dem großen Werke der Menschenverbrüderung widmen wolle, das sei der Grund seiner Rückkehr, den er, Eran, in seinem ganzen sittlichen Umfange zu schätzen wisse. Möchte dem Tapferen ein schöner Erfolg beschieden werden! In Lumata aber solle nun das schon längst geplante Denkmal ausgeführt werden, das bestimmt sei, für immer die Erinnerung an den Besuch der Erdgeborenen an dieser Stelle festzuhalten.

Als der ehrwürdige Greis im Silberhaar geendet hatte, dankte Fridolin Frommherz mit wenigen, aber tief empfundenen Worten für all das Gute und Schöne, das ihm auf dem Lichtentsprossenen zuteilgeworden und das er nie vergessen werde. Die Sehnsucht nach dem Mars-Paradiese und die Erinnerung an die schönste Zeit seines Lebens werde ihn nie verlassen, ebenso wenig aber werde er jemals vergessen, welcher Höhe der Kultur die Menschheit fähig sei, und was er auf dem Lichtentsprossenen gelernt, werde er auf Erden zu verwirklichen suchen. Dann habe er nicht umsonst gelebt.

Musik und Gesang schlossen die schöne Feier.

Dann kam für Fridolin Frommherz die letzte Mondnacht auf dem Mars mit all ihrem Zauber zweier Leuchten. Noch einmal wanderte er ganz allein hinaus vor die Stadt, atmete noch einmal in tiefen Zügen die wunderbar weiche und doch würzige Luft, schaute trunkenen Auges den fast durchsichtig klaren Himmel und die vielen unzähligen Welten, die da oben in eigenem oder erborgtem Glanze strahlten, und gelobte sich noch einmal, den Glauben festzuhalten an den endlichen Sieg des Guten. So, wie es auf dem Lichtentsprossenen war, musste es einmal auf Erden werden. Kein Misserfolg würde künftig diese Zuversicht zu erschüttern vermögen.

In gehobener Stimmung kehrte der Erdensohn in Erans gastliches Heim zurück, um noch ein paar Stunden der Ruhe zu pflegen.

Wie einstmals, als Fridolins sechs Gefährten schieden, so zog auch diesmal Eran mit der gesamten Bevölkerung Lumatas am anderen Tage in aller Frühe mit dem Abreisenden hinaus auf die historisch gewordene Wiese. Ein Händeschütteln, laute Zurufe glücklicher Reise von allen Seiten, eine letzte Umarmung Erans, dann bestieg Fridolin Frommherz als Letzter die Gondel. Die Taue wurden gekappt; das Luftschiff setzte sich in pfeilschnelle Bewegung und trug den kühnen Schwaben hinweg aus dem Paradiese des Mars der heimatlichen Erde zu.

Auf der Fahrt im Weltraum

Einen langen Abschiedsblick voll Liebe und Dankbarkeit warf Fridolin Frommherz aus seiner luftigen Höhe hinab auf den Lichtentsprossenen, auf dem er so viel Gutes genossen, wo sein ganzes inneres Wesen umgeformt worden war. Nie würde er den strahlenden Bruderplaneten seiner irdischen Mutter wieder betreten. Wie in flüssiges Gold getaucht flimmerten und funkelten da unten die langen Wasserlinien der Kanäle, die er mit hatte bauen helfen. Es war, als wiche die Landschaft da unten zu des Erdensohnes Füßen immer mehr zurück, als wäre sie es, die sich fortbewegte, als stände das Luftschiff still, so sicher und ohne Schwankung trug es seine Insassen in die Höhe. Schon waren die Freunde da unten kaum noch als winzige Punkte sichtbar; Bäume und Bauten erschienen wie kurze Striche. Und bald schwanden auch sie; es blieb nur das sonnige Glitzern und Flimmern, das auf der vergoldeten Landschaft lag, bis auch dieses erlosch und beim Verlassen der Marsatmosphäre die Nacht des Ätherraumes die kühnen Luftschiffer umfing.

Künstliches Licht, künstliche Erwärmung, künstliche Luftverteilung waren in Tätigkeit getreten. Man begann, es sich in der Gondel bequem zu machen, die fünf Marsiten natürlich nur, soweit es ihnen der strenge Dienst gestattete. Fridolin Frommherz, der einzige Passagier, aber richtete sich nach Geschmack und Gutdünken ein. Seinem Wunsche gemäß sollte auch er zuweilen zur Bedienung der

Instrumente Verwendung finden; doch war er naturwissenschaftlich und technisch zu wenig geschult, um regelmäßigen Dienst an verantwortungsreichen Posten tun zu können. So blieb ihm freie Zeit in Fülle.

Die Schrecknisse einer Weltenreise hatte der Erdensohn schon einmal durchgekostet. In den vierzehn Jahren, die darüber verflossen waren, war die Erinnerung daran stark verblasst. Jetzt lebte sie allmählich kräftiger wieder auf. Besonders lebhaft standen ihm zwei Dinge vor Augen: die Langeweile, die ihn und seine Gefährten von damals geradezu krank gemacht hatte, als die Reise nach monatelanger Dauer noch immer kein Ende nahm, als der Aufenthalt in der engen Gondel unerträglich geworden, und die Sparsamkeit, die ihnen damals in Bezug auf den Wasserverbrauch auferlegt gewesen war. Die Langeweile würde sich diesmal bei Fridolin Frommherz weniger fühlbar machen, war er doch ein anderer, ein geistig Höherstehender geworden, der diese letzten Wochen des Verkehrs mit Marsiten wohl auszunutzen wissen würde; auch würde bei der außerordentlich entwickelten Technik und bei der Geschicklichkeit der Marsiten die festgesetzte Reisedauer von drei Monaten kaum überschritten werden.

Wie aber stand es mit dem Wasserverbrauch? Fridolin sah sich um. Das neben seinem Bett befindliche und wie dieses aufklappbare Waschbecken schien ihm größer als einst beim Weltensegler zu sein. Durfte er daraus auf größere Mengen mitgenommenen Wassers schließen? Wo das wohl untergebracht sein mochte? Zaran, der Neffe des alten Eran, begegnete seinem suchenden Blick.

»Fehlt dir etwas, Fridolin?«, fragte er freundlich. »Gern erfüllen wir deine Wünsche, wenn das im engen Gondelinnern möglich ist.«

»Hab Dank, Zaran!«, erwiderte der Erdensohn. »Mir fehlt nichts. Ihr habt ja so vortrefflich für alles gesorgt. Ich fragte mich bloß, wo ihr die für die lange Reise notwendige Wassermenge untergebracht habt. Der eiserne Behälter dort und die wenigen wasserführenden Röhren dürften doch wohl nicht genügen.«

»Komm mit!«, sagte der Marsite lachend und führte den Erdensohn zu einem sehr kompliziert aussehenden Apparate, den er durch einen leichten Druck mit der Hand in Tätigkeit setzte. Ein frischer Windhauch strich da plötzlich über Fridolins Stirn. Er atmete mit Wonne die rasch sich erneuernde Luft. Nach wenigen Augenblicken sah er, wie an einem Teile des Apparates sich kleine Wassertropfen sammelten und in einen eigens zu diesem Zwecke vorhandenen Behälter flossen.

»Woher kommt das Wasser?«, fragte er erstaunt.

»Aus der verbrauchten Luft«, antwortete der Marsite, und als Fridolin Frommherz ihn nicht zu verstehen schien, fuhr er fort: »Siehst du, lieber Freund, das ist unser System der Sparsamkeit, das wir überall zu üben gewohnt sind. Es darf in unserem Haushalt nichts verloren gehen. Dieser Apparat hier ist so konstruiert, dass ich aus ihm nicht nur die Luft erneuern, sondern auch in ihm die verbrauchte Luft sammeln kann. Die Letztere spaltet sich wieder in ihre Elemente, die alsbald von Neuem verwertet werden können. Was aber an Wasserdampf in ihr vorhanden ist, das zwingen wir zum Niederschlag, zur Sammlung in diesem Behälter.«

»Wie sinnreich! Wie außerordentlich praktisch!«, rief Fridolin froh erstaunt. »Aber wird uns das so gewonnene Wasser auch genügen?«

»Nein, lieber Freund, sicherlich nicht! Ich wollte dir bloß zeigen, wie man sparen kann. Wir führen außer einer ziemlich beträchtlichen Menge natürlichen Wassers auch alles zur künstlichen Wasserbereitung Notwendige mit uns. Sei also ohne Sorge! An Wasser werden wir auf der langen Reise keinen Mangel leiden.«

Da winkte Sirian, der am Steuer stand, den Erdensohn zu sich heran.

»Willst du einen Blick auf unsere große nächtliche Leuchte werfen?«, fragte er. »Die kleine hast du bereits im Gespräch mit Zaran verpasst.«

Rasch trat Fridolin an das vordere Fenster.

»Nein«, sagte Sirian, »sieh hier hinaus!«

Dabei schob er eine am Boden der Gondel befindliche Klappe zurück. Darunter befand sich ein kleines, fest verschlossenes Fenster aus glimmerartiger Substanz. Durch dieses bot sich Fridolin Frommherz ein wundervoller Anblick. Das Luftschiff schwebte gerade mitten über Deimos, dem großen Marsmonde. Gewaltige gelbbraune Bergriesen starrten zwischen weiten, öden Sandflächen empor. Alles kahl, leer, ausgebrannt, aber bestrahlt von solch grellem Sonnenlichte, dass Fridolin Frommherz geblendet die Augen schloss und sich vom Fenster abwandte. Als er die Augen wieder öffnete, sah er Sirian in flinker Tätigkeit mit einem Apparate, der einem Fernrohr glich und doch wieder eine Menge Teile zeigte, die ein Fernrohr sonst nicht zu besitzen pflegt.

»Was macht Sirian da?«, fragte er leise, um den Arbeitenden nicht zu stören, den ebenfalls herbeigekommenen Uschan.

»Fotografische Aufnahmen der Mondlandschaft«, erwiderte dieser ebenso leise. »Wir verbinden mit deiner Heimbeförderung nach der Erde noch eine Reihe wissenschaftlicher Aufgaben. Ist doch Sirian einer unserer bedeutendsten Astronomen. Du wirst noch mehr als einmal zu staunen Gelegenheit haben.«

»Werdet ihr auch den Mond der Erde besichtigen?«, fragte Fridolin.

»Diesen erst recht. Nach unseren eigenen nächtlichen Leuchten, die wir übrigens aus unseren sehr scharfen Fernrohren schon genau kennen, gelangen wir eher wieder einmal nach der Erde und deren Monde nicht wieder.«

»So werdet ihr euch wenigstens eine Zeit lang auf Erden aufhalten, euch ausruhen, erholen und dabei ihre Einrichtungen studieren?«

»Nein, lieber Freund«, erwiderte Uschan. »Wir haben die strikte Weisung sofortiger Rückkehr. Uns genügt die Schau von oben aus der Luft herab. Da sehen wir zur Genüge, was die Erde als Weltkörper ist und zu bedeuten hat. Ihre Einrichtungen kennen wir durch dich und deine Brüder. Unsere Kultur ist die ältere, fortgeschrittenere; wir können von euch nichts lernen. Das Ziel der Menschenentwicklung aber liegt vorwärts, nicht rückwärts.«

Fridolin Frommherz schwieg. Was hätte er auch darauf erwidern können? Uschan hatte nur allzu sehr recht. Die irdischen Einrichtungen mussten Menschen von so hoher Kultur, wie es die Marsiten waren, barbarisch erscheinen.

»Sage einmal, Freund Fridolin«, wandte sich Sirian, der seine augenblickliche Arbeit vollendet hatte, an den Erdensohn, »wie kamt ihr da unten auf der Erde auf den Gedanken, unserem Lichtentsprossenen den Namen ›Mars‹ zu geben?«

Fridolin Frommherz überlegte eine Weile.

»Sein rötliches Licht mag wohl die Ursache zu seiner Benennung gewesen sein«, sagte er dann. »Es lebte auf Erden einmal ein starkes, kriegerisches Volk. Dem galt Tüchtigkeit im Kampfe, Mut und Ausdauer und Tapferkeit in solchem Maße als höchste Tugend, dass es sich eigens einen Gott des Krieges formte. Mars benannte es ihn. Phobos und Deimos waren seine Söhne.«

»Was aber haben wir und unsere Monde mit einem fantastischen Gott des Krieges zu schaffen? Wir kennen keinen Krieg, nur friedliche Schlichtung aller Streitfragen. Einmal freilich hat es auch bei uns Zeiten gegeben, da Bruderblut floss. Mit Grauen und Abscheu gedenken wir ihrer heute. Seit Jahrtausenden schon sind sie überwunden.«

»Hätte man unten auf der Erde von euch und eurer hohen Kultur gewusst«, sagte Fridolin, »man hätte eurem Planeten sicherlich einen würdigeren Namen gegeben. So aber mahnte sein rötlicher Glanz die Menschen an die blutige Fackel des Krieges, und der Name des Kriegsgottes ward zu dem euren.«

Mehrere Wochen waren Fridolin Frommherz und die fünf kühnen Marsiten nun schon unterwegs. Störungen waren nicht eingetreten. Fast täglich waren kleine Meteoriten, von der Größe des Luftschiffes angezogen, auf dieses gestürzt, ohne ihm Schaden zuzufügen. Einmal war es auch einer wahren himmlischen Kanonade von lauter kleinen Wurfgeschossen ausgesetzt gewesen, und Fridolin Frommherz fing es schon an, etwas unheimlich zumute zu werden – eine breite Narbe auf seiner Stirn legte Zeugnis ab von einer früheren Begegnung mit einem Meteoritenschwarm, aber auch der ging diesmal vorüber, ohne Schaden zu stiften.

Die wissenschaftlichen Apparate waren in beständiger Tätigkeit und erforderten so große Aufmerksamkeit vonseiten der fünf

Marsiten, dass der Erdensohn meist auf sich allein und die eigene Gesellschaft angewiesen war. Trotzdem zeigte sich das Gespenst der Langeweile nur sehr selten. Denn was gab es nicht alles in diesem Gondelinnern zu sehen, zu lernen, in das Tagebuch einzutragen! Einen breiten Ring von Meteoren hatte das Luftschiff vorhin durchschnitten. Viele Hundert Millionen Kilometer sollte seine Länge, Hunderttausende von Kilometern die Tiefe und die Breite betragen – wer vermochte sich das vorzustellen?

Fridolin Frommherz schüttelte den Kopf.

»Mit solchen Zahlen bin ich nicht zu rechnen gewöhnt«, sagte er. »Es ist mir unmöglich, eine klare Vorstellung damit zu verbinden.«

Da rief ihn Sirian an das Teleskop.

»Sieh hier, wonach ich suchte! Nach unseren Erfahrungen der König eines jeden Meteoritenringes.«

Ein lautes, bewunderndes Ah! entschlüpfte Fridolins Lippen. Ein Komet! Ein glänzender König inmitten seiner dunklen Dienerschar. Es war ein Komet mit wunderbar leuchtendem Kopfe, von schimmernder Nebelhülle umgeben und einem sich über Hunderttausende von Kilometern erstreckenden glänzenden Schweife. Und durch diesen Schweif hindurch schimmerte ein Stern, eine Sonne, die noch Millionen Mal weiter entfernt war als der schöne Fremdling inmitten des Meteoritenschwarmes. Und so wunderbar hell leuchtete der Stern, als ob keine verschleiernde Hülle zwischen ihm und dem menschlichen Auge läge. Wie leicht und durchsichtig und luftig die gasförmige Substanz eines solchen Kometenschweifes sein musste!

Zuweilen zeigte Sirian dem Erdensohne Sterne, die aus weiter, nachtschwarzer Ferne auftauchten, wenn das Luftschiff auf seiner Fahrt die Lichtstrahlenbahn eines solchen Gestirnes kreuzte. Dann trat Sirians wundervolles Teleskop wieder in Tätigkeit, und was er da Fridolin Frommherz vor Augen führte und erklärte, machte diesen fast schwindeln. Es eröffnete sich ihm ein Blick in die wahre Weltgeschichte, in den Werdegang der Himmelskörper, wenn er die zahllosen Sonnen im unbegrenzten Raume, im schrankenlosen All ihre verschlungenen Bahnen ziehen sah, wenn er leuchtende, über ungeheure Räume des Himmels verteilte Nebelflecke durch das Spektroskop als sehr verdünnte, glühende Gasmassen erkannte, wenn er an anderen Stellen die Nebelflecke sich bereits zu Sternen verdichten sah – Nebelflecke, die vielleicht in so unberechenbaren Fernen lagen, dass das von ihnen ausgehende Licht wohl Hunderte von Jahren unterwegs gewesen war, ehe es Fridolins Auge traf. Da sollten sich seine Augen und seine Gedanken, die Augen und die Gedanken eines kleinen Menschenkindes, an ein fortwährendes Kreisen von wirbelnden, leuchtenden Welten gewöhnen, die sich ruhelos im Universum jagten, eine jede mit eigener Bewegung, eine jede auf ihrer eigenen Bahn und doch alle gehorchend denselben unabänderlichen Gesetzen. Myriaden von lodernden Sternen, werdenden und gewordenen Sonnen – welche Fantasie wäre kühn genug, solches zu erfassen?

»Freund Fridolin«, sagte Sirian eines Tages, nachdem er Uschan das Steuer übergeben und sich's an einem der auf- und abklappbaren Tische der Gondel bequem gemacht, »wir werden in wenigen Stunden außerordentlich Interessantes schauen.«

»Ungeahnt ist die Fülle des Neuen und Interessanten auf solch außergewöhnlicher Reise!«, antwortete der Erdensohn fröhlich. »Doch sag mir, Sirian, ist's ein neuer Komet, dem wir begegnen werden? Oder wieder eine jener wunderbar glänzenden Sonnen, deren Entfernungen ihr mit Zahlen berechnet, die mich schwindeln machen?«

»Diesmal ist's keines von beiden«, versetzte der Marsite. »Wir kommen sehr nahe an einem der kleinsten Kinder des Lichts vorbei.«

»Nahe an einem Planeten kommen wir vorbei?«, rief Fridolin Frommherz erstaunt. »Wie ist das möglich? Nie habe ich gehört, dass zwischen Mars und Erde die Bahn eines Planeten läge!«

»Es handelt sich um eines jener äußerst kleinen Kinder des Lichts, die ihr, wie ich aus deinen Karten und Büchern sah, Planetoiden nennt.«

»Aber die liegen doch jenseits der Bahn des Lichtentsprossenen, zwischen Mars und Jupiter«, beharrte der Schwabe.

»Im Allgemeinen hast du ganz recht«, erwiderte Sirian, »deshalb sind diese Planetoiden, um mich deines Namens zu bedienen, auch von uns viel besser gekannt als von euch. Ihr zählt ihrer etwa fünfhundertundfünfzig, aber ich sage dir, dass ihre Zahl mit tausend noch viel zu niedrig angegeben ist. Ein riesiger Weltkörper muss da einmal geborsten sein, wo nun seine Trümmer in stark exzentrischen Bahnen das ewige Licht umkreisen. Da ist nun eines jener Trümmerstücke – Eros nennt ihr den Planetoiden auf euren Himmelskarten –, dessen Bahn hält sich näher an der Sonne als die aller anderen Planetoiden, und so bedeutend reicht sie zwischen Marsbahn und Sonne hinein, dass sie im Mittel innerhalb der Bahn des Lichtentsprossenen liegt. Eros kann der Erde fast um ein Drittel, rund um vierzehn Millionen Kilometer näher kommen als unser Lichtentsprossener, und Eros ist's, den wir jetzt treffen werden.«

»Das ist ja eine herrliche Aussicht!«, rief der Erdensohn froh. »Aber sag mir, Sirian, birgt diese Begegnung keine Gefahr für uns?«

»Von Gefahren sind wir auf einer solchen Reise jede Minute umgeben. Ich halte es für möglich, dass wir uns Eros nähern können, ohne selbst Schaden zu nehmen, ist er doch nicht größer als einer unserer kleinen Marsmonde. Wir werden gerade auf ihn zuhalten, unter Umständen sogar in seine Atmosphäre eindringen.«

»Eine Atmosphäre hat der kleine Planet auch?«, fragte Fridolin erstaunt. »Also hat er doch etwas vor euren Monden voraus!«

»Ja«, sagte Sirian, »durch das Spektroskop haben wir festgestellt, dass nicht nur dieses kleine Kind des Lichts, sondern auch seine etwas größeren Geschwister Ceres, Pallas, Juno und Vesta eine Atmosphäre, ähnlich der unsrigen, besitzen. Mehr zu erkennen war uns bei der Winzigkeit des Eros nicht möglich. Jetzt aber werden wir sehen, ob er Wasser und Festland, Berge und Täler und lebende Wesen birgt, die uns ähnlich sind.«

Aller Erwartungen waren aufs Höchste gespannt, als das Luftschiff wirklich wenige Stunden später Eros ganz nahe kam. Aber der kleine Planet verhüllte den Beobachtern sein Antlitz. Dunst, Nebel und Wolken machten seine Oberfläche für den Weltraum unsichtbar. Durch die Trübung seiner Atmosphäre wurde das Sonnenlicht so sehr nach außen zurückgeworfen, dass es wie ein undurchdringlicher blendender Lichtschein über ihm lag.

»Seht ihr den Dunst und die Wolken?«, rief Sirian, der die Steuerung wieder übernommen hatte. »Eros hat nicht nur Luft, sondern auch Wasser, die Grundbedingung jedes organischen Lebens. Lasst uns nun in seine Atmosphäre eindringen, um zu sehen, ob er auch festes Land besitzt!«

Mit Aufbietung aller seiner technischen Hilfsmittel suchte Sirian nun sein Luftschiff so langsam wie möglich zu Fall zu bringen. Das war infolge der Anziehung des kleinen Weltkörpers, dessen Masse doch der des Luftschiffs vielhundertmal überlegen war, eine äußerst schwierige Sache. Obgleich das Steuer der Hand Sirians beim leisesten Druck gehorchte, erreichte die durch die Reibung mit der Erosatmosphäre beim Eintritt in dieselbe erzeugte Hitze einen sehr hohen Grad. Glücklicherweise waren auch die oberen Luftschichten um Eros lebhaft bewegt und brachten den Reisenden, die die Gondelluken öffneten, etwelche Kühlung.

»Eine Bergspitze!«, rief Zaran plötzlich.

Und wirklich, über einen dichten Wolkenschleier empor ragte der Gipfel eines Berges, mit sanftem Grün überzogen. Eine Vegetation besaß der kleine Eros also auch. Und nun teilten sich die Wolken. Da lag Land unter den Reisenden, Wald und Feld und Wiesenland und dann das offene Meer. Aber so klein war der ganze Weltkörper, dass die Insassen des Luftschiffes von ihrem hohen Standpunkte aus Nord- und Südpol zugleich schauen konnten. Beide waren auffallend stark abgeplattet. Staunend sagte sich der Schwabe, dass die Oberfläche dieser ganzen Halbkugel des Eros kaum mehr als die Oberfläche eines kleinen deutschen Fürstentums betrage. Und solch ein winziges Weltganzes führte hier ein kosmisch unabhängiges Dasein! Während sich Fridolin noch darüber wunderte, wurde es fast plötzlich Nacht.

»Wie schade«, bedauerte der Erdensohn, »schon Nacht, und wir haben erst so wenig gesehen!«

»Wir werden nach Osten fahren«, sagte da Sirian, »der Sonne entgegen. Eros dreht sich – nach Erdenzeit – in fünf Stunden und vierzehn Minuten um seine Achse. Die Dauer seiner Nacht kann also nicht mehr als zwei Stunden und sieben Minuten betragen. Diese wenigen Nachtstunden kürzen wir für uns noch um die Hälfte ab, indem wir der Sonne entgegenfahren.«

Sie fuhren nach Osten. Und über der östlichen Halbkugel ging bald darauf die Sonne wieder auf. Wohl angebautes Hügelland lag jetzt unter ihnen. Es bildete eine äquatoriale Wasserscheide. Nordwärts und südwärts zogen schmale Flussläufe bis in die winzigen polaren Meere. Ungefähr ein Viertel des kleinen Weltkörpers war mit Wasser bedeckt, drei Vierteile bestanden aus Festland. Höhere Berge waren auf der östlichen Halbkugel nicht vorhanden.

Sirian brachte das Luftschiff noch mehr zum Sinken.

»Wir wollen Umschau halten nach lebenden Wesen, die uns ähnlich sind«, sagte er. »Deuten doch die bebauten Felder zur Genüge darauf hin, dass Eros bewohnt ist.«

Alle Insassen des Luftschiffes schauten gespannt durch die Gondelluken abwärts. Und wirklich, da unten rotteten sie sich zusammen, die Bewohner dieses winzigen Weltkörpers. Wie abwehrend erhoben die einen die Arme, andere ballten die Fäuste und schüttelten sie gegen das Luftschiff. Verwünschungen, in einer eigentümlich rauen Sprache ausgestoßen, trafen das Ohr der Reisenden. Trotzdem sank das Luftschiff weiter. Deutlich konnte man jetzt die teils ängstlichen, teils zornigen Gesichter der in grobe, aber bunte Gewebe gehüllten Leute erkennen, Männer, Frauen und Kinder. Es waren große stattliche Gestalten, ebenmäßig gewachsen, mit reichem Haar, das den Männern bis auf die Schultern hing, während die Frauen das ihrige im Nacken zu einem Knoten geschlungen trugen.

»Wo sind denn ihre Wohnungen?«, fragte Fridolin. »Vergeblich schaue ich nach Häusern aus.«

»Siehst du nicht dort, in die Hügelreihen eingebrochen, jene rechteckigen Öffnungen?«, rief Uschan. »Offenbar sind das die Eingänge zu einer Art von Höhlenstadt, wohl zum Schutze gegen den außerordentlich langen, strengen Eroswinter errichtet.«

»Also bloß Höhlenbewohner«, sagte Fridolin im Tone des Bedauerns.

»Lieber Freund, bedenke, dass die Bahn dieses kleinen Planeten in der Zeit seiner Sonnenferne noch jenseits der Bahn unseres Lichtentsprossenen liegt, dass Eros den eisigen Weltraum zwischen Mars und Jupiter durcheilt, wo ihn die Sonnenstrahlen so schräg treffen, dass kaum ein fahles, graues Licht, ohne wärmende Kraft, seine kurzen Tage erhellt. Du kennst die eisigen Temperaturen des Weltraumes. Ihnen ist Eros auf seiner stark exzentrischen Bahn, nach Erdenmaß gemessen, nahezu ein Jahr lang ausgesetzt. Wunderst du dich noch, dass seine Bewohner lieber im Innern ihres Bodens Schutz und etwas Wärme suchen, statt Häuser zu bauen?«

Fridolin wunderte sich nicht mehr. Sirian brachte jetzt das Luftschiff wieder zum Steigen.

»Wir haben gesehen, was wir sehen wollten«, sagte er, »und wollen diese armen Wesen nicht länger ängstigen. Sie scheinen zwar intelligent, aber im Vergleiche mit uns noch auf einer ziemlich niedrigen Stufe der Entwicklung zu stehen.«

»Auch sie werden einst, in hunderttausend Jahren vielleicht, zur Höhe der gepriesenen Kultur des Lichtentsprossenen emporsteigen«, rief Fridolin Frommherz begeistert.

»Nein, lieber Freund«, sagte Sirian, »du irrst dich; unsere Höhe werden die Erositen nicht erklimmen.«

»Wie?«, fragte der Erdensohn erstaunt. »Ist es möglich, dass du Wesen, die schon eine gewisse Kulturstufe erreicht haben, die Fähigkeit der Weiterentwicklung absprichst?«

»Das tue ich nicht«, erwiderte Sirian. »Ich denke nur, dass es unseren Erositen an Zeit fehlen wird, so hoch zu steigen. Ihr kleiner Planet wird seine Atmosphäre nicht festzuhalten vermögen. Vielleicht schon in tausend Jahren ist alles Leben auf ihm erloschen, verschwunden seine Luft, verdunstet sein Wasser; kalt und starr und tot wie unsere Monde zieht dann Eros seine Bahn um das ewige Licht.«

Da warf der Erdensohn einen wehmütigen, bedauernden Blick auf die kleine Welt hinab, die infolge ihrer Winzigkeit zu einem vorzeitigen Absterben verurteilt war; und es war doch so schön, zu wachsen und sich zu entwickeln!

Dann verließ das marsistische Luftschiff die Atmosphäre des Eros und schwebte wieder draußen im kalten, lichtlosen Ätherraume der Erde zu.

Eines Nachts – schon befanden sich die Reisenden in der Anziehungssphäre der Erde, und Fridolin Frommherz genoss noch den tiefen, ungestörten Schlaf in der absoluten Stille des Weltraumes –, da wurden die Insassen der Gondel plötzlich vom wachenden Uschan geweckt.

»Ein glühender Körper nähert sich unserem Luftschiff«, sagte er. »Zwar ist er noch fern, aber grell sticht sein Glanz vom undurchdringlichen Dunkel des Raumes ab. Er scheint unsere Bahn zu kreuzen. Wir müssen zu wenden suchen.«

Noch ehe Uschan ausgesprochen, war Sirian an der vorderen Luke.

»Ein Meteorit von ungeheuren Dimensionen!«, rief er, mit aller Macht das Steuer rückwärtsdrehend. »Wir müssen so rasch wie möglich aus seiner gefährlichen Nähe, sonst sind wir verloren!«

Da sich aber das Luftschiff schon im Bereich der irdischen Anziehung befand und der Erde mit einer Geschwindigkeit von fünfunddreißigtausend Kilometern in der Stunde entgegenstrebte, gehorchte es der steuernden Hand nicht mehr unbedingt. Statt zu wenden oder seitwärts auszuweichen, verlangsamte sich nur seine Bewegung unter dem ausgeübten Drucke, aber die Richtung blieb dieselbe. Es war das erste Mal seit der Abfahrt vom Lichtentsprossenen, dass den kühnen Durchschiffern des Ätherraumes Gefahr in nächster Nähe drohte. Was tun? Immer näher raste die gewaltige glühende Kugel mit nicht zu bestimmender Geschwindigkeit, wohl Tausende von Kilometern in einer einzigen Minute. Das Herz schlug in diesem Augenblicke nicht nur dem Erdensohne rascher. In wenigen Minuten musste der Zusammenstoß erfolgen. Noch einmal drehte Sirian das Steuer mit aller Kraft.

»Es wird nichts mehr nützen«, murmelte er dabei, »selbst wenn jetzt das Wenden gelingt; wenn wir wirklich noch ausweichen können, werden wir von der vielleicht tausendmal größeren Masse des Meteoriten angezogen werden – sein gluthauchender Schlund wird uns nur ein paar Augenblicke später verschlingen.«

Da geschah etwas so Wunderbares, wie es keiner der Insassen des marsitischen Luftschiffes in solcher Schönheit und Großartigkeit je erlebt hatte: Der Meteorit platzte, zerbarst in Tausende von sich jagenden Teilen. In allen Farben sprühten sie auf, stürzten aufeinander, platzten von Neuem in immer neuem Farbenspiel; grüne, gelbe, rote, blaue Flammen durchzuckten den nachtschwarzen Ätherraum, züngelten empor in lodernder Glut und erloschen.

Und als es wieder Nacht um sie geworden, da wussten die kühnen Reisenden, dass sie gerettet waren, gerettet im Augenblicke höchster Gefahr, als selbst marsitische Technik und Gewandtheit gegenüber den Allgewalten der Natur zu versagen drohten.

Und immer weiter flog das Luftschiff, unbeirrt von allem, was ihm begegnete, mit wunderbarer Sicherheit von Sirians Führerhand direkt auf die Erde zu gesteuert. Der Besuch auf dem Monde, das erste Verlassen der Gondel seit nahezu drei Monaten, stand als nächstes Ereignis bevor.

Eine Station auf dem Monde

»Wir haben Glück«, sagte Sirian zufrieden lächelnd, als sich die kühnen Reisenden dem toten Sohne der Mutter Erde näherten, »denn der Mondtag neigt sich seinem Ende zu.«

»Warum wünschtest du, am Abend auf dem Monde zu landen?«, fragte Fridolin Frommherz.

»Weil ich seinen Tag wie seine Nacht kennenlernen möchte.«

»Wäre das nicht auch möglich gewesen, wenn wir morgens oder mittags angekommen wären?«

»Lieber Fridolin, bedenke die Länge eines Mondtages! Vierzehn Erdentage bilden einen einzigen Tag auf dem Monde, vierzehn weitere Tage eine einzige Mondnacht!«

Fridolin Frommherz war an eines der Fenster getreten. Eine solche überwältigende Lichtfülle strömte ihm entgegen, dass er geblendet die Augen schloss. Uschan reichte ihm ein schwarzes Glas, und nun war es den Augen des Erdensohnes möglich, hinabzuschauen auf die in grellstem Sonnenlichte strahlende Mondlandschaft, über der das Luftschiff schwebte. Da stiegen hohe, schroffe Felsenmassen zu unheimlicher Höhe empor, lange, tiefschwarze Schatten werfend, die im Gegensatz zu dem blendenden Lichte doppelt schwarz erschienen. Fürchterliche Abgründe gähnten ihm aus Riesenkratern entgegen, aus deren Tiefe sich wiederum ein spitzer, kegelförmiger Berg erhob. Da türmten sich Gipfel an Gipfel, da klafften Spalten und weiteten sich Täler, übergossen vom grellsten, durch keine Atmosphäre gemilderten Sonnenglanz und mit schwarzen Schatten, die an Dunkelheit und Schärfe ihresgleichen nicht hatten. Vergeblich aber suchte das Auge nach einem Tropfen Wasser, nach einer Spur von Grün.

Langsam brachte Sirian das Luftschiff zum Sinken. Mit großer Sicherheit landete es auf einer weiten, sandigen Fläche. Zaran brachte sechs eigentümliche, vollständig durchsichtige und doch äußerst feste, glockenartige Kopfbedeckungen herbei. Fridolin Frommherz stülpte die seine, dem stummen Beispiele der Marsiten folgend, über den ganzen Kopf bis zum Halse, wo sie fest geschlossen wurde.

»Wozu das?«, wollte er fragen, aber niemand hatte jetzt Zeit, ihm Auskunft zu geben. Jetzt öffnete Sirian die Gondeltür und betrat als Erster den Boden, auf dem noch kein Wesen geatmet hatte. Rasch folgten die übrigen. Alle beteiligten sich an der Arbeit des Festlegens ihres Luftschiffes. Doch schien es Fridolin Frommherz, als müsste die Arbeit ganz besonders schwierig sein. Immer wieder prüfte Sirian die Anker und Ketten und festigte bald da, bald dort. Auf dem Lichtentsprossenen war es anders gewesen. Weder Landung noch Festlegen hatte da bei Luftschifffahrten besondere Schwierigkeiten verursacht. Keiner der Marsiten sprach ein Wort; auch hörte Fridolin keine Kette klirren, keinen Hammerschlag noch irgendein Geräusch der Werkzeuge, die doch in voller Tätigkeit waren. Eine geisterhafte Stille herrschte, eine Stille, die unheimlich war und bedrückte. Der Erdensohn sah sich um. Da wölbte sich über ihm ein dunkler Himmel, schwarz wie Tinte, wolkenlos, darin brannte eine Sonne, die er selbst durch sein geschwärztes

Glas kaum zu betrachten vermochte, und neben der Sonne standen Tausende von glänzenden Sternen, die trotz Sonnenglanz am schwarzen Himmel funkelten. Und ein großer, dunkler, von hellem Lichtrande umgebener Körper hing am Himmel. Das musste die Erde sein. Dreizehnmal so groß muss sie, vom Monde aus gesehen, sich ausnehmen wie der Vollmond, von der Erde aus betrachtet!

»Wie seltsam das alles ist, der Himmel so schwarz und die Sterne am Tage sichtbar!«, sagte Fridolin Frommherz zu den Marsiten, die endlich ihre Arbeit vollendet zu haben schienen. Merkwürdig gedämpft klang ihm die eigene Stimme entgegen. Von den Marsiten erhielt er keine Antwort. Da war Totenstille ringsumher. Da vernahm man keinen Ton. Da bewegte sich kein Lufthauch, da plätscherte kein Bach, da schwirrte kein Vogel, da summte kein Käfer; lautlos waren die Tritte der Menschen, die hier gingen. Die Sonne brannte, und nichts milderte ihre Glut; trotz Sonnenglut aber war der Boden eisig kalt, seine Temperatur unter null Grad.

»Wie kommt es, dass der Boden bei dieser Hitze so kalt ist?«, fragte der Erdensohn.

Wieder erhielt er keine Antwort. Die Marsiten, die jetzt mit Messungen und fotografischen Aufnahmen beschäftigt waren, schienen seine Worte gar nicht gehört zu haben. Keiner der sonst so freundlichen Männer wandte sich nach ihm um. Da fing es Fridolin an, unheimlich zu werden. Rasch trat er auf den ihm zunächst stehenden Zaran zu und fasste ihn am Ärmel. Der Marsite wandte das Gesicht dem Erdensohne zu und neigte sich so weit zu ihm, bis seine glockenartige Kopfbedeckung die Fridolins berührte. Dann fragte er freundlich:

»Was fehlt dir, lieber Freund? Kann ich dir helfen?«

»Ich fragte vorhin, warum trotz Sonnenglut der Boden hier so furchtbar kalt ist; aber keiner von euch antwortete mir.«

»Weil wir deine Frage nicht hören konnten«, sagte Zaran lächelnd.

»Ihr konntet nicht?«

»Nein, lieber Fridolin! Du vergisst, dass der Mond keine Atmosphäre hat, und wo keine Luft ist, kann auch keine Schallvermittlung stattfinden.«

»Selbstverständlich!«, sagte Fridolin Frommherz. »Das kam mir augenblicklich gar nicht zum Bewusstsein, weil wir doch atmen.«

»O ja«, lächelte Zaran, »durch die in unseren Glocken mitgenommene, sich langsam verflüchtigende, für etwa sechs Stunden ausreichende Luft. Wenn ich meine Glocke mit der deinigen in Berührung bringe, trägt mir die darin eingeschlossene Luft die von deiner Stimme erzeugten Schallwellen zu. Ist aber nur der kleinste Zwischenraum vorhanden, so dringt kein Laut über die Wandung deiner Glocke hinaus. Der Hinweis auf das Fehlen der Luft beantwortet zugleich auch deine Frage von vorhin. Weil keine Luft da ist, die die Sonnenhitze zurückhält, ist hier der Boden ewig kalt. Was du auch Seltsames auf dem Monde siehst, es findet alles seine Erklärung in dem Mangel an Luft.«

Der Erdensohn wusste genug. Weil keine Luft da war, schien ihm auch der Himmel schwarz statt blau; weil keine Luft da war, waren die Sterne neben der Sonne am Tage sichtbar; weil keine Luft da war, glühte die Sonne so heiß, waren die Schatten so schwarz, war kein Wölkchen am Himmel, kein Tropfen Wasser in Schluchten und Tälern, entsetzliche Öde, starrer Tod überall.

Sirian winkte und gab den Gefährten durch Zeichen zu verstehen, dass man den nächsten Berg ersteigen wolle. Fridolin Frommherz wunderte sich darüber. Es war ein Riesenkegel, nach oberflächlicher Schätzung wohl nahezu dreitausend Meter hoch. Und den wollte Sirian erklimmen ohne Vorbereitungen, ohne Mitnahme von Proviant, bei Sonnenuntergang und mit einem Luftvorrat, der höchstens noch für fünf Stunden reichte? Man setzte sich in Bewegung. Wie leicht sie alle gingen! Keine Spur von anstrengendem Klettern, beschleunigter Herztätigkeit, mühsamem Atmen. Haushohe Felsen wurden in kühnem Sprunge genommen. So frei, so leicht fühlte sich der Erdensohn ohne Atmosphärendruck; das eigene Gewicht war so verringert, dass er die mächtigsten Felsen ohne Mühe erklomm. Riesenblöcke hob er mit den Armen hoch wie kleine Holzstücke, und als er seinen schweren goldenen Chronometer aus der Tasche zog, war die Uhr leicht wie ein Stückchen Papier. Jetzt war ihm auch klar, warum hier auf dem Monde die Verankerung des Luftschiffes so viele Schwierigkeiten hatte: Es war auf dem atmosphärenlosen Monde zu leicht.

Als sie die Höhe erreichten, standen sie am Rande eines schauerlich tiefen Kraters mit weitem, ringförmigem Walle. Aber auch der Vulkan war tot. Da gab es keine Feuersäule, keinen Aschenregen, keine flüssige Lava, keine dampfenden Spalten, nichts, das auf ein glühendes Inneres unter der harten Außenkruste hätte schließen lassen. Ausgestorben jede Spur von Leben!

Hinter den jenseitigen Bergen versank langsam die Sonne. Ein Kälteschauer durchzuckte die Gefährten; ihre Glieder zitterten. Der kleine Teil von Wärme, den der Mond während seines langen Tages aufgenommen, strahlte hinaus in den eisigen Weltraum. Auf dem

Boden, dessen Temperatur vorher schon unter dem Gefrierpunkt gewesen, vermochten jetzt die Füße kaum mehr zu stehen. Sirian gab das Zeichen zur Rückkehr. Fast plötzlich, ohne jede Dämmerungserscheinung, ohne Farbenzauber beim Sonnenuntergang, war die Nacht hereingebrochen. Aber dunkel war sie nicht. Mit blendendem Glanze leuchteten die Sterne, und die Erde, die eine wahre nächtliche Sonne zu sein schien, strahlte jetzt in zurückgeworfenem Sonnenlichte so wunderbar herrlich, dass jeder Fels, jede Spalte, jeder Stein der Mondlandschaft mit hellem Glanze übergossen schien.

Glücklich, aber fast starr vor Kälte erreichte die schweigende kleine Gesellschaft ihr Luftschiff. Nicht nur Fridolin Frommherz, auch die Marsiten atmeten auf, als die Anker gelichtet waren und die Entfernung zwischen ihnen und dem toten Monde immer größer wurde.

Es mochten etwa 30 Stunden seit der Abfahrt vom Monde verstrichen sein – ungefähr zehn Uhr abends nach Erdenzeit –, als das Luftschiff der Marsiten so langsam und vorsichtig wie nur möglich in die Erdatmosphäre eintrat. Langsam? Trotz aller Hemmungsvorrichtungen legte das Fahrzeug noch fünfundzwanzig Kilometer in der Sekunde zurück! Erst durch die Reibung beim Eintritt in die Atmosphäre verlangsamte sich sein Lauf bedeutend; aber die gehemmte Bewegung setzte sich in Wärme um. Glücklicherweise ließen die Isoliervorrichtungen nichts zu wünschen übrig, und die erzeugte übermäßige Hitze strömte rasch durch die geöffneten Luken hinaus in die kühlen, dünnen oberen Luftschichten. Jetzt gehorchte das Fahrzeug der Steuerung wieder vollständig. Absichtlich brachte es Sirian nur sehr langsam zum Sinken. In einer Höhe, wo die Luftdichtigkeit ungefähr der geringen Dichte der Marsatmosphäre entspricht, wollte er kreuzen, um am Morgen zu erkennen, über welchem Erdteile er sich befand, und dann Freund Fridolin in seiner Heimat Schwaben, womöglich am Orte seines einstigen Aufstieges, zu landen. Die Dunkelheit der Nacht machte augenblicklich ein Orientieren auf der Erdoberfläche unmöglich. Der grauende Morgen erst würde ein Umsehen gestatten. Die Luft war unnatürlich ruhig und für die Höhe, in der sich das Luftschiff befand, merkwürdig schwül. Da wurde ganz unvermittelt das Fahrzeug von wilden Schwankungen erfasst, erst hin und her und dann mit einem heftigen Rucke tiefer herabgerissen. Es war, als stieße es ringsum an schwere Gegenstände an.

»Was ist das?«, fragte Fridolin Frommherz erschrocken.

»Wir sind in widerstrebende Winde geraten. Hört, wie jetzt das unheimliche Brausen des Sturmes durch die dunkle Nacht klingt! Noch sind wir in schwarzer Finsternis, aber gleich wird ein Gewitter losbrechen, wie wir Marsiten es noch nie erlebt haben.«

Kaum hatte Sirian ausgesprochen, als die Insassen des Luftschiffes plötzlich, von greller Helligkeit geblendet, die Augen schlossen. Und jetzt zuckte ein rascher, schneidender Blitzstrahl durch die Dunkelheit, und ein fürchterlicher Donnerschlag folgte, noch ehe das Licht des Blitzes ganz erloschen war. Blitz auf Blitz zerriss nun die Wolken, die sich in schweren Regen auflösten, sodass die elektrischen Funken vom Wasser knisterten.

Mitten in einem großartigen Gewitter befand sich das marsitische Luftschiff, fort und fort in grelles elektrisches Licht getaucht, und wenn Sirian das Steuer berührte, ging ein phosphoreszierendes Leuchten über seine Hände.

Mit staunender Bewunderung, ohne eine Spur von Furcht oder Bangen, folgten die Marsiten dem ihnen unbekannten Schauspiel eines irdischen Gewitters. Aber rasch steuerte Sirian wieder in die Höhe, in die obersten Luftschichten. Hoch über dem Gewitter sich haltend, wollte er warten, bis der Sturm sich ausgetobt hätte. Doch während des Emporsteigens zogen die Blitze feurige Flammenlinien rund um das Luftschiff. Es stieg wie in einem Feuermeere. Plötzlich aber war es über die Wetterwolken emporgekommen. Unter ihm lagen die wild stürmenden Luftschichten; unter ihm zuckten die Blitze hinüber und herüber; oben aber wölbte sich ein ruhiger Sternenhimmel in mildem Glanze, und friedliche Mondstrahlen stiegen hinab auf die sturmbewegten Wolken. Es war ein Schauspiel, wie es schöner kaum gedacht werden konnte, und die Marsiten freuten sich über das Erlebnis.

»Sieh, mein Freund«, sagte Sirian zu dem Erdensohne, »du hast in den vierzehn Jahren, die du nach deiner Rechnung bei uns weiltest, kein einziges wirkliches Gewitter gesehen. Kleinere elektrische Entladungen kommen wohl auch in unserer dünnen, wasserdampfarmen Atmosphäre vor; doch was sind sie im Vergleich mit der Großartigkeit eurer Gewitter! Und diese herrlichen Wolkenbildungen! Welche Fülle reichen, Leben spendenden Wassers bergen sie! Nimm dagegen unsere klare, dünne, durchsichtige Atmosphäre! Ihr bisschen Wasserdampf schlägt sich in den Sommermorgen als Tau nieder auf die durstige Vegetation. Der Winter bringt uns wohl leichten Regen- und Schneefall – aber hast du bei uns je wirkliche Wolken gesehen? Fallen Regen und Schnee nicht vielmehr als feiner Niederschlag, wie aus einem zarten Nebel herab? Hätten wir eure Wolken, wahrlich, wir hätten unser Kanalnetz nicht zu ändern brauchen.«

Fridolin Frommherz nickte.

»Ich liebte euren wunderbar klaren Himmel, die Durchsichtigkeit eurer Luft, den ungetrübten Glanz eurer Gestirne – aber du hast recht, die Erde mit ihren Wolken ist von Natur doch wohl reicher als der Lichtentsprossene.«

»Auch wir waren einmal so reich an Wasser, wie ihr es jetzt noch seid, und es wird einmal die Zeit kommen, da ihr so wasserarm sein werdet, wie wir es jetzt sind. Dann ist bei uns schon alles Leben erloschen; dann ist nicht nur der letzte Rest unseres Wassers, dann ist auch unsere Luft verschwunden, und der starre Tod hält unseren Lichtentsprossenen umfangen. Und abermals schwinden die Jahrmillionen, – dann seid auch ihr nicht mehr; andere Gestirne und andere Wesen sind an unserer wie an eurer Stelle. – Doch nun lasst uns wieder zur Ruhe gehen; seht, das Gewitter hat ausgetobt! Lautlos und ruhig schwebt das Luftschiff jetzt wieder in der gereinigten Atmosphäre.«

Es war inzwischen schon Mitternacht vorüber. Nach wenigen Stunden, beim ersten Morgengrauen, sollte des Erdensohnes engere Heimat gesucht werden.

Die drei Freunde

Jedes Jahr am 7. Dezember versammelten sich sechs Gelehrte im Hause ihres Freundes Stiller auf Stuttgarts waldumrauschter, grüner Bopserhöhe. Es waren die Teilnehmer an jener ersten kühnen Weltfahrt durch den Ätherraum, die den Bruderplaneten Mars zum Ziele gehabt hatte. Bei ihrer Zusammenkunft feierten sie den Jahrestag des Aufstieges nach jener fernen, wunderbaren Welt und tauschten alte, liebe Erinnerungen aus an das eigenartige, ideal schöne Leben, das die Gelehrten zwei volle Jahre lang auf dem Mars hatten führen dürfen.

Eine Nachahmung hatte die gefahrvolle Reise nicht mehr gefunden. Die Gelehrten hatten berichtet, dass von den Marsiten weitere Besuche auf ihrem Planeten nicht mehr angenommen, sondern mit aller Entschiedenheit abgewiesen werden würden, damit die Höhe einer jahrtausendealten Kultur nicht durch schlechtes Beispiel Schaden leide. Diese Behauptung der Zurückgekehrten wurde zwar allgemein verlacht und dahin ausgelegt, dass aus sehr durchsichtigen Gründen die klugen Herren Professoren aus Tübingen sich für immer den Rekord der Weltenreisen sichern wollten. Aber auch ein merkwürdiges Missgeschick, das die Zurückgekommenen verfolgte, trug dazu bei, anderen kühnen Luftschiffern die Lust zu nehmen, das gewagte Experiment, über den Erdenkreis hinauszuschweifen, nachzumachen. Nein, die hoch entwickelte moderne Luftschifffahrt

Die Weltensegler

hatte wahrlich Praktischeres zu tun als fragwürdige Planetenfahrten auszuführen, deren Gelingen nur das Spiel des blinden, launischen Zufalles war.

Andere, wichtigere und aktuellere Fragen als nach fernen Sternen zu blinzeln bewegten die hastenden, unruhigen Menschen. Und so wurde kaum noch der heldenmütigen Reise gedacht. Das Rad der Zeit rollte weiter, es ließ die Erinnerung an die wichtige Großtat bei der Menge mehr und mehr verblassen. Nur als ein Jahr nach der Rückkehr der sechs Schwaben vom Mars ein Obelisk auf dem Cannstatter Wasen errichtet und feierlich enthüllt worden war, da gingen die Wogen der Begeisterung noch einmal hoch, da waren die gelehrten »Weltensegler« wieder einmal Gegenstand allgemeiner Huldigung.

Wie still war es aber seitdem wieder geworden, still auch im kleinen Kreise der Freunde, die seit der Rückkehr in die Heimat durch das trauliche, brüderliche Du inniger als je miteinander verbunden waren. Es schien, als ob sie nachgerade die Erde, die sich so stolz Welt nennt, immer weniger verstünden oder die Welt sie nicht mehr, trotz der unverdrossenen Mühe, die sie sich gaben, Marssches Licht in das Durcheinander irdischer Auffassung zu tragen.

In dem kleinen Freundeskreise war es in den elf Jahren, die jetzt seit ihrer Rückkehr vom Mars verflossen waren, allgemach lichter geworden. Rasch nacheinander waren drei der Teilnehmer an jener ewig denkwürdigen Reise gestorben, und nur drei waren noch übrig geblieben: Siegfried Stiller, der Astronom und Führer der Expedition, Bombastus Brummhuber, der Philosoph, und Paracelsus Piller, der Arzt.

In altgewohnter Weise saßen heute, am Jahrestag ihrer Abreise, die drei Freunde im großen, wohldurchwärmten Balkonzimmer des

Stillerschen Hauses beieinander. Von da aus genoss man einen herrlichen Blick über Stuttgart weg bis nach Cannstatt hin. Ein leichter Frost war eingezogen. Da und dort waren die dunkelgrünen Tannen mit silbernem Reif behangen. Umso behaglicher ließ es sich in dem vornehm ausgestatteten Gemache sitzen. Eine tiefe Stille herrschte, denn jeder der Herren war gerade mit seinen eigenen Gedanken beschäftigt.

»Was wohl Fridolin Frommherz macht?«, entfuhr es unwillkürlich den Lippen Pillers, des Arztes, der im bequemen Lehnstuhle saß und sinnend den Himmel betrachtete.

»Daran dachte auch ich in demselben Augenblicke«, entgegnete Stiller lächelnd.

»Nun, wie soll es dem Ausreißer dort oben gehen? Natürlich nur gut«, warf Brummhuber ein.

»Das können wir nur vermuten, mit Bestimmtheit aber nicht sagen, lieber Brummhuber«, erwiderte Stiller sanft.

»Was vermuten! Was nicht mit Bestimmtheit sagen!«, schrie Piller, dessen Stimmung seit Jahren schon mehr und mehr gereizt geworden war. »Ich sage euch, der Knabe Fridolin hat es besser als wir. Wie kann es einem Menschen im Paradiese der Marsiten, bei diesem geistig und körperlich gleich hervorragend gesunden Volke anders gehen als gut, als ausgezeichnet? Mich interessiert auch deshalb nicht, wie er sich befindet, nur was der Drückeberger treiben mag dort oben auf dem Lichtentsprossenen.«

»Er schreibt möglicherweise noch an dem deutsch-marsitischen Wörterbuche«, lachte Brummhuber. »Weißt du noch, Stiller, wie Eran, der würdige Patriarch, von dieser Art der Bestrafung des Ausreißers sprach, als du ihn der Nachsicht der Marsiten besonders empfahlst?«

Der Angeredete nickte lächelnd.

»Wohl bekomm's ihm! Die Arbeit hätte ich auf keinen Fall ausgeführt«, erwiderte Piller finsteren Tones.

»Mühevoll ist sie, gewiss«, bestätigte Stiller. »Fridolin wird aber ohne Zweifel seine Aufgabe gelöst haben, wenn auch erst nach Überwindung einer langen Reihe von Schwierigkeiten verschiedenster Art.«

»Recht hat er gehabt, dass er oben geblieben ist«, knurrte Piller.

»Nein, lieber Freund, dreimal nein! Doch streiten wir nicht über diesen Punkt! Darüber einigen wir uns zu meinem aufrichtigen Bedauern nie, wie mir scheint.«

»Piller neidet Frommherz eben den guten Marstropfen«, spottete Brummhuber.

»Hat etwas Wahres, was du sagst, Brummhuberchen. Im Übrigen, Stiller, bringe eine Flasche des heimischen Nektars. Ich habe eine sehr empfindliche Anwandlung von Schwäche.«

»Piller, wir kennen dich und deine vielen Schwächeanfälle«, antwortete Brummhuber, während Stiller aus dem Zimmer trat und den Befehl erteilte, den gewünschten Wein herbeizubringen.

Als der Gelehrte in das Gemach zurücktrat, fielen gerade die letzten Strahlen der untergehenden Sonne durch dessen hohe und breite Fenster. Eine Fülle goldenen Lichtes umspielte die hohe Gestalt des Gelehrten und seinen fein geschnittenen Kopf.

»Eran, nur etwas verjüngt«, rief Piller, als er seinen Freund in dieser Beleuchtung erblickte.

»Wahr gesprochen! Stiller hat eine merkwürdige Ähnlichkeit mit Eran«, bestätigte Brummhuber.

»Eine Ähnlichkeit, wenn auch nur äußerlich, mit diesem vortrefflichen Weisen der Marsiten könnte mich nur ehren«, entgegnete Stiller ernst.

»Du hast sie, und zwar in geradezu staunenerregendem Maße, seitdem du älter geworden bist. Haar und Bart sind ja jetzt auch bei dir weiß geworden. Und fällt das Licht auf dein Gesicht wie soeben, so ist diese Ähnlichkeit tatsächlich frappierend. Es fehlt dir nur noch die Kleidung, und du könntest sofort anstelle Erans in den Stamm der Weisen in Angola eintreten.«

»Diesem ehrwürdigen Alten zu gleichen, ihm ähnlich zu werden an Adel der Gesinnung und der Empfindung, und das Ideal meines Strebens hienieden wäre der Erfüllung nahe«, sprach Stiller leise, wie wehmütig vor sich hin.

»Na, kommen schon wieder trübe Gedanken?«, polterte Piller.

»Nein«, entgegnete Stiller ruhig, »dafür aber hier der gewünschte Wein«, als soeben die Türe aufging und der Bediente eintrat, auf einem silbernen Präsentierbrett den Wein mit Gläsern tragend.

Nachdem die Gläser mit dem duftenden, rötlich schimmernden Weine gefüllt waren, ergriff Stiller sein Glas und sprach:

»Weihen wir den ersten Schluck der Erinnerung an den heute zum vierzehnten Male wiedergekehrten Tag des Antrittes unserer Weltenreise.«

Die Gläser klangen zusammen. Piller hatte den Inhalt des seinen mit einem Schlucke geleert, füllte es sich von Neuem wieder, räusperte sich und rief:

»Der zweite Schluck, er gelte dem Andenken unseres Lebens auf jenem Planeten voll Licht und Freude.«

Wieder leerte sich Pillers Glas.

»Und ich bringe heute, erlaubt es mir, liebe Freunde, zum ersten Male mein Glas dem Andenken an Fridolin Frommherz«, sprach Brummhuber.

»Soll gelten, als drittes Glas. Frommherz' Sünde sei hiermit in Gnaden verziehen«, erwiderte Piller, indem er in andächtigem Zuge sein Glas austrank.

»Warum uns denn heute immer und immer wieder der Fridolin einfallen muss?«, schimpfte Piller nach einer Weile und begann sich heftig zu schnäuzen, um sein gestörtes seelisches Empfinden wiederherzustellen.

»Mir will heute die Erinnerung an ihn auch nicht aus dem Kopfe«, versicherte Brummhuber. »Wäre er nicht so unendlich weit von uns entfernt, jede Möglichkeit einer Rückkehr ausgeschlossen, so würde ich glauben, dass er nach dem bekannten Sprichwort urplötzlich erscheinen müsste.«

»Und warum sollte dies ein Ding der Unmöglichkeit sein?«, fragte Stiller. »Sind wir hinauf- und wieder heruntergekommen, ebenso gut oder womöglich noch besser oder leichter dürften die Marsiten mit Freund Fridolin den Weg zur Erde finden, wenn sie ernstlich wollten.«

»Ja, wenn sie wollten! Die werden es aber bleiben lassen, unserer Erde einen Besuch abzustatten nach den schwarzen Bildern, die wir oben von ihr entworfen haben«, knurrte Piller.

»Ja, wir malten recht düster damals in Angola«, warf Brummhuber ein.

»Aber durchaus wahr. Und rückhaltloseste Wahrheit und Offenheit waren wir den edlen Marsiten schuldig«, bemerkte Stiller.

»O Angola!«, seufzte Piller, sich wieder kräftig schnäuzend. »Doch was nützt die Sehnsucht nach diesem Eden? Vorbei, vorbei für immer!«

»Sei aufrichtig dankbar für die herrliche Erinnerung daran, die dir geblieben ist«, verwies ihn Stiller.

»Lass mich lieber Lethe trinken und schieb mir die Flasche zu, Freund Siegfried«, bat Piller.

Lächelnd gehorchte Stiller.

»Immer derselbe!«, tadelte Brummhuber. »So treibst du es an jedem siebenten Dezember, seit wir wieder hier unten weilen.«

»Mensch und Freund, wie prosaisch bist du wieder einmal! Wie wenig verstehst du mich! Nur wer die Sehnsucht kennt, weiß, was ich leide, kann auch ich mit dem Dichter sagen.«

»Wir wollen dir deshalb auch mildernde Umstände zubilligen, Piller, und eine neue Flasche bestellen, wenn wir auch dein sogenanntes Leiden nur cum grano salis gelten lassen«, entgegnete Stiller mit freundlichem Lächeln und die Klingel ziehend.

»Stiller, altes Haus, du verstehst mich immer wieder am besten«, lobte Piller.

»Als ob zu diesem Verständnis viel gehören würde!«

»Gut gebrummt, Brummhuberchen! Doch hier kommt neue Labung. Mit Wärme füllt der edle Wein mein ganzes Ich.«

»Das wissen wir schon lange, Piller. Es bedarf wahrlich keiner besonderen Betonung mehr.«

»Brummhuber, heute bist du einmal deines Namens wieder vollkommen würdig.«

»Friede, meine lieben Freunde, Friede!«, mahnte Stiller.

»Ich bin stets friedvoll gestimmt, und nichts liegt mir ferner, als diese hehre Stunde des Zusammenseins durch Streit zu entweihen. Schon die Blume dieses heimischen Nektars wirkt dämpfend auf jegliche Empfindung und stimmt versöhnungsvoll«, entgegnete Piller.

Der Dezemberabend fing an, in den gemütlichen Raum seine leichten Schatten zu werfen.

»Soll ich Licht machen?«, fragte Stiller seine Gäste.

»Nein, noch nicht!«, bat Brummhuber. »Es lässt sich in der Dämmerstunde so hübsch träumen.«

»Und auch plaudern«, warf Piller ein. »Ich bewundere immer von Neuem wieder dein schönes Heim, das du dir hier geschaffen hast. Stiller. Es ist wie du selbst.«

»Wie meinst du das?«

»Nun, gediegen, vornehm, ruhig und voll stillen Zaubers.«

»Ja, bei Freund Stiller lässt es sich leben. Da fühlt man sich beinahe so wohl geborgen wie auf dem Mars«, bemerkte Brummhuber.

»Für uns das Angola Schwabens«, fügte Piller bei.

»Ihr übertreibt, beste Freunde«, erwiderte Stiller heiter. »Und doch freuen mich diese Vergleiche gerade von euch. Was wart ihr für nüchterne, poesielose Menschen, bevor ihr nach dem Mars kamt, und welch große Umformung eures ganzen Innern brachte der Aufenthalt dort oben mit sich!«

»Man macht nicht ungestraft eine solche Exkursion«, antwortete Piller trocken.

»Nun, dieses Resultat will ich mir gern gefallen lassen«, entgegnete Stiller.

»Und doch, es ist wahr: Ungestraft waren wir nicht so lange auf dem Lichtentsprossenen. Erinnerst du dich noch jenes letzten herrlichen Abends in dem Palaste der Weisen in Angola?«

»Ja, noch sehr gut«, erwiderte Stiller leise.

»Wohl! Fremdlinge werden wir da sein, wo wir geboren wurden, wo wir früher gelebt, gerungen, für unsere heiligste Überzeugung gestritten haben. Diese mir unvergesslich gebliebenen Worte sprachst du damals. O Stiller, wie sehr hast du recht gehabt!«

Es klang wie ein schlecht unterdrückter Schrei des Schmerzes, diese Entgegnung Pillers.

»Mein lieber Freund, steht es so mit dir?«

Stiller war, überrascht durch diese an Piller ganz ungewöhnliche Gefühlsäußerung, aufgestanden und auf ihn zugetreten, ihm die Rechte auf die Schulter legend.

»Mein treuer Gefährte«, sprach er sanft, »du leidest ja auch an Heimweh nach dem Mars wie wir. Zum ersten Male offenbarst du es uns. Und dennoch! Wir müssen es zurückdrängen um des Großen willen, das wir hier unten verfolgen.«

»In dieses Granitgebirge menschlicher Vorurteile und Blindheit, Schwäche und Feigheit einen Tunnel der Aufklärung zu bohren ist nahezu ein Ding der Unmöglichkeit«, antwortete Piller gereizt.

»Denn die Dummheit währet ewiglich«, fügte Brummhuber hinzu.

»Warum auf einmal so kleinmütig, meine Freunde?«, fragte Stiller. »Dir, Brummhuber, will ich zugeben, dass die Dummheit niemals völlig ausgerottet werden kann, weil sie nichts anderes bedeutet als geistige Minderwertigkeit. Minderwertige Menschen aber wird es immer geben.«

»Sehr wahr!«, warf Piller ein.

»Nun wohl! Diese Menschen vor verhängnisvoller Tätigkeit zu bewahren, sie von verantwortungsvollen Posten auszuschließen, ist kein Ding der Unmöglichkeit. Schon jetzt wird diese Scheidung, eine Art gesunder Auslese, bis zu einem gewissen Grade da und dort auch durchgeführt. Je mehr die naturwissenschaftliche Bildung Gemeingut aller wird, umso weniger wird sich der Dumme breitmachen können.«

»Keine Frage. Wir sind aber leider noch sehr weit von deinem Ideale entfernt.«

»Gewiss, lieber Piller. Um aber auf deine Worte von vorhin zurückzukommen, so benötigen wir gar nicht dieses Tunnels, den du sinnbildlich anführtest. So schnell geht es mit dem Vorwärtsschreiten der Menschen nicht, wie der Bohrer den Granit zu durchlöchern vermag. Ist auch gut so. Das Beste benötigt der längsten Reifezeit. Und verwittert nicht schließlich auch der härteste Granit nur allein durch äußere Einflüsse? Seht, meine lieben Freunde, so ist es auch mit unserem Wirken. Wir müssen froh sein, wenn wir da und dort aus dem die Menschheit so fürchterlich tyrannisierenden System alter, unnatürlicher Einrichtungen, aus dem scheinbar so unzerstörbar fest verankerten Bau der unser Dasein beherrschenden Lügen einzelne Steine herausbröckeln, dem Prozesse der weiteren Verwitterung die Wege öffnen. Unsere kleine Gemeinde von heute wird sich morgen mehren. Was ist ein Jahrhundert Kulturarbeit? Ein Tropfen im Ozean des Lebens! Diese Tatsache muss uns bescheiden machen, darf uns aber nicht entmutigen. Einst muss eine Zeit kommen – dies ist meine feste Überzeugung! –, die in ähnlicher Weise das Menschheitsideal verwirklicht, wie wir es oben auf dem

Mars kennengelernt haben. Sie vorbereiten zu helfen, jeder an seinem Platze und zu seiner Zeit, ist die Aufgabe dessen, der auf den Ehrentitel eines wirklichen Menschen Anspruch erhebt.«

Stiller schwieg. Seine kleine Rede hatte ihre Wirkung auf die beiden Freunde nicht verfehlt. In Gedanken versunken saßen sie da. Inzwischen war auch in dem Zimmer die Dämmerung der Nacht gewichen.

»Glänzt dort drüben am südlichen Himmel nicht Mars?«, fragte Brummhuber, der zufällig aus seinem tiefen Sinnen erwacht war und einen Blick durchs Fenster geworfen hatte.

»Wahrhaftig, er scheint es wirklich zu sein«, rief Piller, der dem Beispiele Brummhubers gefolgt war.

»Ihr habt recht, liebe Freunde, es ist Mars, der nun wieder in die Nähe der Erdbahn gelangt ist. Ich lade euch ein, mit mir hinüber in mein Observatorium zu kommen und den Planeten durch das Teleskop näher zu betrachten.«

»Mit dem größten Vergnügen«, erwiderten die Freunde wie aus einem Munde.

»So lasst uns gehen! Ich habe euch Interessantes zu zeigen, das ich schon seit einiger Zeit am Lichtentsprossenen beobachtete.«

Bald nachher befanden sich die Herren in dem Stillerschen Arbeitsraume. Das große Teleskop wurde eingestellt, und die Betrachtung des fernen Weltkörpers begann.

»Fällt dir nichts am Mars auf, Piller?«, fragte Stiller seinen Freund, nachdem dieser lange den Planeten durch das Fernrohr angesehen.

»Täuschen mich meine Augen nicht, so sehe ich neben den uns ja persönlich bekannten Kanälen feine dunkle Linien.«

»Sehr richtig. Und vielleicht sonst noch etwas?«

»Halt, ja, noch große, weiße, flächenartige Punkte, zu denen strahlenförmig die dunklen Linien hinführen. Was dies wohl alles zu bedeuten hat? Das existierte doch noch nicht, als wir oben waren.«

»Nein. Ich will es dir nachher zu erklären suchen. Mein Kompliment aber für dein scharfes Auge und dein gutes Unterscheidungsvermögen.«

Piller wurde jetzt von Brummhuber am Instrumente abgelöst.

»Wirklich, es ist so, wie Piller sagte. Mir kommt es auch noch vor, als ob die Eismassen der polaren Zonen gegen früher ganz bedeutend zurückgegangen wären«, äußerte Brummhuber nach sorgfältiger Prüfung.

»Auch du siehst vollkommen richtig, Brummhuber. Wir wollen jetzt ins warme Haus zurückkehren und nachher diese neuen eigenartigen Erscheinungen auf dem Mars besprechen.«

In dem Speisezimmer nahmen die drei Freunde zunächst ein bescheidenes Abendessen ein. Dann zogen sie sich wieder in das Balkonzimmer zu gemütlicher Plauderei zurück.

»So, Freund Stiller, erkläre uns nun das, was uns am Mars aufgefallen ist«, bat Piller, sich bequem in seinem Lehnstuhle ausstreckend.

»Auch ich bin außerordentlich gespannt darauf«, bemerkte Brummhuber.

»Das, was ihr heute Abend gesehen habt, entdeckte ich schon vor längerer Zeit. Ja, ich darf ohne Übertreibung sagen, dass ich die euch aufgefallenen Veränderungen gewissermaßen in ihrem Entwicklungsgange verfolgt habe.«

»Was du nicht sagst! Aber warum sprachst du uns niemals davon?«, warf Piller überrascht ein.

»Weil ich das Ende erst abwarten, mir vor allem aber zuerst selbst eine möglichst einwandfreie Erklärung dieser Veränderungen geben wollte.«

»Und hast du sie gefunden?«, fragte Brummhuber.

»Ich glaube, ja!«

»Wie interessant! Stiller, du bist und bleibst ein Kapitalmensch.«

»Danke für deine gute Meinung, Freund Piller. Die Deduktion, der Schluss vom Allgemeinen auf das Besondere, war aber im vorliegenden Falle keine allzu große Schwierigkeit, zumal wir ja unseren schönsten Lebensabschnitt dort oben verlebt und die eigenartigen Verhältnisse des Planeten aus eigener Anschauung kennengelernt haben.«

»Immer derselbe bescheidene Mann«, brummte Piller. »Doch, bitte, fahre fort.«

»Jene feinen Linien, die ihr längs den alten Kanälen gesehen habt, sind neue Wasserstraßen, die flächenartigen Punkte erkläre ich mir als überdeckte Sammelbecken oder Stauwerke riesigster Konstruktion, alles ausgeführt, um einer drohenden Wassersnot zu begegnen. Dass eine solche auf dem Mars tatsächlich vorhanden sein muss, beweist mir die starke Abnahme der Eismassen an den beiden Polen. Eure Beobachtungen glaube ich somit mit wenigen Worten ziemlich richtig gedeutet zu haben.«

»Alle Wetter, du magst recht haben«, erwiderte Piller. »Ich empfinde aufrichtiges Mitgefühl mit den Marsiten, die so schwer um die Grundbedingung ihrer Existenz kämpfen müssen. Aber eine Frage! Ändert sich die Lage nicht auch wieder einmal zum Guten da oben?«

»Diese Frage glaube ich bejahen zu dürfen nach dem, was ich auf dem Mars selbst gehört habe«, antwortete Stiller.

»Eine wahre Beruhigung! Aber mit Bewunderung muss uns erfüllen, was wir geschaut haben. Das neue Kanalsystem konnte gewiss nur durch die Arbeit aller ausgeführt worden sein«, äußerte sich Brummhuber.

»Ohne Zweifel. Dafür sind es eben die Marsiten. Nur ein solches Volk von dieser hohen Kultur kann Bauten dieser gewaltigen Art für das allgemeine Wohl ausführen.«

»So ist es, wie du sagst, Stiller«, bestätigte Piller.

»Unser Fridolin wird da wohl auch mitgearbeitet haben«, lachte Brummhuber. »Seine Paradiesidylle hat dadurch einen bösen Stoß erhalten.«

»Wer weiß?«, entgegnete Stiller. »In der strengen Arbeit liegt der Segen. Sie allein berechtigt uns, als Gegenwert eine gewisse Summe an Freuden und Annehmlichkeiten vom Leben zu erwarten. Dies gilt auch für unseren Frommherz. Gerade dieser Riesenkampf ums Dasein dort oben, den ich in den stillen Stunden der Nacht von hier aus mit meinem Fernrohre verfolgen konnte, machte auf mich, nachdem ich über seine Ursache endlich klar geworden war, einen außerordentlich tiefen Eindruck. Ein Volk, dessen Solidaritätsgefühl eine derartige Probe auf seine Echtheit auszuhalten vermag, muss aus aller Not und Gefahr stets siegreich hervorgehen. Welch ein Vorbild für uns! Ob wir es wohl jemals erreichen werden?«

Piller musste sich nach diesen Worten seines Freundes wieder kräftig schnäuzen.

»Pygmäen sind und bleiben wir dagegen«, knurrte er.

»Hältst du dich vielleicht für einen?«, fragte Brummhuber spottend.

»Nimm dich in Acht, Brummhuber! Fordere meinen Zorn nicht heraus!«

»Die Frage hatte eine gewisse Berechtigung«, bemerkte Stiller. »Das Vorwärtsschreiten menschlichen Geistes kannst du nicht bestreiten. Nimm es dir selbst ab, Freund Piller. Jeder Fortschritt in der tieferen Erkenntnis der Wahrheit bedeutet zugleich den Fortschritt in der höheren Ausbildung unserer menschlichen Vernunft. Nur durch Vernunft und Wahrheit können wir des Menschen schlimmste Feinde, die Unwissenheit und den Aberglauben, bekämpfen. Nur dadurch steigen wir höher auf der Leiter der sittlichen Vervollkommnung.«

»Stiller, alter Freund, ich lasse dir ja gerne das letzte Wort, so lass mir für heute wenigstens den letzten Trunk!«

»Sollst ihn haben, du ewig Durstiger. Aber dann zu Bett. Der morgige Tag ruft uns wieder nach Tübingen, und es ist schon sehr spät geworden.«

»Gut, dass wir bei dir zu Hause sind«, lachte Piller fröhlich, als der Wein vor ihm stand. »So lässt sich ein Schlummerschöpplein noch gemütlich schlürfen. Prosit!«

Wieder auf der Erde

Ein Frühling mit all seiner Pracht hüllte in ein Meer von Blüten die Bäume und Sträucher auf den Wiesen und in den Gärten des gesegneten Neckartales. Mai war es geworden. Ein schöner, warmer Morgen folgte einer Nacht voll Milde und Wohlgeruch. Die Sonne war noch nicht aufgegangen. Die Rötung des östlichen Himmels verkündete aber ihr baldiges Nahen. Die Distelfinken begannen bereits ihre ungestümen Triller zu schmettern; die Amseln sangen da und dort auf der Spitze eines Baumes sitzend ihr melodisches Morgenlied; die Sperlinge trieben sich in gewohnter Weise lärmend und miteinander zankend in Scharen herum, als ein ungewohnt heftiges Rauschen in der Luft die Vogelwelt auf Cannstatts Wasen in ihrem lauten Tun und Treiben plötzlich innehalten und erschreckt die Flucht ergreifen ließ.

Mit großer Geschwindigkeit senkte sich von oben herab ein eigenartig gebautes Luftschiff, wie es in dieser Form und Größe hier noch niemals zuvor gesehen worden war. Ohne auch nur die geringsten Schwankungen zu zeigen oder sich zu überstürzen, erfolgte der fallartige Abstieg des Flugschiffes mitten auf dem großen Platz des Cannstatter Wasens. Es musste meisterhaft gesteuert werden; denn mit einem Ruck hielt das gewaltige Fahrzeug, auf dem Boden angekommen, still, ohne irgendwelche Befestigung durch Taue oder Anker. Die Gondel lag direkt auf dem Boden.

Von verschiedenen Seiten, so vom nahen Untertürkheim und von Cannstatt aus, war die verblüffend sichere Landung des eigentümlichen Luftschiffes bemerkt worden. Man sah auch ferner, dass der Gondel ein Mann in sonderbarer Kleidung entstieg. Kaum hatte der Angekommene die Gondel verlassen, als das Fahrzeug sich wieder hob und mit einer staunenerregenden Schnelligkeit im Luftmeere verschwand. Dies alles war das Werk von wenigen Augenblicken.

Der Mann, der hier gelandet worden, war stehen geblieben und schaute dem sich entfernenden Flugschiffe nach, solange es noch gesehen werden konnte. Dann erst wandte er sich um und betrachtete, langsam vorwärtsschreitend, die Gegend. Sie schien ihm bekannt zu sein, denn er lenkte seine Schritte gegen Cannstatt zu. Da fiel sein Blick auf einen mächtigen Obelisken, der sich auf der linken Seite seines Weges erhob und von einem hohen Eisengitter umgeben war.

Professor Fridolin Frommherz, denn das war der der Gondel entstiegene Fremdling, schritt, neugierig geworden durch das imposante Denkmal, auf den Gedenkstein zu. Überrascht und freudig berührt blieb er vor dem Obelisken stehen. Auf der ihm zugewandten Seite des Monumentes las er die eingemeißelten und vergoldeten Worte:

ZU EWIGEM RUHM UND ANDENKEN
AN DIE UNVERGLEICHLICH KÜHNE
IN IHREM ERFOLG EINZIG DASTEHENDE
FAHRT SCHWÄBISCHER SÖHNE DURCH DEN WELTRAUM.
DAS DANKBARE VATERLAND.

Auf der zweiten Seite war zu lesen:
*VON DIESEM PLATZE HIER FUHREN
DIE WELTENSEGLER NACH DEM FERNEN
PLANETEN MARS AB 7. XII. 19...
IHRE NAMEN LAUTEN:
S. STILLER, P. PILLER,
D. DUBELMEIER, H. HAEMMERLE,
B. BRUMMHUBER, T. THUDIUM,
FR. FROMMHERZ*

Die dritte Seite trug die Mitteilung:
*NACH NAHEZU DREIJÄHRIGER ABWESENHEIT
UND ZWEIJÄHRIGEM AUFENTHALT AUF DEM MARS
KEHRTEN SECHS DER KÜHNEN WELTENSEGLER
GLÜCKLICH WIEDER IN DIE HEIMAT ZURÜCK.
OKTOBER 19...*

Und hier auf der vierten Seite, da wahrhaftig, da war ja von ihm selbst die Rede. Frommherz las:
*ZUR ERDE NICHT MEHR ZURÜCKGEKEHRT,
FÜR IMMER AUF DEM MARS GEBLIEBEN
DER SIEBENTE TEILNEHMER DER WELTENFAHRT
FRIDOLIN FROMMHERZ.*

»Der erste Gruß der Heimat und wahrlich kein übler«, sprach Herr Frommherz vor sich hin, als er den Obelisken sattsam von allen Seiten betrachtet hatte. »Wie froh bin ich, gleich bei meinem Betreten des heimatlichen Bodens vernehmen zu dürfen, dass meine Gefährten glücklich wieder heimgekehrt sind. Ich fasse dies als ein gutes Vorzeichen auf.«

Ohne dass Frommherz es bemerkte, hatte sich inzwischen eine Anzahl Neugieriger um ihn versammelt, die den Mann mit den langen wirren Haaren und dem großen ungepflegten Bart und seine auffallende und sonderbare Kleidung voll Staunen betrachteten. Woher der wohl gekommen sein mochte? Keiner wagte dem sichtbar Verwahrlosten näher zu treten und ihn direkt zu fragen. Ein unbestimmtes Gefühl respektvoller Scheu hielt die Leute zurück.

In ruhiger Würde und edler Haltung, die auf die sich mehrenden Neugierigen ihren Eindruck nicht verfehlte, wandte sich Frommherz von dem Denkmal weg und schritt weiter Cannstatt zu, hinter ihm der Menschenhaufen, der in dem Maße anschwoll, in welchem die Stadt näher kam. Schutzmann Dietrich begann eben gegen den Wasen zu die erste Morgenrunde zu machen. Nach neuer Abwechslung in seinem Berufe lüstern und in jedem ihm nicht näher bekannten menschlichen Individuum wenigstens einen halben Gauner witternd, stürzte er sich, mit nur schwer unterdrücktem Freudenschrei, auf den ahnungslos daherschreitenden Frommherz.

»Halt, Mann!«, gebot er, den Fremdling von oben bis unten mit finsteren Blicken musternd, eine Prüfung, die sehr zu Ungunsten des Wandersmannes auszufallen schien, trotz oder gerade wegen der auffallend schönen Gepäcktasche, die der Fremde bei sich trug und die zu seinem saloppen Äußeren durchaus nicht passen wollte. Des Schutzmanns Gesicht verdüsterte sich in drohendster Weise.

»Woher des Wegs?«, fragte er kurz und grob.

»Von da oben!«

Mit diesen Worten wies Frommherz gen Himmel.

Der Handbewegung des Gelehrten folgte unwillkürlich der Blick des Schutzmannes.

»Machen Sie keinen Unsinn! Ich verbitte mir das!«, schrie er.

»Also nochmals, woher kommen Sie?«

»Von jenseits des Erdenkreises«, antwortete Frommherz lächelnd.

Diese Antwort ging über Schutzmann Dietrichs schwaches Begriffsvermögen.

»Der Mann hier ist mit einem Luftschiffe gekommen. Ich sah es von Weitem«, mischte sich jetzt einer der neugierigen und freiwilligen Begleiter des Gelehrten in das Verhör.

»Soso, ist das also ein solcher Reisender?«, erwiderte der Schutzmann etwas gedehnt. »Ja, jetzt fahren sie öfters über die Grenzen weg in unser Land hinein und stellen allerlei Unfug an.«

Wieder traf Frommherz ein finsterer Blick unverhohlenen Misstrauens.

»Wer sind Sie?«, inquirierte der Schutzmann weiter.

»Ein engerer Landsmann, ein Schwabe wie Sie!«

»Das glaube ich nicht. Sie sehen gar nicht so aus. Wo sind Ihre Ausweispapiere?«

»Ich führe keine bei mir.«

»Das genügt! Also schriftenlos und herumvagabundierend. Sie kommen mit mir zur Polizei«, entschied der Vertreter der heiligen Hermandad.

»Die Sache wird sich bald klären«, erwiderte Frommherz und folgte seinem grimmigen Führer.

Die Geschichte fing an, ihm Spaß zu machen, war sie doch so recht heimatlich.

Herr Polizeikommissarius Gustav Grobschmiedle, zu dessen Abteilung Schutzmann Dietrich gehörte, war nicht wenig überrascht, als die Tür seines Amtszimmers aufging und über dessen Schwelle ein höchst merkwürdig gekleideter Mann trat, hinter ihm der Polizist mit schlauem Lächeln.

»Ein richtiger Vagabund im Fastnachtsanzug«, brummte Herr Grobschmiedle vor sich hin, als er den sonderbaren Fremden von der Seite mit stolzer, verächtlicher Amtsmiene gestreift hatte.

»Rapportiere gehorsamst, Herr Kommissär, dass ich diesen Mann hier, weil schriftenlos und in unpassendem Aufzug sich am frühesten Morgen auf dem Wasen herumtreibend, als verdächtig aufgegriffen habe.«

Während der Schutzmann seinen Bericht herausschmetterte, legte Frommherz in aller Seelenruhe sein elegantes Bündel auf die Bank an der Wand. Der Kommissar und der Schutzmann hatten sein Tun scharf beobachtet. Ihre Blicke begegneten sich.

»Diese kostbare Tasche muss der Kerl irgendwo gestohlen haben«, drückte die Augensprache der beiden deutlich aus.

Der Eingelieferte wandte sich nun nach dem Beamten um. In seinen klaren blauen Augen lag ein so hoher, zur Achtung zwingender Ausdruck, dass der Kommissar unwillkürlich etwas höflicher, als es sonst seine Gepflogenheit war, das Verhör begann.

»Ihr Name?«

»Fridolin Frommherz.«

»Geboren?«

»26. September 19...«

»Wo?«

»In Cannstatt.«

»Beruf?«

»Früher Professor an der Landesuniversität in Tübingen.«

»Ich muss Sie darauf aufmerksam machen, nur streng der Wahrheit entsprechende Angaben zu machen.«

»Für mich ganz selbstverständlich!«

»Letzter Aufenthaltsort?«

»Lumata.«

»Lu-Lu-Lu-ma-mata?«

»Lumata! Das a scharf gesprochen«, korrigierte Frommherz.

»Kenn' ich nicht. Wo liegt denn der Flecken?«

»Auf dem Mars.«

»Mars? Was ist denn das für ein Land?«

»Das ist ein Planet, ähnlich unserer Erde, nur einige Millionen Kilometer von ihr entfernt.«

»Herr, Sie wollen mich, scheint's, nur zum Besten haben?«, brauste Herr Grobschmiedle auf.

»Durchaus nicht, mein Lieber.«

»Ich bin nicht Ihr Lieber. Verstehen Sie mich?«, brüllte der Kommissar.

»Gewiss! Ich habe ja noch glücklicherweise ein gutes Gehör.«

»Der Mann soll mit einem Luftschiffe gekommen sein«, warf Schutzmann Dietrich ein.

»Sie habe ich nicht danach gefragt«, schnaubte Herr Grobschmiedle seinen Untergebenen an.

»Es ist so, wie der Mann sagt«, bestätigte Frommherz.

»Und Sie haben nur zu antworten, wenn ich Sie frage«, schrie der Kommissar zornig. »Sie stehen hier vor einem Vertreter der Staatsgewalt und haben sich dementsprechend zu benehmen.«

Über das Gesicht Frommherz' huschte ein spöttisches Lächeln.

»Warum lachen Sie?«

»Nur über die Art meines ersten Empfanges in der teuren Heimat nach mehr als vierzehnjähriger Abwesenheit.«

»Sie haben keine Ausweispapiere bei sich?«, fuhr der Beamte fort, ohne die Bemerkung Frommherz' zu beachten.

»Nein, ich sagte dies bereits dem Schutzmann.«

»Das ist sehr verdächtig. Zu Ihrem anstößigen Aufzug passt überdies die Tasche nicht, die Sie da mitbrachten. Und ... hm ... und Ihre übrigen Angaben glaube ich Ihnen einfach nicht.«

»Das verüble ich Ihnen nicht im Geringsten, zumal dieser Glaube Ihre Privatsache ist«, erwiderte der Gelehrte.

»So geben Sie also zu, unwahre Angaben gemacht zu haben?«

Aber der Kommissar hatte kaum diese verletzenden Worte gesprochen, als sich Frommherz in voller Größe stolz aufrichtete.

»Mein Herr!«, redete er den Kommissar an. »Sie mögen meine Angaben in Zweifel ziehen, das ist, wie ich sagte, Ihre persönliche Angelegenheit. Ihre Pflicht aber ist es, diese Angaben zunächst ruhig und sachlich auf ihre Richtigkeit zu prüfen. Das muss ich auf das Entschiedenste verlangen. Es ist ein Akt selbstverständlicher Billigkeit. Bis jetzt bereitete mir die Art, wie ich hier nach meiner Rückkehr von einem fernen Weltkörper empfangen und behandelt wurde, einen gewissen Spaß. Es ist höchste Zeit, ihm nun ein Ende zu machen. Haben Sie die Güte, sofort nach Tübingen an Herrn Professor Stiller zu depeschieren. Dieser Herr wird nicht nur umgehend die Angaben über meine Person als völlig richtig bestätigen, sondern auch jede gewünschte Bürgschaft Ihnen gegenüber leisten, damit ich aus dieser geradezu unwürdigen Behandlung tunlichst schnell befreit werden kann.«

Staunend hatte der Kommissar dieser Rede gelauscht. So wie dieser Mann da hatte noch niemals vorher ein Eingelieferter mit ihm zu sprechen gewagt. Sein sonst so stark ausgeprägter Beamtendünkel hatte zum ersten Male eine kräftige Erschütterung erfahren. Verlegen kratzte sich Grobschmiedle hinter dem Ohre. Wenn der Kerl nun doch kein Spitzbube wäre? Der Kommissar erinnerte sich plötzlich, dass ihm schon mancher gewandte und wohlgekleidete Gauner aus den Fingern geschlüpft war und dass er sich umgekehrt schon an manchem Unschuldigen vergangen hatte, nur weil er verschüchtert war und äußerlich einen weniger günstigen Eindruck gemacht hatte. Verschiedene Klagen waren hin und wieder gegen seinen Übereifer laut geworden und hatten ihm derbe Nasenstüber und Warnungen vonseiten seiner Vorgesetzten eingetragen.

Der augenblickliche Fall war verzwickt und mahnte zur Vorsicht. So viel stand fest. Aber das Misstrauen war nun einmal in ihm rege. Fortlassen konnte und durfte er doch nicht ohne Weiteres einen Menschen, der nicht einmal das geringste glaubwürdige Ausweispapier mit sich führte.

»Ich bin zu meinem Vorgehen Ihnen gegenüber kraft des Gesetzes berechtigt«, erklärte er endlich nach längerer Überlegung.

»Das mag sein. Dieses Gesetz hindert Sie aber gewiss nicht, meinem Wunsche zu entsprechen und sogleich Erkundigungen über mich einzuziehen«, entgegnete Frommherz bestimmten Tones.

»Hm, hm, nein, das allerdings nicht. Wer zahlt aber die Depesche?«

»Natürlich ich!«

Frommherz schloss seine Tasche auf, entnahm ihr eine alte seidene Börse, in der er noch einige Dutzend deutscher Goldstücke aufbewahrt hatte.

»So setzen Sie selbst die Depesche auf«, antwortete Grobschmiedle auffallend milder gestimmt, als er die gut gefüllte Börse des Fremden erblickte, und schob ihm ein Telegrammformular mit Feder und Tinte zu.

Frommherz warf mit kräftigen Zügen folgende Depesche auf das Papier:

»Professor Dr. Stiller, Universität Tübingen. Heute früh vom Mars hier gelandet, wurde ich von Cannstatts Polizei in Verwahr genommen, weil keinen befriedigenden Ausweis über meine Person in Marsitenkostüm besitzend. Befreie mich sofort aus der komischkritischen Lage, in die ich geraten.

Herzlichen Freundes- und Brudergruß

Fridolin Frommherz.«

»Besorgen Sie die Depesche, Dietrich«, befahl der Kommissar.

»Ich habe noch eine kleine Bitte!«

»Was soll's sein?«, brummte der Beamte.

»Würden Sie mir nicht eine Tasse Tee oder Kaffee nebst einigen Brötchen gestatten?«

»Warum nicht«, entgegnete der Kommissar, der inzwischen die Depesche gelesen und durch ihren Inhalt sich mehr und mehr aus der Rolle des Anklägers und Beschuldigers in die des unbewusst Schuldigen fallen fühlte.

Das Telegramm war aufgegeben. Frommherz hatte mit Behagen sein erstes frugales Frühstück auf Erden wieder im Amtszimmer des Polizeigewaltigen verzehrt und machte nun in seinem Tagebuche die letzten Notizen. So waren gegen zwei Stunden ruhig verflossen, als in sausender Geschwindigkeit ein Autoelektrik in Cannstatts Mauern einfuhr und vor dem Polizeikommissariat hielt. Dem Wagen entstiegen drei Herren. Die Türe des Amtszimmers wurde hastig aufgerissen, und herein stürzte als Erster Piller.

»Ha, er ist's, er ist's tatsächlich! Ich kenn' ihn an der Narbe auf seiner Stirn. Her an meine Brust, Fridolin, Freund und Bruder!«, schrie Piller voll freudiger Aufregung und umarmte den von seinem Sitze Aufgestandenen.

Auch Stiller und Brummhuber begrüßten den so unerwartet wiedergekehrten Freund auf das Innigste. In Piller aber kochte es wie in einem Vulkan über den seinem Freunde angetanen Schimpf.

»So, also da herein in dieses übel riechende Wachtlokal haben sie dich geschleppt, nachdem du kaum den Boden des teuren Schwabenlandes betreten?«, wetterte er. »O heilige Einfalt, dreimal gebenedeite Dummheit!«

»Der Herr hatte keine Ausweispapiere«, suchte sich der Kommissar zu entschuldigen. »Auch der ganze Aufzug war uns verdächtig, kurz ...«

Aber Piller ließ Herrn Grobschmiedle nicht ausreden.

»Mensch, ihre pyramidale Dummheit hat Sie heute zu einem weltberühmten Mann gemacht und Ihnen die Unsterblichkeit gesichert. Hier steht der Gelehrte, der nach vierzehnjährigem Aufenthalte auf dem Planeten Mars wieder zur Erde zurückkehrte und den zuerst zu empfangen und zu begrüßen Sie die hohe Ehre hatten. Und wie würdig haben Sie sich dieser Ehre gezeigt!«, brüllte Piller heraus und wand sich förmlich vor Lachen. »So etwas an Tollheit kann wahrlich nur bei uns vorkommen! Ein Schwabenstreich, wie er im Buche steht!«

»Lass gut sein«, bat Frommherz den Aufgeregten. »Der Mann tat ja nur seine Pflicht. Jetzt ist ja alles wieder gut. Das einzig Richtige ist, wir lachen über die Sache.«

»Fridolin hat recht. Freuen wir uns, dass er wieder bei uns ist, und verzeihen wir den Missgriff des Beamten«, riet Stiller.

Der Kommissar, der schon die Dienstentlassung vor Augen sah, atmete erleichtert auf, als er diese Worte hörte. Und als Frommherz auf ihn zutrat und ihm mit freundlichem Zuspruche die Hand zum Abschiede reichte, da schimmerte es feucht aus den Augen des Gefühlsregungen sonst wenig zugänglichen Polizeibeamten.

»Nun heraus aus der Bude und nach dem Kursaal!«, drängte Piller.

»Ich habe das dringende Bedürfnis nach einem Bade«, erklärte Frommherz.

»Sollst es haben! Währenddessen bestellen wir ein ordentliches Essen und besorgen dir hier einen modernen irdischen Anzug; denn im Marsitenkostüm, an dem die Spuren deiner Reise kleben, kannst du nicht unbelästigt unter Erdenmenschen wandeln«, bemerkte Piller.

»Habe es bereits erfahren«, entgegnete Frommherz lächelnd.

Dann stiegen die Herren in das Auto, und hinaus ging es an Cannstatts schönsten Ort.

Mit Blitzesschnelle hatte sich inzwischen von der Vorstadt Cannstatt aus in ganz Stuttgart das Gerücht verbreitet, der siebente und letzte der Gelehrten, der einst auf dem Mars zurückgeblieben, sei heute in aller Frühe von dort wieder zurückgekehrt und auf dem Wasen aus einem Fahrzeuge gestiegen, wie es in dieser Form und Größe bisher hier noch nicht erblickt worden sei. Nach der Landung habe sich das Luftschiff schleunigst wieder entfernt. Anfänglich wollte man die Nachricht nicht glauben. Aber als es hieß, der Zurückgekehrte sei von der Polizei einige Stunden hindurch zurückgehalten worden, wurden von vielen Seiten Anfragen an das Kommissariat gerichtet, das das Gerücht als vollkommen wahr bestätigte. Auch das Erscheinen der drei berühmten Weltensegler und allgemein gekannten Tübinger Professoren auf dem Polizeiamte in Cannstatt hatte begreifliches Aufsehen erregt, das umso größer wurde, als kurz darauf mit den drei gelehrten Herren zusammen eine vierte Persönlichkeit im Kostüm eines alten Griechen mit wirrem Kopf- und Barthaar das Kommissariat verließ und gegen den Kursaal zu abfuhr. Nun war es vollkommen klar, dass diese vierte Persönlichkeit niemand anders als Professor Frommherz sein könne.

Als die vier Freunde sich soeben am einladend gedeckten Tische im Kursaal niedergelassen und ihrer Freude über die Wiedervereinigung von Neuem Ausdruck verliehen hatten, erschien der Oberbürgermeister von Stuttgart Dr. Graus mit dem Bürgerausschuss-Obmann Dr. Herlanger, um Professor Frommherz wenigstens von sich aus, wie er betonte, zu begrüßen und zugleich sein Bedauern über den Übereifer der Polizei auszusprechen.

»Hätten wir auch nur die leiseste Ahnung von Ihrer Rückkehr gehabt, wir würden Sie in gleich ehrender offizieller Weise bei uns willkommen geheißen haben wie seinerzeit Ihre Freunde«, sprach der Stadtgewaltige.

»Daran zweifle ich nicht«, entgegnete Frommherz, »aber es entspricht mehr meinem innern Empfinden, einfach und still, ohne öffentliche Feier und Begrüßung zur Heimat zurückgekommen zu sein. Im Übrigen wäre es mir schlechterdings auch nicht möglich gewesen, Ihnen vorher meine Ankunft anzuzeigen.«

»Er hätte eben außerhalb Deutschlands landen müssen wie wir, dann wäre es gegangen«, schmunzelte Piller vergnügt. »Nehmen Sie an unserem Tische Platz, Herr Oberbürgermeister, und feiern Sie mit uns zusammen des Freundes unverhoffte Rückkehr.«

Doch der Oberbürgermeister lehnte dankend ab und empfahl sich.

»Herr Ober«, rief Piller, »bitte, kommen Sie einmal hierher.«

Der Oberkellner gehorchte.

»Lassen Sie niemand, wer es auch sei, in unser Zimmer herein. Wir wollen ungestört für uns sein.«

»Ich verstehe«, erwiderte der Befrackte dienstbeflissen.

»Gut gemacht!«, lobte Brummhuber. »Wir könnten sonst kein Wort mehr ruhig miteinander sprechen.«

»Und nachher fahren wir zu mir in mein Heim auf den Bopser. Das soll nun auch einstweilen das deine sein, Fridolin. Von Tübingen lassen wir uns für die nächsten Tage Dispens erteilen«, schlug Stiller vor.

Die Freunde waren damit einverstanden.

»Den ersten Gruß der Heimat brachte mir gewissermaßen der Obelisk«, erzählte Frommherz. »In seiner Nähe landete unser Luftschiff, und so erfuhr ich durch seine Inschrift, dass ihr alle glücklich und wohlbehalten wieder zurückgekommen seid, was mich außerordentlich gefreut hat. Was machen Hämmerle, Thudium und Dubelmeier?«

»Sind leider inzwischen gestorben«, antwortete Brummhuber.

»Wie sehr bedaure ich diese traurige Kunde!«

»Wir werden dir gelegentlich das Nähere darüber erzählen. In dieser Stunde des Wiedersehens wollen wir alles Traurige von uns fernhalten«, bemerkte Stiller.

»Stiller hat recht! Sage mir aber zunächst, Fridolin, bist du absichtlich oder unabsichtlich auf dem Wasen niedergegangen?«, fragte Piller.

»Mit vollster Absicht, schon des großen Platzes wegen, auf dem das gewaltige, für ununterbrochene Hin- und Rückfahrt eingerichtete Fahrzeug mit aller Sicherheit landen konnte.«

»Das ist ein Grund, der gelten kann. Wie viele Marsiten begleiteten dich?«

»Fünf in jeder Hinsicht ausgezeichnete Männer, darunter auch Zaran, Erans Neffe.«

»Einige Stunden oder Tage hätten sich deine Begleiter ohne Schaden auf der Erde und in unserm Schwabenlande aufhalten können. Dass sie uns keiner weiteren Beachtung würdigten und sofort wieder dahin den Kurs lenkten, woher sie gekommen waren, das hätte kein Sterblicher unseres Planeten fertiggebracht. Welch ein Mangel an Neugierde, vor allem aber, welch große Nichtachtung liegt auch in diesem hastigen, einer Flucht gleichkommenden Verschwinden!«, urteilte Piller.

»Sie wollten mit der Erde nichts zu tun haben, nicht einmal berührt, gestreift werden durch den Hauch ihres Lebens«, entschuldigte Frommherz seine Begleiter.

»Kein Kompliment für uns«, lachte Brummhuber.

»Sicherlich nicht. Aber sie handelten korrekt, folgerichtig«, antwortete Frommherz.

»Und taten ungefähr dasselbe, was du vorhin selbst getan hast, Piller«, fügte Stiller hinzu.

»Ich? Wieso?«, fragte Piller erstaunt.

»Ja, du. Du verbatst dir ja auch, nachdem der Oberbürgermeister von Stuttgart hier gewesen, jeden weiteren Besuch und Verkehr von außen her und wolltest dadurch unsere geschlossene Gesellschaft vor aller Profanierung schützen. Just so machten es aber auch die Marsiten«, erwiderte Stiller.

Die Herren lachten.

»Stiller ist immer noch derselbe«, erklärte Piller seinem Freunde Frommherz. »Seiner Dialektik bin ich nicht gewachsen.«

»Wie lange warst du unterwegs?«, forschte Brummhuber.

»Genau nach Erdenmaß gemessen drei Monate.«

»Nur?«

»Lange genug, trotz alledem.«

»Gewiss! Und die furchtbaren Gefahren und Entbehrungen, die wir bei unserem Fluge durch den Weltenraum einst durchgemacht, werde ich niemals vergessen, und würde ich so alt wie Methusalem«, gestand Brummhuber offen.

»Wie ging es denn dir unterwegs? Eine etwas verspätete Frage, nicht?«, fragte Stiller herzlichen Tones.

»Verhältnismäßig erträglich. Doch gab es auch allerlei Gefahren zu bestehen, und ich glaube, dass meine Marsiten bei aller Kühnheit, Unerschrockenheit und Geschicklichkeit, die sie bewiesen, froh sein werden, wenn sie glücklich wieder auf ihrem wunderschönen Planeten angelangt sein werden.«

»Ja, es ist ein irdisches Paradies, dieses Land des Mars. Wie oft hat uns danach schon das Heimweh, die Sehnsucht gepackt!«, seufzte Piller.

»Es war aber doch besser, meine Freunde, dass ihr nicht oben geblieben seid.«

»Mein lieber Fridolin, damals, als wir fortzogen, warst du völlig anderer Meinung«, entgegnete Brummhuber.

»Gewiss. Ich habe sie aber seitdem geändert, nicht infolge äußerer, veränderter Lebensbedingungen auf dem Mars, nein, von innen nach langen schweren Kämpfen, langsam aus mir selbst heraus. Ich fand, dass Freund Stiller recht hatte, dass er eine sittliche Tat vollbrachte, als er mit euch zur Erde wieder zurückkehrte und ein Leben voll Mühe und Enttäuschung dem ruhiger und angenehmer Beschaulichkeit vorzog. Und als ich mich endlich zu dieser Erkenntnis durchgerungen hatte, da reifte in mir der Entschluss, dem gegebenen Beispiele zu folgen. So kam ich wieder und bekenne ohne Zögern, dass ich dadurch den Fehler, den ich einst durch meine Abtrennung von euch beging, wiedergutzumachen suchte.«

»Ich weiß nicht, ob du recht getan hast«, bemerkte Piller. »Oft war ich der Meinung, als ob du den besten Teil gewählt, wir aber töricht gehandelt hätten, deinem Beispiele nicht gefolgt und oben geblieben zu sein.«

»Wir mussten fortgehen. Wie oft sagte ich das schon!«, rief Stiller. »Dass Freund Fridolin sich im Laufe der Jahre meine Anschauung auf dem Mars zu eigen gemacht und sich ebenfalls zur Rückkehr entschlossen hat, ist der schönste Beweis für die Richtigkeit unserer Handlungsweise.«

»Dagegen lässt sich nun nichts mehr einwenden«, warf Brummhuber ein. »Jetzt sind wir wieder unten auf der Erde und werden wohl auch für immer hier unten bleiben müssen.«

»Wir passen auch nicht zu den Marsiten. Das wussten unsere Gastgeber ebenfalls ganz genau. Ihr Wesen, in vielem mit dem unseren verwandt, ist, wenn ich mich so ausdrücken darf, ätherischer, feiner geprägt. Dadurch war schon eine Scheidewand zwischen ihnen und uns gezogen. Und was konnten wir ihnen, den so Hochstehenden, bieten? Doch nur sehr wenig, lange nicht genügend, um ihre großartig geübte Gastfreundschaft auch nur einigermaßen befriedigend wieder auszugleichen«, sprach Frommherz. »Die feinen, aber doch merkbar trennenden Unterschiede lernte ich in den langen Jahren meines Aufenthaltes nach und nach kennen. So wage ich denn zu sagen, dass wir uns oben als alleinstehende Männer, ohne Familie, ohne die Möglichkeit, in dem Marsvolke selbst aufzugehen, am Ende innerlich als Fremde gefühlt haben würden, trotz der Schönheit des Daseins, der Herzlichkeit und Liebenswürdigkeit unserer Freunde.«

»Was Fridolin soeben ausgesprochen, vertrat ich in ähnlicher Weise einst in Angola. Ganz besonders danke ich unserem Freunde für sein offenes Bekenntnis. Die Gefühle reinen Glückes bei der Erinnerung an jene unvergesslich schöne Zeit auf dem Mars bleiben bestehen, solange wir noch atmen dürfen, aber das tief Schmerzliche, das nun einmal jeder großen Entsagung anhaftet, es ist durch Fridolins Worte, durch seine freiwillige Rückkehr zu uns wesentlich gemildert worden«, bemerkte Stiller.

Piller schnäuzte sich wieder kräftig.

»Finden wir uns damit ab, soweit es möglich ist«, entgegnete er nach kurzer Pause. »Unser irdisches Leben scheint sich nun einmal nicht harmonisch gestalten lassen zu wollen. Die wirklich schönste Melodie des Lebens, die meinen Enthusiasmus erweckt, die mich, den realen Praktiker der Wissenschaft, in holde Träume zu wiegen vermocht, ich hörte sie niemals hier unten, sondern wohl zum ersten und auch letzten Male oben auf dem Lichtentsprossenen.«

Erstaunt blickte Fridolin Frommherz auf Piller. Eine solche Sprache hatte er früher, in alter Zeit, von dem allem Idealen so wenig geneigten Manne niemals gehört.

»Jaja, unser Freund Piller hat sich seit seinem Aufenthalte auf dem Mars in dieser Richtung etwas gebessert«, erklärte Stiller, der den erstaunten Blick Fridolins bemerkt und richtig verstanden hatte.

»Es ging uns allen mehr oder weniger gleich«, ergänzte Brummhuber.

Eine tiefe Stille trat ein. Da schlugen zuerst leise, dann immer kräftiger anschwellende Akkorde einer ausgezeichneten Musik außen vor dem Kursaale an ihr Ohr. Sie formten sich zu einer imposanten Melodie, der die vier Gelehrten, angenehm überrascht, lauschten. Es war die Hymne, die Kapellmeister Klingle vor elf Jahren bei Anlass des Einzuges der sechs zurückgekehrten Schwabensöhne in Stuttgart komponiert hatte und die er nun Frommherz zu Ehren mit seiner Kapelle da draußen vortrug.

»Dahinter steckt der Oberbürgermeister! Jetzt begreife ich, warum er unsere Einladung zum Bleiben ablehnte und so hastig verschwand«, rief Piller.

»Eine liebenswürdige Aufmerksamkeit, fürwahr, die ich dankbar anerkenne«, lobte Frommherz.

Einige weitere, ausgesucht schöne Musikvorträge folgten der »Hymne an Schwabens kühnste Söhne«. Dann zog die Kapelle wieder ab.

»Für uns ist es nun auch Zeit, an den Aufbruch zu denken«, mahnte Stiller.

Als die Herren aus dem Gebäude traten, wurden sie durch eine zweite Aufmerksamkeit des Oberbürgermeisters von Stuttgart überrascht. Die weiß gekleidete Tochter des städtischen Oberhauptes in Gesellschaft einiger anderer ebenfalls festlich geputzter Mädchen übergab mit einer kurzen Ansprache Frommherz einen frischen Lorbeerkranz, dessen seidene Schleifen die Farben der Residenz und des Landes trugen. Frommherz nahm den Lorbeerkranz mit Worten herzlichen Dankes entgegen und schüttelte jedem der blühenden, ihn mit scheuer Ehrfurcht betrachtenden Menschenkinder warm die Hand.

Stiller war unterdessen ins Haus zurückgeeilt und hatte ein kurzes Zwiegespräch mit dem Wirte gehalten. Nun kam er wieder zurück und lud die Mädchen im Namen des Gefeierten zu einer Erfrischung ein, die von ihnen mit Jubel angenommen wurde.

»In unserem großen Auto haben die Kinder auch noch Platz. Wir bringen sie hinauf nach Stuttgart«, schlug Stiller vor.

Gern willigten die anderen Freunde ein. Mit welch stolzer Befriedigung fuhren nachher die Mädchen, die nun jede Scheu verloren hatten, mit ihren berühmten Begleitern durch Cannstatt, über die Karlsbrücke und durch die im Gewande des Frühlings prangenden Anlagen nach Stuttgart! Die Freude über die ihnen erwiesene Auszeichnung leuchtete aus den strahlenden Augen der Kinder, als sie auf dem Schlossplatze aus dem Auto stiegen und sich von den Gelehrten verabschiedeten. Unter den brausenden Hochrufen einer rasch sich ansammelnden Menschenmenge fuhren die Freunde Stillers Heim zu.

»Einfach, aber würdig war der Empfang. Er hat mir gefallen und mich vollkommen befriedigt«, erklärte Frommherz.

»Wahrhaftig, mir machte er einen besseren Eindruck als der unsere damals, als wir auf dem Hasenberge ankamen«, meinte Brummhuber.

»Weil er sich unvorbereitet, so ganz aus sich selbst heraus vollzog«, bemerkte Stiller.

Die Herren hatten es sich im Hause ihres Freundes bequem gemacht und saßen in anregendem Gespräche in dem bekannten großen Balkonzimmer.

»Wenn große Ereignisse mein seelisches Empfinden berühren, so fühle ich stets einen merkwürdigen Durst und ...«

Doch Stiller ließ seinen Freund Piller nicht ausreden.

»Ich verstehe dich auch ohne diese Einleitung«, lachte er fröhlich. »Piller ist nämlich immer noch derselbe Durstige wie früher«, erklärte er Frommherz. »Du sollst deinen Trunk haben, lieber Piller. Wir alle wollen ein Glas auf das Wohl des teuren, uns wiedergeschenkten Freundes leeren.«

Der Wein wurde gebracht. Die Gläser hatten ausgeklungen. Der Abend senkte langsam seine Schatten auf das Häusermeer im Tale, während die Bopserhöhe sich noch in den Strahlen der untergehenden Sonne golden badete. Da begannen unten in der Stadt die Glocken anzuschlagen.

»Wir haben doch meines Wissens morgen keinen Festtag, der am Abend vorher eingeläutet werden sollte?«, fragte Brummhuber.

»Nicht dass ich wüsste«, erwiderte Piller.

»Es gilt ohne Zweifel unserem Freunde Fridolin«, bemerkte Stiller. »Die alte Heimat will ihrem wiedergekehrten Sohne durch den ehernen Mund der Glocken lauten Willkomm bieten.«

»Du magst recht haben«, erklärte Brummhuber.

Eine volle halbe Stunde währte das harmonische Geläute, dann verstummte es ...

Und die Sonne, die Spenderin alles Lichtes und Lebens, war inzwischen im Westen verglüht. Leise bewegten sich im leichten Abendwinde die blühenden Bäume an der Talseite und sandten ihren Duft herauf zu den Gelehrten, die da an den offenen Fenstern des Gemaches saßen und die Lieblichkeit des Landschaftsbildes still genossen.

»Was kommt denn da die Weinsteige herauf?«, fragte Brummhuber erstaunt und machte seine Freunde auf eine Masse von Lampions aufmerksam, die sich einer feurigen Schlange gleich gegen die Bopserhöhe zu bewegten.

»Fridolin, das gilt dir«, lachte Piller.

»Ich bin wirklich begierig, was dir und uns noch diesen Abend bevorsteht«, äußerte sich Stiller. »Unser Oberbürgermeister scheint die kurze Zeit heute fieberhaft ausgenutzt zu haben, um deine Rückkehr würdig zu ehren.«

»Das kommt mir auch so vor«, antwortete Frommherz. »Ich würde aber am liebsten auf jede weitere Ehrung verzichten. Ähnlich äußerte ich mich dem Oberbürgermeister gegenüber ja schon am Kursaale.«

»Ergib dich in dein unvermeidliches Schicksal, Freund Fridolin! Ohne Sang und Klang darf dieser denkwürdige Tag nicht in der unwiederbringlich verlorenen Vergangenheit verschwinden«, sprach Piller.

Näher dem Hause kam der Zug. Es war die Liedertafel von Stuttgart, die da durch den Garten zog und sich vor dem Hause aufstellte. Eine feierliche Stille trat ein. Dann intonierte der große Männerchor das prachtvolle Lied »Des Vaterlandes Gruß«.

Frommherz, tief bewegt durch den vollendet schönen Vortrag, war mit seinen Freunden zu den Sängern getreten und dankte ihnen mit innigen Worten. Stiller lud die Sänger zu einem kühlen Trunke ein. Piller sorgte, unterstützt durch die Dienerschaft des Hauses, für das Getränk, und bald entwickelte sich in dem Garten ein feuchtfröhliches Sängerleben. Noch ein Lied zum Abschied, dann ein Hoch auf den Zurückgekehrten, und der Männerchor bewegte sich in der gleichen Weise, wie er gekommen, abwärts, der Stadt wieder zu. Am mitternächtigen Himmel aber stand in strahlender Schönheit Mars, das freiwillig aufgegebene Paradies der Söhne Schwabens.

fromme Wünsche

Während die führenden Zeitungen am Tage nach Frommherz' Rückkehr den Gelehrten in achtungsvoll gehaltenen Leitartikeln begrüßten und feierten, saßen die Freunde in Stillers gemütlichem Balkonzimmer und lauschten dem Berichte des Weltenseglers. Aber ohne Misston in der Begrüßung durch die Presse sollte es leider nicht abgehen.

Das seit kurzer Zeit bestehende Organ *Der Volksmund*, das seine Unbedeutendheit durch maßloses Schimpfen auf alles, was ihm nicht in den Kram passte, zu decken suchte, brachte einen Artikel, der nicht nur gegen Frommherz allein, sondern auch gegen die übrigen kühnen Marsbesucher gerichtet war. »*Warum*«, so fragte das Organ, »*ist dieser Mann zurückgekommen? Entweder hat man ihn fortgewiesen, wo er war, oder er ist selbst gegangen – was wir annehmen wollen –, weil eben auf jenem Planeten die Lebensbedingungen doch nicht die sind, von denen seine Freunde einst vor Jahren so viel Aufhebens machten. Schon damals war es zu verwundern gewesen, dass die Herren ein Eldorado verlassen haben, in dem ihren eigenen Aussagen nach Milch und Honig fließen und alles vollkommen sein sollte. Ihre Behauptungen konnte man natürlich nicht widerlegen, und so musste man sie eben achselzuckend und zweifelnd für einstweilen annehmen.*

Nun aber, da Fridolin Frommherz wieder auf die Erde niedergestiegen, hat er seinen großsprecherischen Freunden unwillkürlich eine höchst derbe Lektion erteilt und sie durch seine Rückkehr gewissermaßen Lügen gestraft. Kein vernünftiger Mensch kann allen Ernstes mehr glauben, dass Mars das sogenannte Paradies sein soll. Eva und Adam sind, biblisch gesprochen, auch nicht freiwillig aus dem Paradiese fortgegangen, noch weniger aber ziehen Männer, die, wie die Weltreisenden, von Jugend auf nur an Wohlleben gewöhnt sind, von einem Orte weg, der angeblich das wirkliche Schlaraffenland vorstellt. Da steckt anderes dahinter, das man natürlich nicht zu gestehen wagt, um sich billige Lorbeeren um den kecken Kopf zu legen«, schloss der Artikel.

Das Blatt war mit der Morgenpost Stiller zugesandt worden. Er würde es gar nicht weiter beachtet haben, da aber der Artikel selbst mit dicken roten Strichen umgeben war, so erregte dies Stillers Interesse. Er überflog den Inhalt kurz und wandte sich dann dem zurückgekehrten Freunde zu.

»Fridolin, bitte, eine kleine Unterbrechung in deiner Erzählung. Das Machwerk, das ich hier in der Hand habe, verdient allerdings keine besondere Beachtung, das wäre gewissermaßen eine Ehrung, aber es zeigt doch, auf welchem Tiefstand der Gesinnung sich noch manche Menschen bewegen, die sich anmaßen, legitime Vertreter der öffentlichen Meinung zu sein.«

Stiller las den Artikel vor. Er regte nur Piller auf.

»Giftkröten, die man zertreten sollte«, schimpfte er.

»Leichtfertige Menschen dieser Art sind mehr zu bedauern als zu verdammen«, antwortete Stiller.

»Ach was, bedauern«, knurrte Piller. »Ausreißen muss man das Unkraut.«

»Damit bin ich nur insofern einverstanden, als es sich um wirklichen Auswurf des Menschengeschlechtes handelt. In vorliegendem Falle aber ist es tatsächlich der Mangel an Einsicht, an wirklicher Bildung, dieser fundamentalen Grundlage der vernünftigen Selbstkritik, der uns hier gegenübertritt, und das ist es, was ich bedaure.«

»Ich stimme dir bei«, sprach Frommherz. »Ein Mensch, der sich seiner Würde als solcher bewusst ist, wird niemals niedrig denken und handeln. Die Menschen auf die Höhe des wahren Menschentums zu heben, an dieser Arbeit kräftig mitzuwirken, war ja einer der treibenden Gründe meiner Rückkehr.«

»Eine Sisyphusarbeit«, rief Piller.

»Ausdauer und fester Wille werden sie bewältigen und ihr schließlich zum Erfolge helfen. Nicht uns wird sie gelingen, nein, dazu bedarf es der Zeit von Jahrhunderten, aber als Arbeiter im Dienste des Wahren, Guten und Schönen müssen wir schon jetzt unser Bestes zur Verwirklichung des Menschheitsideales beizutragen suchen. Doch nun fahr in deinem Berichte fort, Fridolin«, bat Stiller.

Frommherz schilderte seinen Freunden, wie die ihrer Abreise folgenden Jahre auf dem Mars mit der Bearbeitung des Wörterbuches vorübergegangen seien, wie er im Hause Bentans in Angola gelebt und dort einen zarten Liebestraum geträumt habe. Er verschwieg nicht den Schmerz, den die Entsagung, der Verzicht auf die Erfüllung seiner sehnsüchtigen Wünsche ihm zuerst verursacht habe, in der Arbeit aber habe er den besten Trost und Wiederaufrichtung gefunden und später Bentans ablehnende Haltung seinem Herzenswunsche gegenüber als völlig berechtigt und nur seinem eigenen Wohle dienend anerkennen müssen. Dann berichtete er ausführlich von dem Riesenwerke, das die Marsiten ausgeführt.

Mit außerordentlicher Teilnahme hörten die drei Freunde von dieser gewaltigen Tat des Solidaritätsgefühles der Marsiten.

»Großartig, wirklich großartig!«, rief Piller, erregt vom Stuhle aufspringend und mit hastigen Schritten das Zimmer messend. »Und denke dir, Fridolin, Stiller hat das von hier aus mit dem Fernrohre verfolgt! Noch vor wenigen Monaten, am 7. Dezember letzten Jahres, sprachen wir in diesem Zimmer davon, und unser Freund zeigte uns nachher das veränderte Kanalsystem auf dem Mars durch das Teleskop.«

»Benötigst du nicht wieder eines Schöppleins?«, foppte Brummhuber.

»Warum nicht? Doch ich werde dir brummigem Luder mit dem vortrefflichen Namen einmal beweisen, dass auch ich verzichten kann. Fridolin, fahre fort!«

Frommherz erzählte von der umformenden Wirkung, die die gemeinsame Arbeit mit den Marsiten, ihr Näherkennenlernen in den Jahren der Not in seinem Denk- und Empfindungsvermögen nach und nach hervorgebracht und wie dadurch von ihm endlich auch die frühere Handlungsweise des Freundes Stiller begriffen worden sei. Mit dem Begreifen sei dann der Entschluss in ihm gereift, dem gegebenen Beispiele zu folgen und in gleichem Sinne wie Stiller auf der Erde zu wirken. Nach Anans Tode sei Bentan an dessen Stelle getreten, und in der ersten Versammlung des Stammes der Weisen unter Bentans Vorsitz habe er sein Anliegen vorgebracht, das von den Marsiten auf das Günstigste aufgenommen worden sei.

»Es war in demselben Saale des Palastes in Angola, in dem wir sieben einst zum letzten Male zusammen waren«, fuhr Frommherz fort. »Dort befinden sich eure Bilder mit den nähere Angaben tragenden Marmortafeln. In hohem, ehrendem Andenken lebt ihr dort oben weiter. Und von allen Seiten, besonders aber von dem ehrwürdigen Eran, wurden mir für euch die innigsten Grüße und die besten Wünsche für euer Wohlergehen mitgegeben. Und nun hat der Tod drei von uns weggerafft, die ich nicht mehr sehen durfte.

Meine Reise war lang, aber sehr erträglich. Einige Male kam unser Fahrzeug in die gefährliche Nähe einer Kometenbahn; fast wären wir mit einem Meteoriten von gewaltigen Dimensionen zusammengestoßen, und beim Eintritt in die Erdatmosphäre drohten die Blitze des schrecklichsten Gewitters, das ich je erlebt, unser Luftschiff zu entzünden; sonst aber verlief der Flug durch den ungeheuren Weltenraum günstig. Ein Blick auf Eros und ein Besuch auf dem Monde bot eine Fülle des Interessanten, von dem ich euch einmal eingehend berichten werde. In Sibirien, beim Baikalsee, trafen wir auf die Erde. Von dort nahm das Luftschiff den Kurs nach Westen. Vorgestern Abend kamen wir über Stuttgart an, das ich sofort trotz der bedeutenden Höhe, in der unser Luftschiff schwebte, an seiner eigenartigen Lage wiedererkannte. In aller Frühe wurde ich gestern, meinem Wunsche entsprechend, auf dem Wasen abgesetzt.«

Eine lange Pause trat ein, als Frommherz seine inhaltsreiche Erzählung beendigt hatte. Stiller berichtete nun über seine und seiner Gefährten Rückkehr zur Erde vor elf Jahren, den Empfang an den verschiedenen Orten der Welt und schließlich den Einzug in Stuttgart. Dann erzählte er von dem Tode der drei Freunde. Hämmerle sei drei Jahre nach der Rückkehr gestorben, nachdem er lange gemütskrank gewesen. Dann sei Thudium ganz plötzlich, unvermittelt eingegangen in das Schattenreich. Ihm sei Dubelmeier gefolgt, der an Arterienverkalkung gelitten, obgleich Piller dies nicht gelten lasse, sondern behaupte, Dubelmeier sei lediglich aus Mangel an Durst vorzeitig in die Grube gefahren.

Seit Jahren schon hätten sie in Tübingen einen Bund gegründet, der in Wort und Schrift für das wahre Menschentum und die natürliche Moral eintrete und den Kampf gegen alles Unwahre energisch und mit sichtbarem Erfolge aufgenommen habe. Hier in seinem Heim sei die Stätte, wo sich die ehemaligen Gefährten der Planetenfahrt zeitweise immer zusammenfänden, um alten Erinnerungen an den Aufenthalt auf dem prächtigen Mars in ungestörter Weise zu leben.

Jetzt sei er, Fridolin, das vierte hochwillkommene Mitglied in diesem engsten Bruderbunde, der, einem Mutterkristalle vergleichbar, aus dem Strome des ihn umfließenden Lebens noch manchen anderen edlen Kristall zur Angliederung anziehen werde.

Während Frommherz' und Stillers Berichten waren die Stunden in raschem Fluge herumgegangen. Nach dem Mittagessen wollten die Freunde einen kleinen Spaziergang durch den Bopserwald machen, als der Diener die Ankunft von zwei Herren meldete, die Stiller in einer dringenden Angelegenheit zu sprechen wünschten. Die abgegebenen Karten lauteten auf Julius Schnabel und Adolf Blieder.

»Soso, die sind es, die Pfuscher am Weltensegler von ehemals«, bemerkte Piller spöttisch, als er einen raschen Blick auf die Karten geworfen hatte.

»Ich kann sie nicht gut ablehnen«, entgegnete Stiller. »Da ich aber vor euch kein Geheimnis zu wahren habe, so mögen sie mir in eurer Gegenwart sagen, was sie von mir wollen.«

»Wird was Gescheites sein«, brummte Piller. »Doch immerhin, lass sie eintreten.«

Die beiden Herren, die im Laufe der Jahre, dank ihrem Wohlleben, körperlich sehr gewichtige Männer geworden waren, betraten das Zimmer und begrüßten Stiller freundlich.

»Die Herren Piller und Brummhuber kennt ihr. Dies hier ist Herr Frommherz, der gestern vom Mars zurückkam und auf dem Wasen landete«, stellte Stiller vor.

»Seinetwegen kommen wir ja zu dir«, trompetete Schnabel, sich vor Frommherz verneigend, so gut es eben seine Körperfülle zuließ.

»Nun, so setzt euch zunächst und dann bringt euer Begehr vor«, bat Stiller.

Die Herren folgten der Einladung.

»Du weißt, dass wir vor Jahren schon in den Vorstand der Kommission für das Denkmal gewählt wurden, das dir und deinen berühmten Herren Begleitern auf deiner Marsreise zu Ehren gesetzt wurde.«

»Nicht meinen Begleitern, sondern meinen Gefährten und Freunden und nicht auf meiner, sondern auf unserer gemeinsamen Marsreise, mein lieber Blieder«, korrigierte Stiller.

»Nun ja, also ... hm, was wollte ich gleich sagen?«

»Das kann ich doch nicht wissen«, antwortete Stiller lächelnd.

»Von dem Denkmal«, kam Schnabel dem Verlegenen zu Hilfe.

»Ja, von dem Denkmal. Nun, das macht uns der Rückkehr des Herrn Frommherz wegen rechte Sorgen.«

»Wieso?«, fragte Stiller erstaunt.

»Es entsteht die Frage einer Änderung, und Letztere ist eine kostspielige Sache.«

»Eine Änderung?«

»Ja«, nahm jetzt Schnabel das Wort, »diese völlig unerwartete Rückkehr des Herrn Frommherz stellt uns vor eine schwierige Entscheidung.«

»Wo liegt denn diese Schwierigkeit?«, forschte Piller.

»In der Inschrift der vierten Seite«, gestand Herr Blieder.

»Ah, jetzt verstehe ich. Natürlich ein höchst schwieriger Fall«, erwiderte Piller nicht ohne Hohn.

»Gewiss«, antwortete Herr Schnabel, Pillers Hohn nicht bemerkend. »Es handelt sich möglicherweise um eine Abtragung des ganzen Denkmals, denn die einmal eingehauenen Worte lassen sich von dem Obelisken nicht so einfach, wie Sie vielleicht glauben mögen, wegmeißeln, ohne dem Ganzen ein verändertes und unschönes Aussehen zu geben.«

»Was wissen denn Sie, was ich deshalb glaube?«, entgegnete Piller grob.

»An uns, als die Vorsitzenden des Denkmalkomitees«, fuhr Herr Schnabel fort, »ist seit gestern die Aufgabe herangetreten, umgehend einen Vorschlag dem Stadtrat einzureichen zwecks Änderung, und da befürchten wir recht lebhafte und unangenehme Debatten.«

»Ja, aber lieber Schnabel, was berührt denn mich das?«, meinte Stiller lächelnd.

»Vielleicht weißt du uns einen praktischen Rat oder Ausweg aus der Sache.«

»Eine verzweifelt dumme Geschichte«, spottete Piller.

»Nicht wahr?«, klagte Herr Blieder in aufrichtiger Verlegenheit.

»Das will ich meinen«, bestätigte Piller ernsten Tones.

Frommherz und Brummhuber mussten über die komisch traurigen Gesichter der beiden Besucher unwillkürlich lächeln. Stiller selbst schien in Gedanken verloren.

»So lasst doch auf der fraglichen Seite des Obelisken, auf der es sich um Frommherz handelt, die weiteren Worte einmeißeln: Nach 14½-jähriger Abwesenheit am 5. Mai ... wieder vom Mars zurückgekehrt. Sollte das nicht gehen?«

»Das Ei des Kolumbus«, rief Herr Schnabel voll Freude. »Du hast es getroffen! Wie einfach und klar lag eigentlich die Lösung, sodass es mir jetzt schon ganz unbegreiflich erscheint, nicht von selbst darauf gekommen zu sein.«

»Ja, das Allereinfachste ist mitunter das, was uns am meisten Kopfzerbrechen verursacht«, erwiderte Herr Stiller, seine ehemaligen Schulgenossen mit überlegenem Lächeln betrachtend. »Wir haben dies ebenfalls bei der Konstruktion des Weltenseglers vor fünfzehn Jahren erlebt, nicht wahr?«

»Gewiss, gewiss«, beeilte sich Herr Blieder zu bestätigen.

»Dafür haben aber auch die Herren Ruhm und Ehre geerntet, dank Kolumbus Stiller«, rief Piller.

Herr Schnabel und Herr Blieder sahen bei diesen Worten etwas verdutzt auf Piller. Es wurde ihnen vor dem Gelehrten mit seinen scharfen Augen und dem spöttischen Lächeln um die Mundwinkel unbehaglich zumute, und so beeilten sie sich mit Worten des Dankes für den erteilten Rat zu gehen.

»Die gehören zu jener Klasse von Parasiten, die auf Kosten anderer leben«, äußerte sich Brummhuber, als die beiden das Zimmer verlassen hatten.

»Du hast recht«, bestätigte Piller. »Mir sind Leute, die sich immer mit den Federn anderer zu schmücken suchen, im Grunde der Seele zuwider.«

»Harmlose Strohköpfe«, suchte sie Stiller zu entschuldigen.

»Nur bedingt harmlos, lieber Stiller«, entgegnete Piller. »Die Dummheit paart sich oft genug mit der Heimtücke, und von Letzterer sind Schnabel und Blieder nicht gänzlich frei.«

»Verlassen wir das Thema!«, bat Stiller. »Es lohnt sich wirklich nicht, darüber weiterzusprechen; denn die beiden sind tatsächlich zu unbedeutend für uns.«

Als die Gelehrten ihren geplanten Spaziergang ausführen wollten und soeben aus dem Hause traten, fuhr ein elegantes Autoelektrik vor. Ihm entstieg der Graf von Neckartal.

»Gut, dass ich Sie noch treffe, meine verehrten Herren«, rief er heiter. »Ich sauste hier herauf, um unsern berühmten, der Heimat wiedergeschenkten Professor Frommherz zu begrüßen. Lassen Sie mich Ihnen die Hand zum Willkomm drücken. Dem goldenen Lorbeerkranz entgehen Sie nicht«, erklärte der Graf, Frommherz umarmend und mit ihm und den übrigen Herren ins Haus eintretend.

»Wer hätte geglaubt, dass Sie den herrlichen Mars gegen die in Extremen sich bewegende Erde je wieder eintauschen würden!«, fuhr Herr von Neckartal fort, als sich die Herren gesetzt hatten. »Wie eine Bombe schlug gestern die Nachricht ein. Ich sage Ihnen, die erstaunten und verblüfften Gesichter hätten Sie sehen sollen, als es hieß, unser letzter Marsreisender sei wieder auf schwäbischem Boden erschienen. Einfach zum Heulen vor Vergnügen! Frommherz, ich will gewiss kein Unkraut säen, aber mancher wünschte Sie im ersten Augenblicke wieder dahin zurück, woher Sie kamen.«

»Kenn ich doch meine lieben Deutschen und kann's mir also in etwa vorstellen«, warf Piller lachend ein. »Unser Freund kam eben gegen alle Regeln der Gesellschaft unangemeldet zurück, ohne vorherige Erlaubnis.«

»Dass Sie gerade auf dem Wasen landen mussten, würde man schließlich noch hingenommen haben, aber das blitzschnelle Verschwinden Ihres Luftschiffes von hier wurde zuerst als eine grobe Beleidigung der Hauptstadt empfunden. Einige Tage wenigstens hätte es sich mit seinen Insassen unseren guten Stuttgartern schon zeigen dürfen. Gerade auf die Bekanntschaft mit den Marsiten war man allgemein gespannt, und die Enttäuschung, diese merkwürdigen Menschen nicht gesehen zu haben, war groß.«

»Gekränkte Neugier und Eitelkeit, nichts anderes«, bemerkte Stiller. »Ich habe doch meinen Landsleuten schon öfters erklärt, dass die Bewohner des Mars gewichtige Gründe hätten, den Verkehr mit uns abzulehnen.«

»Nun, der erste Unmut darüber ist rasch verflogen gewesen. Viel dazu trug bei, als das Abenteuer unseres lieben Frommherz mit der Polizei bekannt wurde.«

»So etwas kann vorkommen«, entschuldigte Frommherz.

»Immerhin ein gelungener, unsterblich lächerlicher Streich. Aber jetzt komme ich mit einer Bitte zu Ihnen, mein lieber Frommherz«, fuhr der Graf fort. »Halten Sie sich nicht fern von uns, sondern schenken Sie uns die Ehre Ihres baldigen Besuches. Wir sind außerordentlich begierig auf das, was Sie uns sagen wollen, und möchten von Ihnen schon heute Abend, falls Sie nicht zu müde sind, einige

Mitteilungen entgegennehmen. Ich wurde gestern in unserem Vereine von allen Seiten bestürmt, Sie darum zu bitten.«

»Ich werde Ihrem Wunsche in bescheidenem Umfange zu entsprechen suchen«, antwortete Frommherz. »Wann soll ich erscheinen?«

»Um acht Uhr in der Liederhalle.«

»Gut! Ihr kommt doch mit mir, meine Freunde?«

»Selbstverständlich«, knurrte Piller, ehrlich zornig über die seinem Freunde gemachte wenig rücksichtsvolle Zumutung.

»Also bis heute Abend, meine Herren. Auf Wiedersehen und besten Dank für Ihr Entsprechen!«

Damit verabschiedete sich der Graf von Neckartal.

»Kaum zurück, wirst du zu einem Vortrage gepresst, mit dem es wahrlich keine Eile gehabt hätte«, polterte Piller, als der Graf gegangen war.

»Er wird kurz genug ausfallen, lass mich nur machen«, erwiderte Frommherz lächelnd. »Ihr habt ja durch eure Publikationen über den Mars und seine Bewohner, wie ihr mir gesagt, genügende und erschöpfende Schilderungen gegeben. Somit bleibt mir glücklicherweise nur wenig mehr zu erklären übrig.«

»Es ist gut, dass du meine Größe hast, Fridolin. So kann ich dir mit entsprechender Kleidung für heute Abend aushelfen. Auch mein Diener Hans, ein ehemaliger Haarkünstler, wird dir deine Marsitenmähne nach augenblicklicher Erdenmode um- und zustutzen«, sprach Stiller. »Und nun lasst uns noch ein wenig den schönen Tag genießen und durch Wald und Flur streifen!«

Pünktlich um acht Uhr betraten die berühmten Gelehrten die festlich bekränzte und erleuchtete Liederhalle. Graf von Neckartal führte Herrn Frommherz in den großen Saal, der bis auf den letzten Platz von Stuttgarts bestem Publikum besetzt war. Minutenlanges Händeklatschen und Bravorufen empfing Frommherz, als er mit seinem Führer langsam und würdevoll dem Podium zuschritt, auf dessen Hintergrund seine drei Freunde Platz genommen.

Eine kurze, offizielle Begrüßungsrede des Vorsitzenden schloss mit einer scharfen Verurteilung des heutigen, im *Volksmund* erschienenen Artikels. Nun erhielt Frommherz das Wort.

»Verehrte Anwesende!«, hob er mit seiner klangvollen Stimme zu sprechen an. »Nehmen Sie zuerst meinen verbindlichen Dank für den Willkomm, den Sie mir geboten. Dass mein Fortgehen vom Mars, auf dem ich während vierzehn Jahren gelebt, Ihnen eine große Überraschung bereitet hat, ist nach dem, was Sie von jenem Planeten durch meine Freunde gehört haben, nur zu leicht begreiflich. Es werden Sie daher die Gründe besonders interessieren, die mich zur Rückkehr in die alte schwäbische Heimat veranlassten. Ich muss dabei etwas weiter ausholen.

Wie Sie wissen, war ich einst Professor religiöser Ethik an der Universität in Tübingen, als ich diese Professur aufgab, um mit meinen Gefährten und treuen Freunden die gewagte Reise nach dem fernen Kinde des Lichtes zu unternehmen. Meine Beschäftigung mit der Pflege des Geistes in ethisch-religiöser Richtung hatte mir meinen Glauben an den Wert unserer Kultur wie auch an die der führenden Nationen der Mutter Erde in starkes Wanken gebracht. Was sah ich in dieser Richtung überall hier unten? Eine Ablösung des Menschen von seiner natürlichen Basis. Als Folge davon ein künstliches Dasein mit Tausenden von Bedürfnissen, mit tausendfachen Abhängigkeitsverhältnissen und einer dadurch bedingten untergehenden individuellen Selbstständigkeit. Eine Weichlichkeit der Seele, ein betrübendes Siechtum der Kraft und des Selbstvertrauens bei zunehmendem Raffinement des Lebens. Immer weniger wurde das Leben hier eigenes Leben und bei allem Prunke äußerer Erfolge wurde es mehr und mehr ein unglückliches, haltloses Dasein. Ob dies heute gegen früher um vieles besser geworden ist? Ich wage zu zweifeln.

Ein schrankenloser Egoismus beherrschte alle und alles. Dem heftigsten Kampfe um die materiellen Güter, um Macht und Erwerb und um die Sicherheit für die Zukunft folgten ebenso heftige, rasch wirkende Genüsse, die Körper und Geist der Menschen gleich verderblich schädigten. Das Ich war der Götze, dem auch die ideellen Güter geopfert wurden. Das war die Signatur unserer so sehr gepriesenen Kultur, und ich fürchte, dass sie es wahrscheinlich auch noch heute ist.

Und nun kamen wir nach dem Mars. Was wir dort sahen und erlebten, wissen Sie ja zur Genüge aus den Schilderungen meiner Freunde. Die hohe Kultur des Marsvolkes aber bannte mich in ihren wunderbar schönen Zauberkreis. Ich war unsagbar glücklich darüber, das Ideal des Daseins da oben in vollendeter Form vorgefunden zu haben. Die Erde reizte mich nicht mehr zur Rückkehr, und so ließ ich meine Freunde fortziehen und blieb allein, gegen ihren Willen, zurück.

Welch ein Gegensatz besteht zwischen dem Leben dort und hier! Das Prinzip des naturgemäßen Lebens, das ich hier unten vertrat, dort oben traf ich es verwirklicht. Und das Resultat ist daher keine kranke, sondern eine gesunde, frohe und frische Kultur, getragen von jener wahren, echten Menschlichkeit, die nur im Wohle des

Nächsten das eigene Glück erblickt. Auf dem Mars ist jeder Einzelne von Jugend auf gewöhnt, sich geistig und körperlich zu beschäftigen. Er findet daher keine Zeit, allzu viel an sich selbst zu denken, sein eigenes Ich in den Vordergrund zu stellen, einem Subjektivismus zu frönen, der hier unten eine so große und verderbliche Rolle spielt.

Die Pflege des Idealen, die Gattungsliebe, nur von dem Wunsche beseelt, der Gesamtheit zu dienen, lediglich beeinflusst von der Rücksicht auf das Wohl aller, schafft bei den Marsiten als natürliche Folge jenes wunderbare Gleichgewicht des Innern, das ihrer materiellen Tätigkeit, dem auch auf dem Mars bestehenden Kampfe ums Dasein jegliches Schädigende, Verletzende und Giftige vorwegnimmt. Ein gereiftes, hochstehendes Volk, gleich kräftig und gesund an Körper wie an Geist, ein Volk, bei dem die Solidarität die Haupttriebkraft seines ganzen Handelns bildet.

Welch großartiger Leistungen diese Solidarität fähig ist, habe ich oben auf dem Planeten selbst erfahren dürfen. Sie war es, die mich aufrüttelte, die mir meinen den Freunden gegenüber begangenen Fehler des eigenmächtigen, egoistischen Zurückbleibens zu klarem Bewusstsein brachte und in mir den Wunsch reifen ließ, in ehrlicher Weise meinen Fehler gutzumachen. So entschloss ich mich zur Rückkehr zur Erde, um, mit meinen Freunden wieder vereint, gemeinsam an dem schwierigen Werke der Menschenerhebung weiterzuarbeiten. Eine dankbare Aufgabe ist dies nicht, das weiß ich wohl, aber ich frage danach nicht. Ich will praktisch hier unten verwerten, was in mir oben lebendig geworden ist. Meine heutige Religion ist die des Erbarmens, der Nächstenliebe.

Langsam ist der Gang der menschlichen Entwicklung. Dornenvoll ist deren Bahn, aber trotzdem unhemmbar in ihrem

Vorwärtsschreiten. Der Menschheit das strahlende Banner der Wahrheit, der Vernunft und der natürlichen Moral auf diesem Wege voranzutragen, betrachte ich als die Pflicht eines jeden, dem das Wohl seiner Brüder, die Förderung wahren Menschentums am Herzen liegt.

So bin ich also zurückgekommen und habe Ihnen offen den Beweggrund mitgeteilt, der mich in den Dienst einer Pflicht ruft, der ich fortan den Rest meines Lebens weihen will. Ich habe gesprochen.«

Mit leichter Neigung des Kopfes gegen die Zuhörer verließ Frommherz das Podium.

Die wenigen, aber bedeutungsvollen Worte des Redners hatten auf die Versammelten außerordentlich tief eingewirkt. Sie offenbarten die sittliche Größe des Mannes, vor der sich jeder der Anwesenden unwillkürlich achtungsvoll verneigte. Wenn auch mancher der Erschienenen einen Reisevortrag voll Abenteuer und aufregender Erlebnisse zu hören erwartet hatte, so fühlte er sich für den Ausfall durch das, was Frommherz gesprochen, nicht nur reichlich entschädigt, sondern auch geistig merkwürdig bewegt. Es waren diesen Abend Samenkörner ausgestreut worden, die da und dort auf wirklich fruchtbaren Boden fielen.

hans frey

»Vom Wahren, Schönen, Guten«

Zu Albert Daibers Marsromanen
Die Weltensegler
und Vom Mars zur Erde

Heimatverbunden und polyglott

Der schwäbische Chemiker und Arzt Dr. Albert Daiber (1857–1923) veröffentlichte nach seinem ersten SF-Roman *Anno 2222. Ein Zukunftstraum* (1905) 1910 sein SF-Hauptwerk *Die Weltensegler. Drei Jahre auf dem Mars.* Ihm folgte 1914 die Fortsetzung *Vom Mars zur Erde.*

Obwohl gerade der Beginn von *Die Weltensegler* eine etwas hausbackene Heimattümelei durchklingen lässt, die beim modernen Leser anfangs ein eher abfälliges Schmunzeln provoziert, war Daiber alles andere als ein tumber Provinzler. Er hatte nicht nur in Zürich studiert, sondern ab 1900 eine Weltreise unternommen, die ihn in die Südsee bis nach Australien geführt hatte. 1909 wanderte er nach Chile aus, um dort bis zu seinem Tod als Arzt zu wirken. Dieser polyglott geprägte Lebensstil spiegelt sich in seinem Buch *Die Weltensegler* wider, das tiefe Humanität, Toleranz und demokratische Überzeugungen belegt.

Sieben Schwaben auf dem Mars

Anknüpfend an das bekannte Märchen von den sieben Schwaben, die in die Welt hinausziehen, erweckt er dieses zu neuem SF-Leben. Bei ihm sind es sieben schwäbische Professoren der Universität Tübingen, die eine von der Hochschule finanzierte Marsexpedition unternehmen. Irgendwann in der zweiten Hälfte des 20. Jahrhunderts startet im Roman ein speziell ausgerüsteter Zeppelin in »Groß-Stuttgart« Richtung des roten Planeten (genauer Startort des

Abflugs ist der durch das Volksfest berühmte Cannstatter Wasen). Daiber ignoriert, dass ein Luftschiff ohne Luft nicht fliegen kann, als Weltraumgefährt also ungeeignet ist. Folglich lässt er sich darüber auch nicht aus, dafür aber umso mehr über Form, Bauweise und Ausstattung des Schiffs. Alles wird durch Elektrizität betrieben, den Auftrieb besorgt ein geheimnisvolles Gas namens Argonauton, die Folienhülle ist durch ein besonderes Verfahren leicht, aber dennoch hart wie eine Stahlpanzerung, und die Passagiergondel ist mit allem ausgestattet, was die Weltenbummler brauchen, um sicher an ihr Ziel zu kommen. »*Ausgezeichnete Stuttgarter Fleisch- und Backwaren*« und »*das Zuckerle*«, ein Rotwein, garantieren leibliches Wohlergehen. Dennoch verläuft die Anreise nicht ohne Komplikationen, was aber nichts daran ändert, dass man glücklich und ohne ernsthafte Blessuren auf dem Mars landet.

Im Paradies

Das Professorenkollegium ist baff, denn unser planetarischer Nachbar entpuppt sich in jeder Hinsicht als Paradies. Das beginnt mit einer lieblichen Natur, edlen Pflanzen und Tieren, geht weiter mit noch viel edleren Menschen, die wohlgestaltet sind und antike Gewänder tragen, und einer ausgereiften Technologie bis hin zu einer perfekten Gesellschaftsordnung. Die Aufnahme der sieben Schwaben durch die Marsianer (bei Daiber sind es Marsiten) ist überaus freundlich, und nachdem man sich frisch gemacht hat und neu eingekleidet wurde, erleben die Abgesandten aus dem irdischen Tübingen ein köstliches Mahl, begleitet von einer himmlischen Musik.

»*Die Ton gewordene Barmherzigkeit selbst schien es zu sein, die da an die Herzen der Gelehrten so mächtig pochte, dass sie ihre große Ergriffenheit nur schlecht zu bemeistern vermochten. Als das Lied verklungen war, wischten sich einige Herren verstohlen die Tränen aus den Augen.*«

Die terranischen Honoratioren, die mittlerweile auch die Marssprache beherrschen, fühlen sich immer heimischer, und Tag für Tag erleben sie neue Wunder. Sie erkennen:

»*Was sie selbst vom Wahren, Schönen und Guten unten auf der Erde erträumt hatten, hier oben fanden sie alles in die Wirklichkeit umgesetzt, denn überall und in allem offenbarte sich die wunderbarste Harmonie, alles atmete Schönheit, Güte und Wahrhaftigkeit, und das Leben trug den Stempel vornehmer, ruhiger Tätigkeit. Zweifellos musste eine weise Regierung dieses große Staatswesen leiten, obwohl die Herren von Behörden, wie sie sich unten in der Heimat breitmachten, hier oben nicht das Geringste wahrnahmen.*«

Und weiter:

»*Vor ihren Augen enthüllte sich immer mehr ein groß angelegtes, riesiges, demokratisches Gemeinwesen, das nicht auf die Gewalt gestützt war, sondern ausschließlich durch den freien Willen des Volkes und durch das Band gemeinschaftlicher Interessen zusammengehalten wurde.*«

Die Marsgesellschaft ist weder durch Geld (das sie gar nicht kennt) noch durch Herkunft gegliedert, sondern durch die Zugehörigkeit zu einer Berufsgruppe (Händler, Wissenschaftler, Bauern, Techniker, Künstler etc.), die Stamm genannt wird. Alle Stämme sind gleichberechtigt, und wer seine Zugehörigkeit zu einem Stamm ändern will, kann dies nach Ablegen einer Prüfung problemlos tun. Lediglich der erste Stamm, das sind die Weisen, die das Gesetz hüten, steht über allen anderen, aber jeder Marsit hat die Möglichkeit, auch diesem Stamm anzugehören, wenn er bzw. sie durch eine vorbildliche Lebensführung und philosophische Leistungen bewiesen hat, dessen würdig zu sein.

»*Das gesamte Leben auf dem Mars war in seiner so eigenartigen Form nur dadurch möglich, dass es unter dem ausschließlichen Zeichen der Solidarität stand. Der allgemeine Grundsatz, dass das einzelne Individuum alles tun muss, was das Gesamtwohl fördert, alles zu unterlassen hat, was dem Nebenmenschen Schaden und Schmerz bereitet, war hier oben schon seit undenklicher Zeit in die Praxis umgesetzt.*«

So versteht es sich von selbst, dass es keine gewalttätig ausgetragenen Konflikte, geschweige denn Kriege auf dem Mars gibt. Umso entsetzter und empörter sind die Marsbewohner, als sie von den redlichen Professoren erfahren, wie brutal und unerträglich die Zustände auf der Erde sind. Der Rat der Weisen beschließt daraufhin, jeden weiteren Verkehr mit der Erde zu unterbinden. Er erkennt zwar die Aufrichtigkeit und Seriosität der sieben Besucher an und stellt ihnen sogar frei, bis zu ihrem Lebensende auf dem Mars zu bleiben, aber weitere irdische Gäste, die möglicherweise weniger intelligent sind und ihre Aggressivität auf die friedliche Welt übertragen wollen, werden nicht geduldet.

Das stürzt die akademischen Abenteurer in einen schweren Gewissenskonflikt. Einerseits wünschen sie sich nichts sehnlicher, als weiterhin auf diesem wunderbaren Planeten leben zu können. Andererseits fühlen sie sich verpflichtet, in ihrer Heimat vom Mars zu berichten, um zumindest die Chance zu ergreifen, dass auch die

Erde den Weg der Vernunft beschreitet. Schließlich siegt ihr Verantwortungsgefühl.

Sie stellen ganz im Sinne der marsitischen Ethik ihre persönlichen Wünsche hintan und beschließen zurückzukehren. Nur einer von ihnen, und zwar ausgerechnet der Professor für Ethik und Theologie Fridolin Frommherz, verweigert sich. Er versteckt sich und lässt seine Gefährten durch einen Brief wissen, er werde nach diesen fast himmlischen Erfahrungen auf der Erde sterben, und das könnten sie doch nicht wollen. So verabschieden sich die nunmehr nur noch sechs Schwaben schweren Herzens von den Marsfreunden und fliegen mit ihrem instandgesetzten und stark verbesserten Weltensegler zurück zur Erde.

Um die Romanhandlung gegen Schluss noch etwas aufzufrischen, landen die Reisenden aber nicht wie geplant in Stuttgart, sondern werden durch einen Sturm auf das koloniale Bismarckarchipel in der Südsee verschlagen. Von dort geht es per Schiff und Bahn dann doch noch nach Stuttgart, wo man ihnen einen jubelnden Empfang bereitet. Als aber der Sprecher des Kollegiums in seiner Dankesrede äußerst kritische und mahnende Worte an das Publikum richtet, erstirbt der Jubel und Stille macht sich breit. Man ahnt es schon. Die sechs Aufrechten werden es von nun an sehr schwer haben. Mit diesem nachdenklich-pessimistischen Ton endet der Roman *Die Weltensegler*.

Zwei klassische Vorbilder

Albert Daiber bleibt mit seinem SF-Roman ganz eng bei zwei klassischen Vorbildern. Einmal orientiert er sich am überkommenen utopischen Schema mit dem einzigen Unterschied, dass bei ihm die einsame Insel nicht mehr auf der Erde liegt, sondern der Planet Mars ist. Das gibt ihm auch die Gelegenheit, sich durchaus SF-gemäß über das zu benutzende Vehikel und die Mühen der An- und Abreise äußern zu können. Zum anderen wurde er zweifellos von Kurd Laßwitz und seinem SF-Roman *Auf zwei Planeten* beeinflusst. Dabei ist die Gegenüberstellung der schlechten irdischen Zustände und der (fast) idealen Marsgesellschaft das wohl auffallendste Merkmal. Genau hier zeigen sich auch seine Schwächen oder, besser gesagt, seine Abweichungen zu Laßwitz. Während Laßwitz einen interplanetarischen Konflikt mit Space-Opera-Qualitäten zu gestalten vermag, beschränkt sich Daiber auf die Beschreibung eines Gegenbilds zur Erde. Auch geht die philosophische Fundierung der Romangeschehnisse bei Laßwitz deutlich tiefer als bei dem Schwaben.

Dennoch wäre es falsch, *Die Weltensegler* als Versuch Daibers zu werten, Laßwitz auf einer oberflächlicheren Ebene kopieren zu wollen. Mir scheint, dass Daiber (siehe vor allem auch den Schluss) bei aller Begeisterung für seine makellosen Marsiten pessimistischer, dafür aber auch realistischer ist als Laßwitz. Er will zwar (trotz alledem) bewusst ein utopisches Gegenbild entwerfen, geht jedoch nicht so weit wie Laßwitz, diesem eine, wenn auch nur fiktive Realisierungschance einzuräumen.

Scharfe Kritik am Kaiserreich

Daibers Roman ist eine einzige, teilweise recht scharfe Kritik an den Verhältnissen im Kaiserreich und darüber hinaus. Das nötigt Respekt ab. Der Schwabe ließ sich nicht von der beduselten Preußen- und Deutschtumseligkeit anstecken, sondern hatte die Größe, öffentlich eine demokratische und humane Gegenposition einzunehmen. Freilich befand er sich zum Zeitpunkt der Veröffentlichung schon in Chile. Wahrscheinlich wollte er dem Schicksal seiner Romanhelden entgehen, mit Häme, Beschimpfungen und Anfeindungen überschüttet zu werden. Da in der Romanfortsetzung *Vom Mars zur Erde* (1914) sein abtrünniger Drückeberger Fridolin Frommherz, getrieben von einem schlechten Gewissen, doch noch nach Tübingen zurückkehrt (und dort sofort als Landstreicher festgenommen wird), kann vermutet werden, dass Daiber seine Auswanderung als eine Art Flucht empfand. Das ist natürlich Spekulation. Fakt ist, dass Daiber bis zu seinem Tod in Chile blieb.

Trotz Mängeln ein wertvolles Werk

Daibers Marsromane berühren durch die Eindringlichkeit ihrer politisch-sozialen Utopie. Unter dem speziellen Blickwinkel der SF müssen allerdings einige Fragezeichen gesetzt werden. Die jeder Physik widersprechende Weltraumfahrt wie auch die Beschreibung eines rundum irrealen Planeten Mars sind zwar in einem rein fiktiven Werk legitim, können allerdings kaum überzeugen, zumal die Wissenschaft seiner Zeit in Teilbereichen schon weiter war. Immerhin vermag er es hier und da, auch den technischen Errungenschaften der Marsmenschen SF-Leben einzuhauchen, und es erstaunt, dass er sich vor allem im Fortsetzungsroman sachkundig und weitsichtig über Fragen des Umweltschutzes und einer Verschwendungswirtschaft äußert. Es bleibt dabei: Daibers Marsromane sind bei aller Skurrilität nach wie vor lesenswert. In ihrer humanen Substanz haben sie eine Qualität, die auf dem kaiserlichen SF-Markt Seltenheitswert hatte.

Wiederentdeckte Schätze der deutschsprachigen Science Fiction

im Hirnkost-Verlag

ISBN: 978-3-949452-28-4
Hardcover, 485 Seiten,
32 Euro

ISBN: 978-3-949452-34-5
Hardcover, 32 Euro

ISBN: 978-3-949452-40-6
Hardcover, 32 Euro

Gibt's überall, wo es Bücher gibt, und direkt bei uns:
https://shop.hirnkost.de/